我的江南・我的夢

陽春三月，信步沭陽，胡集的花、胡集的草、胡集的香，颯颯而來，讓回鄉的愁、回鄉的怯，淡了，遠了，不見了。

我的水鄉．我的路

水鄉人家，搖櫓劃過蘇河，劃過白堤，拙政園到了，留園到了，西湖到了，曾經迷路數十年的我，總算也到了。

我的英雄‧我的淚

韓信坊、岳王墓，冰冷的石碑，催出了少小離家老大回的傷悲，即使只是旁觀一眼，再回味，再回首，仍折磨出幾滴老淚。

我的童年·我的笑

劉子平老師（上左）、郝呈祥老友（上右），還有那些需要用一甲子的時間，才能相遇的童年玩伴，他們用「笑」迎接我的遲到，快門也用「笑」凝結我們的重逢。

我的新居・我的根

在湖畔，我重新用夢、用愛，堆砌一座城堡，一座可以填滿濃濃江南味、濃濃台灣情的城堡。

我的牽手・我的伴

是不是鴛鴦不重要，有沒有盟約也不重要，重要的是，我們曾經在一起共同呼吸山海的氧氣、共同呼吸人生的喜怒哀樂。

我的足跡・我的命

天生走南闖北的宿命，俄羅斯芭蕾舞團（上）、匈牙利布達佩斯英雄廣場（下），我慷慨地留下我的旅行基因。

我的旅程・我的心

記憶不再是沈重的行李，布拉格的懷古馬車（上)、阿拉斯加的時髦馬車（下)，都將繼續載著我的身軀，向未來飛奔而去。

獨木橋

晴易文坊
www.sunbook.com.tw

《獨木橋》目錄

老友序：先讀為快 008
作者序：青青子衿 010
第一章：故園情 013
一、李銀匠和耿四姨 014
二、中秋賞月聽故事 018
三、姑娘襟上玫瑰花 022
四、床前老牛鼾聲高 026
五、張舉千是土皇帝 030
六、揹著柴火上學去 035
七、讀了大學棄糟糠 039
八、慈母伴讀油燈殘 043
第二章：農家愁 049
一、一言九鼎魁大爺 050
二、華老師的八角錘 055
三、頭上曬出水泡來 059

contents

四、短工偷懶講故事 064
五、凶年不免於死亡 068
六、刨桑為姐做嫁妝 071
七、三分天下百家哀 075
八、少年不識愁滋味 078

第三章：寒冬劫 085
一、杜鵑泣血刮鍋聲 086
二、夏天吃鹽冬還錢 091
三、丁頭屋裏過寒冬 095
四、被罵懶驢不上磨 099
五、寇兵再犯胡集鎮 102
六、不見黃鶯鳴枝頭 107
七、不是皇帝的料子 112
八、打賭深夜探馬墳 116

第四章：青春夢 123
一、風火簷口讀小學 124
二、野墳頂上捉老鷹 129

三、日本鬼子投降了 134
四、掩面啜泣老婦人 139
五、平生首次看殺人 143
六、棉花田裡躲飛機 147
七、關公綠袍變灰色 151
八、校長獨自逃命去 156

第五章：生死路 161

一、破鞋阻我去山東 162
二、借刀殺人馬鄉長 166
三、胡集陷入炮火中 170
四、青紗帳裏下淮陰 174
五、夜宿丁集怕黑店 178
六、床下常見小水汪 182
七、大運河裏漂浮屍 186
八、五里莊的孫老師 190

第六章：六合行 197

contents

一、揚州領受一飯情 198
二、縣府大門站夜崗 202
三、伙伕老張也貪污 205
四、貧賤夫妻百事哀 209
五、六十萬兵齊解甲 212
六、當兵流落清涼寺 216
七、老家櫻桃比蜜甜 220
八、母親給我一塊錢 224

第七章：奔台灣 229
一、萬里乘風獨向東 230
二、丟下棉被換香蕉 234
三、兩肘黑如山豬皮 237
四、逃兵棍下皮肉爛 241
五、名字不可叫忠孝 245
六、走起路來像企鵝 250
七、當兵不許思故鄉 254
八、落難棲身土地廟 258

第八章：卸征衫 263
一、大年初一看桃花 264
二、幸得師友多扶持 268
三、男兒立志不當官 271
四、不為勢劫讀書人 275
五、國運不可託他人 279
六、一套西裝四季穿 283
七、胡適殉道講臺上 287
八、西貢街頭的奇遇 290

第九章：救世心 295
一、市井小民的悲苦 296
二、地獄來的美國兵 300
三、嫦娥不在廣寒宮 304
四、人間難見是與非 308
五、松山寺一老禪師 311
六、中國農民懂恕道 317

contents

七、張牙舞爪小特務 321
八、子欲養而親不在 324

第十章：眼淚河 329

一、老薑過河就拆橋 330
二、風雲再起天安門 335
三、就地合法開惡例 338
四、自然規律不饒人 342
五、烽煙緊迫夢常驚 346
六、少小離家老大回 349
七、吹玻璃的老師傅 353
八、大江東去芳蹤杳 357
九、南蘇杭與北沭陽 360
十、揮毫留言布拉格 364
十一、波羅的海風雲惡 368
十二、安心做個漢家郎 371
十三、穩步跨過獨木橋 376

後記 381

先讀爲快【老友序】

光裕兄是我小學同窗，又是我沭陽胡集的小同鄉。小時後，我們意氣相近，志趣相投，讀書、嘻戲、交友，常在一起。他給我概括的印象是：刻苦、自信、有堅持、肯思考、不落虛浮。

人生際遇不同，一九四七年，他離開老家，負笈他鄉，後來去了臺灣。音訊阻隔，互不知命。直到一九九二年，海峽兩岸交流漸暢，經友人搭橋，我們才又取得聯繫。

次年春，他返鄉探親，我從儀徵專程回沭陽看他，久別重逢，自是歡欣不已。我驚異的是，大動亂後，他熱情、開朗、誠懇，一如當年。尤其是他對桑梓的眷戀和對老友的情意，殷殷切切，令人動容。

年前，他將過去六十多年自己所受、所見、所思、所感縷述成卷，並以象徵坎坷與淒美的《獨木橋》爲名付梓問世，字字寫實，句句眞情，不只是他個人的經歷，也是大時代的爪痕。具體說來，更是中國現代史上非常珍貴的一頁，值得史家參考，值得留傳。

深夜燈下細讀全文，我所熟悉的人和事，從字裏行間，都一一地映現在我的眼前，甜美的、辛酸的、亮麗的、灰暗的，點點滴滴，刻骨銘心，我流著激動的熱淚，夜不能痳。歷史在呼吸、跳動，給我的心靈深處帶來持續的震撼和美感。

苦難，每使道義不彰，人性蒙垢，但光裕兄歷經顛沛，卻不爲所蔽。他在鄉情、友情、親情、愛情，甚至對國家的憂患與安樂，都表現出眞摯與濃郁的關注，這種情義，的確是我生平所少見的。

爲學、爲文、爲人，光裕兄實事求是，不尙矯飾，對社會、政治、經濟、文化等問題，稟春秋斧鉞褒貶公允，分析精到，既流露出舊時期苦難人群的心聲，也提出了現代族群共同的願望，充分展現了一位知識分子對國家民族恆久不變的愛心。

出於對《獨木橋》所述的認同，對老友的信任與尊敬，我主動地寫下了「先讀爲快」的感言，相信海內外必有更多的讀者同意我的看法，跟我一樣喜歡這本書。我還相信，本書的出版是一樁意義深遠的大事，定會引起有識之士廣泛關注。

單景龍　謹識

二〇〇三年四月一日於江蘇儀徵

青青子衿【代序】

生平，我很仰慕孔子《述而不作》的德風，深以為只要能夠將自己所思所想與所見所聞跟三兩知己泡杯清茶聊上一個黃昏，或是獨對南窗自言自語抒發一下心頭的塊壘，也就夠了。

祇是，偶而又會想起幼時農村的匱乏、強梁的橫暴、政治的不仁、父老的疾苦和庭訓的殷切，卻又禁不住想把這些悲痛的片段倒轉回來，從頭到尾檢視一下，看看癥結到底出在那裡？又究竟是誰錯了？從中發現端倪，找出答案。特別是少小離鄉，歷經生離死別，親炙世態炎涼，作為一個過來人，更有《白頭宮女話天寶》的衝動。

但問題的關鍵在於想是這麼想，到了眞正要做的時候，卻又磨磨蹭蹭拿不起筆來。這有兩個原因，一個是越不過孔老夫子《述而不作》的禁區，因而踟躕再三，不知所止；再就是深恐為主觀意識所誤，寫來不盡公允。有虧知識分子「言忠信，行篤敬」的職守，反而弄巧成拙，有悖初衷。所以屢經醞釀，又屢予延擱。

直到年前，我在沭陽見到了幼時同窗單景龍兄，半個多世紀的闊別，故鄉遇故知，巴山夜雨，共燭西窗，這位積極進取識見卓越對歷史文化具有高度使命感的老友，力促我將自己經過的顚躓與一知半解記述成冊，讓後來身處盛世的人看一看，比一比，更能夠居安思危，知足常樂。

我相當的爲景龍兄的熱情和執著所感動，遂不揣譾陋，決心勉力而爲。怎奈，六十年的風風雨雨，寫起來頗多艱澀，個人的、群體的、時代的、國家的，一步一腳印，不論走過的是沙漠，還是綠洲；是崎嶇，還是坦蕩；是陽關道，還是獨木橋，颯颯霜飛，瀟瀟雨歇，幾乎都是血汗與淚水的交織，無從割捨，也無可取代。有的只是臨深履薄，倍加怵惕。

一千八百年前，《建安七子》之一王粲，在他《登樓賦》中自白《遭紛濁而遷逝兮，漫逾紀以迄今；情眷眷而懷歸兮，孰憂思之可任；征夫行而未息；心悽愴以感發兮，意忉怛而憯惻》，更恍惚是我飄零歲月的墜絮，我原無王粲的才氣，卻無端地承襲了他的悲情。

青青子衿，悠悠我心，我以《獨木橋》爲這本書命名，實際上也不盡然是我個人切身的感受，同樣也是近代所有中國人共同的體驗，因爲迭遭世紀的憂患，每一個有志氣的中國人都渴望能夠走過阽阽危危的獨木橋，邁上一帆風順的陽關道。

我並不奢望這本書會傳世，只是意在對曾經哺育過我的鄉土、撫養過我的父母、教誨過我的師長、幫助過我的朋友和讓我免於饑餒走向茁壯的臺灣表達飲水思源由衷感恩而已！

趙光裕

二〇〇三年三月誌於蘇州

第一章

故園情

第一章　故園情

一、李銀匠和耿四姨

從揚子江下游向北瞭望，縱橫七萬五千多平方公里的蘇北大平原，交織的河流，無垠的沙壤，如油的春雨，澈骨的冬雪，就像母親的乳汁一樣，古往今來，不知道哺育了多少才氣橫溢的文士賢哲，也不知道造就了多少馳騁沙場的英雄好漢。比起草長鶯飛的江南，這塊榛莽猶茂豆麥萋萋的土地，柔媚或嫌不足，但豪情卻獨具一格。

位於大平原核心地帶的沭陽，炊煙四起，田畝遼闊，是江蘇省的一個大縣。但因低度開發，產業落後，也是一個比較寒傖的窮縣。縣界東接漣灌，與東海爲鄰；南連淮泗，與大運河遙遙相望；西去睢宿，是西楚霸王項羽的故鄉；北通徐魯，有劉邦、蕭何的遺風。正因爲地理形勢的險要，這裏常是兵家用武之地。歷代以來，連綿的烽火，漫天的狼煙，直燎得這塊土地創痕累累，加上水利不興，旱澇交煎，災荒頻仍，營生不易，世世代代的鄉親，皆習於抱殘守缺，得過且過，每不知天外有天。

胡集，是沭陽縣城南鄉一個古樸的小鎮，滄海桑田，屢經興廢，在它荒寂的籬舍間，浸染著無盡淒寒凜冽的風霜，也積存著不少溫柔敦厚的故事。史家寫不完，鄉人說不清。

二十世紀初，小鎮直似一座精雕細琢的古堡，堅實而勇毅，昂揚而挺拔。鎮上幾百戶人家，雖然沒有巍峨的高樓大廈，但磚瓦和泥草砌造的矮房，卻也排列齊整，井然有序；雖然沒有鱗次櫛比百貨齊全的公司行號，但民家生活必需的商品，卻也供應無缺。

東街的李銀匠，手藝的精巧，百里方圓的人都知道，給他一塊大洋，他可以打造出好幾種爲姑嫂們中意的手飾，耳墜、手鐲、長命百歲的銀牌、銀簪等等，樣樣物美價廉。李銀匠的誠實信用，很能代表著胡集拙樸的風格。

西街的黃家醬園，製造的各種醬類食物，不但貨眞價實，而且風味絕佳。連沭陽縣城裏的大戶人家，都是他們的顧客。醬園女主人黃大娘，爲人寬厚慈祥，在胡集鎭上很得人緣，在親鄰間說起話來，常是一言九鼎，廣受大家敬重和信賴。

住在彎口的耿四姨，是黃大娘的妹妹，家裏開了一座茶館，是街上紳士們談天說地的場所，三五親鄰泡了一壺茶，常常能夠消磨一個下午，耿四姨爲人豪爽，能言善道，行事作風不讓鬚眉，是鎭上的風雲人物。

說小鎭像一座古堡，是因爲它有一道環鎭的土堤，在東、西、北三個方向，建立起三座森嚴高聳的城門樓子，每一座城門樓子都有十來丈高，上下共有三層，用青磚和石塊砌成。大門用厚實的檜木打造，外緣鑲著白鐵，非常堅固。白天，有人在城門樓上放哨；入夜，有人守更，眼望四面，耳聽八方，對於抵抗盜匪弓箭、刀矛和土槍一類武器的攻擊，有絕對的固守和制勝作用。因而在那盜匪如毛動亂不安的年代，它是鎭上人家生命財產可靠的保障。

小鎭恰似羞怯的村姑，但羞怯中有矜持；小鎭又像秋後荒涼的田野，荒涼中卻蘊含著無限的生機。鎭上絕大多數的人家，亦農亦商，亦耕亦讀，他們終生苦戀著鄉土，知命認命。很少有人想到要去外鄉闖蕩，跟祖先遺留下來的命運一爭短長。

除了堅固的城門樓子和環繞四周的土堤以外，還有一道從未乾涸過的護鎮圩壕，壕裏碧水清澈，漣漪盪漾，沒有源頭，也沒有終點。夏天，是孩子們的天然泳場，他們三五成群，一個個脫得赤條條地在壕裏戲水摸魚，天眞爛漫，憨態掬人。堤上楊柳青青，桑榆搖曳，蟬蛙競唱，鶯鵲爭啼，好一幅充滿鄉野情趣出自天成的動畫；冬季，朔風料峭，雪花飄飄，壕裏結起了堅厚的冰層，來來往往的人們，提著腳尖，手臂輕擺，小心翼翼地踏冰而過，行險中有坦蕩，驚悚中有穩健。

每逢農曆二、四、七、九日，是小鎮開市的日子，習慣上叫《逢集》。四鄉的村民會把自家生產的糧食、蔬菜、瓜果、柴草和飼養的牲禽運到小鎮的市集上出售，再買些油、鹽、糖、布或南北雜貨等生活必需品帶回家。雖然有賣有買，但實質上，仍不脫以物易物互通有無的原始形態。

印象中，農曆新年前兩三個《逢集》的日子，是小鎮人潮沸騰街市最擁擠的時刻。趕集的人們摩肩接踵，把小鎮擠得連氣都喘不過來。

那年頭，人們是普遍缺乏營養的，食物的油水不足，腹枵嘴饞，很容易餓。肉攤上，瘦肉比肥肉的價錢要低得很多。賣肉的人，碰上了沾親帶故和常有來往的主顧，才偶而會用刀尖做個大架勢，再配上個小動作，削下一小丁點兒的豬油或肥肉相送，當做分外的人情；買肉的人，也常會主動地要求肉販在切肉時多給一點肥的，少搭一點瘦的，稍不滿意，就會爭得面紅耳赤。物質條件的匱乏和人民生計的艱難，從這點小事上往往可以一覽無遺。

在形形色色的年貨中，最能夠烘托新年氣氛的，就是年畫了。年畫是用簡單的彩色刻板印製的，每張寬度約有三尺，高約兩尺大小，內容多半是忠、孝、節、義的故事。

像劉、關、張桃園三結義、孔融讓梨、木蘭從軍、樊梨花掛帥、岳飛精忠報國等，這些家喻戶曉的眞實史料和鄉野傳說，都是年畫的素材，也是社會教育的課題。

面對年畫人物經歷和故事情節，家長們常引經據典或穿鑿附會用來訓勉自己的晚輩，教忠教孝，期望他們長大成人以後，也能夠像年畫中的忠臣、孝子、義士、節女一樣，出將入相，相夫教子，光耀門庭。至少也能夠懂得孝順父母，友愛兄弟，敬業樂群，堂堂正正地做人。

《家貧出孝子，亂世見忠貞》，這是大家言之成理的規律，這兩句話雖然對出自富家的孝子和盛世的忠貞稍有不恭，但對於世道人心的規範，卻是一枝不可動搖的標竿。像閔子騫就是窮苦人家出孝子的見證，而史可法和文天祥也就成爲亂世忠貞的典型。中國能夠歷經變亂屹立不搖，應該就是奠基於忠孝節義的精神和理念。

爆竹是另一種受歡迎的年貨，特別是有孩童的人家，每到過年，都少不了要買幾串放一放。農村的孩子們平常是沒有什麼東西好玩的，扳著指頭數來數去，好不容易數到了過年，放幾個爆竹抒發一下壓抑已久的野性，也就成爲他們難得的樂趣了。

舊時候的爆竹製造技術落後，火藥配製的比例也沒有標準，因而燃放爆竹不小心引起的意外事故，也就時有所見。有一年臘月二十四日晚上，鄰村劉姓人家祭祀灶神時，就因爲爆竹的導火線過短，火藥爆炸的力量過強，不但炸傷了人，還引發了一場火災。

祭灶這一天，俗稱《過小年》。傳說中，灶神是管理人間善惡的神祇，誰做了好事或壞事，都難逃他的監察。每年臘月二十四日這天晚上，他依例都要回到天庭向玉皇大帝述職，報告他一年來在人間的所見所聞，好人好事固然要說個明白，壞人壞事也同樣要交代清楚，作爲上天對人們獎懲的依據。

面對灶神的職掌，每一戶人家都會擔心灶神上天以後會說他們的壞話，因而招來了災禍。所以都會在祭灶時供上糖類食物來討好灶神，把他的嘴巴吃得甜甜的，在見到玉皇大帝時只講好話，不說壞話。來求得來年一年的平安和富貴。從這種風俗看來，可以想到連灶神都會被收買，難怪人間一些貪官污吏會在收受賄賂後喪盡天良做違法亂紀的壞事！

除了供奉糖類食物賄賂灶神外，人們也會做些預防和禳解的工作，比如在祭灶時會在灶台兩旁貼上《童言婦語一概無忌》紅紙黑字，來強調孩童和婦女沒有知識，不懂事，說錯了話，可以不算數。並且祈求灶神不要跟孩童和婦女們一般見識，不要計較她們的無知。這種習俗世代相傳，充分表明了舊時女權的低落，特別是受教育權利方面不能與男性平等，知識不足，直接影響到她們的經濟權和政治權，進一步貶抑了她們的社會地位。

二、中秋賞月聽故事

農曆新年期間，蘇北的天氣很冷，氣溫常在零下十度以下，眞的是天寒地凍，滴水成冰。這時候，農田一片肅殺，泥土都凍得像鐵塊一樣堅硬，大地完全陷入冬眠狀態。也許是大自然刻意爲辛苦終年的農民安排一個假期吧？大家無事可忙，除了躲在屋裏偎著火爐或火盆烤火取暖以外，就是串門子了。張家長李家短的，家戶與家戶、村莊與村莊之間的訊息就毫無遮攔地流通了。誰家的母豬生了幾隻小豬，誰家的姑娘還沒有找到婆家，誰家蓋起了新的房屋，誰家的男人在外邊有了女人，三里五里的，大家都瞭如指掌。

賭錢，也是農村新年常見的活動。男人賭，女人也賭；大人賭，孩子也賭。賭的種類很多，看紙牌的，擲骰子的，打麻將的，推牌九的，押寶的，甚至用硬幣比賽碰擊的技巧，都是賭的方式。雖然不算太大，但在原極貧窮的農村，還是會有人賭得過了今天沒有明天。

在潛意識裏，似乎人們都有拼著一賭來突破現狀的衝動。面向黃土背朝天，世世代代地過下去，困乏而無望，似乎只有從賭中才能發現自我。想到當年劉邦和項羽起兵抗秦，後來又有楚漢相爭，他們又何嘗不是一場你死我活的豪賭！成則爲王，敗則爲寇，跟賭場上的勝負又有什麼不同？

我就是在這種窮困的環境中出生的，從我能夠記得事情的時候起，好像就一直在過著衣食短缺和驚恐不安的日子。我家是住在胡集南鄉大約一里多路的趙莊，全村幾十戶人家，有姓周的、姓王的、姓吳的，但多半人家都姓趙。趙家的老祖宗趙濯，大約在十八世紀末從北方黃土高原來到這裏，披荊斬棘，建立起家園。老祖宗生了五個兒子，我的祖父排行第四，去世以後，五個兒子把他安葬在村西一里多路的田野間，墳墓壘得又高又大，墓園裏還植著松柏，蒼翠茂密。夏季，清風拂拂，是避暑乘涼的好地方。可能是風水不錯吧？子孫非常興旺，不到百年，就繁衍成一個瓜瓞綿綿的大族。

趙莊是座東朝西的村落，也有不少人家是向東開著大門。我家有兩座房屋，外加一座炮樓和一間低矮的廚房。房屋都是用泥土、蘆柴、麥穰和木料混合搭成的，非常簡陋，但冬暖夏涼，住起來倒也相當舒適。

農村土地遼闊，房屋雖然蓋得不高不大，但一般人家幾乎都有一個寬敞的家院，我家的院子少說也有兩三百平方米大，院子裏除了有棵不知道什麼時候栽植的石榴樹以外，還有一座植滿紅玫瑰和菊花的花園，花園四周用磚砌成，光滑平整，春、夏、秋三季，開得花團錦簇，滿院生香，蜂蝶成群，靜態和動態都十分幽美。

每到中秋前後，結實累累的石榴就成熟了，石榴結得大大的，懸在枝頭上，散發著收穫的喜悅，不須用手去碰它，就能感受到秋實的滿足。石榴的外殼和裏面的顆粒是品白的，核小、汁多、味甜、氣香，吃來猶如玉液瓊漿，所以我們叫它《玉石榴》。

記不得有多少個中秋佳節的晚上，母親都會在花園邊擺起一張三尺見方的小木桌子，上面放著新採的玉石榴、月餅、栗子和花生，我們一家四個人坐在桌子邊各據一方，一邊吃一邊賞月。每年，每年，母親總是給我們講《殺韃子》的故事。她說，古時候，韃子兵住在老百姓的家裏，要吃要喝，作威作福，十戶人家只許用一把菜刀，老百姓恨他們入骨，就利用中秋的晚上，把約定起義的消息包在餅裏互相傳送，聯合起來殺韃子。

殺韃子的故事，儘管把我們的耳朵聽得都生起繭來了，但我們還是聽得津津有味，不爲別的，只是因爲講故事的人是我們的母親，而她，又的確是認認眞眞地在講。

可是，我們有時也會表現得不夠風度，在母親講得正起勁的時候干擾她，甚至搶先說出她要講的情節。

『是你講，還是我講？』母親惱了就會這樣反詰著。

『你講，你講！』我趕緊住嘴。

『講來講去，都是那幾句！』坐在一旁的父親搖著頭對母親說：『妳就不能換個新的嗎？』

『什麼新的不新的？』母親不服氣，頂著父親：『什麼時節就講什麼故事，過八月半嘛，不講殺韃子的故事講什麼？』

『講了，要有人喜歡聽才是哪！』父親說：『年年殺韃子，有多少韃子給你殺呀？』

『他們哪裡不喜歡聽？』母親雙手分別扭著我和姐姐的耳朵，滿懷自信地說：『看嘛，這不都是豎得直直的在聽嗎？』

聽了母親的話，父親嘿嘿地笑了兩聲，也就不說什麼了。不過，到了這個時候，母親也就眞的會識趣些，另外換個故事來講了。

玉石榴結得太多，枝頭累得下垂，好像有承載不了的樣子，可是，我們卻不會一次採完，母親告訴我們，好吃的東西要慢慢品嚐，不要一次吃光。她說，狼吞虎嚥表現的是窮相。

『一個人呀，寧可生來是窮命，也不要生來是窮相！』這種話她不知說過多少遍。並且影響了我的一生。

因爲有了母親的堅持，我們每年都會在枝頭上留一些玉石榴，用厚紙或厚布裹緊繫牢，等到快要過年時，經過霜打露濕，寒流浸透，玉石榴的外殼都熟透裂開了，粒子晶瑩亮澈，再採下來吃，這時候的汁液會更多更甜更香，母親常說，這種石榴就是讓皇帝吃起來都會叫好。我相信母親說的話沒有半點誇張，有一年，從縣城裏下來的官差，就強行採走了我們樹上留著過冬的玉石榴。那一年，我們過年就沒有吃到石榴。也就是從那個時候起，我才眞正知道老百姓無法跟官家講道理，官家會欺侮老百姓。

三、姑娘襟上玫瑰花

農曆四月，是玫瑰花朵開得最大、最多、最好看的季節。丈來高的枝叢，從上到下，都是燦爛芬香的花朵，十幾棵玫瑰開在一起，把整個院子點綴得姹紫嫣紅，美不勝收。這時候，村裏的姑娘們，常會來我家賞花，個個像花癡一樣用鼻尖湊在花朵上嗅來嗅去，讚不絕口。臨走的時候，還會貪婪地向母親討一朵帶走。連自己都狠不下心來採擷的母親，不忍掃姑娘們的興致，通常都會答應她們的要求，還會把採下來的玫瑰花替她們插在襟前或鬢上，稱讚她們人比花俏，花似人嬌。姑娘們聽了都會心花怒放，羞答答地就眞的以爲自己美若天仙了。

在衆家姑娘裏面，有位姓曹的女孩，我們都叫她《大翠姐》。長得很乖巧，又很勤快，濃眉大眼，胖胖的腮幫子，特別顯眼的兩顆大門牙，笑起來非常甜美。我常常跟她玩在一起，她有好玩的東西，常常會先送給我玩。青梅竹馬，在下意識裏，我對她有種不可言傳的好感。大翠姐善解人意，農忙時，跟她的母親曹二娘常會主動地來幫我家的忙。收割鋤薅做得都乾淨俐落，我們全家都很感謝她們。每次，她到我家來賞花，母親就叫她自己去採，可是，她在花叢裏轉來轉去，就是下不了手，她對花朵的憐惜，被母親引爲知音。

大翠姐有位堂嫂，我們叫她曹大嫂，也是我們的好鄰居，曹大嫂約四十來歲，接連生了好幾個孩子，男的、女的都有，可是，就是沒有一個能夠存活下來，差不多都是在生下來不到一個月，就不明不白地夭折了。當時，大家都不知道爲什麼生下來白白胖胖的娃娃會養不活。有些迷信鬼神的人，都說是曹大嫂和她丈夫曹大哥前輩子欠了他們的債，所以這輩子他們才會投胎到他們的債主家裏來討債。

曹家夫婦也深信這種因果報應，每次當嬰兒病得奄奄一息時，不等他死亡，就在他的身上澆上煤油引火燒焦後丟到亂葬坑去。曹大哥和曹大嫂的想法是這樣的，既然是討債鬼找上了他們，就把他活生生地燒死，下一次，他就不敢再來了。但燒的照燒，來的照來，根本起不了任何嚇阻作用。也沒有一個生下來不是他們詛咒的《討債鬼》。

後來，終於有人發現，曹家夫婦生下來的孩子個個在一個月內夭折，根本不是什麼《討債鬼》作祟，而問題全出在一把鏽剪刀上，因為每次曹大嫂生下孩子的時候，收生婆就會用那把鏽剪刀去剪臍帶，結果，嬰兒也就一個接一個被剪刀口的破傷風菌所感染，加上醫藥缺乏，保健知識不足，一個個無辜的小生命都在同樣的情況下死亡，曹家夫婦不但冤枉地失去了兒女，還要背上前輩子欠下孽債太多的罪名。

的確，環境衛生和醫藥保健對國民健康實在太重要了，這方面，唯一補救的方法就是發展科學和振興教育，而科學與教育又必須由賢能的政府來計劃和推動，二十世紀初葉，中國內憂外患，政府心力交瘁，建樹不多，國計民生凋敝困乏，自然是可以理解的。

教育事業不發達構成了愚昧的保護層，堆積起社會進步的障礙，也助長了民間迷信的風氣。這種現象，不但害死了曹家一個又一個嬰兒，也幾乎要了我的命。

五歲那年，我患上了嚴重的腮腺炎，耳後邊發炎潰爛，半邊臉連著脖子都腫了起來。母親整天帶我求神問卜，很少去看醫生，在最嚴重的時刻，她不知聽信了什麼人的建議，竟然用活蛤蟆的皮貼在我的瘡口上，一連幾天流著黃水，痛得寢食俱廢，最後，能夠逃過一劫，沒有在痛苦中喪命，可眞是運氣。

秋季農村常見的一種流行病，就是瘧疾，這種病幾乎每年都會找上我，發病時，先是冷得全身打寒顫，巴不得一下子鑽到火爐裏去，但過了一會兒，又會熱得全身冒汗，脫光了衣服有時還會覺得不夠涼快。因爲瘧疾都是定時發作，更讓人疑神疑鬼。每當我感覺到發冷的時候，母親就會祈求祖先在天之靈保佑我安全。有時候，她會偷偷地帶著我，在發病前躲到種滿蓖麻子的祖父母墳墓上去躺著，希望散播寒熱病的鬼找不到我，或是祖父母會就近庇護我。雖然一次又一次地失敗，但她仍深信不疑。

『都怪你不聽話，惹爹爹奶奶生氣了，所以他們才會不肯保護你！』母親急得哀聲嘆氣，抱怨著我。

『我已經向爹爹奶奶陪過不是了』我委屈地說：『要怎樣才算聽話呢？』

直到後來，有人從城裏買回來《奎寧丸》，才有效地控制住瘧疾的蔓延，但大多數的人家對於這種驟寒驟熱的疾病，仍舊疑神疑鬼，不相信醫藥的療效。

我有兩位堂兄，都是在年青力壯時突然病死的，一位叫德賓，頭一天晚上還到田裏去做活，只一個夜晚就嘔吐抽搐死了；另一位叫德方，也是在兩天之內不明不白死去的，他們死後躺在進門的走道邊，全身都看不出有什麼病狀，留下孤兒寡妻，淒苦一生。相信如果不是醫藥落後，他們都不會英年早逝。而這種現象，在那個年代，人們卻習以爲常，甚至歸咎於生辰八字不好，說什麼《閻王叫他三更死，不會留人到天明》，人已經糊裏糊塗地死了，死後還要受人議論，這是人民的命運不好？還是政治未能對人民做到完善的服務？似乎很少有人深入地想過。

北屋，是我家的主屋，又叫做堂屋。屋內正中央供著祖先的神位。供桌上擺著一盞盛滿香火的銅香爐，想是年代已久了，都被煙火燻得黑黑的，黑得就像鐵做的一樣。香爐後方兩側的牆上貼著一副對聯，上聯是《欲高門第須爲善》，下聯是《要好子孫必讀書》。記得小時候，每逢清明、端午、中秋、冬至、新年這些節日，父親都會領著我們跪在祖先的神位前叩頭祭拜，他教訓我們做人要飲水思源，不可忘本。要多做善事，多讀聖賢書卷，知道見賢思齊，講誠講信，不可辱沒了祖先。

父親的話，猶如暮鼓晨鐘，歲歲年年，時時刻刻都在敲擊著我的心頭，六十多年過去了，不論身在地球那一個角落，也不論日子過得多麼坎坷，我都不敢忽忘。特別是透過這方面的實踐，讓我走遍天下，到處都能得到朋友的善待，畢生受用無窮。

堂屋的空間並不寬大，但被隔成了三個部分，除了中間的走道和供奉祖先神位的供桌以外，又隔成了東西兩大間。東間是大姐住的，除了一張木板床外，沒有梳粧檯，也沒有衣櫃衣櫥，當然，更沒有鏡子和化妝品。大姐比我大四歲，她在這間房裏，一直住到十七歲出嫁那年。

西間是父母和我幼年的寢室，我就是在這個房間裏出生的，因爲防寒防賊，東西兩間的窗子開得很小，差不多只能鑽進一隻貓，所以光線不好，連大白天屋裏都是暗暗的。房內靠牆邊放著一張大床，是用臭椿木打造的，這種木料有濃烈的氣味，不會遭蟲蛀，也不容易變形。在當時，售價比一般木床要貴得多，算是奢侈品了。

如果說西間是父母和我幼年的臥房，也許是不太正確的，因爲到了冬天，冰凍三尺，父親也會把家裏飼養的老黃牛牽到屋裏來，讓牠睡在我們的床前。夜裏，我們是和老黃牛共呼吸的。老黃牛很有靈性，在牠被牽進屋以前，牠會把尿拉完，直到第二天清晨出屋以後，才會再拉尿。在進步的社會，人和牛同住一間房子，也許會認爲是不合衛生要求的事，但在落後的農村，卻通情達理，沒有人會覺得有什麼不對。

東間，不知道是什麼時候起造的，在我很小的時候，就已經非常破舊了。因爲農村生活品質低落，汰舊換新不容易，所以這座房子有時仍會在接待親友住宿時使用。但經常卻是我的書房。屋內空蕩蕩的，一張粗糙的木板床上，鋪著一張用蘆葦編造的蓆子，睡在上面，冬天冰扎扎的，比睡在石板上還冷；夏天，卻涼氣沁人，鋪在身底，會有舒適爽快的感受。不過，母親總是會把屋內打掃得乾乾淨淨的，讓來訪的親友不會覺得過分的寒傖。

四、床前老牛鼾聲高

我的書房裏有一張古老的八仙桌子，桌面和四周的抽屜都破爛了，幼年，父親常在這裏教我讀書寫字。像《三字經》、《百家姓》、《朱子治家格言》和《千字文》這些啓蒙書籍，都是在這裏讀完和背熟的。還有我模仿過的柳公權《玄秘塔》的書法，也是在這裏反覆練習的。八仙桌子上的那方老硯臺，父親不知道在上面磨掉了多少錠的墨，傳到了我的手裏，就像接力賽一樣，我也不知道磨乾了多少水。

冬天，墨磨一磨就結成冰渣了，坐在旁邊教我寫字的父親就會把硯臺端到嘴邊哈著暖氣把冰渣融化掉，再讓我寫，有時候，我想偷懶，就千方百計找藉口。

『墨汁都快用乾了。』我把筆放在硯臺上，對父親說：『我不想寫了！』

『你寫多少字了？』父親問我：『心裏老是想著玩，怎麼能夠把字寫好！』

『已經夠多了！』我說：『心裏想玩時，如果不去玩，字更會寫不好！』

『人家王羲之練習寫字，光是磨墨就用掉了三缸水，你呀，半缸水用掉了嗎？』父親板著臉說。

『是大水缸還是小飯碗呀？』我心煩意燥，故意問父親。

『飯碗也能叫水缸嗎？』父親揮揮手，怒氣衝衝地說：『去吧，去吧！看你將來寫得一手狗爬的字怎有臉見人！』

可眞是被父親說中了，自從少小離鄉以後，飄東到西，一直未能靜下心來習字，一枝毛筆在手，似乎比鋤頭還重，寫出來的字，雖然不完全像《狗爬》那樣難看，但每當看到友輩蒼勁或娟秀的字體時，的確不止一次汗顏過。

讀《三字經》，給我印象最深的字句，就是《幼而學，壯而行；幼不學，老何爲》這幾句話了。後來，有大半生的時光，雖然因爲烽火緊迫，或戎馬倥傯，或天涯飄泊，我都習於抓緊時間利用空間讀書寫作，多多少少應該是受到這幾句話的策勵。

祇是，限於天資魯鈍，悟性不高，因而學書不成，學劍也不成，劫後餘生再回首時，已經是髮也蒼蒼，視也茫茫，空歎老大徒傷悲了。

父親並不是很有學問的人，他只是一位粗讀幾年經書的小知識分子。在他勤能補拙和勞而無怨的薰陶下，我六、七歲時，就已經能夠替左鄰右舍寫春聯了。民國二十六年的農曆新年，我在一張紅紙上用毛筆寫下《捷報！丁丑年，如意，大吉大利》一行碗大的字，貼在書房門口的牆壁上，不少親鄰都同聲叫好。祇是，這一年，對整個中國來說，既不《如意》，也不《大吉大利》！七月七日，日本鬼子在蘆溝橋悍然向我國主權挑釁，激起了全中國人民奮起浴血抗戰；八月十三日，淞滬保衛戰揭開序幕，八百壯士死守四行倉庫，喚起了沈睡的國魂；十二月十三日，首都南京陷落，三十多萬軍民同胞遭到日寇屠殺，國仇家恨尖刻地撕裂著中華民族的肉體與靈魂。

有一天，胡集街上有人來通知父親，要他到東街後的一大片空地上去參加自衛隊保鄉衛國的軍事操練，我跟在他的後面，站到操場的一角，用心的觀望。指導這項操練的是從軍隊裏調來的官兵，他們要求得非常嚴格，每當有人做錯了動作時，他們就會拳打腳踢。我非常擔心父親會做錯了動作，並且直覺地認爲他們不應該那樣兇狠惡煞，對一些從來沒有上過操場的農民，怎可這般粗暴？

晚間，回到家裏，我一直在罵那些官兵太壞，不應該隨便動手打人。父親反而心平氣和地幫那些官兵說話，認爲他們求好心切，沒有什麼不對。

『要抵抗日本鬼子，保家衛國，就必須懂得打仗。』他說：『他們愛國家，盡責任，不是壞人！』

『我長大了也要當兵！』我說：『去打日本鬼子！』

『好哇！』父親拍著我的肩膀：『我送你去！』

『不行，不行！』坐在一旁的母親急了，立即反對：『當兵，當什麼兵！打日本鬼子又不少你一個人！』

『哪一個當兵的不是他媽媽的孩子，要是大家都跟你一樣，兵誰去當呀？日本鬼子又叫誰去打呀？』父親滔滔地說出了一大堆理由。

『要是你捨得，就讓他去當好了！』母親嘀咕著：『反正我說不過你！』

『我現在就去嗎？』我疑惑不解。

『現在就去，去哪裡？』父親笑著說：『連槍都拿不動，還打什麼日本鬼子！』

後來，還是母親說出了重點。她摸了摸我的光頭。

『等到你長大了，能夠拿得動槍了，日本鬼子早就像韃子一樣被人趕走和殺光了』。她說：『到那個日子呀，你就是想打也沒有哪！』

母親果然有先見之明，我還沒有長大，日本鬼子就無條件投降了。

一般說來，我並不是一個很用功讀書的孩子，每次一坐到書桌邊，就會有不自在的厭倦感，特別是聽到外面成群孩子們嬉戲的嘈雜聲，或是鄰家的玩伴在牆外敲擊對我發出暗號的時候，我的心就飛簷走壁溜到外面跟他們會合了。

祇是，父親把我看得太緊了，不把一段書背上來，或是不把他規定的大小字一絲不苟地寫完，就是不許走出書房大門一步。

『唸書跟寫字要眼到、口到、手到、心到，少一樣都不行。』他扳著指頭數著說：『你呀，懶懶洋洋的，還不趕快把心收回來！』

『早就收回來了。』我拉一拉父親的手：『不信，你摸摸看嘛！』

『那是肉，不是心！』他甩開我的手：『不跟你扯了。』

父親教我讀書，可眞是用心良苦。他不但白天要檢查我的功課，有時到了半夜想起來也會要我背書給他聽。爲了掌握情況，他會先把我唸過的一段書讀熟背上來，這樣他才能夠準確地知道我有沒有把書中的字句背錯或背漏，並且在我背不出來的時候提示我。

子夜的書聲，常常在陋室裏繚繞。冬季，老黃牛睡在我們的床前，不時發出濃濃的鼾聲，跟我的背書聲互相唱和，有時，逗得母親都笑了起來。

『我看，你就不要背了。』她說：『畜牲也要睡覺，可別把老牛吵醒了。』

『妳知道什麼！』父親說：『現在不教他多唸一點書，長大了就會變成一條牛，什麼都不懂。』

『做牛也沒有什麼不好。』我說：『白天有草吃，夜裏不背書！』

『沒出息！』父親把我向床邊推了一把，氣呼呼地說：『明天起，你就吃草好了！』

母親趕緊拉我一把，用溫暖的手摸摸我的腦瓜。

『唔，果眞是牛，角尖就快要長出來了。』她說。

我眞的以爲自己的頭上長了角，趕緊用手去摸，從眉毛摸到耳根，都沒有發現角的痕跡。

是《書到用時方恨少》吧？父親總結他自己的經驗和痛苦，常會抱怨自己小時候家裏太窮，祖父母沒有能夠供他多讀幾年書。每當要用的時候，就拿不出學問來。爲了補償，他希望我能夠多讀一點書。

《萬般皆下品，唯有讀書高》，這是他常說的話。究竟是不是書讀得很多的人品格就會很高？他一直沒有對我舉證過。直到後來讀史讀到西漢末年王莽和明末清初洪承疇的故事，才領會到讀書人如果品德不修，做起壞事來可能比目不識丁的惡人更要可怕。

五、張舉千是土皇帝

關於讀書的目的，父親看得相當平實。他說，讀書並不一定爲了做官，也不一定是爲了成名。更重要的，應該是爲了能夠找到做人和做事的標竿。他不只一次說過，如果做官，就一定要做個好官。什麼樣子才算是好官呢？最基本的條件，就是不欺壓百姓，也不會爲了升官發財要對上司奴顏婢膝。

平生，他很敬佩晉代不為五斗米折腰的陶淵明。因為他景仰陶淵明，所以才會在家院子裏種了很多菊花。黃的、白的、紫的都有。他對陶淵明《問君何能爾，心遠地自偏；采菊東籬下，悠然見南山》詩句的意境十分神往，不但背起來朗朗上口，還寫下來裱好張貼在書房的案頭上。祇可惜他沒有能力在門前堆起一座《南山》。

在古代很多的讀書人當中，父親很稱道戰國時期蘇秦的苦讀精神和決心，讀書讀到疲倦難熬時，竟然拔出錐子來刺自己的大腿，血汩汩地流到了腳上猶不以為苦。不過，他對蘇秦追求功名利祿迎逢權貴的媚態，跟他發跡以後，又對父母妻嫂那般驕橫傲慢，卻又相當的不以為然。

『書讀得再多，不會做人有什麼用！』他不屑地說：『虧他父母在他回家時還會跑到三十里外去迎他！』

『好壞總是他們的兒子呀！』母親在一旁插嘴說：『如果是你的兒子從遠方回來，你就不會去迎嗎？』

『那可要看他品格高不高，要是像蘇秦那樣，別說迎了，我還會躲開他！』

父親也非常肯定晉初李密的孝行，為了侍奉年老的祖母，一再辭官不就，但千不該萬不該，這個李密在他的《陳情表》裏，竟然敗節喪格的以《少事偽朝》的諛辭貶抑他曾經服務和效忠過的蜀漢政府，並在這篇不到五百字的短文中連稱了二十七次的《臣》。他認為像李密這種人雖知孝行，卻不知忠義，毫無氣節，根本不配做個讀書人。

對於當時國民政府的地方官吏，父親是很有怨言的。抗戰初期，胡集鄉的鄉長張舉千，簡直就是一個土皇帝，他對鄉民橫徵暴斂，權大得不得了。他手下的鄉丁，又叫做練勇，一個個如狼似虎，不但會用皮鞭和槍托毆打鄉民，有時還會公然殺人，善良的老百姓任由他們宰割，投訴無門。

那眞是一個無法無天的年代，除了張舉千鄉長和他的鄉丁們魚肉鄉里以外，地方的土豪劣紳和沭陽縣裏的貪官污吏也對鄉民敲骨吸髓，惡毒無比。他們仗著權勢常常結夥到鄉下來要吃要喝，攤捐派稅，需索無度，要是稍不如意，就會掀鍋砸碗，拳棒交加。因爲繳不出苛捐雜稅而被他們捉進縣衙門大牢鞭撻至死的人，年有所聞。

當然，也並不是每一個縣太爺都是貪婪暴厲的，他們當中，偶而也會出現少數的清官，像有一位湖北人名叫鄧翔海的縣長，他在沭陽縣長任內，就爲老百姓做了不少好事。他興修水利，發展教育，築堤開路，禁賭肅毒，都做得很有成效。他執法嚴正，勤於政務，深受沭陽縣人民的愛戴。

鄧翔海縣長的凜然正氣，家喻戶曉，當時，有些人家的孩子如果不聽父母的話，哭鬧不休，大人們就常會拿鄧縣長來嚇他們。

『你要是再哭再鬧，老鄧就會來了！』

孩子們雖然不一定知道《老鄧》是什麼人，但他們從大人的口氣裏，卻可以意會到《老鄧》是個厲害的角色，絕對惹不得。

五十年後，我在臺北近郊木柵一座公寓的房子裏見到了鄧翔海老先生，我告訴他五十年前他嚇唬過我，老人家哈哈大笑，連聲說他被沭陽人神化了。

法治不彰，被壓迫的人們是無處訴苦喊冤的。那時候，地方上沒有法院，也沒有警察和派出所，鄉長就是手執生死簿的活閻王，縣長就是玉皇大帝了。他們一念之間，可以讓人死，也可以叫人活。有錢可以行賄的，大奸大惡，可以逍遙法外；沒錢沒勢的老百姓，那怕是說錯了一句話，也可能在苦刑下送命。

黃花崗七十二烈士之一的林覺民，在他留給妻子的遺書中說：「天災可以死，盜賊可以死，貪官污吏虐民可以死。吾輩處今日之中國，國中無時無地不可以死！」在滿清政府被推翻二十多年之後的中國，由於內憂外患的煎熬，中國人民的命運依舊水深火熱，未見改善。

比起貪官污吏，盜匪也同樣的兇殘。他們成群結夥，有刀有槍。在蘇北的農村到處流竄，他們跟官府關係曖昧，時而閃躲，時而互讓。一些稍有口飽飯吃的人家，都是他們打劫的目標。

住在胡集北方跟我家相距十里多路的舅父，有一年冬天就被盜匪綁架了去，母親急得到處張羅，都無法湊足贖金，舅母更是在所有親友家裏奔走，希望能夠湊足贖金，救回舅父一條命。想不到一個夜晚，舅父竟然掙脫盜匪用鐵絲的捆綁，逃了回來。可是，他兩隻手的大拇指都被鐵絲勒斷了。

胡集鎮上的馬大娘，家境殷實，日子過得很幸福。有一天，家裏遭了土匪，馬大爺當場被土匪開槍打死了，馬大娘痛徹心肺，懸賞了一筆很大的獎金，希望捉到槍殺馬大爺的那個土匪。後來，那個土匪被捉到了，馬大娘在東街的場地上燒沸了一大鍋的油，由幾個人架著被五花大綁的土匪跪到馬大娘的面前，馬大娘咬牙切齒指著土匪的耳朵命令著家丁。

『給我割耳朵！』

家丁們割下了土匪的耳朵朝油鍋裏一丟，鍋裏立刻冒起了一縷青煙。

『給我割下他的腮幫！』馬大娘左手捏著一塊大洋，右手指向土匪的臉頰。

家丁接下馬大娘的賞洋，尖刀一撇就刮下了土匪的半邊臉，向油鍋裏一扔，立即被炸成了一塊豬排。接著一刀一刀地割下去，每割一刀，馬大娘就賞家丁一塊大洋。土匪先前還裝英雄，對馬大娘罵髒話，漸漸地被削成了一付骨架。最後是剖膛挖心，炸給馬大娘吃。直到完全斷氣爲止。

馬大娘淩遲匪徒，固然說明她對仇人的痛恨，報復的手段過於殘忍，但也凸顯出政治敗壞與法治不彰，人民生命財產得不到保障的悲哀。

爲了抵抗盜匪的肆虐，很多人家都寧願節衣縮食湊錢買了武器，並加強防禦設施。我家院子的西北角就蓋起了一座兩層三、四丈高的炮樓。跟東南角大伯父家的炮樓成犄角之勢，互相呼應與支援。兩座炮樓的根基都有一半伸展在院牆外面，炮樓四面的牆上都開著槍眼，可以監控兩家周圍的動靜，每一個角落幾乎都在交叉火網能夠射擊到的地方，是盜匪們不敢輕越的雷池。

大伯父瘦小木訥，穩重沈著，他有一枝第一次世界大戰在歐洲戰場上出盡鋒頭的德國造《套筒》步槍，子彈五十幾發，打擊力很強；我家雖然只有四口人，父、母、大姐和我，卻有漢陽造步槍一枝。後來，又陸續添購了跟大伯父家同型的《套筒》步槍一枝，比利時造勃郎寧手槍一枝，外加發射霰彈殺傷力很大的土造紫紅炮一門，各種武器都有充足的彈藥可用於持續射擊。父親固然精於使用這些土洋混雜的武器，母親也知道如何裝填子彈和瞄準射擊，甚至在父母親的監督指導下，小小年紀的大姐和我，也瞭解使用步驟，若是到了要命關頭，我們全家可能都會成爲勇敢的戰鬥員。

六、揹著柴火上學去

民國二十七年的春天，抗日戰爭度入了第二個年頭。黃河兩岸和大江南北千百個城鎮都相繼陷入敵手。國家民族遭遇到空前的苦難和危機。父親偶而會從胡集街上帶張舊報紙回來，邊看邊唉聲歎氣地說：『濟南失守了，徐州也丟了，要是日本鬼子來到我們這裏，日子就更難過了。鬼子兵呀，可比土匪還要可怕哪！』

『怕什麼，鬼子兵來了，叫你兒子去打呀！』母親記起父親曾經說過要送我去當兵打日本鬼子的話，故意頂撞他。

『我說的可是正經話。』父親說：『不像妳公私不分！』

『我哪有公私不分！』母親不服氣：『前天，有人來要抗日捐時，我就多給他三個銅板！』

『三個銅板？』父親笑著說：『三個銅板連一顆子彈都買不到！』

『要是大家都能像我一樣，都多給三個銅板，恐怕連飛機大炮都能夠買得到呢！』

母親雖然沒有讀過書，但她說的卻是道理。

農曆新年剛過去，父親就送我到莊法中老師在村裏開辦的學堂上學。因爲農村的經濟條件十分落後，教室只是一間借用來的破舊的民房。室內空間很小，只能放下幾張大小不等高低不一的木頭桌子，全體學生還不到二十人。

莊法中老師只有二十多歲，穿著藍色長衫，英姿煥發，他教我們識字，也帶我們唱歌和遊戲。

每天清晨起來上學，除了要帶課本文具以外，學堂規定還要背著一捆乾柴準備到學堂燒開水喝。上學要帶柴火，恐怕是世界教育史不可多見的趣聞，但深層卻隱含著那一個時代國家物力的艱難，興學的不易和父母對子女無微不至的愛心。

莊法中老師教我們的課本，並不是《三字經、百家姓、千字文》這一類舊時的啓蒙書籍，而是新制學校的教科書。因爲我已經認得不少字了，所以一開學我就從《復興書局》出版的小學《國語》第二冊讀起。我記得第一課的課文是這樣的：『玩具多，玩具好，大家拿玩具，造個小學校。野貓太可惡，跑來就撞倒。大家說：不怕，不怕，我們再來造。這個小學校，造得更加好！』

當時，我只覺得這樣的課文好讀好記，讀起來很有趣味，但體會不出有什麼特殊的涵義。孩子們用玩具堆砌成一個小學校，被一隻毫無心機的野貓跑過來撞倒了，這是很常見的事。孩子們想繼續玩下去，再重新造出一個，也是很平常的現象。直到後來長大了，理解力強了，慢慢地回味起來，才領會到課文的精神主要是在教導孩子做事不要怕挫折，也不要怕失敗，不怕挫折和失敗，最後就會成功。就能夠實現理想和願望。

農村的學堂完全不受學期和學制的限制，老師依據學生的能力來決定教學的進度。領悟力較高和學習勤快的學生，老師就教得快一些，多一些。反應較遲鈍的，就少教一些。我因爲四、五歲的時候就跟父親讀書識字了，稍微有了點底子，所以不到幾個月，就讀完了小學一、二、三年級的課本。莊老師見我讀得太快，就教我算術，來分散我的學習時間和精力。

算術，是我頭一次接觸到的功課，對加、減、乘、除的符號和列式毫無概念，一時，相當的讓我手足無措。不但不會計算，也不知道要有得數。有一次，莊老師把我叫到他的跟前，指著我算術的簿本直搖頭。

『看！你的算術怎麼光抄了習題沒有得數呢？』他問。

『什麼得數？』我被問得一頭霧水，不知道要怎樣回答。

『來！』他一邊說，一邊把我兩隻手拉過去，先扳起左邊三個指頭，問我幾個，我說三個。他點點頭，再扳起右邊三個指頭，問我幾個，我又說三個。

『好了！』他把左右兩手各三個指頭拉到了一起，問我：『一共幾個？』

『六個！』我說。

『對了！六個就是得數。』他摸一摸我的腦袋，輕輕地揉了兩下：『可要記住了，下次做習題，一定要有得數！』

也就是從這個時候起，我才知道做算術時不能沒有得數。只是，我的算術天分實在太爛了，或者說對數字患有恐懼症，從小學到初中，做起算術習題來，老是丟三落四的。少小離鄉後，幾十年間，不但不會理財，甚至連自己出生的年月日都記不得了。

日本鬼子的鐵蹄在蘇北的大平原上恣意地踐踏著。抗戰的歌聲像春雷一樣響遍了城鎮和農村，也響到我們的教室來了。莊老師手裏揮著一根燒開水剩下來的乾樹枝兒，站在黑板前打著拍子，一遍又一遍地教我們唱著：

向前走，別退後，犧牲已到最後關頭，同胞被屠殺，土地被瓜分，
我們再也不能忍受，我們再也不能忍受！同胞們，向前走，別退後！

莊老師激昂慷慨地教著，孩子們熱血沸騰地唱著，剎那間，好像大家都置身在衝鋒陷陣的沙場一樣。

有一天，我們等到了中午，都沒有見到莊老師來給我們上課，大家都覺得焦急和訝異。後來，有位同學說他的父親告訴他，莊老師打日本鬼子去了。到什麼地方去打？是去打游擊？還是當兵投入了主戰場？我們不知道。不過，去打日本鬼子是可以肯定的，因爲幾年後，我們聽到了消息說，莊老師被日本鬼子的爪牙殺了。也就是說，自從那天起，我們再也沒有見過莊老師。

莊法中老師走了以後，我們的學堂也就關了門。沒幾天，父親又把我送到胡集鎭一個塾館去上學，塾師趙子康先生，也曾經是我父親的老師，當時已經六十多歲了，走起路來老是步履蹣跚的，顯然是已經年老力衰了。父親感念他老人家對我們父子兩代殷勤的教誨，常常會送些田裏收成的東西給他，花生、菜瓜、麵粉都有。有時，還會趕著老牛拖著犁耙幫他家的兩三畝田也耕了，趙子康老師曾經對父親尊師重道的表現一次又一次地嘉許。說他離開學堂以後十多年了，仍舊是個好學生。

『先生，如果孩子不聽話，你儘管打！』父親把我拉到趙老師的面前，懇切地說。

『不會，不會！』趙老師邊擺手邊笑著說：『我都沒有打過你，怎會打他！』

『他是塊讀書的料子嗎？』父親指著我問趙老師。

『好像是塊料子。』趙老師說：『能不能夠成材，完全要看他用不用心，勤不勤快。』

趙子康老師說得不錯，我這塊料子沒有能夠成爲棟樑之材，在大時代的浪濤中載浮載沈，既不知見風轉舵，也不知回頭是岸，就是因爲用心不專，用力不足。

趙子康老師有個獨生子，名鼎，字香九，很有點學問。經過考試，當上了我們那一區的區長。他爲人非常忠厚，做官也很清廉，是那個時代難得一見的好官。很受我父親敬重，常常以他爲榜樣，要我向他學習。可是，在他的上下和周圍壞的官吏實在太多了，他無法獨力抗拒腐敗的頹風，常有生不逢時的感歎。

清官與好官本來就是孤獨的，趙香九區長雖然做得讓老百姓叫好，但在官場卻四面楚歌，連他的直屬部下胡集鄉長張舉千也跟他成了對頭。

有一年，趙香九的妹妹出嫁，婆家是胡集南鄉跟我家同村爲鄰的邵家。花轎順理成章應該出胡集西門往南轉去。但張舉千很霸道，他故意要羞辱趙香九區長，一道命令，要手下的爪牙關緊西門城樓下面大門的通道，就是不讓花轎通過。從午後一直僵持到天黑，轎夫們不得已只好把花轎抬回去出北門繞道而去。這件事情，在地方上引起很大的民憤。一個小小的鄉長竟然猖狂到這種地步，可見當時的政治品質是多麼敗壞，人民的日子過得又是多麼辛酸！

七、讀了大學棄糟糠

當然，張舉千鄉長也並不是個一無可取的惡吏，他在地方上也做了一件好事。南鄉狄村有個好讀書的青年，名叫狄樂天，考上了北平朝陽大學，因爲家裏很窮繳不起鉅額的學雜費而無法入學。這件事情被張舉千知道了，他當即慨伸援手，拿出了幾百塊大洋，不但幫狄樂天繳了學雜費，還提供他衣食住宿的費用。

狄樂天大學畢業後，因爲抗日戰爭全面爆發，他就去了四川，在四川省北碚當了律師，不但沒有回過家鄉，連自己的原配妻子也被他遺棄了，鄉人每談到他，都搖頭歎惜，認爲他忘恩負義，不知道飲水思源。

狄樂天的行徑，曾經引起我母親極大的警惕和反感。她常常告誡我做人不可忘本，千萬不要學狄樂天。

『你長大了以後，要是把媳婦一個人留下來自己跑了，我可不要認你這個兒子！』她說：『你知道嗎？狄樂天這個沒有心肝的東西，傷了多少人的心呀！』

『要是張舉千不給他錢去讀書就好了，』我說。

『這不怪張舉千，只怪那個畜牲！』

其實，我很瞭解母親想的是什麼，狄樂天沒有對家鄉有過一絲回饋，母親是不會在意的，她只是同情被狄樂天遺棄了的妻子。她呀，從十八、九歲新婚起一直守到徐娘半老，都沒有再見過丈夫的影子。而她的丈夫，卻早已在抗戰的大後方另結新歡拖家帶眷了。

民間故事裏常常提到的，薛平貴從軍，丟下年輕的妻子王寶釧，害得她苦守寒窯十八年，受盡了饑寒和勞苦。不過，王寶釧的運氣還不算太壞，最後，她還是守到了戰勝歸來的丈夫，雖然薛平貴這個混球，回到家門時還隱藏著身分，對王寶釧戲弄了好一會，但到頭來，還是認了糟糠，而狄樂天的妻子卻沈留寒村獨守一生，直到終老都沒有再嫁。

我對母親是有承諾的，就是我答應她絕對不會在她有生之年遠離她的身邊，更不會留下妻子遠走他鄉。只是在大時代潮流的推動下，讓我無力回天，在還沒有娶妻的時候就浪跡天涯了。

趙香九的妹妹出嫁以後，跟我們家相距很近，彼此呼叫聲都可以聽到。因爲她娘家姓趙，夫家姓邵，所以我們都叫她邵二姐。邵二姐出身書香門第，從小跟著父兄一道讀書識字，耳濡目染，有相當不低的文化素養。平常，不論是她到我家來，或是我到她家去，只要她不是在忙著，就會講故事給我聽。

說起來，她眞是個敏捷而又穎慧的女人，做起事來有條不紊，乾淨俐落，講起故事來，就像是故事中的人物親自出來表演，喜、怒、哀、樂，無不妙趣橫生。她對《三國演義》和《紅樓夢》的情節掌握得絲絲入扣，對諸葛亮在大江上面躲在濃霧裏《草船借箭》的驚險過程，說得就好像她當時就坐在諸葛亮身邊一樣的緊張和眞切。

對於林黛玉的悲情，她描述得更加細膩，說到淒苦的情節，她會珠淚盈眶，說到激昂慷慨時，她又會意興昂揚。後來，我把《三國演義》看了一遍又一遍，而且不會厭倦，跟趙子龍、徐庶、孔明、曹植和姜維這些英雄和悲劇人物成爲不同世代的知音，多少是因爲受到邵二姐的影響。而林黛玉更是我走遍天涯海角窮半生歲月希望一遇的紅粉，或因物換星移，或因落魄傖俗，始終未得一識。直到暮年，始悟那只是文人弄虛托意，人間煙火怎麼能夠烘出像林黛玉這樣柔穎感性的女性？

在那個時代的農村婦女裏面，邵二姐雖然沒有林黛玉的慧根和特質，但也算是鳳立雞群了。她通古達今，知書識禮，舉止莊重，談吐幽雅。完全承襲了父兄的高風亮節。也正是因爲她溫婉嫻淑，比起左鄰右舍不通文墨的姑嫂，不免稍落清寂，格調上有了等差，所以有人嫌她孤芳自賞，不太合群。

『你在唸什麼咒呀？牙疼嗎？』鄰家好管閒事的王大娘，見到邵二姐在田裏一邊拔草，一邊在唸著古人的詩句，故意諷嘲她。

我唸的是宋代張瑜的詩：『昨日入城市，歸來淚滿襟；遍身羅綺者，不是養蠶人！』

邵二姐和顏悅色地解釋著：『是說呀，養蠶的人辛辛苦苦地養蠶，織成綺羅綢緞，自己卻穿不起，但不養蠶的人，穿的反而是上等的絲料，這到哪裡去講理嘛！所以張瑜心裏就不服氣了。』

『我聽不懂，』王大娘覺得沒面子，酸溜溜地說：『妳呀，以後可不要對著我唸咒，妳認得幾個字有什麼不得了，還不是跟我一樣要下田拔草，拔得還沒有我快。』

『我也沒有對著妳唸，妳不要聽嘛！』邵二姐委屈地說：『我知道拔起草來妳比我快，妳拔妳家田裏的草，我拔我家的，井水不犯河水，何必要跟我比呢！』

『婦道人家鍋前到鍋後，燒飯養孩子，唸什麼倒頭鬼的書，識什麼蒼蠅螞蚱一樣的字嘛。』王大娘講得一嘴道理，喋喋不休地數落著邵二姐：『我說呀，書能當飯吃嗎？字又能當山芋啃嗎？我就是看不慣。』

晚上，邵二姐憋著一肚子的氣跑到我家來向我父親訴苦，她相當激憤地問我父親。

『小爺，你說說看，婦道人家就不能唸書識字嗎？』她涕淚潸潸地說：『這是那門子的道理嘛！』

『連孔子都有人要罵他，妳氣什麼？』父親安慰著邵二姐：『自古以來，別說像妳這樣唸詩的女人，做詩的女人也多著呢，等我見到王大娘，我會把她們的名單開給她，讓她一個個去罵！』

邵二姐獲得了精神上的支援，留下一包紅糖，站起身來走了。母親本來是不想收下邵二姐那包紅糖的，因爲父親不忍拂她的誠心，就接下來了。

『多少年來，都是我送東西給她的爸爸。』父親摸摸我的光頭，笑著說：『現在她給你爸爸送包糖來也不爲過。』

『只不過說幾句閒話，就讓人家破費了一包糖，這本帳要怎麼算嘛！』母親在一旁直搖頭。

『這就是學問。』父親說：『用到的時候，一字值千金！』

『你長大以後可不要種地了！』母親對著我說。

『不種地那來飯吃？』我說。

『怕什麼，去賣字呀！』母親說：『只要賣一個字就不愁衣食了。』

『妳呀，就是好講歪理。』父親呵呵地笑著：『從古到今，靠賣字吃飯的人可多著呢！』

想不到母親的話說得可眞靈，我十七歲的時候就開始給報紙寫文章了，二十歲當兵時，一篇小說的稿費比半年的薪餉還要多，班長連長都向我借過錢，借了不還，他們就不好意思管我了。以後半個多世紀，都是靠寫字來維生。孩子是字養大的，房子是字堆出來的，汽車也是字換來的。半絲半縷和一粥一飯都來自在文字的牽成。

八、慈母伴讀油燈殘

從我家到胡集街上，是一條狹窄而又崎嶇的小路，雖說只有二、三里，但走起來卻要好長一會兒。冬天上學，天剛濛濛亮，就要出門趕路了。上學途中，迎面的朔風吹在臉上痛得像被針刺一樣，每天清晨趕到街上時，先掏出母親給我的四個銅板買了一根油條和一塊朝牌當早餐。也許是胃口特別好吧，每天總是覺得肚子餓餓的，再加上清早走了一大段的路，一套油條和朝牌根本塡不飽肚子，嘴饞饞的，好希望能夠站在油條和朝牌攤邊吃飽了再走。

但怎麼可能呢？我從來不敢向母親多要一個錢，家裏的日子過得不富裕，母親又很節儉，早晨能夠吃到一套油條和朝牌已經算是奢侈的了，村裏的孩子是很少能有這個福分的。

對於父親省吃儉用送我上學，母親是非常支持的。不過，爲了訓練我吃苦耐勞，除了讀書寫字以外，母親也常常派些雜事給我做。

『看你懶洋洋的，就不能把院子掃一掃！』這是她常常訓我的話。

每到初夏，布穀鳥叫了，家後面一排老桑樹上的桑椹也就熟了。有紅的，有紫的，是餵豬的好飼料。這時候，母親就會給我一個用樹條編造的提籃，叫我到樹下去拾落滿地上的桑椹回來給豬吃，每拾滿一籃，她就給我四個銅板，這種《以工代賑》的方法很能提振我的勞動意願和效率，一個上午，我常常能夠拾滿三到四籃桑椹，工資她都會如數照給，我們從來沒有發生過《勞資糾紛》。

說起母親，她實在是一位好媽媽。她的腳很小，人也不高，身材瘦瘦的，臉頰稍顯蒼白，肯定是營養不良的緣故。可是，在田野間做起活來，她會跟父親一樣吃苦耐勞，她的腰彎彎的微向前傾，做每一件事似乎都用盡了心，使盡了力氣。不論寒暑，她總是最先起身，把雞從窩裏放出來趕著牠們到門外去找蟲吃，接著用竹掃帚把家院掃得乾乾淨淨的，再一件件去做繁瑣的家事。

儘管從黎明忙到天黑，但她從來沒有說過累，也沒有叫過苦。我常常看到她在做活的時候，會突然停了下來，用手臂彎到背後去搥著腰桿，或是把眼睛閉起來喘口氣，看到她這種神態，我就知道她累了。

『媽媽，我來幫你搥。』有時候，我會走到她的背後掄起小小的拳頭幫她搥幾下。

『等我老了，你再給我搥吧！』她說：『像你這樣啊，力氣太小，越搥越疼！』

怎麼也沒有想到，我還沒有長大，她也只有四十幾歲，我就離開了家鄉，離開了她。而後，烽火連天，關山遠隔，人造的藩籬阻絕了天倫的音訊，一直到她八十三歲去世的時候，我都沒有能夠再見到她。

母親的恩澤山高海深，是永遠寫不完也說不盡的，小時候，家裏有任何好吃的東西，她都會讓我們先吃，有時候，我們也會請她跟我們一道吃，或是分一點給她吃，可是，她總是推來讓去的，不是說她已經吃過了，就是說她不喜歡吃。當時，年幼無知，一點都體會不到慈母的愛心，還眞以爲她不喜歡吃呢。其實，她哪裡是不喜歡吃，只不過是捨不得吃罷了。

記得是四歲或是五歲那年吧，有一天，父親從胡集街上買了一包杏仁酥回來，母親不希望我很快就吃光了，就把杏仁酥裝在一個鐵罐子裏放在很高的地方，打算慢慢地拿給我吃，可是，我就是急得很，老是在裝著杏仁酥的鐵罐子下面走來走去，裏裏外外地張望，心裏盤算著怎樣才能把杏仁酥弄到手。就在這個時候，母親忽然從門外走了進來，我一把就拉住了她。

『媽媽，妳看！』我用手指著高處的鐵罐子問她：『那裏面裝的是什麼東西呀？』

『我也不知道。』母親故意逗弄著我，她忍著笑說：『好像是毒老鼠的藥吧？』

『不是！』我心裏一急，馬上現出底來：『是杏仁酥！』

『你知道是杏仁酥，爲什麼還要問我？』母親說著就向一邊走去。

祇不過，母親要走開的動作是假裝出來的，她只是走了幾步，就轉回身來了。她提起腳跟伸手從高處把鐵罐子取了下來，用手輕輕地搖了一搖，再揭開蓋子從裏面掏出一塊杏仁酥來。

『你呀，心裏想的什麼，還能瞞得了我嗎？』她邊說邊拿杏仁酥在我的鼻尖上敲了兩下，再塞到我的嘴裏，母子倆皆大歡喜。

冬夜，外面飄著雪花，朔風呼嘯，刺骨的寒流，不停地從門縫和窗隙間襲入屋內，爲了趕功課，我常常會在昏暗的豆油燈下苦讀，兩頰冰冰的，手指都凍得快要伸不直了。這時候，母親總是縫縫補補地守在我旁邊陪伴著我，他一會兒把燈芯拉出燈盞的邊緣，放大燈光的亮度，讓我更能夠看清楚書上的字句。一會兒又會把火盆上層的灰燼向一邊撥了撥，使盆火更旺，溫度升高，爲我驅除屋內的寒氣。到了夜深，她還會悄悄地在火盆裏放進一兩個山芋，或是一把花生，燒熟了剝給我吃，做起這些事來，她都是輕手輕腳的，怕擾亂我的心神，怕分散我的注意力，卻又很想爲我做更多的事情。

我不知道西漢《鑿壁偷光》的匡衡，夜讀時，他的母親有沒有替他燒過山芋，燒過花生，給他充饑禦寒？我也不知道，爲了擔心兒子學壞曾經搬過三次家的孟母，有沒有像我的母親這樣細心地呵護過她的兒子？但是，我卻能夠刻骨銘心地體會到，凡是天下母親能夠爲子女做到的和想到的事情，我的母親都做到和想到了，而且做得完善，想得週到。

寒村冬夜是沈寂的，一點點風吹草動的聲音都能夠清晰入耳。隔不了一會兒，就會有狗吠聲傳來，狗的叫聲越急，就越表示有陌生人走近。什麼人會在冰天雪地的深夜出來走動呢？無疑的，是有盜賊出現了。每當遇到這種情景，母親就會不自禁的緊張起來。

『年頭眞的要大亂了！』她摟著我喃喃地說。

『早就亂了！』父親漫應著：『沒吃沒穿的人越來越多，天下怎能不亂！』

母親和父親所說的話，除了盜匪如毛民不聊生以外，還有貪官污吏肆虐，日本鬼子的鐵蹄日益逼近，人民的生命財產完全得不到公權力的保障，所以父親常會恍恍惚惚地坐不穩，睡不安，生怕那一天盜匪會衝進門來，日本鬼子會來到胡集，害得我們家破人亡。爲了保護我們和這個家，他早早晚晚幾乎槍不離手，那枝漢陽造步槍，槍托都被他的手掌磨得亮亮的。我們嘴裏不敢說，心裏卻隱藏著很深的恐懼，常常擔心有一天會失去父親。

平常，父親不常去摸那枝德國造的《套筒》步槍，那枝槍是爲母親買的，經常掛在炮樓牆壁的釘架上，子彈上膛，拿下來扣板機就可以射擊了。按照父親和大伯父的想法，當盜匪們蜂擁而來的時候，我們兩家最後固守的陣地就是西北方和東南角這兩座炮樓。至於那把用十七塊大洋買來的勃郎寧手槍，父親總是時時刻刻隨身攜帶，外出時插在腰間，睡覺時放在枕邊，他非常擔心我會玩槍惹禍，一再約束著我，沒有他在一邊看著，絕對不許我亂動槍枝和子彈。

但說是這麼說，聽也是這麼聽，一有機會，我還是會溜到炮樓上去玩槍，不但在自家的炮樓上玩，也會到大伯父家的炮樓上去玩。有天，我把大伯父家的那枝《套筒》從牆壁上取下來，坐在床上拉動槍機推子彈上膛，再把子彈退出來，一次又一次推進拉出。後來，以爲子彈都退出來了，就扣了一下扳機，突然砰的一聲，子彈飛出槍口把牆壁打出了一個碗大的凹窩。大伯父聽到槍聲，從門口衝上炮樓，見我楞在那裏，在問清了狀況後，怕我挨打，還替我瞞著當時沒有在家的父親，但到後來，父親還是知道了，經過大伯父說情，他只罰我寫了一百個大字，並由母親擔保以後不准在私下玩槍。

槍和筆兩樣東西，在我的一生中都佔有很重要的地位，但比較起來，我是更喜歡槍，當兵時，從美造三〇步槍、半自動步槍、甚至火箭筒、六〇迫擊炮，都玩得很熟練，我曾經用卡賓槍打中快跑中的兔子，在兩百公尺步槍射擊時，中靶的機率也常在百分之九十以上。在我二十四歲那年因爲健康問題離開軍隊時，才丟下槍桿，抓緊筆桿，從此驚醒了鐵馬金戈的好夢。

第二章

農家愁

第二章 農家愁

一、一言九鼎魁大爺

兩千多年前，同是儒門先驅的孟子和荀子，對於人性的界定，曾經有過善與惡的爭議，但我認爲人性的善或惡，是不應該以兩極化的態度來認定的。因爲一個人就算是天性善良，如果沒有堅定的意志，善良的天性，就很容易受到惡劣環境的污染與扭曲，或同流合污，或見利忘義，或飽暖思淫欲，或饑寒起盜心，不自覺的就會跌入罪惡的深淵。譬如有些貪婪成習的官吏，當他少小讀聖賢書時，一定不會想過長大以後要做貪官污吏，要做敗壞名節的事，但到後來卻一步步走上了邪路，這不是他生性不善，也不是他喜歡作惡，而只是善念過於脆弱，經不起名利的誘惑，過不了慾望的大關。至於生性兇殘的人，或淩虐孤寡，或謀財害命，或荼毒鄉里，或出賣國家，這種大奸大惡，自是不容於天。可是，如果能有仁愛的教育感化他們，清明的政治造福他們，公正的法律規範他們，溫馨的社會關心他們，繁榮的經濟接納他們，相信他們必能改邪歸正，安分守紀的做個好人。

祇是，這種烏托邦似的社會太難出現了，中國五千年來，就算是堯、舜、禹、湯、周公時代和後來的漢、唐盛世，似乎都沒有能夠同時建立起這種百善盡陳完美無缺的架構。而國步艱難，民不聊生，卻又似乎是炎黃子孫的宿命。

說起教育，抗戰前後的蘇北，除了少數的縣城設有初中和簡易師範以外，絕大部分的城鎮和農村，一直都停滯在尙未開發的狀態。尤其是沭陽縣，全縣都沒有一所完整的中學，高中沒有，初中也沒有。胡集鎮上，只有一所小學，還沒有整齊的校舍和教室，而只是把一座廟宇的菩薩搬走，利用它的堂殿擺上了桌子和長板凳，再掛上一塊黑板，就算是教室了。

就是這樣簡陋的一所小學，在鄉民們看來，就已經是一所仰之彌高的頂尖學府了。能夠在胡集小學讀完六年級畢業的學生，就像科舉時代的秀才或舉人一樣，是地方上的菁英，鄉里的賢達，受到大家的推重和景仰。

我家遠房有個侄子，名叫趙可安，雖然比我晚一輩，歲數卻比我大了很多，那年，他大約有二十歲了吧？身材高挺高挺的，已經結婚了。爲了就近讀胡集小學，寄宿在我家右鄰的魁大爺家，父親常會帶我去他那裏向他請教功課上的難題，我喜歡亂問，他又缺乏耐性，所以偶而會出現氣氛很不調和的情景。比如我會突然提出這樣的問題，讓趙可安急得搖頭，不知如何作答。

『雪花爲什麼會是六角形的呢？高粱爲什麼會長得那麼高？羊角爲什麼比牛角要彎？豬長肥了爲什麼都會被殺掉？胡集鎮爲什麼有東門、北門和西門，唯獨沒有南門？胡集小學開設在廟裏，上課唸書的時候不會怕鬼嗎？魚爲什麼不會被水淹死？』類似這些問題，我常會追根究柢，問個不休。

『小祖宗，你想把我難死嗎？』趙可安兩道劍眉皺成了一條扭曲的橫線，他說：『你要是眞的非知道不可，就去問老天爺好了。』

『你要聽清楚，以後可不許再問這些怪問題。』父親一邊用眼睛瞪著我，一邊用指頭點著我的腦瓜：『我眞不懂，你這裏到底裝的是什麼呀？老是胡思亂想的。』

『我怎麼會知道』我把頭向後縮一縮，低聲地咕噥著：『又不能夠打開來看！』

『我也不是怪你啦！』趙可安見我挨了父親罵，似乎不好意思，他的語氣變得和善起來：『你問的也並非全無道理，只是我也不知道而已。』

『我認爲只要敢問，就是有種，有膽子。』躺在榻上抽著旱煙一直在聽我們說話的魁大爺，咳了一聲，插嘴說：『哪有什麼事情不可以問的？』

魁大爺果眞是一言九鼎，他兩句話就化解了我們的窘相，而我，更是如同見到了救星。

論年紀，魁大爺比我父親大十幾歲，他是我祖父二哥的長子，在地方上小有名氣，是一位遠近皆知的和事佬，每逢鄉人有了糾紛，都會主動到他跟前來講理，請他支持或調解。最後，他也總是能夠說得當事人心服口服，化干戈爲玉帛。

魁大爺沒有唸過什麼書，也許可以說他根本不識字。他在地方上能夠擁有一定程度的影響力，完全是因爲他閱歷多，交遊廣，能言善道，江湖道上的酒肉朋友一大堆互相抬舉，而且跟胡集鄉的鄉長張舉千交往頻繁，日積月累，他的名號就闖出來了。

在我們的村子裏，有個王姓人家的兒子，在胡集小學畢業以後，跑到離家一百多里以外的清江浦去升學，他讀的是普通和職業分科教學的私立成志中學，可不得了，他簡直就是我們村裏的大學問家了，每逢寒暑假他從學校回來，村裏就有人像迎接貴賓一樣請他吃飯。因爲我們兩家情誼深厚，父親也常會把他請到我們家裏來盛情款待。他比我大十一歲，我都叫他王大哥。

王大哥走起路來的腳步邁得很大，很穩，兩手喜歡放在背後，一副老成持重的樣子。爲了表示他書讀得多，字寫得好、有學問，特地寫了一副對聯裱好了送給我家。這副對聯不知道是從哪裡抄來的，但確實是立身處世、意味深長的座右銘。它的上聯是《靜坐常思己過》，下聯是《閒談莫論人非》。

自從書房掛起了這副對聯以後，我的日常生活就多了一些很大的麻煩。因爲父親每次看到這兩句話，就會無緣無故地訓我一頓。

『常常想到自己的過錯，不說別人的壞話，你做到了嗎？』父親對我問過一次又一次。

『做到了！』我也不止一次地這樣回答他。

『好像沒有啊？』父親用懷疑的眼神看著我。

『有！』

『有就好！』他說：『你要好好地跟王大哥學，長大以後，我也送你去清江浦唸書，知道嗎？清江浦是個大地方呢！』

『我不去！』我說：『路太遠了，我會想家！』

『別丟人！』他說：『男兒志在四方，沒出息的人才會一輩子留在家鄉。』

世事無常，父親的話激勵著我，許多年後，我眞的遠走他鄉，並且改變了我一生的命運。這是後話。

民國二十八新春，一場漫天蓋地的大雪，連宵不停。平地積下三尺多深。村間小路被蓋得跟田野連成了一片。很難看得出田在哪裏，路在哪裏。正月十五日元宵燈節剛過去，父親和我踏著積雪和泥濘，從家門口走向兩里外的南村去。他要送我到南村的潘家去上學。潘家是我們鄉裏的有錢人家，家主人五十多歲，爲人和善，我們叫他潘四爺。

潘四爺西瓜大的字認不得一籮筐，但他深知不識字的痛苦，所以在家境富裕以後，很希望兒孫都能讀書識字。長大能夠出人頭地，至少不會受人欺侮。他有三個兒子，長子已經結婚有了孩子，開始管家不要上學了。次子和三子年紀都比我大，天資雖然不高，但他還是花錢把胡集北鄉華莊一位前清的老秀才華撫四先生請到家裏來開了個塾館，教他兩個兒子和一個孫子。

也許是為了分擔華老師的束脩，也許是完全出於一番敦親睦鄰的善意，他也答應好幾個外姓人家的孩子入館伴讀，我就是在這種機會下做了華老師的學生。開學那一天，特別舉行一個隆重的拜師儀式，華老師高高地坐在堂前，堂上紅燭高燒，我們一共有八個學生一個接一個地向他行跪拜禮。他摟一摟自己的鬍鬚，點著頭算是答禮。接著就伸出一隻寬厚的大手挨著順序摸著我們剃得光光的頭顱，問我們會不會聽話？

照理，這句話問得應該是多餘的，頂多也只能算是沒有話找話說，因為在那種莊嚴肅穆的氣氛下，那個孩子敢說不聽話呢？可是，洋相眞是出足了，當他低下頭來問我這句話的時候，不知道是因為跪得太久不耐煩了？還是哪根筋不對了？我竟然連自己都不知為什麼會那樣的昏了頭，直起了嗓子反問他。

『壞話也要聽嗎？』

我這句話一出口，剎那間，屋裏的空氣好像頓時降到了冰點，華老師和家長們都目瞪口呆地楞在一堆。尤其是我的父親，更是窘得手足無措。他急忙向華老師賠不是，請他原諒我的魯莽和不懂事。站在一旁的潘四爺，也不停地唉聲歎氣，直用手揉著腦門。看樣子，他一定很後悔答應收下我這個麻煩的學生。

『先生怎麼會說壞話呢？』他拉一拉我的衣袖推一推我，笑呵呵地說：『來，給先生磕個響頭賠個禮！』

我聽了潘四爺的指使，給華老師磕了個頭，頭碰在地上，響起沈沈的一聲。『這個孩子有膽量，有主見。』華老師見風轉舵，伸手把我拉起來：『他說的沒有錯，壞話當然不要聽了。』

聽了華老師的疏解，大家都鬆了口氣。父親理解到潘四爺和華老師的善意和愛心，再三向他們道謝。這而後兩個多月，華老師似乎一直以異樣的眼光在看我，有觀察，也有防範。我意識到氣氛的緊張，時刻提心吊膽，努力把書背熟，把字寫好。讓華老師漸漸地放下心來，認為我不是一個麻煩的學生。

二、華老師的八角錘

在華老師的門下，我是從《四書》首本《大學》讀起的。華老師只教字句，不講內容。我只能跟他朗誦，書裏說的什麼，有的我是似懂非懂，有的是茫然無知。『大學之道，在明明德，在親民，在止於至善；知止而後有定，定而後能靜，靜而後能安，安而後能慮，慮而後能得……』這樣的課文讀來雖然不知所云，但抑揚頓挫，韻味十足，倒也能夠帶動氣氛，製造趣味。

不過，要是比較起來，我還是喜歡讀新制學校的教科書。我記得趙子康老師教我的國語教科書課本，內容是那樣的鮮活，音調是那樣清脆，字句是那樣簡潔，意味是那樣深長，讓人讀來有切身的感受，說不盡的神往。比如小學國語課本第三冊，其中就有這樣的一課：

北風緊峭，大雪紛紛飄，平地積起三尺高。
早晨上學去，路上行人少，只見個老人把雪掃。
他曲背彎腰，掃過東邊掃西邊，掃淨大路掃小道。
我對他說：『早！祝你快樂安好。』

看！在這篇短短只有六十四個字的課文裏，有抑揚的音節變化、明澈的景色、人物的素描、熱情的服務、感恩的心聲、虔誠的祝福，道盡了人性的眞、善、美，刻劃出人間的光明和希望。實實在在是一種教育兒童潛移默化上乘的題材。

很不幸的，而後的中國教育大計，因爲受制於國家形勢的驟變，中、小學校教科書竟喪失了至情至性的人文精神，而淪爲對兒童《拉伕》的戰場。造成這種現象的有兩個原因，一個是外患日殷，中華民族面臨危急存亡關頭，國家須要全體國民團結一致禦侮圖強，很自然的要透過教科書向新生代傳達愛國思想，主導他們的精神意志；另外一個原因，就是政黨鬥爭的激化，當政的國民黨和在野的共產黨，都急於透過文化打手爭相攻佔中國少小一代的思想陣地，爲他們的利益服務。相沿成習，從此中國的幼苗們，就不再容易能夠讀到至情至性以倫理文化爲中心的課文了。

這是中國教育史上最大的創痛，溫柔敦厚的民族性屢遭浸蝕，污濁的政治應是罪魁禍首。

華撫四老師是滿清王朝的遺老，對民主共和的新制既不熱中，也不贊同，他教我們寫大字，有關柳公權玄秘塔字帖中的《玄》字，一定要我們省寫最後那一點，因爲康熙皇帝的名字叫玄燁，須有所避諱。他的固執，讓很多人都不敢在他面前提《中華民國》的年號。

雖然華老師是一位文秀才，但他武功的底子卻相當深厚。加上身材魁梧，結實有力，走起路來虎虎生風。平時，他在腰間經常繫著一柄比拳頭還要大的八角鐵錘，隨著身體的轉動晃來晃去的，看起來有點嚇人。我們眞怕他生起氣來掄起鐵錘砸向我們的腦瓜。不過，他從來沒有用鐵錘嚇唬過我們，倒是潘四爺會給我們下馬威。

『你們這些兔崽子，要是不給我好好唸書，我就叫先生用鐵錘敲你們的鼻子！』他邊說邊做手勢。

當著潘四爺的面，華老師只是笑一笑，等到潘四爺走開以後，他才會鄭重說明。

『打不用功的學生，我用這個就夠了。』他指一指案頭上的戒尺。

『先生，那你的鐵錘是做什麼用的？』我問：『是用來打狗的嗎？』

『是搗胡椒用的！』鄰座一位姓王的同學搶先替華老師作答。他說：『我爸爸在牌桌上每次打出八索時，都會唱一句《八角錘來搗胡椒》！』他的話一說完，頓時逗得大家哈哈大笑。

『這就叫《近朱者赤》啊！』華老師看著王同學直搖頭，他歎口氣說：『唸書的時候你要是有這樣的好記性就好了。』

『那到底是做什麼用的嘛！』潘四爺的小兒子把問題拉回到原點，他說：『先生，那該不會是帶著好玩的吧？』

『打賊用的！』華老師摸一摸八角錘，回應著：『要是日本鬼子給我碰上了，嘿，我也會送他回老家！』

『要是日本鬼子騎在馬身上呢？』我想起沭陽縣城裏下鄉來的馬隊，他們揮著鞭子威風凜凜的，好怕人。我很擔心華老師的八角錘對付不了騎馬的鬼子兵。

『你好愣啊！當然是連馬一起打了。』潘家老三插嘴說：『先生的鐵錘又不是用麵粉捏出來的。』

『唸書！』華老師揚一揚手裏的戒尺，吆喝著說：『不許再胡扯了。』

課堂先是一片肅靜，接著泛起了朗朗的書聲。

說起華老師的那枝戒尺，來頭可真不小。雖然不是鐵打銅鑄的，但打在手心上，卻會痛得人涕淚交流。聽潘四爺說，戒尺是用棗木心做的，堅硬的程度不會比鐵和銅差到那裏去。尤其是戒尺的一頭被鑽了許多像蜂窩一樣的小洞，一打一拖，手心會被吸出一粒一粒紅點，如同拔罐後的情景，腫得高高的，兩三天都恢復不了常態。

潘四爺還說，戒尺是華老師從家裏帶來的，八十年前，他的祖父用這枝戒尺打過他父親的手心，後來，他的父親又用這枝戒尺打過他。再後來，他再用來打他的兒子。現在，他又用這個傢夥來打我們。

『這回嘛，先生可要在你們這些兔崽子身上連本帶利收回去了。』潘四爺見華老師上茅廁去了，幸災樂禍地對我們擠著眼睛說。

事實上，戒尺在華老師的手裏，恐嚇的功能一向是大於懲罰效用的，除非老是貪玩背不上書來，用心不專把字寫得太爛，說謊、常常遲到、假裝上茅廁溜到外面去玩被逮到，他是很少打人的。

不過，華老師也有不講理的時候，有一回，我的大小字都寫好了，書也背過了，坐在書桌邊，一時閒得慌，就從大字簿上撕下一張空白紙來在上面畫圖玩。先畫一棵大樹，又在樹上畫個鳥窩，當我正在聚精會神地畫著一隻站在窩邊的小鳥時，冷不防華老師從我背後伸出手來搶走了我的圖畫，聲色俱厲地大罵著我，不該在課堂上亂塗亂畫，除了打我兩個手心以外，還說要把那張已經被他揉成一團的圖畫交給我的父親，我眞的被嚇得心驚肉跳。

『先生，我下次再也不畫了！』我把被打得火辣辣的手心對著大腿輕輕地摩動著，來舒緩劇烈的痛感，同時向華老師認錯。

『這次只打你兩下。』華老師餘怒未息地說：『下次要是再犯被我看到，可就不會這麼便宜了。』

我這一輩子可能都會想不通，學生在課餘的時間畫圖畫，究竟有什麼不對？而華老師又爲什麼會那樣痛恨畫圖畫的學生？

說來很值得惋惜的，我這一生沒有能夠培養出半點美術氣質，甚至連一個西瓜都畫得不像，華撫四老師或許要負起一部分《扼殺天才》的責任？

三、頭上曬出水泡來

農曆四月底到五月初，是麥子成熟的季節；八月中旬，田裏的花生、山芋、蕎麥該收成了，小麥該下種了，這時候，塾師們遵照《不違農時》的古訓，都會依照習俗放幾天假。這有兩種用意，一個是讓孩子們回家幫父母的忙，培養他們勤勞刻苦的美德。二是讓孩子們實地學習一些收割鋤薅的技能，累積一些農務的經驗，長大以後，能夠傳承父母耕耘的基業，不會四體不勤，五穀不分，淪爲好逸惡勞的懶漢。

本來，舊時農家都是以《耕讀》爲安生立命的家訓，但讀書須熬過十年寒窗寂苦，成名成功都不容易，沒有堅定的意志和良好的家境，更難獲得較高的成就。所以一般家長都以教導子女耕田爲優先，環境許可，才會送子女入學。何況耕耘是衣食的來源，是解決生存問題的基本途徑。換句話說，耕耘是求得物質生活的無缺，免受饑餒的折磨；讀書是學習做人處世的道德規範，是進入上層社會的階梯，在於追求精神生活的滿足。像潘四爺禮聘華撫四老師到家開館，教育他的兒孫，就是出於對上層社會的嚮往，意在充實他們的精神生活。

從很小的時候起，我的身體就比較瘦弱，加上那個年頭的醫藥衛生常識不夠普及，民間對醫生的信賴遠比不上對鬼神的倚重，我生了點小病，往往會在母親求神問卜的奔走中耽誤了治病的時效，而變成了大病。不知道是不是因爲常會發燒的緣故，我很怕熱。一到夏天，烈日高燒，我就會全身燥癢，找不到地方躲避。

割麥季節，從北方黃土層捲起來的熱風像火一般燎人。塾館放假以後，父親常會叫我到麥田裏去照料一些雜七雜八的事，有時差我在中午送茶水給臨時雇用的短工們喝，有時派我看守割好了打成捆的麥子不要被人偷走，有時更會要我幫短工們的忙，把成捆的麥子拖到牛車上拖回家，我就像鐵砂鍋裏的糖炒栗子一樣，在火風和熱浪中滾來滾去。

每次，我做這些工作時，常常沒有父親期望那樣做得好，我實在太怕熱了，總是會找機會躲在麥堆遮蔽的蔭涼處偷懶。所以常常會有拾麥穗的姑嫂和孩子來偷我們的麥子，對於這些比我家更爲窮苦的姑嫂和孩子們，我偶而也會假裝沒看見讓她們去偷，只要她們不把麥子成捆成捆地拖走，只拿幾根麥穗，我就會只叫不動，讓她們拿走。

『妳們要是還不走，我就要追過去了！』我老遠地對著她們大叫大喊著。

『太陽這麼厲害，你不要過來，我們走了！』她們當中會有人這樣回應著。

其實，父親也很能體諒到她們日子的艱難，所以很少會因爲丟掉幾根麥穗責怪過我。

『就當做被痲雀吃掉了吧！』他說：『如果我們窮得沒飯吃，還不是會跟她們一樣！』許多年後，因爲時局動亂，我們全家逃難到江南，一無所有，那種衣食不繼的日子，可眞比起拾麥穗的姑嫂們還要窮苦，還要辛酸。同樣的，我們也受過不少好心人的幫助。

我家近房有位大姑媽，是我父親的親堂姐，嫁的是姜姓人家，我們都叫她姜大姑。因爲她家境比較貧寒，每到割麥季節，都會到我家附近的麥田裏拾麥子。那時候，她已經是步履蹣跚老態龍鍾了，每次來到我家麥田時，我都會在叫她一聲姜大姑打個招呼後就躲到一邊去了。故意讓她把成捆的麥子揹走，這有兩個原因，一個是因爲她老了，力氣又小，揹不了多少。二來是因爲她不貪心，拿一捆就走了，而且第二天不會再來揹。

就這樣，姜大姑和我似乎已經建立起一種《默契》來了，她來了，我閃開，她揹著麥穗走了，我在她後面望著，誰也不驚動誰。後來，每當我跟父親說到姜大姑的時候，他都會說好，好，好。究竟是姜大姑拿得好，還是我做得對，他沒有說明白，我也沒有問清楚。

麥子從田裏收割起來用牛車拖到家裏以後，就放到門前寬敞的空地上讓太陽把麥穗曬乾曬透，再用石頭鑿成的碌子去碾壓，把麥粒從包滿的麥殼和麥芒中碾出來。石頭碌子大約有三尺來長，圓周直徑不足兩尺，重約二百二十多斤，外表有一條條的齒溝，沈沈的，要用牛才能拉得動它。但牛不會單獨去拉，必須要有人去趕牠，牠才會拉著石頭碌子轉動不停兜圈子。因而這種趕牛拉石頭磙子的工作，父親也常常會叫我去做。

中午，在如火的烈日下趕著牛，一圈又一圈地在曬麥場上繞來繞去，別說是人，連牛都會被熱得喘不過氣來。那時候，我們沒有見過溫度計，也沒有人報氣象，根本不知道氣溫高到多少度。不過，經驗會告訴我們，就是把生雞蛋放在石頭磙子上會變成熟雞蛋，頭上不戴斗笠準會被曬出水泡來。

古人有過：《鋤禾日當午，汗滴禾下土。誰知盤中餐，粒粒皆辛苦》的詩句。對農民夏日中午在田中鋤禾的辛勞，描述得相當深入和透徹，令人動容。同樣的，頂著炎陽在田裏割麥子，或是中午時分在麥場趕著牛拉動石頭磙子碾麥子，那種滋味並不比鋤禾要輕鬆多少。甚至比鋤禾還要辛苦。

經過碾壓的麥穗和麥穰，麥芒和麥殼就從麥穗上脫落了，一粒粒的麥仁，圓潤而飽滿，在陽光下閃閃發亮，爲農家帶來了收穫的喜悅和辛勞的慰籍。因爲新麥的麥粒水分未乾，儲藏起來容易霉爛，農家都會把它曬乾後進倉。

在曬麥子的時候，常常會有鳥兒從樹上飛下來啄食，而且會成群的飛來，有時邊吃邊把屎拉在麥堆裏，讓農家非常厭惡，這麼一來，趕鳥的任務就落到我身上來了。不過，這種工作做起來是相當輕鬆的，既不費力氣，又可以躺在樹下的涼床上乘涼，那簡直是一種享受。

我家曬麥場邊有棵老杏樹，這時候，正是杏子結實累累和成熟的季節，樹有幾丈高，黃得發亮的杏子結滿了枝頭，不時隨風掉落在我的涼床上，只要伸伸手拾起來用衣袖抹一抹就可以吃了。這棵老杏樹結的杏子特別甜，汁多，味又香，是別的杏子比不上的。

農村的五月，實在是美妙的時光，紫燕成雙成對地在樑間飛來飛去，留下不少呢喃的情話；杜鵑總是單身隻影在低空啼泣，好像永遠都找不到落腳的枝頭。因而自古以來的詩人，才會世世代代地賦予牠悲劇的角色，永遠不作時來運轉的奢望。

驅逐飛來吃麥子的鳥兒，是不必跟在牠們後面追趕的，通常，我只要在老杏樹下的涼床邊放個破舊的銅臉盆就夠了，只要見到有鳥兒飛下來，伸手用小石塊對著銅臉盆敲幾下，鳥兒就會被嚇跑了。

有一次，非常非常的意外，有只肥胖的斑鳩一點都沒有把我放在眼裏，翅膀一斜就落在曬麥場的中央，毫無顧忌地吃著麥粒，這種鳥兒長得很像鴿子，我們習慣叫牠鴣鴣。不知是牠耳朵聾了？還是太貪吃了？我一連敲了好幾次盆子，聲音很響，但牠卻無動於衷，根本不作飛走的準備。對牠的膽大包天，我很惱火，順手拾起一塊瓦片，對牠扔了過去，想不到一下子就擊中了牠的腹部，牠只是在地上拍打了幾下翅膀，就伸著腿不能動彈了。

爲了這隻貪食喪命的鴣鴣，這一天整個下午，我的心頭都溢滿著懊惱。後來，我用手扒著泥土，把牠埋葬在一棵櫻桃樹下，還堆了一座小小的墳墓，這以後，半個多世紀飄泊天涯，儘管見過不少袍澤和好友在炮火中倒下，在病痛中死亡，在失去聯繫後不知去向，也常常會哀悼他們和思念他們而悽愴不已，但都沒有能夠沖淡或磨滅掉我對那隻鴣鴣的內疚和悲情。

新麥登場，對農民來說，自是帶來收穫的喜悅，但也是愁苦的開始，因爲有很多人家在寒冬和枯春時節，缺吃少穿，常須向有錢人家借糧食渡荒，而寒冬和枯春時節的糧價很高，借人一斗，在新麥上市後，往往要賣三斗才能清償舊欠，但在賣了新麥後，饑寒的日子差不多又在前面等著他們了。這種惡性循環左右著農村的呼吸，是孟子所謂的《樂歲終身苦，凶年不免於死亡》千載不變的規律，更是社會動亂不安的要素。中國歷代農民革命，幾乎都是導發於這種《二月賣新絲，五月糶新穀》所衍生的苦難與悲哀。

四、短工偷懶講故事

江北的暮秋，露濕霜寒，葉黃草枯，長空出現了南歸的雁陣，有排列成《人》字形的，也有橫成了《一》字，快慢一致，紀律嚴整，牠們都飛得高高的，在和平的年代，他們會選擇人煙稀少的曠野落下來過夜，養足了精神和體力，繼續奔向前程。但自從烽火在蘇北大平原上嫋嫋升起後，牠們挨了炮火的驚迫，已經不敢輕於落腳了。

繼春耕夏耘之後，晚秋的田野，又開始忙起來了。這時候，蕎麥、花生、山芋等農作物都先後成熟，塾師依照慣例，也會像割麥時節一樣，暫時停下課來，讓學生回家幫父母的忙。

比起一般的農務來，篩花生的工作可要繁重多了。既要用手，又要用腳。而且需要兩個人密切合作。一個人用鐵鏟把生長在地裏的花生果連著泥土鏟起來丟進長形的篩子裏去，讓另外一個人一邊踏著兩隻腳晃動篩子，一邊手執木耙向篩子裏推去把泥土篩掉，留下了花生，基本上這才算是完成了收穫工作。

每逢花生收穫時節，我家都會雇用短工來幫忙。短工們篩著，篩著，因為太費力氣，很容易疲勞，做了一會兒就會停下來喝水、抽煙，歇一歇手腳。但偷懶是人的天性，他們也會趁機躺著不起來，磨磨蹭蹭地拖時間。可是，因爲我守在他們的旁邊，他們多少就會有些顧忌，不敢休息太久，耽誤了工作。

『嗨！』每年都會受雇幫我們家割麥子和篩花生的東村章大哥，擠一擠眼睛，神秘兮兮地問我：『想不想聽故事啊？』

天底下，哪有孩子不喜歡聽故事的？我根本沒有想到章大哥有製造偷懶機會的意圖，頓時精神抖擻起來。

『想啊，想啊！』我說：『要聽有趣的。』

『就講老鼠嫁女兒吧！』他停下了手腳，問我：『這個故事好嗎？』

『不好，不好！』我說：『這個故事我早就聽爛了。』

『這個故事不好聽，我就再講別的！』他見風轉舵。

『那你講什麼？』

『講薛仁貴征東好嗎？』他說：『那個蓋蘇文呀，厲害得很哪！』

『好吧！』我沒有忘記父親指派給我的任務：『你一邊講一邊篩好了！』

『你呀，可比蓋蘇文還要厲害！』他說：『手腳都在動，怎能講出好聽的故事？』

經他這麼一說，我就只好《私而忘公》，讓他停下來講故事了。

章大哥沒有讀過幾本書，但他卻是講故事和說笑話的高手，除了薛仁貴當了伙頭軍，東征時碰上了厲害的敵手蓋蘇文在摩天嶺決戰以外，什麼樊梨花如何愛上了楊宗保？哪吒爲什麼會打死龍王三太子？狐仙怎樣救了落難的書生？孟姜女又是怎樣哭倒長城？他都能夠講得頭頭是道，趣味橫生。

故事講得越起勁，我聽得越入神，花生的篩子自然也就動不起來了。後來，父親發現其中的奧妙，雖然沒有明說，但他卻想出了一條釜底抽薪的妙計，就是買了一部《三國演義》給我帶到田裏看。這個點子確實靈得很，一下子就破了章大哥借講故事偷懶的策略，把我從故事的迷魂陣中揪了出來。

眞虧父親想出了這個好主意，讓我在孩童時期就接觸到《三國演義》這部不朽的名著。一讀再讀，我不但能夠掌握住三國時代每一次重大戰役的動態，瞭解到每一位勇猛戰將的武功和性格，還能夠背得出書中重要人物的詩詞和書信。

當然，《三國演義》給我的啓示，也並不是只有這一點點的感動，像劉備的奸詐、孔明的尖刻、曹操的陰狠、周瑜的量淺、楊修的自負、魯肅的忠厚、趙雲的守分，都給我留下深刻的印象。

就劉備來看，他在煮酒論英雄時對曹操的欺詐，在呂布被曹操縊殺前火上加油不講情義，在當陽兵敗時將獨子阿斗摔在地上騙取部屬對他的忠心，在出兵西川攻掠劉璋時的假仁假義，在白帝城托孤時對諸葛亮的矯揉，都讓人感覺到他這個人心口不一，有失厚道。

諸葛亮呢？他秉性忠純，義薄雲天，思慮周密，膽識過人，都令人景仰。可是，他有時也會失於輕薄，覺得他不夠敦實。比如他在江東《舌戰群儒》時，在許多人面前，公開挖苦孫權帳下謀士陸績曾經在赴宴時偷過人家的橘子，在那大敵當前危機四伏的關頭，離開議事的正題，去揭他人的隱私，能說不流於尖酸？赤壁戰後，他弔周瑜於柴桑。假裝悲痛地說：『哀君情切，愁腸千結，惟我肝膽，悲無斷絕；魂如有靈，以鑒我心。從此天下，更無知音。……』這些話說的豈是眞心？

而曹操，殺呂伯奢全家，囚徐庶的老母於許都、置華陀於死地、刑楊修於陣前，都不是英雄和大政治家的氣度，爲後人所非議。

從《三國演義》這本書裏風雲人物的浮沈面來看，可以讓人充分的領悟到一個規律，就是在歷史的長河中，凡是不能見容於當代又不能受知於後世的政治人物，往往不是因爲他人的輕抑和貶詰，而多半是由於自己的驕狂和喪格。不記古人的教訓，也忘了自己的初衷，王莽是這樣，袁世凱和汪精衛也是這樣。

在華撫四老師門下受教的第一年，我讀完了《大學》和《論語》，華老師相當肯定我學習的進度和成績。而我自己也覺得有了想像不到的進步。對於文義艱深的《大學》，固然有了一知半解的認識，對比較淺易的《論語》，幾乎都能有所瞭解。

《學而時習之，不亦悅乎？有朋自遠方來，不亦樂乎？人不知而不慍，不亦君子乎？》像這樣的語句，我是完全能夠明白是什麼意思的；而《老者安之，少者懷之，朋友信之》，我也能夠體認到那是一個理想社會的縮影，在這種社會裏，處處洋溢著人與人之間的信任與關懷，散發著溫馨和希望。令人鼓舞，令人神往。

後來，年歲稍長，讀陶淵明的《桃花源記》，讀柏拉圖的《理想國》，讀林肯的《蓋茨堡宣言》，他們所描繪的意境，雖然有很高的陳義，但似乎都沒有孔子這三句話說得平實而透徹，難怪有人會說《半部論語治天下》這樣的話，寥寥數語，道盡了儒家仁愛思想的精粹。

從《論語》的教訓中，我不禁聯想到胡集鄉的鄉長張舉千就是因爲沒有讀過《論語》或是雖然讀過卻沒有實踐《論語》的要義，所以胡集鄉的鄉親們才會受到他的淩壓，日子才會過得這樣的苦；同樣的，也是因爲沭陽縣的官吏們沒有遵照《論語》的訓示，認眞爲人民興利除弊，所以沭陽縣的老百姓才會見不到青天白日。

其實，又豈止是胡集鄉和沭陽縣呢，整個中國的人民不都是在忍受著同樣的煎熬嗎？特別是日本鬼子大舉入侵以來，長城內外、黃河兩岸、大江南北，千百個城鎮都淪於敵手，千千萬萬戶的人家，有誰不是在兵荒馬亂中抖索？加上四方盜匪如毛，殺人劫貨時有所見，就更加生靈塗炭民不聊生了。

五、凶年不免於死亡

民國二十九年開春，華撫四老師的兒孫們不放心他年老在外辛勞，都催他回家去養老，他自己也感到心力不繼，很想停館輟教。可是，在他表明了願望以後，潘四爺就聯合好幾位家長懇切請求他留下來，在盛情難卻下，他只好勉爲其難地答應再教一年。

開學後，我讀的是《孟子》，因爲有了《論語》的根基，讀起來覺得很容易，但最重要的，還是華老師教得好，教得認眞。他認爲我這時的理解力已經夠紮實了，就開始爲我講解《孟子》章句的要義，講過以後，還要我回講給他聽，也就是要我照他所講的複述一遍，這樣一來，不但拓寬了我的知識領域，也提振了我探索學問的熱情。

記得有一天，華老師講解《孟子》的梁惠王篇，講到孟子對齊宣王說：『今也，制民之產，仰不足以事父母，俯不足以畜妻子；樂歲終身苦，凶年不免於死亡！』這幾句話他反來覆去，整整講了一個上午。他有感而發地說，孟子所描述的這種景況，也正是當今沭陽縣老百姓生活的寫照，講著，講著，他激動得悲不自禁，欷歔不已。他是在與古人共憂憤？還是在爲自己切身的感受而悲苦？只因當時年紀小，我沒有敢問他。

說到《樂歲終身苦，凶年不免於死亡》，最根本的兩個死結，就是人禍與天災，像外患入侵，戰火連綿；貪官污吏強索硬取，橫徵暴斂；盜匪結夥肆虐，劫殺掠奪，老百姓反抗無力，哭訴無門，只有忍痛含悲，任由宰割。其次，是天災，印象中，天災好像是蘇北大平原上的不速之客，尤其是沭陽的常客。每當春夏之間，總是晴空萬里，火風拂拂，高溫下不但土地龜裂，塵沙飛揚，麥苗枯萎，大豆、玉米、花生這些農副作物，也找不到濕土播種，農民們仰天呼號，從清晨望到天黑，從黃昏盼到天明，都很難見到一小片翻動的烏雲。在燒香跪佛求雨不靈時，只有眼睜睜地看著禾苗枯萎，等著荒年的煎熬。

跟旱災同步而來的，就是蝗蟲的災害了。每當蝗蟲飛來的時候，常是把太陽都遮蔽得昏暗無光，分秒之間，不但會把田裏禾苗的梗葉啃得一片光禿，連樹葉也會被他們吃得淨光，田裏黑壓壓的一片，像成群的螞蟻一樣蠕動著的蝗蟲，有人用火燒，有人趕著雞鴨去啄食，也有人挖出一道道長溝去坑殺他們，但不論怎樣做，都已經無法補救禾苗被啃食一空的損失了。只有這個時候，敬天法祖憨厚無助的農民們才會呼天搶地抱怨老天爺的不仁。

『老天爺，睜開你的眼睛吧！』

『老天爺，我們造了什麼孽啊？』

『老天爺，就打雷劈我們吧！』

不論農民們怎麼苦，怎麼怨，怎麼哀嚎，老天爺就是沒有回應。

好不容易熬到了夏末秋初，老天爺的回應終於來了。只是回應的，不是甘霖甘澍，而是連宵的豪雨。低窪地區的田畝，頓時都變成了澤國。這時候，在乾旱和蝗災中劫後餘生的農作物，如高粱、玉米、大豆、花生、穀子，瀕於枯槁的莖葉，轉眼又淹進了滾滾的濁流，農民們雪上加霜，就只有做逃荒打算了。

逃荒的行動，大約都是從農曆十月底開始，到第二年三月初結束。逃荒的大方向是往南方走，但沒有一定的目標。在這段時間裏，饑寒交迫的農民們，完全是陷入了盲目流竄的狀態。因而有些人家早就逃往外地討飯去了，卻還有另外一批從河南、山東、安徽逃荒來的難民擠到他們柴門緊閉的門口來討飯。

在來自山東的逃荒難民中，有個大約十二、三歲的男孩子，就像候鳥一樣，每年春天，他都會來到我們的村裏，我們都叫他《小侉子》。小侉子是沂蒙山區人，非常勤快，他會幫我們村子裏人家挑挑水，掃掃地，清理路上的積雪來換一頓飽飯吃。

有時候，小侉子也會背起一個裏面裝著胭脂花粉、蚌蚌油、針線、火柴和洋紅洋綠等日常用品的木箱子到村裏來邊叫邊賣，他叫起來的嗓音拖得長長的，聽來會令人感受一種莫名的淒惋和蒼涼。

每次見到小侉子來，母親除了會把家裏吃剩下來的山芋稀飯或玉米粉捏成煮熟的疙瘩給他吃以外，也會買他幾個銅板的針線或火柴，算是對他一種小小的幫助。

『你呀，可要好好地唸書啊！』不止一次，母親都以小侉子爲例，對我實行機會教育，她說：『要是不成材，有一天也會討飯的啊！』

『就是到了那一天，也會有人像你給小侉子飯吃一樣，給我一碗剩飯吃的。』我裝出不在乎的樣子。

『看你，看你，又沒有出息了。』母親急得吼了起來：『要是遇不到我這樣好心的人，保險你會餓死！』

『媽呀，你就不要替我耽心了。』我晃了晃母親的臂彎，大聲地說：『天下好心的人多得很哪！』

『唉！』母親搖頭歎息：『那就要看你的狗運了！』

我的《狗運》不好也不壞，在日後飄零異鄉的歲月裏，一次次大難臨頭，又一次次死裏逃生。主要的就是因爲我常常遇到好心人，他們在工作上、學業上、情感上、生活上都不斷給我深情的關注、熱心的幫忙、殷切的鼓勵、推誠的慰勉，讓我度過一道又一道的難關，走過一步又一步的坎坷，化危機爲轉機，崎嶇爲坦途，如果我一生的遭遇眞有所謂因果回報的話，想來那一定是緣自母親的善心。

六、刨桑為姐做嫁妝

緊接在水、旱、蝗災之後，瘟疫就會跟蹤而來。這有兩個原因，一個是水、旱、蝗災時，留下的細菌太多，落後的農村，根本沒有消毒與維護環境衛生的能力，只有任由病毒蔓延；另外一個原因，就是土地歉收，人們營養普遍不良，對疾病的抵抗力相對的降低。有了小病，無錢醫治，很容易拖成要命的大病。

我的大姐這年秋天就得了傷寒，連續幾天流著熱汗，高燒不退，嘴裏和鼻孔都流出了鮮血，神智不清，全家驚惶失措。後來，父親從胡集街上請來了葛慶餘中醫生，葛醫生兩耳失聰，大家私地下都叫他葛聾子，因爲他的年紀跟我父親差不多大，所以我們都叫他葛大爺。

葛大爺眞是一位有著《父母心》的好醫生，不論白天還是深夜，只要請他，他一定會跋涉著顚簸不平的小路趕到我家來替大姐診斷下藥。在治療過程中，雖然大姐幾度病危，他始終以堅定的信心一面醫病，一面安慰我的父親和母親。

『葛大爺，你一定要救救我的孩子！』母親一再向葛大爺懇求著。

『你的孩子就是我的孩子！』葛大爺急得不停地抹著額上的汗水，他說：『我盡心盡力就是了。』

經過葛大爺一個多月夜以繼日的治療和看護，他終於把我的大姐從死神的手裏奪了回來。從此，我們兩家成爲世交，患難相助，歷久不疏。

對於大姐，我的心裏常常溢滿著感恩的情意，從小，她刻苦耐勞，就是母親的好幫手，事事搶著做，處處讓著我，我從來沒有聽她說過一句怨言也沒有見到她偷過一次懶。有好吃的東西，一定會讓給我吃，有好玩的東西，也會讓給我玩。不論是在家還是在外，她從來沒有跟我爭吵過，也沒有跟我計較過。她沒有唸過一天書，卻因爲在我讀書寫字的時候躲在一邊偷看過，後來，她竟然能夠看得懂基督教聖經裏的《啓示錄》。

大姐不但有顆穎慧的心，也有一雙靈巧的手。她會裁布縫衣，會剪花，也會繡花。在我五、六歲時，她就替我繡了花鞋，只是我覺得花鞋是女孩子穿的，男孩子穿起來不好看，還會被別人取笑，所以就是不肯穿。後來，在母親緊逼下，雖然穿了，卻在她們不注意的時候，故意蹺起腳尖對著桌腿和門檻磨來磨去，直到把繡花的鞋面磨壞了，就不穿了。

上學以後，見到同學背起新買的書包，戴著新買的童子軍帽子，走起路來很神氣。回到家裏，我也請父親買給我，大姐知道了，她就叫我把同學的書包和童子軍帽子借回來給她看看，想不到幾天以後，這兩樣東西她都給我做好了，而且做得比買的還要好看。

大姐十六歲那年，父親和母親就爲她準備嫁妝了。這一年春天，父親特別把家後面一棵長了五十多年的老桑樹連根刨起來，又把東大莊的章木匠父子倆請來家，給大姐打造了一張鏤花的梳粧檯和一張有抽屜的櫃子。章木匠非常敬業，手藝又好，跟他兒子兩人先把老桑樹的樹幹鋸成一片大約兩公分厚的木板，再用鋸出來的木屑燃起煙火去燻烤，把水分烘乾了再動工，這樣，打造出來的梳粧檯和櫃子就不會變形了。很多親鄰都羨慕大姐的嫁妝，說章木匠的手藝眞巧。

父親和母親當然對章木匠父子精工細鑿打造出來的梳粧檯和櫃子也很滿意，除了依照約定的數字付給他們工資以外，還預備了好酒好菜慰勞他們。不過，父親對他這個唯一的女兒仍舊滿懷歉意的，就是從來沒有向父親開口要過東西的大姐，這時候，她突然向父親表示，希望父親給她買一件橡膠雨衣當嫁妝，可是，那個時候的農村，人們在雨天穿的都是用高粱葉子編成的蓑衣，別說沒穿過橡膠雨衣，連見都很少見過。加上兵荒馬亂，物資流通不易，就更不可能買到外來的物品了。因而大姐這一點點的希望，可眞爲難了父親，他幾次託人到日本鬼子佔領下的沭陽縣城和灌雲縣的新浦去買，都未能如願。從這件小事，可以想到當時國計民生是多麼的艱難。

母親對未能滿足大姐有件橡膠雨衣的願望，也常常記在心裏，她一方面希望天下能夠早日太平，到南方的清江浦或揚州去一趟，看看能不能夠買到橡膠雨衣給大姐，另外，她也希望我長大以後，能夠給大姐買一件，一償她的夙願。

『記著！』母親叮嚀著我：『等你長大了，一定要記著給你大姐買件雨衣，是橡膠做的。』

『媽，你放心，就是偷，我也會偷一件給她！』我向母親保證說。

『做賊？』母親罵著我說：『混帳，偷來的雨衣她會穿嗎？』

『買啦，買啦！』我急忙改口說：『不偷就是了。』

這一年的夏末秋初，時局發生了天翻地覆的變化。共產黨的新四軍，在泰興縣黃橋地方擊潰了國民政府指揮的八十九軍李守維部隊，越過淮東來到了我的家鄉。當時，我因爲被鄰家的黑狗咬了一口，左邊小腿的傷口潰爛發炎，不能走動。每天下午，父親都用獨輪車推著我到胡集街上一家姓陳的外科診所去換藥。換來換去，都是用紅汞藥水在傷口上面抹一抹，療效很低，一個多月都未能消炎痊癒。幸好咬我的那條黑狗不是瘋狗，否則，在那種醫藥極度落後的環境裏，是很可能會喪命的。

對於瘋狗，農村的人們是聞風喪膽的，我就看到村裏有人被瘋狗咬了，嘴吐白沫，狂奔亂叫，家裏的人怕他去咬別人，合力把他綁在門前一棵柳樹上，眼睜睜地看著他哀號直到死亡。

一天午後，我躺在門前槐樹蔭下的涼床上看書，成群的蒼蠅不停地在我腿上的傷口上飛來飛去，我正在爲驅趕蒼蠅、趕了又趕煩躁不已的時候，頭一抬，忽然見到兩個穿著土黃色軍裝的士兵向我跟前走來。其中一個帶頭的高大漢子，走到我床邊彎下腰來看了看我腿上的傷口，替我趕走了蒼蠅，非常有禮貌地問我村裏的一些情況，有沒有見到當兵的人走過？有沒有土匪？有沒有人生病？有沒有認不得的人常常到村子裏來？起先，我還以爲他們是官府派來要糧催稅的官兵，心裏禁不住泛起陣陣的猜疑和恐慌，但轉念間，我又想到要糧催稅的官兵怎麼會這般親切呢？既沒有拿走我們什麼，也沒有強迫我們給他們什麼，這種情形跟往常完全不一樣，直到他們離去以後，我才聽大伯父說，他們是《八路》，也就是共產黨的《新四軍》。

七、三分天下百家哀

的土匪頭子和胡集鄉長張舉千，逼著他們以多少枝步槍、手槍和多少發子彈來贖命。《新四軍》來了以後的第一步行動，就是以《替天行道》的姿態抓走了一些爲害地方向他們強索多少銀洋、布匹和糧食，來彌補軍需的不足，不過，也有人雖然如數交出了《新四軍》也抓走了地方上一些有財有勢的人，除了逼他們以槍枝和子彈換人以外，還會槍枝、子彈和財貨，最後換回來的卻是屍體，共產黨說辭，是這些人《民憤極大，罪有應得》。

共產黨的策略和行爲，顯然隱含多種目的。

第一、他們刻意塑造出與當時國民政府軍隊截然不同的形象，以親民愛民的表現來爭取民衆的好感和支持。

第二、捕殺貪官污吏、盜匪和土豪劣紳，意在彰顯爲民除害的義行，以取得屢遭壓迫的民衆推心置腹的信賴，並消滅地方上各個層面潛在的反共勢力。

第三、勒索和搜刮武器財貨，有助於壯大武裝力量，而另一方面，也可以借收繳民間的武器達到釜底抽薪肅清殘敵的目的。

第四、借發動和驅使貧窮人家的子弟清算鬥爭富有人家和地方上較有聲望的人，製造階級對立與貧富之間的仇恨，迫使這些懵懂無知意氣用事的年輕人恐懼日後會遭地主富農的報復，覺得已經成爲《過河的卒子》沒有退路，只有橫下心來跟著共產黨走，爲建立敵後《根據地》和武裝政權，達到裹脅群衆奪取江山的目的。

歷史證明，共產黨這種一石多鳥的策略，不但設計周密，也推行得相當有效。

在廣大農村，《新四軍》的文工隊提著石灰水桶和刷子到處塗抹，牆頭、樹幹和一些可以望得見地方，都被他們寫上標語，貼上傳單。他們主要的訴求是《殺日本、捉土匪；吃菜要吃白菜心，當兵要當新四軍；空室清野反掃蕩，同心合力打東洋》，用這一類的文宣，激起群衆同仇敵愾的熱情，達成他們擴充武力的目標。這時候，久遭貪官污吏和鄉丁差役欺淩滿懷怨憤的父親，逐漸對共產黨改變了認識，增多了信心。他從《新四軍》文工隊那裏學會了好幾首簡單易唱而且很具煽動力的歌謠，不但他自己唱，也教我和大姐一起唱。

我們是老百姓喲，呀呵嘿！我們是老百姓喲，嘿呵哈！

黃狗隊，黑狗隊，鬧我們不安身呶，呀呵嘿！鬧我們不安身哪，嘿呵哈！

我們是自衛隊喲，呀呵嘿！我們是自衛隊喲，嘿呵哈！

殺日本，捉土匪，鞏固淮海區啊，呀呵嘿！鞏固淮海區呀，嘿呵哈！

所謂《黃狗隊》是指投靠日本鬼子的漢奸和土匪；《黑狗隊》就是在部分城鄉地區活動的國民政府基層組織的武裝人員。他們分別穿著黃色和黑色的制服，對民衆要糧要草，苛索無度，農民深受其苦；而《淮海區》，也就是共產黨在蘇北地區所建構的行政區劃，跟所謂的敵後《根據地》名實相映。

民國二十九年底，共產黨在蘇北農村逐漸站穩了腳步。跟城裏的日本鬼子和部分城鄉地區的國民政府地方政權構成了三分天下的形勢，這三種勢力都向老百姓苛捐雜稅，拉伕征糧，這時的蘇北農民，正陷入歷史上最苦難的時期，誰也不知道過了今天，明天會碰上什麼厄運！

父親似乎是永遠不會向逆境低頭的勇士，他不但堅忍圖成，還奮力開創，他得到了母親的支持，拆掉了破舊的東屋，同時興建起一棟比原來更寬敞的新屋。樑架得高高的，窗子開得大大的，書房添了新的桌子和椅子，連那張年代久遠的木板床也重新改造了一下，變得更加穩固和更加寬坦起來。

對於父親蓋起了新的東屋，大伯父並不贊同，他基於手足的情分，多次勸告父親要知道保守，看時局如何發展再作定奪。不宜冒過大的風險，給自己製造麻煩。

『世道這麼亂，別人裝窮都來不及，你呀，卻要打腫臉充胖子，蓋新屋，裝有錢！』大伯父說。

『不管怎麼亂，飯總得要吃，屋總得要住啊！』父親為自己的決定對大伯父辯論著。

大伯父瞭解他這位弟弟的固執，也就從此不再提了。但事實證明大伯父的遠見，這棟新屋蓋起來不到兩年，就給我家製造了不小的苦惱，讓父親在精神上感受到莫大的挫折。

在《三分天下》中，居於優勢的共產黨，沿襲國民政府的舊制加上自己的創新，一步步地建立起地方組織。並選擇性的收繳了民間防衛土匪的一部分自衛武器，編成了《模範隊》。他們賦予《模範隊》的主要任務，是保衛和鞏固共產黨的基層組織，監控老百姓的生活動態。同時糾合窮人對富有人家清算鬥爭。

說起《模範隊》，它的成員可不一定都能作爲大家的模範，他們當中除了一小部分被裹脅的貧窮人家子弟外，大多數都是血氣方剛好勇鬥狠的青少年。這種人平時遊手好閒，不務正業，一旦手裏有了槍桿，又有了權柄以後，常常耀武揚威，橫行鄉里，欺壓四鄰，行徑有類於過去的鄉丁和惡吏，形成了一個組織更嚴密和意識更頑強的新生的壓迫階級。

我們村子裏的《模範隊》隊長，名叫王明武，是在清江浦就讀成志中學的王大哥王明文的弟弟，這個人性情粗暴，不像他的哥哥，一天書都沒有唸過，當時只有十八、九歲，每天背著一枝土鋼槍，手裏拿著一根兩尺多長的棍子在村子裏東張西望，晃來晃去，村子裏的人們都怕他，只要看見他遠遠走來，就會讓路閃躲，生怕惹禍上身。

本來，王明武的父母王大爺和王大娘跟我家相處得一向和好，加上兩家又有一點親戚關係，時常互有往來，想不到後來不知是誰得罪了誰，兩家忽然成了陌路，因而手裏有槍又有權勢的王明武，就常常借機尋釁，欺侮我們。由於王明武的脅迫，陰錯陽差，後來竟改變了我一生的命運。

八、少年不識愁滋味

也許是父親對於農家的疾苦感受過深，也許是他認準我不是種田的料子，所以供我讀書也就成爲他百折不回的目標。民國三十年，我十一歲，農曆新年剛過去，他就踏雪送我到東大莊章恒業老師開設的塾館去讀書，章老師約三十來歲，爲人穩重踏實，中道而和善，但不多說話。我們十多個學生擠在一間小小的教室裏，跟他的住家緊緊地連接在一起。我們經常可以看到章夫人在洗衣服、劈柴、餵雞、帶孩子，她趕雞和叫孩子的聲音，常常蓋過我們的讀書聲。

我們村子裏跟我一道在章老師門下受業的，還有趙祥生。他是我的堂侄兒，卻比我大六歲。我讀的是《幼學瓊林》，他讀的是《古文觀止》。《幼學瓊林》是一本接近自然科學的書，有天文地理的知識，也有物理化學的實驗，雖然包羅萬象，內容豐富，卻不是好讀的書，因爲過於枯躁無味，所以我讀後能夠記得的字句實在不多。

相反的，祥生讀的《古文觀止》，像歐陽修的《秋聲賦》、陶淵明的《歸去來辭》、李陵《答蘇武書》、劉禹錫的《陋室銘》，這一類有人物、有故事、有趣味的文章，每天上學和放學途中，他一面讀一面背，我也就跟著一面學一面哼，結果，往往是他背上了，我也背上了。後來，我能夠引用這些古文大家的詞義，沾上他們的文采，附會他們的風雅，可能會沒人相信，那都是在田野間的小路上邊走邊學的。

比起華撫四老師，章恒業老師對學生的管教要溫和寬容得多了。他不但沒有打過學生，好像也沒有罵過。他放任學生可以接觸課外讀物，還可以做些遊戲活動。有了這種機會，所以在正課以外，我還讀了《尺牘》和《論說法程》，也看完了《濟公傳》和《今古奇觀》。前面兩本書因爲過於呆滯和枯躁，給我的影響不大，印象也不深。但後面這兩本書，卻迷得我幾乎發瘋。

有一段時間，每當我遇到不如意的事，或是看到不順眼的人，我就會唸起濟公常唸的七字眞言《唵、嗎、呢、吧、咪、吽、啦》，希望克服困難制壓對方，可惜一次都沒有成功。也幸虧沒有成功，否則，我也可能到杭州靈隱寺出家當狗肉和尚去了。

讀《今古奇觀》這本書，最讓我著迷和不平的就是讀到《王嬌鸞百年長恨》的故事了。王嬌鸞是一位生長在大戶人家的女孩，熟讀詩書，花樣年華，天資敏慧，但不諳世故。有一天，她和婢女兩人在花園裏盪鞦韆，不小心把手帕丟了。她們找了又找，找不著也就算了。想不到竟然被路過的輕薄書生周廷章拾去了。周廷章蓄意糾纏，就在手帕上寫了一首相當煽情的詩，叫人偷偷地送給王嬌鸞，起先，王嬌鸞礙於禮教，並沒理他。

後來，周廷章不死心，又寫了一封文情並茂的信再送給王嬌鸞，這會兒，情竇初開的王嬌鸞心動了，她也就拾起筆來給周廷章回了一封信。就這樣信來信往，花前月下，登堂入室，最後一直演變成《始亂終棄》的悲劇。

本來，像這種類型的故事，在舊小說裏和地方戲劇的舞臺上應該是老掉牙的了，可是，卻給我帶來極為強烈的震撼。說來，這有三種原因：一，過去，我從來沒有看過編造這類故事的舊小說和舞臺戲，在心理上完全沒有面對悲情感染的免疫力，一旦碰上了，就不免會有石破天驚的激動。二，當時，我已經十一歲了，正處於《不識愁滋味》卻又偏好《強說愁》的萌發期。在生理上，有青春的生澀；在心理上，也有俠性的傾向，因而很自然的對王嬌鸞的不幸有所憐惜。三，最重要的一點，就是受到王嬌鸞寫給周廷章那封信的迷醉。不但詞藻華麗，而且情態婉約，記得那封信是這樣寫的：

輕荷點水，弱絮飛簾。拜月庭前，懶對東風聽杜宇；
畫眉窗下，强消長晝刺鴛鴦。人正困於妝台，書忽墜於香案。
啓觀來意，無限幽懷。自憐薄命佳人，惱煞多情才子。
一番信到，一番使妾倍支吾；幾度詩來，幾度令人添寂寞。……

每當我沈醉在這些優美動人字句裏的時候，《幼學瓊林》裏那些味同嚼臘般的內容，就會被遠遠拋到腦後去了。而且會下意識的覺得，似乎眞的有個像王嬌鸞一般柔媚多情的女孩正對著我迎面跑來。還好我沒有把這種幻想告訴過母親，否則，她一定又會罵我沒出息了。

在章老師的塾館裏，我認識了一位忘年交的朋友，他就是章老師鄰居馬俊生先生。他跟章老師的年紀差不多大，爽朗而風趣，隔幾天，就會到我們教室裏來玩。有時會講笑話給我們聽，有時也會糾正我們寫毛筆字時握筆的姿勢，他沒把我們當孩子，我們也就沒有把他當大人，玩在一起，鬧在一起，中間一點界線都沒有。

有一次，我碰上了一樁很大的麻煩，就是有個同學一口咬定我的銅鎮紙是他的，他還找來一個幫腔的，聲音越叫越大，我完全居於弱勢，後來吵到章老師那裏，他也無法作出誰是誰非的裁定，幸好這時候馬俊生先生來了，他把那方銅鎮紙拿在手裏看了又看，然後，低聲而又親切地問那位丢了銅鎮紙的同學。

『嗨！』馬先生拉著那位同學的手親切地說：『記不記得你的鎮紙什麼時候丢掉的？』

『昨天晚上。』那位同學回應著。

『丟掉以前，常常在用嗎？』

『天天在用，有時在學堂用，有時在家裏！』

『回家找找看，你的鎭紙說不定丟在家裏了！』

聽馬俊生先生這一說，連章老師也怔住了。後來，馬先生說了個清楚，他好多次看我寫大字的時候，就已經見過我在用那個銅鎭紙了，如果那位同學的鎭紙果眞是昨天丟的，而且丟掉以前天天又在用，這中間一定有誤會，不是那位同學的鎭紙跟我的鎭紙是同一個模子造的，外表看來完全一樣，就是因爲他過去沒有見過也有人跟他有著同樣的東西，所以才會在找不到自己東西的時候，突然發現別人也有相同的東西，就會直覺地認爲別人所有的東西就是他失落的了。

我不知道那位同學後來有沒有找到他自己的銅鎭紙，但這件曾經讓我痛心的往事卻一直凝結在我的心頭，風霜沒有溶解它，炮火沒有摧毀它，饑寒沒有磨損它，一甲子的歲月也都沒有能夠把它封入塵埃。特別是爲我解困的馬俊生先生，更讓我懷念不已。

說什麼我都沒有想到，這一年的冬天，大約是農曆十一月吧？有一天，我們正在教室裏唸書，忽然外面傳來了一個壞消息，馬俊生先生被人殺了。到了這個時候，我才知道他是共產黨的幹部，共產黨派他到泗陽縣里仁集去做事。好像是當什麼鄉長吧？他就是在泗陽的工作崗位上被當地土匪流氓開槍打死的。

馬俊生先生的死，對我幼小的心靈實在是一場劇烈的震盪，一個活生生的人，沒病沒痛的，就這麼死了，以後是不是還能夠見到他呢？我知道不可能，但我卻禁不住要這麼想。

一個雪後的晴天，太陽照在潔白的田野上，泛出耀眼的光芒。這天午後，雪溶化了，天氣特別寒冷，連落在墳頂上的烏鴉，頭都快要縮到肚子裏去了。遠遠的有一大群人走在田間泥漿四濺的小路上，把裝著馬俊生先生遺體的一口大棺材晃蕩晃蕩地抬回來了。他那年輕的妻子，我們叫她革二姐，腳都深陷在泥濘裏，一邊扶著棺材，一邊呼天搶地的哭著。當時，我完全被那種悲戚的氣氛感染透了，加上想到馬俊生先生的音容笑貌，特別是在我最無助最痛苦的時候，他仗義地說了公道話，救我於困頓之中，一時，哀傷的情緒從心頭油然升起，我竟然也忍不住跟著哭了起來。

第三章

寒冬劫

第三章　寒冬切

一、杜鵑泣血刮鍋聲

晚上，回到家裏，我把馬俊生先生親屬迎棺的情景和我對他爲人的看法告訴了父親。父親也覺得有所痛惜。第二天清晨起來，上學出門前，父親給了我一張紙幣，好像是五塊錢吧？他叮囑著我。

『你就去送個禮吧！』

『我們跟他家有來往嗎？』我問。

『別管這個。』父親揮一揮手：『有往就會有來，噢，就用你的名字送好了。』

到了馬家，依照習俗在靈前行了個跪拜禮，送了奠儀。不過，我還是在禮簿上寫上了父親的名字，因爲馬家的人都不認識我，只有革二姐未出嫁前是我家的鄰居，出嫁後回娘家時也會路過我家門前，跟我見過面，但她正跪伏在靈側，我又不能過去跟她說句話。人與人之間的關係，就是這麼微妙，有時礙於世俗，有時困於心結，雖近在咫尺，卻又遠如天涯。

送過了禮，走出了馬家的大門，當我正要走回塾館的時候，頭一抬竟迎面碰見了章恒業老師，他一定也是送禮來的，在他見到我時，不知道是不是因爲記起了在那次銅鎮紙爭端中馬俊生先生爲我解圍的事？就見他怔了一下，隨後就用溫和而又欣慰的語氣對我說了一句話。

『我就想過，你一定會來的！』

『先生，你也來了嘛！』我低下頭，回應著。

說實在話，我對章恒業老師也是心存感激的，因爲在銅鎮紙爭端發生後，他沒有武斷地裁定我的銅鎮紙是偷別人的，也沒有用鄙夷和懷疑的眼光看過我，就已經爲我的尊嚴留下寬裕的空間了。換句話說，如果他一開始就作出一面倒不利於我的認定，可能就沒有機會讓馬俊生先生爲我求證和幫我說話了。而以後又會發生什麼樣的後果，那就更難逆料了。

從銅鎮紙事故發生和演變的過程中，讓我得到了很大的啓示，也讓我吸取了不少教訓。我深切地體會到，人間的是是非非，中間往往只有一線之隔，如果沒有經過嚴格的檢驗，就輕於作出主觀的判斷，不只會傷人，也會害理。像《周公恐懼流言日，王莽謙恭下士時》就不可以斷言他們的賢或不肖，後來，我以大半生的歲月從事新聞工作，也做過教書先生，每當面對疑慮和審析曲直時，從不敢剛愎自用，事事常會爲弱勢的一方設想，給別人多留餘地，這也許正是受到銅鎮紙事故的惕勵。

抗戰進入第五個年頭，日寇在中國的大地上更加猖狂起來。潘四爺在華撫四老師離去以後，家裏的塾館停了一年。次子也結婚了，但他仍放不下《望子成龍》的心願，民國三十一年春初，他又花錢請來了一位很有經典學問的王老師，恢復中止了一年的塾館。而我，也就水到渠成地接受了王老師的薰陶。

開學後，王老師教我讀兩門課，正課是《詩經》，副課是《千家詩》。記不清讀《詩經》是王老師的意見？還是父親的要求？反正不是我的選擇。因爲我實在不喜歡這本書。

但讀起《千家詩》來，它跟《詩經》的格調和情趣就明顯的不同了。這也許是時代的差異吧？《千家詩》的表達方式似乎更加多元化和更貼近群衆的的生活。跟群衆同呼吸共苦樂。

除了時代的落差以外，也可能是因爲《千家詩》薈萃了衆多詩人作品的精華，他們從不同的境遇，不同的感受，不同的理念和不同的反映中激發出自己別具一格的心聲。如杜甫在《春望》一詩中所述的《烽火連三月，家書抵萬金》；在《野望》一詩中所感歎的《海內風塵諸弟隔，天涯涕淚一身遙》，就道盡了戰亂流離骨肉四散椎心泣血的悲痛，這絕對不是生活在太平盛世沒經過戰火蹂躪的人所能夠吟詠出來的。

陸游的詩也獨具風采，他在跋涉過爲情所苦爲時所困的畢生歲月到了臨終時猶不忘對國家的依賴，因而才會有他那首淒絕的遺詩：『死去元知萬事空，但悲不見九州同；王師北定中原日，家祭毋忘告乃翁！』留下來，成爲千古的絕唱。

當然，《千家詩》裏也有表達男女之間情愛的字句，如金昌緒的《春怨》所寫的：『打起黃鶯兒，莫教枝上啼；啼時驚妾夢，不得到遼西！』又如王昌齡的《閨怨》一詩中所述的：『閨中少婦不知愁，春日凝妝上翠樓；忽見陌頭楊柳色，悔教夫婿覓封侯！』雖然都吐露了對異性的思慕，但這種夫妻之間的關切與繫念，卻表達了人類至情至性的心聲，並涵蓋著天倫夢碎、家仇國恨、社會變遷和對功名利祿鄙棄的悲憤，令人神往，令人動容。

不過，有一點錯覺倒是非常奇妙的，就是讀《千家詩》的時候，總會不經意的覺得眼前有一群鬍子蒼蒼的老頭子的身影在閃動，搖頭晃腦的，老氣橫秋的，好像一點青春的氣息都嗅不到，這就不如唱歌時那樣慷慨激昂和盪氣迴腸，來得容易投入。

對於讀《千家詩》父親似乎也下過點功夫，每當我在吟哦時，他往往也會湊過來吟上幾句，並會糾正我的音調，但母親，卻不喜歡聽我們吟詩，她一聽見我們吟詩，就會皺起了眉頭，一副想阻止又無可奈何的神情。

『看你們兩人又牙疼了。』她搖搖頭說：『老天，唱首歌聽一聽吧！』

父親覺得很掃興，用鼻子嗤了一聲，就走到一邊去了。而我往往也會把書闔起來，隨口唱起歌來。母親聽了，覺得我跟她站到了一邊，常會發出會心一笑。

王老師眞是一位循循善誘的夫子，有十足的耐性，又有高度的熱忱，他不但教我吟詩，也教我寫詩和做文章。大約隔上十天半個月，他就會出個題目要我寫首詩或是寫篇文章。寫詩作文，就是從他教我開始的，生手下廚，當然煮不出好菜，不過，王老師會幫我改，甚至還會幫我寫。

有一次，他以《杜鵑》爲題，要我寫一首七言詩。杜鵑就是古人詩裏所指的《子規夜半猶啼血》的子規鳥。每到農曆四、五月間，小麥揚花到成熟時，就會見到牠們在林梢或低空出現。這種鳥不大合群，常愛獨來獨往，在低空飛行的時候似乎比在林間棲息的時間要長久些。叫聲聽起來《刮鍋，刮鍋》的，格外顯得單調和淒惻。杜鵑實在是一種滿帶著悲情色彩的候鳥。

我看了王老師出的詩題，思索了一會兒，就寫出了這樣的一首七言詩：

泣血子規似紅顏，自憐薄命淚未乾；
啼聲常懷千古怨，魂斷天涯不知還。

這首詩送到王老師的面前，他反反復覆地撚著鬍鬚，看來看去，老半天才拿起筆來把第一句第五個字的《似》字改爲《亦》字，再把第二句後面兩個字《未乾》換做《常彈》；第三句第三個字的《常》字改成《滿》字；最後一句第二個字《斷》字改爲《縈》，並在詩稿上批寫了《創意可取希勤習之》八個紅字，一方面說明他的識見，同時勉勵我勤學不懈。

經過王老師的潤色，這首習作的詩就變成這樣了：

泣血子規亦紅顏，自憐薄命淚常彈；
啼聲滿懷千古怨，魂縈天涯不知還。

的確，王老師改掉的幾個字讀起來寓意就幽深得多了。除了教我寫詩以外，王老師也教我作文，他曾經出過《見賢思齊焉》的題目，要我寫一篇文章，我自己是怎麼寫的？早已記不得了，但他在批改時加上的《賢不我見則已，賢而我見，縱讓賢者以先賢，豈讓賢者以獨賢》這段文字，卻永遠深刻在我的印象中，未曾稍忘。

二、夏天吃鹽冬還錢

這年五月底，日本鬼子猶如出柙的虎狼，從淮陰、連雲港、徐州和宿遷分路火擊，向沭陽縣城鄉威力掃蕩。鐵蹄踏碎了原野的新禾，炮彈打斷了不少人家的屋樑。燒殺擄掠，幾乎雞犬不留。時局在兵荒馬亂中顫抖，王老師也就歇館回家了。

一夕數驚的村裏，不時傳出《鬼子來啦》的消息，每當這種情況發生的時候，村裏的人家都會收拾家當扶老攜幼向離開城鎮和交通較偏遠的鄉下逃難。逃難時，父親指派我的任務只有一件，就是牽著那條老黃牛一起往西南方向的泗陽邊界奔逃。

老黃牛好像也知道日本鬼子和漢奸狗腿子的厲害，只要一見到我慌慌張張地往牠跟前跑去，牠就會一躍而起，我在後面趕著，牠在我前面跑著，比起要牠犁田或拉車時的動作要快得多了。我們一次又一次地在田間的小路上疾馳，不但很快的就建立起患難與共的感情，也很快的有了同心協力的默契。每當牠跑得太快我在後面趕不上牠的時候，牠就會嗚哇嗚哇地叫著為我著急。並且會停下腳步回過頭來等我。每當聽到後面有槍聲響起，牠也會帶著我向低窪的地方躲去。牠的忠厚和善解人意，跟我猶如難兄難弟，在一起度過了一段非常驚心動魄的歲月。

老黃牛是從很小的時候就被牠原來的主人賣到我家來的，牠看著我成長，我也看著牠長大，牠完全成爲我們家庭中的一員。牠勤快地幫我們耕田、拉車、拖笨重的石頭磙子，總是踏踏實實的，從來沒有偷過懶。夏天，牠躺在門前的老槐樹下，吃著大姐和我從野外割來的青草，用尾巴拍打著停在牠身上吸血的牛蝱子，我躺在牠身邊用細繩編成的涼床上乘涼，在徐徐的涼風中，牠看出我的悠閒，我也能夠體會到牠的愜意。冬夜，牠跟我們睡在同一個屋子裏，看我在油燈下唸書，看母親在我身邊撥著火盆縫補衣裳。母親有時也會順手扔給牠幾粒花生和或一個山芋，牠在黑暗中能夠一粒不漏地找到吃光。如果沒有老黃牛，我們家會覺得格外冷清。

可是，老黃牛最後還是跟我們分手了，牠是在什麼情況下離開我們的，我怎麼想都想不起來了。不過，我記得從牠以後，我們家就再沒有飼養過牛了。

日本鬼子的鐵蹄終於踏進我們的村子來了。一個秋天的晚上，天色剛剛黑了起來，北面的村梢突然傳來了馬的嘶聲。跟著槍聲也響了起來。鄰家有人大叫《快跑，鬼子來了》，在這千鈞一髮間，父親和母親來不及收拾東西就吆喝著我和大姐快點跟著他們跑。我們跑過離開門口大約兩百多步的一條小水溝，就一頭鑽進長得茂密的大豆田裏去，緊緊地伏在地上，連氣都不敢喘出來。

糟糕的是，躲在豆田裏，我老是要咳嗽，母親急得用手緊捂著我的嘴巴，叫我千萬要忍住。那個片刻可眞是我《危急存亡之秋》了，如果咳嗽聲把日本鬼子引過來，我們全家必定會喪命在他們馬蹄和刺刀下，幾乎是沒有什麼運氣好碰的。

這天夜裏，鬼子兵的馬隊眞的從我們藏身的豆田邊一條小路上疾馳而過，我忍了又忍，終究沒有能夠憋得住的咳嗽聲，幸好沒有被他們聽見。天亮以後，鬼子兵走了，我們一家四口從豆田裏爬出來，想起昨夜的景況，不禁有大難不死的欣慰。

說起我的咳嗽，可眞不是一天的毛病了。記得從五、六歲的時候起，我就常常會咳嗽，特別是在冬天的夜晚，咳得會更加厲害。爲了半夜躲在被窩裏咳個不停，不知道挨母親罵了多少次。

『叫你少吃一點鹽，就是不聽！』她呵斥著。

我儘量地忍著，希望不要咳了，可是，咳嗽實在太難忍了，喉嚨就像要爆裂一樣，想不咳，還是咳了起來。

『我就說嘛，夏天吃鹽，冬天還錢！』母親又嘀咕著。

挨了母親的責備，通常，我是不敢還嘴的，唯有她罵我吃多了鹽這件事，我很不服。因爲飯是她煮的，菜也都是她炒的，飯菜裏的鹽更是她放的，我吃鹽多少，完全由她來控制，怪我吃多了鹽，實在是沒有道理的事。有一回，我被她罵了以後，覺得很委屈，就回了她一句。

『我又沒有偷吃鹽！』

『是我把鹽塞到你嘴裏去的嗎？』她說。

『你沒有啊！』我婉轉地說：『你只是把你做的飯菜塞到了我的嘴裏。』

『好傢伙，你可眞是有理！』她的語氣開始溫和起來：『我不把飯菜往你嘴裏塞，你能長大嗎？』

母親說是這樣說了，但她心裏卻似乎有了反省。一轉身，就用臂彎緊緊地摟我一下，適時的表達了她無盡的母愛。只是，她沒有承認我吃多了鹽是她的錯。

這一年的九月十三日，北雁南歸，已是涼秋了。從小跟我一塊遊戲一塊成長並經常讓我幾分的大姐，以十七虛歲小小的年紀出嫁。婆家是胡集北鄉謝圩的王家。依照家鄉習俗，出嫁當天叫做《正日》，頭一天是《催妝》。顧名思義，《催妝》就是催促新娘趕緊化好了妝，備妥了妝奩等著坐花轎的意思。

《催妝》這一天，是嫁女兒人家最忙的一天。從早到晚，我們家裏都擠滿了人，舅父、姑母、姨媽和村裏要好的鄰居都來了。雖然年頭大亂，縣城裏的日本鬼子和漢奸狗腿子們隨時都可能下鄉來擾亂，但家裏依舊洋溢著喜事鬧熱的氣氛。

一大早，父親就把去年請章木匠父子精心打造好的的梳粧檯、櫃子和從外地買來的洋瓷盆、漱口杯子等嫁妝都放在堂屋的走道上讓大家參觀，另外，又特地請來廚師大辦筵席宴請親友。可是，這時候的母親，情緒卻跌進了低潮，我甚至看到她躲在門後邊掩面啜泣。

母親哀傷有兩個原因，一個是因爲大姐從來沒有離開過家，也沒有離開過母親，她放心不下這麼小的女兒能不能夠適應一個完全陌生的家庭生活。另外一個是，從此以後，她在家事和農務方面將失去了一個好幫手。大姐嫁了，她不但在體力上要加重負擔，在心靈上，也要承受驀然而來的孤寂。頓時，她似乎承受不了從四面八方湧來的空虛和失落的感傷。

看到母親難過，大姐也是淚流滿面的，但她不知道怎樣去安慰母親，只是趴在母親的肩頭上哽咽著。後來，她把我叫到她跟前去，將父親買給她的那個江西景德鎮製造的漱口杯交給我。

『這個杯子留給你。』她說：『你好好地收著。』

『是爸爸買給妳做嫁妝的，我不要！』

『現在我把它送給你，你收著，以後我回家來也可以用的啊！』大姐把瓷杯塞在我的手裏。

當我正在爲難的時候，母親走過來了。

『大姐給你的，就拿著吧！別推來讓去的。』母親說。

聽了母親的話，我收下了大姐給我的杯子。

第二天傍晚，花轎抬走了大姐以後，親友也都一個個散去了。這時候，父親才開始揉眼睛，他已經強忍著一天了，倒過來，反而是母親來安慰他了。

『年頭這麼亂，嫁了，也好了件心事。』

『妳說得沒有錯。』父親說：『只是我捨不得她！』

三、丁頭屋裏過寒冬

年頭眞的是亂得不可收拾了。十一月，日本鬼子來到胡集。先在四鄉展開威力掃蕩，搶走了不少人家的牛羊，也扒光了我們家的糧食，捉去了我們家的雞鴨，連供桌上的銅香爐、耘草的鋤頭和圍在花園四周的磚塊，都被他們劫掠一空。後來，鬼子兵和漢奸們還強迫鄉民砍掉村裏的樹頭，替他們拖到胡集，在《據點》四周插起了鹿砦，蓋起了碉堡，跟共產黨的《新四軍》和游擊隊對峙。

可是，共產黨也不是省油的燈，他們採取了《空室清野》的策略，以毒攻毒，動員了男男女女，老老少少，將胡集四郊所有的道路全部挖成一道道深四、五尺，寬三、四尺無限延伸的路溝，一來截斷了鬼子兵的交通線，廢掉了鬼子兵的機動能力，遲滯他們利用道路下鄉掃蕩的行動；二來把路溝當成了掩體，出沒無常，充分利用地利人和的優勢，跟鬼子兵打起了游擊戰。打不過的時候，放了幾槍達到了騷擾的目的，就順著縱橫交織的路溝逃走；得手時，也不會戀戰，同樣掉頭就跑。鬼子兵直如大象碰上了一群撒野的馬蜂，毫無對策，完全陷入了癱瘓狀態。

因為我們的村莊離開日本鬼子的《據點》實在太近了，鬼子兵自己不敢出來，卻逼著漢奸和他們的狗腿子結夥下鄉要糧要草。《新四軍》和游擊隊因為力量懸殊，也保護不了我們。

這時候，村北有個叫做耿大年的青年，原是地方上一個好吃懶做死不長進的小流氓，鬼子們來了以後，他就奴顏婢膝地當上了《維持會》的《會長》。跟他的父親兩人同時替鬼子兵跑腿效勞，當了漢奸。

耿大年手執馬鞭，腰插手槍，常常到我們村裏來張牙舞爪，耀武揚威。不但要糧要草，也要槍要錢。毆辱婦孺，擄人勒贖，村民對他視同蛇蠍，恨之入骨，但又無可奈何。

父親料想到如果留在村裏，守著家，必定逃不過鬼子兵和漢奸狗腿子們的毒手，所以早在鬼子兵到了胡集的頭一天晚上，就帶著我和母親逃到了泗陽縣邊界的潘小河崖。

潘小河崖的張和清和張少波堂兄弟倆，為人很講義氣，他們熱情的接待了我們一家，除了騰出房子作為我們臨時住所以外，少波先生還答應我們將他宅邊的一塊空地讓給我們在上面搭起一間《丁頭屋》，作為較長時間的棲身之所。他們這種患難相扶持的義行，我們一家都仰承蔭庇，感念在心。

在這間《丁頭屋》裏，我們熬過了一個漫漫的寒冬，盼望著可以回家的日子。但是，情況的發展，比想像中要壞得多了。在耿大年找不到我們家的人，怒不可遏時，就揚言要扒掉我們家的屋，父親聽到了消息，他一方面後悔沒有聽大伯父的忠告，蓋了新屋，同時又要動腦筋去想補救的方法。晚間，他跟張和清先生商量了一會，就斷然地提出了先下手自己拆的想法。

『要拆，今夜就去！』和清先生支持父親的意見，主張立即行動，他說：『晚飯後出發，我們推著三輛車子，三更動手，五更以前拆完。』

『好！，就這樣辦了』。父親站起身來，雙手作揖，謝謝和清先生的仗義相助。

初更時分，父親、和清先生，還有和清先生的弟弟，三人各背著一枝步槍，分別推著三輛獨輪車摸著黑路趕到我們的村裏，用最快的手腳不到五更天就把蓋好還沒有兩年的東屋拆掉了。拆下來的麥穰和蘆柴笆子不值什麼錢，就扔掉不要了。他們三個人只把七枝長長的買來不易的檜木推回潘小河崖。這時候的天色剛過黎明，晨曦透過林梢從天邊照射過來，映在父親的臉上，有沮喪和疲憊，也有得手的欣慰。

張和清先生兄弟爲人忠厚，刻苦成家，除了耕種十幾畝薄田以外，還同心協力開了一間油坊。他們以花生、大豆或菜籽爲原料，完全靠著人的力氣用鎯頭榨油。平時，既沒有娛樂，也很少休閒，日子過起來單調而辛苦。自從我隨父母逃難來到他們村裏以後，他就派我一件差事，講書給他們聽。

每天晚飯後，他們忙完了一天的工作，和清先生就會把我找去，給我坐舒適的躺椅，等著我講《三國演義》的故事給他們聽，講著講著，屋裏的人越來越多，麥穰鋪成的地鋪都坐滿了，我一邊唸一邊做著書中人物的動作和表情，直聽得他們個個兩眼出神，連煙灰燒了袍子都不知道。

父親對於我講書給人聽，覺得也算是跟這些新鄰居增進情感的方法，更是對和清先生一家人善待我們的回報，所以不但沒有阻止我講下去，還告訴我一些加油添醋的技巧，他說，懂得這一套，才能掌握聽書人的心理，取得他們的共鳴。

『如果像你這樣到書場去說書，人家聽了會睡覺！』他告訴我他在書場聽書的心得：

『鑼一響，逗得你非聽不可！』

『這跟書場完全不一樣。』我說：『書場說書的是在東張西望等客人，這裏，他們是坐到一起在等我。我也沒有收他們的一毛錢！』

『你好踐啊！』父親笑著說：『知道嗎？這就叫做蜀中無大將，廖化作先鋒！』

『大將也不見得就能夠打勝仗。』我搬出了《三國演義》的故事回應父親對我的嘲笑，我說：『典韋、龐德、夏侯淵、張郃、太史慈，還有關羽和張飛，都是大將，還不都是在戰爭中丟了性命，可是，廖化卻好像沒有碰到過麻煩，活得很安全！』

『你呀，盡說歪理！』父親顯得不悅起來：『長大以後，你就去當廖化好了！』

在潘小河崖，迎來了民國三十二年的春天，三月底，日本鬼子因爲兵力不足，加上在南中國戰場上連番敗北，傷亡過重，泥沼越陷越深。一天夜裏，他們突然放棄了龜殼般的《據點》，悄悄地撤出了胡集。

父親聽到了鬼子兵走了的消息，一時，頗有杜甫《劍外忽傳收薊北，初聞涕淚滿衣裳》的激動，在跟母親商量過後，他們決定拆掉那間庇佑著我們度過季節和時局兩個寒冬的《丁頭屋》，把土地回復到原狀，挨家謝過了對我們仗義相助的友人，就把簡單的家當放在一輛獨輪車上推著，帶我和母親趕回了老家。

老家景色依舊，一棵棵被鬼子兵和漢奸們截去了枝頭的樹椏上，都已冒出嫩綠的新芽，劫後餘生，正散發著生生不息的潛力和韌勁。

鄰家的老黃狗，是我們的舊識了，牠老遠的向我們奔來，搖著尾巴在我們身邊不停地繞來轉去，流露出重逢的歡欣。父親拍了拍老黃狗脖子，走向門前，推開深掩的柴扉，快步跨進了家院。

院子裏一片冷寂，到處都是未清掃的落葉。角落裏殘存的一株玫瑰花，枝頭上正挺著一簇簇初現的蓓蕾，有的已經發出了青裏泛紅的花苞。父親停步在拆掉了的東屋留下的頹牆下，踟躕了好一會兒，雖然沒有說什麼，但我可以看出他心裏殷殷的傷痛。對一個終年辛苦的農民來說，胼手胝足，省吃少穿，能夠蓋起一間房屋，是多麼的不易。但戰亂卻把它毀於一旦，他當然不甘。

四、被罵懶驢不上磨

因爲糧食被日本鬼子和漢奸們搶走了，我們回到老家以後，立即面臨了嚴重的春荒。饑餓是全面性的現象，親戚朋友也無力幫助我們。我們只好用剩下不多的玉米粉和山芋混在一起煮稀飯喝。後來，山芋也吃光了，母親就採野菜和榆樹的葉子來吃。可是，野菜和榆樹葉子的來源慢慢地也斷了，最後，母親就跟鄰家的姑嫂們一起到村東一個亂葬崗去挖蔞蒿回來煮著吃。

蔞蒿是一種藥味很重的多年生草本植物，在亂葬崗裏長得非常茂盛，生嚼起來，苦中帶甜，煮熟來吃雖然有點澀口，但卻別有一種滋味。苦難的日子一天天地熬過去，這時候，田裏的麥苗已經發苞了，大家都把希望寄託在五月的收成上。

一天傍晚，北村的莊元山大爺來到我們家，他給我們送來了一瓶花生油，這對我們來說，可眞是一份天大的人情了。許多年來，莊大爺和父親是常有來往的老朋友，那時，他家裏開油坊，花生油是他親手榨出來的。在糧食不足營養極度缺乏的年頭，父親非常感激他雪中送炭，心裏還在繫念著故人。

這天晚上，莊大爺跟父親和母親還談了一件大事，就是他要爲我做媒，找個未來的媳婦。他告訴父親，胡集西圩門外有個姓黃的人家，是做醬園生意的，家裏有個小女兒，長得很清秀，又很伶巧，曾經托過他找婆家，當莊大爺提起我們家的時候，他們也很願意。

『你們看看，如果你們也願意的話，我就來做這個媒人。』莊大爺說。

父親跟黃家也是熟識的，他去黃家店裏買醬油的時候，也見過那個女孩，剪著短髮，眼睛大大的，看起來很討人喜歡。

『好啦！』父親說：『如果八字合的話，這門親就可以訂了。』

『你也不問問他。』坐在一邊的母親指一指我，對父親說：『這可是他的事啊！』

『嗨！』父親聽了母親的話，轉臉問我：『你說好不好？』

『我又沒見過，怎知道好不好？』我說。

『這好辦！』莊大爺拍下胸脯說：『明天，我帶你去買醬油，你看她，也讓她看看你！』

『不好，不好！』我急著說：『看來看去的，這不像買牛一樣了嗎？』

『懶驢不上磨，這就沒辦法了。』母親站起身來，長長地歎了一口氣，她說：『莊大爺，我看你也就別費心了！』

『我看這樣辦好了，明天中午，你帶著一個買醬油的瓶子，我坐在醬園店的門口等你。』莊大爺擺出《死馬當活馬醫》的樣子，很有耐心地對我說：『你就裝著像趕集的人一樣，向我跟前走來。有種，就大大方方地上來買醬油；要是沒種，就從我身邊走開，不管怎樣，我都會讓你看到她。』說著，他又補充了兩句：『說眞話，我要是有個跟你差不多大的兒子，就輪不到你啦！』

話都被他們說絕了，一會是牛，一會是懶驢，一會兒又是有種沒種的，我想，我再也沒有退路了，就只好下決心拚了。

『我去！』我說：『又不是去抓老虎，怕什麼？』

『我早知道你有種！』莊大爺說：『要不然，那麼多的書是怎麼唸的？』

第二天，是胡集逢集的日子，中午，我提著醬油瓶子，就像提著槍正要出征的戰士一樣，把胸脯挺起，頭抬得高高的，邁開腳步，從街市彎口的地方向醬油店的門口走去。老遠，就望見莊伯伯嘴裏吸著煙袋，正在跟一位大娘說話。他們身邊有個穿著藍布短褂模樣俊俏的女孩，一邊在跟買東西的客人講話，一邊轉著滴溜溜的大眼睛向四面八方張望。我的心頭頓時泛起一種從未有過的感覺。

『她一定是在等著看我？』我暗自的這樣想。

不過，我還是鼓足勇氣從他們跟前走過，當我走了好幾丈遠再回過頭去望一望他們時，才發現他們也正在盯著望我。

後來，我才知道莊大爺果然是隻老狐狸，一切的狀況都是他一手安排好了的，在我還沒有出現在他們眼前的時候，他們就已經《以逸待勞》在等著看我了。因而我越想越覺得自己上了當，眞的像是被人家評頭論足看過了的一條牛。

回到家裏，心裏五味雜陳，有氣，也有自豪，更有仍在升騰的喜悅，把帶回的空瓶子朝牆角一丟，跨出門檻就想找鄰家的孩子們瘋去了。

『你回來！』母親在後面叫我：『買到醬油了嗎？』

『瓶子在那邊。』我一手指著牆跟說：『忘了買啦！』

『看到人家沒有?』

『看到莊大爺了。』

『你以爲我問的是莊大爺嗎?』

『那你問誰?』

『女孩,那個女孩,昨天晚上莊大爺跟你說的那個女孩!』

母親的話像連珠炮一樣轟著我,我是逃不掉了。

『看到了。』我說:『她們也在看我!』

『這才公道啊!』母親說:『可別老是想佔別人家的便宜!』

『我那有佔了人家的便宜?』我嘀咕著。

『好了!』母親手一揚,像放生一樣:『快去瘋吧!』

隔天,黃家就送來了那個可愛女孩的八字,父親看看黃曆,子鼠、丑牛、午馬、未羊,扳著指頭算了又算,最後認定是一樁非常美好的姻緣。就這樣,兩家的親事就訂下來了。

衹是,誰也沒有想到,我和那個女孩的婚約,因爲受到戰亂的撕裂,日後,曾經困繞著我大半生的歲月。等到再相見時,彼此都已經是兒孫成群不堪回首了。

五、寇兵再犯胡集鎮

日本鬼子雖然撤出了胡集,但他們仍舊在沭陽縣城盤據,而且並不死心。這年冬初,他們又從徐州、淮陰和東海向沭陽增兵,企圖打通徐州通往淮陰的徐淮公路,作困獸之鬥。因爲胡集位居徐淮公路的咽喉要地，再一次成爲他們攻佔的目標。

這一次，母親記取了上一年家裏存糧被劫掠一空的教訓，除了預先將家中一部分的小麥和玉米趕運到潘小河崖寄藏在張和清先生的家裏以防急需外，又把大部分的存糧分別裝進幾口用陶土加釉製造的甕缸裏，跟父親兩人趁夜摸黑埋藏到村外的田裏去。

十一月初，一天清晨，鬼子兵在炮火隆隆和人喊馬嘶聲中，再一次佔領了胡集。跟頭一年的情景完全一樣，砍了四鄉的樹頭當做鹿砦，在胡集安下了《據點》。也跟頭一年一樣，父親和母親帶著我和一些家當倉猝地逃往潘小河崖，再一次得到張少波先生的慨允，又在他家宅邊的空地上搭起一間《丁頭屋》擋風避難。

日本鬼子到了胡集安下《據點》以後，立即成立了僞組織。這回換了個叫做莊治廉的人，來當鬼子的胡集鄉《鄉長》。莊治廉是父親的老同學，據父親說，他們兩人同窗共硯時相處得很不錯。現在他當了《鄉長》，托人帶話給父親，叫我們趕快回到老家去安居，如果願意的話，還可以到他的《鄉公所》裏去做事。

可是，父親沒有接受他的《美意》，不但沒有去找過他，連老家也不回去。後來，莊治廉在胡集廣收門徒，連曾經讀過淮陰成志中學受到父親敬重的王大哥王明文，也做了他的《乾兒子》，並且成爲他鄉公所的要員。

有一天，我在潘小河崖悶得發慌，心裏老是想念留在老家的玩伴，已經有好久沒有跟他們在一起瘋了，眼底不時會出現他們的影子，耳畔也常會聽到他們的叫聲，一時忍不住，就跟父親商量，可不可以讓我偷偷地回去看一看，父親想了又想，覺得鬼子兵和漢奸們因爲害怕游擊隊偷襲，平常很少會到我們村子裏來，在一再叮囑我要特別小心以後，就答應了。

懷著滿心的喜悅，踏著輕快的腳步走上歸途。母親不放心我獨行，一直送我到了村頭，幾番叮嚀，囑我不可過於貪玩，早去早回。跟母親道別後，沿著熟稔的小徑，直向楊莊奔去。冬天的原野，滿眼枯寂，只有路邊不遠地方植在墓園裏的松柏，挺著蒼勁的枝葉，綠意泱泱，映照著田間殘留的積雪，爲大地撒滿生機。

走出楊莊，老家就在望了。遠遠望去，老家的村落一片寧靜，一點都看不出有任何機詐。但我卻怎麼都沒有想到，在我奔進了家院兜個圈子剛要走出大門時，就被幾個帶槍的漢奸狗腿子給堵住了。

『這回你跑不了了吧！』其中一名狗腿子衝上來執住我的手臂，狂笑一聲：『嘿，叫你老子來吧！』

『這是我家！』我仗著膽子說：『我又沒有做壞事。』

在他們挾持下，我被押到胡集成爲他們的人質。關了一天一夜，莊治廉裝得像局外人，不聞不問，只有小漢奸們透露出風聲，要我父親拿出兩百塊大洋贖人。當時，父親和母親到底急成什麼樣子，我不清楚。後來我才知道，父親曾經托人帶給莊治廉《鄉長》，他的老同學一封信，信上只寫了兩句話：『我的孩子在你的手裏，死活全託付給你了！』

除了父親給莊《鄉長》寫信外，開醬園的黃大爺和黃大娘，在他們知道他們未來的小女婿落在漢奸們手裏的時候，似乎比我父親還要緊張，爲了營救我出險，他們除了勸說父親《花錢消災》以外，也托了很多關係，拉了不少人情，向漢奸們說項和施壓，希望他們早日放人。

是父親背水一戰激起了莊治廉《鄉長》的天良，念了舊情？還是因爲得力於黃大爺和黃大娘的奔走營救？我不知道。不過，第二天中午，他們就把我放了。

走出胡集鬼子們的《據點》，我第一步就到了西圩門外的黃家。黃大娘一把拉住我，好像心頭還在怦怦跳的樣子。

『你這個小傢伙呀，眞是太貪玩了。』她說：『連小丫頭都快急瘋啦！』

不遠處，那個急得快要發瘋的女孩，正在廚房門口偷聽著。

『快回去吧。』黃大娘催著我：『別把你媽急死了。』

『大娘，我以後不貪玩了！』我低著頭說。

這年冬季，天氣出奇的不好，不是通宵大雨，就是漫天飛雪，氣溫一直在攝氏零度以下停滯。我們家住的小《丁頭屋》，常被雨水倒灌浸濕，屋頂更險些被冰雪壓垮，我們一家三口，瑟縮在麥穰堆成的地舖上，常被凍得伸不直手腳。

雨停放晴後不幾大，接著就是一場鋪天蓋地的大雪，一夜之間，樹上掛的全是銀枝，平地都積起了兩三尺深。清晨，父親拿著竹掃帚正在清掃屋頂上的雪花，突然，村後不遠地方傳來了一陣急迫的槍聲。跟著有人大喊：『鬼子來了！鬼子來了！快跑呀！』父親立即扔下掃帚，衝進屋裏拉著我和母親就往外跑。鬼子兵跟在我們的後面緊追追擊。《三八式》步槍和《六五式》彎把子機關槍的彈雨從我們耳邊嘶嘶溜過，發出了尖銳和恐怖的嘯聲。

在鬼子兵這次拂曉突襲中，潘小河崖一帶民衆的生命財產遭到了嚴重損失。少波先生的親侄兒張良明，當時只有十一、二歲，在奔跑時，他的左小腿就被鬼子兵的《三八式》步槍子彈一前一後射穿了兩個洞眼，幸好《三八式》步槍口徑小，彈頭細，射中後就穿了出去，沒有傷到筋骨，經過敷藥治療，不久就恢復了健康。但住在鄰村一位姓莊上了年紀的老人家，因爲動作遲緩，跑起來落後一點，就被鬼子兵擊中要害，死在積滿冰雪的田野。治喪期間，引起鄰居同聲悲憤。

日本鬼子發動侵華戰爭，不但是對中國盲目的衝擊，也是對人性一項嚴厲的挑戰，在廣袤的戰場上和佔領區，他們不但點火燒中國人的房屋，用刺刀戳入中國人的胸膛，也用烈火和刺刀對付他們自己的袍澤，手段殘忍，有過於猛獸，令人觸目驚心。

在一次遭遇戰中，有兩個鬼子兵被游擊隊打傷了。一個斷了腿，一個胸部中了槍，這兩個傷兵被抬回胡集《據點》以後，並沒有得到立即的搶救，反而被架上一堆乾柴，潑上汽油引火燒成了灰，在他們被抬向乾柴，身上被澆上汽油時，還在發出淒厲的哀鳴，大叫可以繼續爲天皇效力，但在瘋狂的刺刀下，剎那間就捲入烈火化成一縷青煙了。

爲什麼鬼子兵會這樣殘酷地殺害他們自己的袍澤呢？理由很簡單，就是他們在經過軍醫檢查以後，確認其中那個斷了腿的，膝蓋關節已經碎裂，就算把他救活了，也將終身成爲殘廢，不但會永遠喪失戰鬥的能力，也會成爲他們行軍和作戰時的累贅，更會成爲他們國家和社會長久的負擔。另外一個胸部中彈的，軍醫也認爲以他們戰時的醫藥條件，是絕對不可能把他治好了，多活一天，他們就要多付出一天的損耗，考慮戰時物力的艱難，只有一把火給他們燒了，才會乾淨俐落，一了百了。這就是很少有人注意到的，戰後日本幾乎看不到斷腿殘臂傷兵的原因。

六、不見黃鶯鳴枝頭

戰爭逼人失去了理智，也泯滅了人性。日本這個國家如果不能及時從軍國主義的黃粱幻夢中清醒，把田中義一和土肥原的幽靈掃出他們的《靖國神社》，未來，不知道還會有多少青壯會被裝進了骨灰盒裏，讓他們母親傷心？

鬼子兵對待戰馬，也像對待自家的傷兵一樣的慘無人道，在他們駐紮在胡集的騎兵隊裏，有幾匹棗紅色蒙古種的戰馬，忽然生起病來，經過隨軍獸醫的檢查，發覺牠們生的是傳染性極高而且是不容易控制的瘟疫，他們害怕其他戰馬也會被傳染，就在一天深夜，悄悄地將六匹病馬牽出了《據點》，拉到離開胡集不到一里路的一條路溝邊停了下來。

路溝是共產黨動員老百姓挖出來的，本來是用來對付鬼子兵的，這一回，本末倒置，卻讓鬼子兵派上了獨有一次的用場。

在路溝邊，持槍的鬼子兵排好了隊，先吹起了幾聲淒厲的軍號，接著就命令帶到現場的十多個民伕把病馬推到一人多深的路溝裏去，由領隊的軍官指示鬼子兵一齊舉槍對準病馬的身上射擊，戰馬被亂槍擊中後，發出了撕裂著黑夜長空的悲鳴，幾里路以外的人都可以聽到。

殺了戰馬以後，鬼子兵就看著民伕在原地堆起了六座馬墳。從這時候起，一連好幾年，住在附近村莊裏的人家不時傳出一種離奇古怪的說法，就是有人在夜裏常常聽到馬嘶和馬蹄奔馳聲，好像是從天上傳來一樣，幽幽而恐怖，消息一傳十，十傳百，大家都相信是在出馬魈了。這種傳說害得許多膽小的人夜晚都不敢從馬墳邊經過，生怕被馬魈撞上了，會被捉去當牠們的馬伕。

強弩之末的鬼子兵，又一次撤出了胡集，向沭陽城裏遁去。民國三十三年的仲春，我們第二次從潘小河崖回到了老家。不過，因爲潘小河崖新建了一所小學，父親就叫我留了下來入校就讀。經過測驗後，因爲我的算術能力不夠，只能讀三年級。潘小河崖小學是一所初級小學，最高只有四年級，我已經算是高班了。

開學後，校長徐彭年先生，導師侯鑄鐘先生，他們都認爲我很有讀書潛力，我也就昏昏陶陶地自負起來。一次，在作文課上，侯老師出了個《春霧》的題目，我不知怎麼會腦筋一歪突然扯到日本鬼子的身上去了，作文是這樣寫的：

在春霧迷濛中，日本鬼子掃蕩來了，
他們窮兇極惡，丟炸彈如暴雨，
射機槍似飛蝗，千千萬萬的人遭了殃。……

這篇作文寫好以後，自己越看越得意，心想一定可以得到老師的激賞。但想不到幾天後，作文簿發下來的時候打開一看，就見侯老師在作文後面批了兩行大大的紅字：

一、日本鬼子跟春霧有什麼關係？

二、炸彈有這樣丢法的嗎？

侯老師批的這兩句話，對我來說，直如一記悶棍，頓時打得我頭昏腦脹，後來，我冷靜地想了又想，一半同意侯老師的批判，就是使用形容詞不可過分誇張，炸彈的確不可能有像暴雨那樣丢法；不同意侯老師批評的是，我已經明白地寫著《在春霧迷濛中，日本鬼子掃蕩來了》，這怎能說日本鬼子跟春霧沒有關係？

鬼子兵第二次離開胡集以後，父親回到老家做的第一件事，就是接受大伯父的建議，將原來的朝向西方的大門，掉轉過來改向東方。根據祖先的遺訓，每隔二十年就要東西掉換一次。大伯父認爲大門的方向早在五年前就應該掉轉過來朝向東方了，都是因爲父親表現得不夠積極，一拖再拖，所以這幾年來才會災禍不斷，影響到家運。

在大門朝西的那些年中，我覺得倒是挺好的，門前那棵老杏樹，每年初夏麥黃時，都會給我們結了累滿枝頭的杏子，那眞是我曾經吃過的最好吃的杏子。汁多、皮薄、粒大、甜度高，吃起來滿口都是清香味。

再就是籬邊的那兩棵櫻桃樹了，每年農曆四月中結出來的櫻桃，黃中泛紫，晶瑩透亮，滋味沁人心肺，全世界都看不到那麼好的品種。數十年後，我在舊金山吃櫻桃、在巴黎吃櫻桃、在翡冷翠、阿姆斯特丹、布達佩斯、聖彼得堡、華沙、雪梨都買過櫻桃吃，卻沒有一粒能夠比得上我家那兩棵櫻桃的美味。這絕對不是《月是故鄉明》感情的因素作祟，而完全是道地的《貨比貨》的驗證。

還有讓我難忘的一件事，就是我家宅後栽有一行野薔薇，一到春天，就會開得花團錦簇，引來成對的黃鸝、斑鳩、畫眉、紫燕等許多鳥兒，在花叢裏比賽唱歌。現在，父親把大門掉了個方向，野薔薇被刨掉了，原來本是一道青枝綠葉映襯著的姹紫嫣紅的花籬，而今，物換星移，只剩下一片空蕩蕩的黃土泥路，再也見不到成雙成對的黃鸝、畫眉、斑鳩、紫燕和柳鶯那些鳥兒來到這裏比賽唱歌和你儂我儂了。

祇是，我們家的運氣似乎並沒有因爲把大門改向朝東方向變得好了起來。最讓父親和母親懊惱不已的，就是他們窖在村外田邊的那幾缸小麥，都因爲泡了雨水變成了酸味撲鼻的酒糟。那幾口花了不少錢買來的甕缸，更因爲小麥泡水發脹被撐得碎裂成瓦片。泡成了酒糟的小麥，是不可能磨成麵粉來吃了，碎裂成瓦片的甕缸也不可能修復使用，顯然，我們又要面對再一次春荒。母親的心灰了，碎了，她把被雨水泡壞了的麥粒一次又一次的放到嘴裏去嚼，嚼了又吐，吐了又嚼，不時睜著失神的眼睛望著蒼天，但她並沒有抱怨蒼天的不公。父親看出母親在強忍著痛苦，輕輕地把她從地上拉到一條長凳上坐著，低聲地安慰著她。

『別怕！』父親說：『我們在潘小河崖不是還有幾笆頭小麥嗎？』

『嗯！』母親點點頭，漫應著：『還有三笆斗吧？』

『過些天，把他弄回來，挑點野菜，再加上那籮筐山芋乾子，就是少一點，我看也差不多了。』父親還怕母親不放心，繼續地安慰著她，他說：『妳就不要急了，船到橋頭自然直，老天是餓不死瞎鷹的！』

聽了父親的話，母親也就寬心些了。不過，她還是把一堆被雨水泡過的小麥揀出比較好的一部分跟好的小麥摻拌到一起磨成了麵粉，連同麥皮一起下鍋煮成麵疙瘩吃，雖然吃在嘴裏有沖鼻子的酸味和霉味，難以下咽，但跟捧著肚皮挨餓的那種滋味比起來，卻又似乎要好受得多了。

本來，絕大多數的中國農民過的都是靠天吃飯的日子。旱災、水災、蝗災，一向是農家的常客，這都是水利不興，科技落後和農業經營知識的缺乏所累積起來的惡果。過慣了這種日子和見慣了這種現象的農民，世世代代常是心安理得聽天由命，實在熬不下去時，最多只是抱怨幾聲也就咬一咬牙挨過去了。

可是，這一時期千千萬萬的中國農民，他們在生離死別中哀號，在水深火熱中沈溺和煎熬，卻不是由於老天的不仁，而是因爲強寇入侵和自家人爭來鬥去帶來的災難，因而人心悲憤的極限，也就不是可以跟自然災害的痛苦相提並論的了，更不是可以用聽天由命的邏輯來思考的了，他們怎能心安理得？

如何讓烽火永遠在中國的大地上止息？如何興建水利、發展科技和振興農業教育來扶持中國農民走出貧困？如何讓中國農民安居樂業，永遠不會再遭戰亂和饑餓的蹂躪？應該是所有政治權要、軍人、思想家和各個領域知識分子本著天良捨命以赴的目標。

只是，青青子衿，悠悠我心，有幾個人能夠做到？又有幾戶人家能夠享受到這種福祉呢？

七、不是皇帝的料子

我離開了老家留在潘小河崖讀書，雖然是父親在戰時不得已的決定，但在不識字的大伯父看來，卻認爲跟到外國去留學沒有什麼兩樣。只要我回家被他看到了，他就會拉著我問東問西，問得最多也是最認眞的，就是日本鬼子現在打到中國什麼地方了？我們要到什麼時候才能夠把日本鬼子打敗呀？可是，由於戰時資訊的阻塞，加上共產黨對主戰場消息刻意的掩飾，一個小學生能夠知道的實在是少之又少。

『大爺，你問我這個，我也不知道。』我說：『不過，我們現在打的是《持久戰》，只要把日本鬼子的兵力消耗光了，他們就完了。』

『什麼叫吃酒戰？』他問：『是一邊打仗一邊喝酒嗎？』

『不是啦！』我說：『是拖拖拉拉地打，打不過就跑！』

『我懂了。』他說：『打得過也跑！』

『也不能這麼說。』我說：『新四軍厲害得很呢！』

『好，不講這個了。』大伯父揮一揮手，拉一下褲管，朝地上一蹲，接著畫出了一個棋盤，對我說：『來，跟我下盤棋吧！』

大伯父下棋時的風度一向不大好，一輸就會發脾氣，而且贏的次數又非常少，我實在不想跟他下，就故意找理由想躲開他。

『大爺，我還有點事情要做，下次再來跟你下，好嗎？』我說，隨即轉身想離去。

『就下一盤！』他一把拉住我：『小孩子有什麼事？』

『好吧，就下一盤。』我說：『下完我就走！』

本來，我是打算下錯幾個棋子讓他贏的，可是，他下來下去，總是顧前不顧後，最後，還是輸了。結果是，他站起身來，用腳碾掉了地上的棋盤，就氣呼呼地走了。臨走時，還回過頭來瞪我一眼。

『你呀，可眞不是東西！』他向我怒斥著：『哪有棋像你這樣下的？』

我知道惹了麻煩，就低著頭一聲不吭地回到家裏，父親見我神色不對，就問我出了什麼事，我只好把剛才跟大伯父談話和下棋經過一五一十地告訴他。

『我跟你不知道說過多少次了。』父親說：『跟大爺下棋，只許輸，不許贏！你就是當耳邊風，找罵的！』

『下一次再跟他下，我就盤盤讓他贏好了！』我說。

『還要裝得像，不要被他看出來你是在讓他，要不然，你就是讓他贏了，也要倒楣！』

『哪有這樣不講道理的？』坐在一邊的母親不以爲然地插嘴說：『這種棋會把一個人下歪了，還是不下的好！』

『妳懂什麼？』父親看了母親一眼：『知道嗎？他是我大哥，又是他大爺，能贏他的棋嗎？挨罵還不是自找的！』

其實，大伯父是眞正的老好人，要是不贏他的棋，我就是爬到他的頭上去，他也總是笑呵呵的。

大伯父和大伯母沒生孩子，最先，他們曾經想過，等我長大以後，也要給我娶個媳婦在他們膝下另立門戶，生幾個孩子繼承他們的香火和家產。這樣一來，連同父母給我娶的，我就有兩房媳婦了。爲了這件事情，大伯母還當面問我好不好？

『好哇！』我高興地叫著：『這樣一來就有兩個媳婦跟我玩了！』

消息傳到母親的耳裏，她沒有對大伯母明白表示什麼意見，但是，她卻狠狠地罵了我一頓。

『你以爲你是皇帝呀！』她說：『媳婦是玩的嗎？』

『是大娘說的，又不是我要的。』我說。

『妳也不必當眞。』父親說：『大哥大嫂的想法隨時會改變。過些時候，他們就會把這件事情忘得一乾二淨了。』

『不管怎麼說，我家的兒子就是不許有兩房媳婦。』母親一步不讓：『一個男人呀，要是娶了兩房媳婦，就算不會被累死，也會被活活地吵死！』

『唉！』父親嗟歎一聲：『有時候呀，一個媳婦還不是一樣會吵死人！』

『我吵過你了嗎？』母親意有所指地說：『有人啊，想當皇帝，偏偏生的就不是皇帝的料子！』

『嗨！』父親沒有理會母親，他轉過身來拉了我一把，問我：『你是當皇帝的料子嗎？』

『我不是！』我急忙聲明：『我可不想當皇帝。』

暑假，我從潘小河崖回到家裏，最高興的一件事，就是找到了那一群穿開襠褲時期的玩伴，大家很快就瘋到了一堆。中午，萬里晴空，炎陽如火，連狗的舌頭都熱得長長地伸出了嘴外，邊喘邊抖，農村的孩子們碰上了這種天氣，最好的去處，就是跳到水塘裏去玩水。

我們村子的西南角，就有一個大約兩百平方米的大水塘。那是村鄰們蓋房子需要泥土墊高根基時挖出來的。這個水塘的用途可眞多，春天，塘裏的冰凍化了，水也差不多乾涸了，成群的孩子們會到這裏來挖油泥，用來揑製各種造形的玩具。這裏油泥的品質非常好，粘度高，濕性強，柔膩，潤滑，揑製出來的玩具有光澤，又不容易碎裂，是附近十里八里都找不到的。

水塘第二個用途，就是村裏遇到有人因爲老病辭世，家人就會把他們常用的衣物拿到塘裏來焚化，除了殺菌消毒以外，也有祈福禳災的願望。

水塘第三個用途是屬於姑嫂們的，她們在家裏要是受了公婆、丈夫或是妯娌的氣，常會悄悄地溜到塘邊來悶坐一會，或是大哭一場，消一消心頭的怨氣，然後在親鄰們勸慰和扶持下再從原路回去。

但最重要的用途，還是男人們在大熱天的傍晚，會不約而同的來到塘邊，脫光衣服跳到水裏滌盡一身的汗垢和疲勞，然後帶著一身的舒暢回家。

『今天晚上帶你去西南塘洗澡！』父親就曾經不只一次的對我說過這樣的話。在他看來，這是愛心的表現，也是一種獎勵。

『我自己會去！』我說：『又不是去看戲。』

『不行！』他阻止我單獨行動：『一個人去，當心被淹死。』

『那我就不去好了。』我說。

『嘴說不去，可不許偷偷地去啊！』母親警告我，她說：『要是給我逮著了，我可不饒你。』

還是母親比較瞭解我，我眞的是偷偷地去了，而且還不止一次。暑假從潘小河崖回到家裏的急著去做的事，就是去西南塘玩水。這次玩水，還讓我做下了一件好事，就是救了《小四子》一條命。

那一天，當成群的孩子們在水塘淺水地帶翻來滾去玩得發瘋的時候，突然間，我看到不遠處的深水地帶有一雙手正在水面上亂抓，頭頂一會兒從水下冒出水面，霎那間又沈了下去。幾個同伴見了，都驚惶失措地叫了起來，卻沒有人敢去救溺。就在這千鈞一髮間，我不知道哪裡來的勇氣，就獨自游過去從後面把他推向淺水地帶，直到他從水裏露出頭來，我才看清楚他是小四子。

小四子是我的堂侄，名字叫祥珠，記性不錯，五十多年後，當我從遠方回到家鄉他跟我見面時說的第一句話，就是我當年在西南塘曾經救過他一命。要不然，後來他也就當不上電影放映隊的小隊長了。

八、打賭深夜探馬墳

西南塘有時也會成爲我們的戰場，鄰村的孩子常會結夥向我們村裏的孩子們尋釁，西南塘正是《兵家必爭之地》。兩幫人馬在塘裏玩水時一言不合就會動起武來。幸好那個時候的孩子們會撒野卻不兇殘，打架時既不帶棍子，也不帶刀子，加上大家都是脫得赤條條地一絲不掛，光憑拳打腳踢，頂多打得鼻青眼腫，打累了，就會各自收兵作鳥獸散了。

有一個午後，我獨自在西南塘裏玩水，突然被三個鄰村的孩子圍住了，他們仗著人多，一面向我噴水，一面向我逼近，情勢十分危急，我知道一場打鬥是免不掉的了，就一頭栽入水底潛游向岸邊去，先脫離他們的包圍圈，再進一步找機會逃走，但他們發現我在近岸冒出水面時，就一窩蜂似的追趕過來。我緊急地爬上岸去，心想如果讓他們上了岸，自己就會寡不敵衆無法脫身了。一時情急，就順手從岸邊田裏拔起了一株長得又粗又高的玉蜀黍，對著第一個搶先登岸的傢伙頭上和脊背猛打過去。

玉蜀黍桿上已經長出了半成熟的玉蜀黍，硬硬沈沈結結實實的，直打得那個傢伙痛得哇哇大叫，抱著頭滑到水裏去，但他不甘心，急聲呼叫另外兩個傢伙跟他一起衝上岸來跟我決戰，但他們當中卻沒有一個人敢帶頭上來。趁著他們在水塘裏猶疑發愣的刹那，我急忙抱起岸邊的褲子就光著屁股跑了。

從這件突發性的事故裏，我切實預悟到一種深切的教訓，就是：

一、遇到危急時，千萬不可慌張，必須保持高度的冷靜，在冷靜中想定脫身的方法。

二、面對強敵時，即使居於絕對的弱勢，也不可示弱。因爲強敵是不會放過弱者的，所以必須抓住機會主動出擊，以壓制敵方的氣焰。

三、不可戀戰，主動出擊後，趁敵方慌亂意識還沒有回復常態時，就迅速脫離戰場，免遭反擊。

這三項原則，不但適用於孩子們的爭鬥，也適用於沙場中的實兵作戰，更可用於各個職場的競爭，甚至天災地變和人禍事故發生時，如果能夠牢記不忘，也可能會降低生命財產的損失。

從我們村子通往胡集的路邊，鬼子兵留下來的六座馬墳依舊陰森地矗立著。夜間有人聽到戰馬奔馳的蹄聲和嘶聲的鬼話也越傳越來得神靈活現，有些母親更會以《馬魈來了》去恐嚇自己愛哭的和不聽話的孩子，尤其是在夜晚從胡集走路回家時，一想到馬魈，不少人都會有毛骨悚然的恐懼感。

有一回，鄰村的一個孩子跟我打賭，看誰敢在夜晚摸黑跑到馬墳上去撒泡尿，誰就算有種。不敢去的，就必須當著大家面前脫掉褲子蹲到地上拉尿，裝得像女生一樣，丟臉！大家一起哄，就決定用剪刀石頭布的方式來決定誰先去，結果是，我伸出的五個手指被他兩個手指剪到了，騎虎難下，我就只好認了。

當天晚上，大約是二更天吧？我壯著膽子到馬墳上去了。不但在六座當中最大的一座馬墳上拉了尿，還在馬墳頂上蓋上半個西瓜皮，作爲自己確實《到此一遊》的鐵證。但第二天晚上輪到他去時，他褲子一脫半聲不吭就蹲在地上拉起尿來了。

『孬種！』有人罵他。

『孬種就孬種。』他說：『反正我不去就是了。』

『不行！』我緊盯著他：『是你要跟我打賭的，我去過了，你怎麼可以裝孬？』

『我不是已經蹲在地上拉尿了嗎？』他陰狠地說：『你再逼我，我就告訴你媽媽，就說你昨天夜晚到馬墳上去了。』

他這一招很惡毒，我當然害怕被母親知道，就只好在他拉尿的地上踏上兩腳出口氣，算了。

可是，到了第二天上午，我在馬墳上拉尿和蓋西瓜皮的事情還是被母親知道了，她氣得兩手發抖，拿起掃把追著我打，但我跑得快，她沒有打著。

『你不怕馬魈是不是？』她咬著牙罵我：『豬，你就更不怕了，今天晚上，你就到豬圈裏去跟豬睡好了！』

『是有人要跟我打賭敢不敢去嘛，又不是我要去。』

『打賭？要是有人跟你打賭敢不敢吃屎，你也吃嗎？』

『我不吃！』

『你說，那些馬是怎麼死的？』

『是鬼子兵把牠們殺死的。』

『鬼子兵爲什麼要殺死馬？』

『馬生瘟了。』

『你去馬墳，就不怕生瘟嗎？』

『怕！』

『嘿！你也知道怕？』

『下次我不去了。』

『從今天起，你給我連掃三天家院子，再把水缸提滿了水，少做一樣都不行！』

經過這一次風波，我才知道我們的家院子實在太大了；水缸離開井邊也實在太遠了。

對於鬼這種東西，我是相信的，但有時候卻又不承認相信。胡集東北角和北門外有兩座佔地很廣的亂葬崗，那是窮苦人們死後的歸宿點，也是孤魂野鬼的家園，因爲年代久遠，常有白骨露出土層，經過風吹日曬，每天黑夜，常常會有磷火閃爍，鄉人都認爲是鬼火顯現。偶而經過旁邊，心裏總是寒冰冰的，但還是要從那裏走過。

有一次，一群野孩子們玩到一起的時候，又有人出歪主意了。

『聽說，如果用烏鴉的眼睛珠子泡水來洗眼，就能夠看見鬼。』一個傢伙說。

『我也聽說過。』我說。

『哪你敢不敢洗？』

『你敢不敢？』

『我敢！』

『我也敢！』

過了兩天，他眞的抓到了一隻烏鴉，挖出了眼睛，血淋淋的，像紅豆一樣，丟在水碗裏攪一攪，就把自己的眼睛對著碗口洗起來了。我在騎虎難下的情勢下也就只好跟著洗起來了。

這天傍晚，夕陽西下後，我們兩人一道去了亂葬崗，在許多墳墓間轉來轉去，東張西望，心頭怦怦地跳著。看到了零碎散落的白骨，也看到了被雨水沖刷露出土層的朽棺爛木，可就是沒有見到什麼鬼。不過，因爲用烏鴉眼的髒水洗過的眼睛，卻突然發炎紅腫起來，像火灼一樣的劇痛，倒是吃了不少苦頭。

母親用黃蓮、硼砂和冰片熬水替我洗眼，還以爲我是因爲天熱，上了火氣，才害起了眼睛。但在她後來知道我是因爲想見到鬼用烏鴉眼睛泡過的水洗出來的麻煩時，她氣得直是跳腳，一伸手就把裝著黃蓮、硼砂和冰片熬成的洗眼水連杯子一起扔了。

『我看你是沒得救了。』她用指頭點著我的鼻子大罵著說：『不怕馬䶥，又不怕鬼，你還有什麼好怕的？』

『罰我提水好了。』我說：『下次不敢了。』

『罰有什麼用？』她說：『下次？你有多少下次呀？不朝東歪向西歪，什麼時候才能不歪呀？』

『算了吧！』父親爲我緩頰，他說：『也許長大就不歪了。』

『明天起，我就不歪了。』

『明天還可以小歪一下，長大就不可以再歪了。』父親知道我《本性難移》，故意給我留點後步。

母親長長地歎了一口氣，伸手又把扔在地上的杯子拾起來，用杯裏沒有完全戽光的黃蓮水再替我洗著灼痛的眼睛，我心裏越想越覺得對不起她，眞的下了決心以後不要再惹她傷心了。

第四章

青春夢

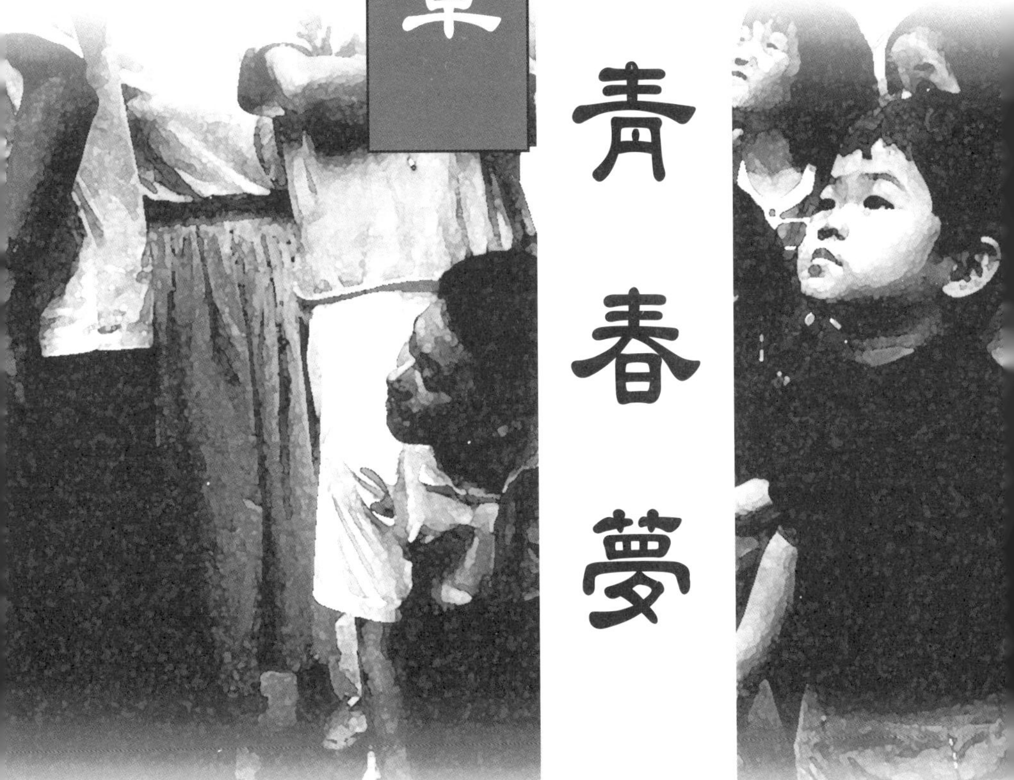

第四章　青春夢

一、風火簷口讀小學

暑假結束後，我又回到潘小河崖小學，依照父親的想法，本是想讓我讀完學期課業再轉學的，可是，母親卻不放心我一個人在外，就把我帶回家來，轉到胡集街上張前裕老師開辦的補習班插班就讀。張老師爲人很謙和，而且多才多藝，他會刻圖章，會看風水，醫藥方面的知識也非常豐富，特別是珠算打得又快又準，很得同學們的敬愛和信賴。

在張老師的領導和啓發下，補習班裏雖然只有六、七個同學，但抗日的情緒卻非常高漲，抗日活動也非常熱烈。住在補習後面只有一牆之隔的有個叫做吳宣的青年，他是《新四軍》文工隊的隊員，很有音樂和歌唱的天才，在張老師的邀請下，常會來到補習班教我們唱抗戰歌曲，他揮著比筷子長不了多少的指揮棒，我們幾個同學就變成一個《合唱團》了。其中有一首節奏輕快鬥志昂揚的歌曲是這樣唱的：

抗戰轉入相持階段，鬼子失去了攻擊能力。
游擊隊啊全出動呀，來他一個猛攻擊！
猛攻擊呀，猛攻擊呀，來他一個猛攻擊呀！
游擊隊啊全出動呀，來他一個猛攻擊！

嘹亮的歌聲，激起了奔放的熱情，從小鎮的一條深巷裏向四周擴散，振奮著民心士氣，更堅定了久被脅迫的人們抗戰必勝的信念。

補習班的張老師常常對我們談起有關抗戰的問題，他強調只要全中國人團結一致，就一定能夠打倒日本帝國主義，贏得抗戰最後勝利。補習班的課本都是《新四軍》文工隊編寫的，雖然印得很粗糙，但課文卻相當的精實，讀來令人熱血沸騰，比如：

白雲流過白楊，河水彎過村莊。
哥哥的戰馬，拴在大樹上。
他當兵五年整，今日打仗過家鄉！
看看嫂嫂，見見爹娘；
嚐嚐瓜果，摸摸門窗。
家事、國事掛心腸！
他說：『今年打敗日本，明年勝利回家鄉！』
哥哥上馬走了，刺刀閃著早晨的陽光。

從這篇短短的課文裏，我們可以欣賞到旖旎的風光和如畫的景色，也可聞到清香馥郁的農村氣息，像白雲、白楊、河水、村莊；戰馬、大樹、刺刀、陽光，這幾種素材，一經調和就清澈地勾勒出《戰爭與和平》的悲壯。而嫂嫂、爹娘、日本、家鄉、瓜果、門窗，更烘托出柔媚的兒女私情、亂世親子間難捨的繫念，家園的依戀和一個軍人對國家民族的大愛。

跟六年前一樣，每天早晨天一亮，我就要背起書包從家裏出發，經過日本鬼子留下的馬墳邊走到胡集街上去上學；也跟六年前一樣，每天早晨母親也會給我四個銅板到街上買套朝牌油條當早餐。當然，還是跟六年前一樣，一套朝牌油條總是塡不飽肚子。

『爸爸，我早晨的肚子老是很餓！』有一天，我向父親訴苦：『朝牌和油條越賣越小了。』

『噢？』父親驚訝地問：『你是想多吃一套嗎？』

『只要多加一塊朝牌就好了！』我不敢貪婪，只要求一半，我說：『我知道我們家沒有錢。』

『就給他加兩個銅板吧！』父親對母親說：『天氣這麼冷，肚子餓怎麼能唸書！』

『好吧！』母親一口答應，她說：『就從明天起吧！不過，以後可要勤快些，幫媽媽多做點事，不許胡鬧。』

『我老早就不鬧了。』我說：『昨天，我不是幫你捶背和掃地了嗎？』

『唔，記性不錯。』母親說：『說說看，我一年到頭又是幫誰掃地呀？』

母親的話在我的心頭重重一擊，我這時才領悟到母親無私的奉獻和辛勞，她終年忙於農務和家事，不怕累、不怕苦、不求回報，無怨無悔，這樣大的犧牲，世間除了母親以外，誰能做到？又誰願意承受？

民國三十四年，共產黨在蘇北逐步地紮穩了根基。開始注意到地方建設，首先，他們恢復了停課多年的胡集小學，因爲防範日本鬼子飛機的轟炸，所以把校地選在胡集東郊三里外的風火簷，教室和桌椅都是從農家借用來的，房子低矮，草頂土牆，簡陋而又狹窄，特別是東一間，西一間，分佈得很零散，各個班級的同學，平時很少碰面，所以相識的機會不多。

風火簷全村只有五十多戶人家，村裏識字的人很少，也許是對文盲痛苦的體驗過深，所以當胡集小學遷到他們村裏時，儘管他們都很窮，住的地方又小又擠，但學校所有的教室和老師住宿的地方，卻都是他們無條件提供的，他們不但尊敬老師，對學生也非常愛護，學校鋪建操場，整理環境，搬動桌椅，都由他們義務幫忙，沒有人說過怨言，他們就像乞討興學的武訓一樣，把自己失落的希望寄託在下一代的身上。

三月初，胡集小學開始招生。我是報考四年級的，但因爲報考高年級的學生太少，學校擔心無法開班，就把我提升了一級。考試結果，想不到我竟然考了五年級的第一名，當榜單貼出來以後，還沒有開學，我的名字就響亮起來了。校長潘子敬先生，胡集人，老共產黨，《革命》的熱情遠比《教育》的使命感要高得多。平時，他住在學校。天氣熱的時候，他搬張涼床就睡在教室外面的大樹下。常會把我叫到他跟前，坐到他的涼床框上，跟我談些課本以外的事情。

『你在潘小河崖小學唸過書嗎？』他問。

『是的。』

『徐彭年老師好不好？』

『很好！』我說：『他是一位好老師。』

不幾天，徐彭年老師，原來的潘小河崖小學的校長就到胡集小學來教書了。第二次做了他的學生，不只是我很高興，他也滿心喜悅。

當時，我們學校共有五位老師，他們是教國文的曹克剛老師、教算術的單夢熊老師、教歷史的項潤軒老師、教音樂和體育的章貞廷老師、教自然和常識的徐彭年老師。潘子敬校長偶而也會教我們唱唱歌，做做體操，但都是臨時安排的課外活動，不是正課。

在五位老師當中，曹克剛老師很古板，也很威嚴，同學們見到他就想躲，躲不掉就準備挨訓。但他很正直，書也教得好，同學們怕他，也尊敬他；項潤軒老師很保守，有《老夫子》的味道，說起話來慢條斯理的，就像是在唸一篇文章。因爲離家太遠，他都是住在學校裏，平常，不是在教室裏上課，在辦公室裏改作業，就是在廚房裏煮飯，他那件藍布長衫從春夏穿到秋冬，好像從來都沒有換洗過。他的溫柔敦厚，深得同學們的信賴和愛戴。

章貞廷老師爲人很和善，我們從來沒見到他發過脾氣，說過不耐煩的話。他的身材很高，跟學生說話時，常會彎下腰來側著耳朵細心地聽學生把話說完。他的籃球打得不錯，在球場上，他有一種大家熟知的動作，就是每投進一球，他就會把兩隻手掌合起來，用力的對搓幾下，滿臉漾著自得的神情，讓人會心一笑。

單夢熊老師的算術教得可眞精彩，他背得出一大堆公式，雞兔類、植樹類、流水類、工程類的習題，在他解析起來就像講故事一樣妙趣橫生，不管是多麼笨的學生，他都有辦法教得他們透徹瞭解，我的算術能夠連跳幾級還不會落後，完全是因爲單老師教得好，教得有耐心。他也很會打籃球，遠在十二碼以外，就見他把兩條腿併起來縱身一躍，球就從他的手裏飛進籃裏去了。他的神射，在球場上贏得呼聲最高。

徐彭年老師因爲出身於《地主》家庭，身上背著沈重的《階級》包袱，心理上的壓力很大。說起話來總是小心翼翼的，深怕惹來麻煩。我們可以明顯地感覺到他生活得不快樂，時時刻刻都在提防別人對他的猜疑和陷害。不過，他確實是一位熱心負責的老師，所以也很受到學生的敬愛。

二、野墳頂上捉老鷹

從我家到風火簷，大約有五里多的路程，一天來回跑六次，在路上要消磨掉一段很長的時間。我們村子裏跟我同路的周立旺同學，七年前，我們就是華撫四老師塾館的同窗，他比我大一歲。每天，我們一道上學，一道回家。雖然一步一步地走起來很累人，但我們卻也能夠找到很多的樂趣，化疲勞爲享受。

春天，滿野都是金黃色的油菜花，點綴著碧綠翻飛的麥浪，我們穿過垂楊夾道的小路，迎著薰人的春風，引吭高歌。唱《春深如海，春水如帶，春色綠如茵，白雲，快飛開。讓那紅球現出來，變成一個光明的、美麗的世界。……》唱得心曠神怡，唱得激昂慷慨。不知路遙，不知不覺就到學校的門口了。

夏天，氣候燥熱，我們偶而會走進路邊的瓜田，瓜田的主人會讓我們吃剛從瓜藤上摘下來的香瓜，只收一點點象徵性的瓜錢，甚至不收分文，吃得飽飽回家；秋天，我們會鑽進路邊的豆田裏去捉蟋蟀和紡織娘，到高粱田裏去摘枯葉編蓑衣，望著長空細數南歸的雁隻，偶而也會在突然的發現時追一追兔子，秋天的原野是生動活潑的，充實了我們課外活動的內容，也化解了我們上學和回家途中的寂寞。

冬天，我們還是能夠找到樂趣，大雪過後，田野變成了銀雕玉琢的世界，我們會發現自己只是銀色世界中一個移動的小黑點，滿懷著不羈與孤傲。有時，我們會跟縮著脖子站在雪野墳頂上的蒼鷹比一比機智，輕手輕腳地從牠的後面攀上去，猛出手抓住牠。漫漫的田野，彎彎的小路，處處奔騰著我們青春的活力，滿布著我們少年的無知和輕狂。

雖然我們讀的是小學，知識的水準很低，可是，那卻是當地的《最高學府》，我們班上的同學有不少都是成年人了，他們當中，不但已經有人結了婚，還有人做了父親。個子長得高高大大的，背著書包走路，看起來很讓人有格格不入的感覺。

我們五年級的這一班，年紀較長的同學有周立興、劉時雨、華昌時、劉元淮、周俊卿，他們都結了婚，對我們年紀較小的同學都非常友愛。立興的家在胡集街市彎口的對面開飯店，是我常常逗留的地方；元淮和元興是同宗兄弟，兩人都會演戲，是學校話劇舞臺上出色的演員；俊卿家在胡集北街開米行，一襲長衫穿在身上有玉樹臨風的瀟灑；昌時是胡集北鄉華薛莊人，他家門前栽著好幾棵叫做《謝花甜》的梨樹，每到農曆七、八月間，就會結實累累，我幾次去他家玩，都自己動手用長竹竿把梨從樹上戳下來吃，汁多肉脆，清香可口。時隔半個多世紀，想起來仍然覺得津津有味。猶如我們之間的情誼，歷經離亂而不稍淡薄。

班上跟我年紀差不多大的同學，有華樹賡、郝呈祥、郝徵祥和武兆年等人，樹賡的歌唱得不錯，又會打拍子，他常常是唱歌比賽啦啦隊的指揮，在班上很有人緣；呈祥和徵祥是親手足，家住胡集北街，會唱京劇，上學和回家途中，跟我有兩三里路同行，我們常常玩在一起，而且非常投契。他們有位長得很秀慧的姐姐，名叫郝麗，每次我們同學去他們家玩，她都躲得遠遠的，我們也有點怕她，不敢找她說話。他們的父親郝伯伯，是胡集鎮上有名的外科醫生，也是鎮上的領袖人物，不但京戲裏的《孔明》演得好，胡琴更拉得出神入化。

武兆年同學家住胡集西的武家村，他是我們同學當中脾氣最溫和、毅力最堅定、待人最寬容、讀書最認眞的一位。因爲他在幼年得過小兒痲痹症，或是什麼其他的疾病，導致一條腿的筋骨變形和肌肉萎縮，走起路來牽動全身，非常吃力和辛苦。可是，他跟我們一樣，每天也是走路上學，走路回家。來回十幾里的路程，我們走起來都有點累累巴巴的，他走起來就不免更要精疲力竭汗流頰背了。如果他沒有過人的恒心和旺盛的進取精神，相信那是不容易做到和堅持下去的。

夏初，潘子敬校長離職他去，新來的校長劉子平先生，當時只有二十二歲，有蓬勃的朝氣，充沛的活力，他會打籃球，又會吹口琴，鋼筆字更寫得蒼勁有力，多才多藝，很快的就跟全校老師和同學融合到一起。

我不會吹口琴，但我會打籃球，也會吹笛子，在球場上，我們沒大沒小地跟他搶球投籃；課外，我也常常跟他在一起談天說地，他吹口琴，我吹笛子，吹得最多也是我們共同喜愛的歌曲，就是《燕雙飛》。

《燕雙飛》的確是一首悅耳動聽讓人聽來心曠神怡的歌曲，不但曲調優美，歌詞也十分逸揚。我們有時琴笛相和，有時擊掌合唱：

燕雙飛，畫欄人靜晚風微。記得去年門巷風景依稀，綠茵如黛，細雨濕蒼苔。雕梁塵冷春如夢，且銜得芹泥重築新巢傍翠微。……

漸漸的，我們加深了相互的瞭解，在情誼上似乎已經超越了一位校長與一個學生之間藩籬，成爲忘年之交的朋友。

有一天，劉校長叫我到他坐著的桌子邊，他要我坐下後，以相當謹愼而又嚴肅的表情看了我一會，然後在我面前放下一張表格。

『我要介紹你加入共產黨，爲苦難的中國奮鬥！』他說：『如果你願意，就把這張《申請表》塡好。』

在校長盛意催促下，幾乎沒有什麼願意或不願意的考量，我就塡好表，後來經過一番思索，覺得國家不強，連累到人民受苦受難，如果自己眞的有機會爲國家的強大出力，這應該是一件好事和大事。想到這裏，心裏就坦蕩和紮實得多了。

在當時，參加黨組織是一件必須保密的事，學校的老師和同學都不知道，後來因爲劉校長要領導我們組織活動，我才知道跟我同時入黨的還有四年級的戈佳英和張守禮兩位同學。

由於從小我就把胡集鄉鄉長張舉千作威作福和沭陽縣政府衙役欺侮老百姓的劣跡跟國民黨政府畫上了等號，加上平時根本也得不到有關國民黨和國民政府正面的資訊，所以很容易接受黨組織的說辭。

心想，既然國民黨和國民政府的形象是那樣的不好，而且他們又離開我那麼遠，眼前如果眞的有機會讓自己踏上報效國家的大道，又何嘗不是一件值得全心投入和全力以赴的大事！何況，劉校長又是一位深受我敬愛的師長，他也是這樣對我說的。

『入黨，就是要立下遠大的志向，抱持堅定的決心，爲追求國家富強和人民幸福，不屈不撓地奮鬥到底！』劉校長問我：『你是不是也覺得我們的國家和人民正迫切地需要有人去救呢？』

『是的！』這是一個嚴肅的問題，就算是一個儒夫，相信也不會退讓，我說：『這個問題讓我想到，如果國家強盛，日本鬼子也就不敢來欺侮我們了。』

從劉校長的談話和我激動的意念中，我確實是滿懷著救國的熱情和對國家富強的憧憬，至於後來共產黨執迷於殘酷無情的階級鬥爭，與中國歷史文化背道而馳，甚至自相殘殺，那可不是我在當時能夠料想得到的。

有關入黨的事，因爲嚴守組織保密的規定，我一直沒有對父親說過，直到有一天，母親替我洗衣服，在我褲子口袋裏掏出了一本小冊子順手放在案頭上，被父親發現了，他才追究起根由。

『你怎麼會有這個東西？』他驚愕地問：『共產黨的黨章，你是從哪裡弄來的？』

『是從老師哪裡借來的。』我故作鎭定：『看完了就會還給他！』

『不會吧？』他問：『老師要你加入共產黨嗎？』

『沒有！』我仍舊極力隱瞞著。但低頭默認。

『我不是反對你加入共產黨。』父親顯然不相信我的話，他聲明：『只要是爲國家出力和對國家有利的事，我都贊成。我的意思是說，你今年才不過十四歲，半生不熟的，還沒有足夠的本領爲自己的行爲負責，糊裏糊塗的，就決定這麼一件大事，我不放心！』

『爸，你以前不是說過嗎？甘羅十二爲宰相，十四歲不算小了。』

『你有甘羅的本事嗎？』他問。

『有！』我堅定地回答著。

『吹牛沒有用，說到做到才算數。』他輕聲地說：『這件事可不要讓你媽知道，她會耽心哪！』

『我知道。』我說：『我一定會努力去做的。』

『好吧，你總有一天會長大的。』他說：『男兒立志當自強，你就努力去做吧！』

我眞的很感謝父親，從此以後，他再也沒有問過我這件事。在我的記憶中，他似乎很少反對過我所做的決定。如果不是這樣的話，我以後也不可能離開家鄉，投入茫茫的人海，逆浪迎風，五十餘載仍在天涯飄零。

三、日本鬼子投降了

經過八年艱苦的抗戰，這一年的夏末，終於傳來了日本鬼子無條件投降的消息。一天午後，我們下課後正在教室外面一棵大樹下追逐嬉戲，就見徐彭年老師手裏揚著一張共產黨辦的《蘇北報》提高嗓音邊喊邊向我們快步走來。

『日本鬼子投降了！抗戰勝利啦！』他兩手揮舞，帶頭歡呼著。

我們跟著一窩峰似的也高聲歡呼起來，一起圍向徐老師，聽他傳達勝利的消息。

『日本鬼子是被誰打敗的？』有個同學這樣問。

『當然是被共產黨打敗的了！』我想起了讀過的課本上那篇《哥哥的戰馬》課文中所

說《今年打敗日本，明年勝利回家鄉》的豪語，搶先回答著。

徐彭年老師聽了我的話，只是笑了一笑，他沒有推翻我的認定，但從他的表情上，卻又似乎透露出不以爲然的神色。只是一瞬間，他又完全改變過來。

『不錯，是新四軍和八路軍把日本鬼子打敗的！』他認眞地強調著：『你們想想看，沭陽縣城裏的日本鬼子不就是被新四軍趕走的嗎？』

當時，我們不覺得有什麼不對，後來長大些了，懂得的事情多了，才慢慢地回味到，原本對共產黨懷有高度戒心的徐彭年老師，說的並不是眞心話，因爲以他的豐富的閱歷和理解力，他必然知道共產黨不是打敗日本鬼子的主角，他所以那麼說，祇不過是爲了隱藏自己的識見，避免招災惹禍罷了。

當時，在蘇北最流行的一首歌曲，就是《擁護共產黨》，這首歌有這樣的歌詞：『陰濕的地方，需要太陽；困難的中國，需要共產黨！爲國家求生存，反對投降；爲民族求解放，擁護共產黨！』詞曲激昂悲壯，很能鼓動一般人的情緒。

民衆多半是盲從的，也多半會相信一而再、再而三的說辭，除了極少數跟國民黨淵源深厚的老一輩以外，在長時間接受共產黨的教育之後，幾乎都相信是共產黨打贏了八年抗戰，國民黨和蔣介石沒做過好事。而我，當然也是這樣想的，甚至連父親也因爲我的認識，同樣有這種傾向。

就在這個時候，共產黨果眞做了一件讓父親稱讚不已的好事。那就是在戰後那種極端困難的情境下，不知道共產黨從哪裡弄來了大批天花和霍亂疫苗，由《新四軍》派來的醫護人員免費給鄉裏的孩子們注射，在當時，這眞是一件曠古未見的德政。

世世代代以來，天花和霍亂這兩種常在夏季流行的傳染病，一直就是農村人口的剋星，很多人家的孩子因爲患了天花，不是喪失了生命，就是留下了滿臉的痳子，傷了容顏，造成一輩子的憾恨；也有不少人因爲患了霍亂，就不停地瀉肚子，不停地吐黃水，體溫急速下降，肌肉抽搐疼痛，全身發冷，體內的水分慢慢地消失殆盡，最後，就會在親人的哀泣和絕望中昏迷死去。

更可怕的是，霍亂和天花的傳染性都很快很強，蔓延起來更是十分猖獗，常常會有一家人和全村人接連地被感染來不及救治就送掉了性命。現在，《新四軍》弄來了大量疫苗，在胡集街頭設立救護站，免費爲大家接種和注射，預防疫病的發生和流行。這種澤被蒼生的善行，自然會讓聞疫色變的老百姓感激涕零，認爲這是一件《軍愛民》典型的好事。

老百姓是恩怨分明的，父親對共產黨和《新四軍》的稱讚，實際上，也正是千家萬戶受惠的鄉親們共同的心聲。

隨著大形勢的變化，學校課外活動也跟著密集活躍起來。九月底，一個暮靄升騰的黃昏，我們胡集小學全體老師和同學會合鄰近幾所小規模的學校師生，在胡集南街後一處空曠的場地上舉行聯合大會。會前，學校請來了工人在空地上搭起了戲臺，臺上四個角落各掛起一盞光度強烈的汽油燈，準備演出由我們學校排演的話劇。

話劇的腳本，是章貞廷老師編寫的，內容是抗戰勝利後，《新四軍》的一位戰士放下槍桿回到了家鄉，受到大家歡迎的盛況。演出前，我們全體學生都坐在戲臺前面的空地上等著開會和看戲。這時候，徐彭年老師匆匆地擠到我跟前，把我叫到後臺去，悄悄地告訴我一件讓我覺得非常緊張的事情。

『等一會我們要成立兒童團。』他說：『校長說，要選你當團長。』

『怎麼會這樣呢？』我一時手足無措，急著問徐老師：『校長怎麼沒有對我說呢？』

『是臨時決定要成立兒童團的，我們老師事前也不知道這件事。』他說。

『校長呢？』我想找校長問個明白。

『校長到別的地方開會去了，晚一點才會回來。』

『徐老師，這恐怕不行吧？』我急躁地說：『選別人來當好不好？』

『別的學校都同意了，不能改啦！』他無可奈何地回著我說：『就是能改，也來不及了。』

就在我跟徐老師說話時，鄰校一位老師已經站到臺上了。他對台下大聲宣佈成立兒童團，並指名叫姓選我當《團長》。問台下的同學們贊不贊成？贊成的就舉手。這種安排就像演戲一樣，台下頓時爆起熱烈的回聲。

贊成！贊成！

接著幾百隻小手在汽油燈強烈光芒的照射下高高向上空舉起，臺上的老師帶頭拍起了巴掌，台下立即響起如雷的掌聲和歡呼聲。

話劇在掌聲後拉開序幕，初次登臺演出的同學演得相當逼眞，很受觀衆的讚賞。戲散場時，已經是深夜了，我在後臺看到了剛剛開完會趕回來的劉子平校長，懇切地向他表明，恐怕當不好《兒童團團長》的想法。

『校長，不能換人了嗎？』我試探地問。

『這是組織的決定，不能換了。』他說。

『我怕當不好！』

『你要是當不好，別人更當不好。』他安慰著我：『放心，你當的這個團長，又不是新四軍的團長，不會要你帶兵打仗，你怕什麼？』

《組織》，這是一個很嚴肅的名詞，冷酷而沈重，一個黨員面對組織的決定，是沒有懷疑或反對餘地的，校長對我說得這樣婉轉，又這樣鼓勵，已經夠寬厚的了。我自然不敢再說什麼讓他爲難的話了。

跟校長道別後，頂著滿天的星斗回到家裏，在門口見到母親還在等我。

『你看，已經下霜了。』她接下我的書包，問我：『怎麼會這樣晚才回來？』

『學校在胡集南街演話劇，演出前，又開大會，時間一拖，就這樣晚了。』我怕母親耽心，沒有告訴她當了《兒童團團長》這件事。

『唸書就像個唸書的，開什麼大會嘛！』她抱怨著：『演話劇也不要演到深更半夜才回家吧？』

『我也不想晚回來。』我說：『你就不要等我了嘛！』

『不等，我也睡不著。』她問：『你怎麼不吹笛子呢？』

『笛子放在學校忘記帶在身邊了，下一次，我一定記得吹。』

原來是這樣的，我和母親早已有了約定，就是夜晚如果遲回家，人又在胡集街上或是在鄰近村莊時，我一定會在戶外空曠的地方吹一陣笛子給母親聽，而且吹的一定又會是《梅花三弄》和《燕雙飛》這兩支曲子。夜深人靜，嘹亮的笛音就會隨風傳送到母親的耳裏，告訴她我很快就會回家了。

四、掩面啜泣老婦人

說起笛子，就得聯繫起一段情義。本來，我對吹笛子是一竅不通的。有一天，胡集街上與我情同手足的周立興兄忽然送給我一枝笛子，還給我幾片用來貼在笛子音孔上的蘆柴膜，這才帶動了我跟笛子結下了情緣。

『學一學吹笛子吧，不要老是一天到晚都在悶頭唸書。』他說。

『我是學不會的。』我毫無信心，但仍然接下了笛子。

『哪有學不會的東西？』他說：『我把曲譜抄給你，你只要照著曲譜去按音孔就會了。』

『那就試試看吧。』盛意難拂，我只好答應。

經過一段長時間又很認眞的練習，漸漸地，我果然能夠把《小放牛、孟姜女、秧歌舞》等這些簡單的曲調吹得熟練起來。接著很多的曲子都可以得心應手地吹了。

『眞沒有想到，你學得這麼快，吹得又會這麼好！』立興兄稱讚著我。

『我原來以爲很難，學起來卻又很容易！』我說：『要不是你用心教我，我想我是學不會的。』

周立興兄是一位很重情義的朋友，而且人又很豪爽，很帥氣。平時，我們常會在一起吹笛子，打籃球，相處得很投機。另外，還有北門口的郝呈祥和周俊卿、西村的武兆進、南街的歐陽俊，我們也常常玩在一起。那一年的秋天，在立興兄的推動下，我們六個人還偷偷地跑到胡集東門外的一座古廟裏去燒香磕頭，效東漢末年劉、關、張桃園三結義的故事，結爲異姓兄弟。祇是，我們出於情投意合共約和好相處的動機，並沒有什麼《招兵買馬》準備打天下念頭。

這場相當青春和戲劇化的結拜，兆進十九歲居長，依次是立興、歐陽、俊卿、我和呈祥。後來，我們不幸在戰亂中離散，除立興於民國三十七年九月十五日在六合縣大河口被害身故外，不通音訊，歷五十餘年。

當初，胡集小學所以決定在風火簷開校，主要原因是躲避日本鬼子飛機轟炸。現在，日本鬼子投降抗戰勝利了，已經沒有必要繼續留在窮鄉僻壤忍受許多不便了。這年底，經過劉子平校長的奔走策劃，得到胡集鎮當局的熱心支援，決定新春後將學校遷到胡集開課。可是，現實上的困難，卻又阻礙了遷校的行動，因爲劫後一片廢墟，根本找不到足夠的空屋可以作爲教室來用，最後，胡集鎮當局斷然決定，強行拆掉《階級敵人》的房屋，拖回他們屋上拆下來的木料給學校蓋教室。而他們選定的目標，就是胡集北鄉一個姓單的大戶人家。

經過多方面的協商，拆屋決定由地方幹部調派民工執行。我們學校出動十幾位老師和同學負責到場看守拆下來的木料，點清數量交給民工裝車搬到胡集去。

任務分配好了以後，當天淩晨三點多鐘，我們就在風火簷學校教室外面的空地上集合。先行推演可能發生的意外，比較耽心的，就是屋主的家族會不會爲了護產而強力抗拒？這方面，因爲單夢熊老師是屋主的近鄰，又是族親，校長特別請他隨時瞭解情況，化解風險。

『拆屋時，我們老師和同學不必動手。』校長叮囑著：『我們只要負責把拆下來的木料看守好就夠了。』

『他們會不會拼命？』有個同學提心吊膽地問。

『如果打起架來，我們就離開遠一點；要是他們罵人，我們就聽著。』校長說：『拆了人家的房屋，挨幾句罵也是應該的。』

『房屋拆掉了，他們住哪裡？』又有一位同學提出問題。

『他們住哪裡？這是一個好問題。』曹克剛老師用手指頭點一點發問的同學，笑著說：『既然你這麼好心，你就去給他們蓋個新的吧！』

其實，學校教育的目的，不只是爲了傳授知識，也應該培養兒童和青少年的良知和善心，那位同學能夠想到屋主的房子被拆了以後將往何處棲身，正是赤子之心的具體表現，應該受到適當的鼓勵，而不應該受到輕視或譏嘲。

拂曉時分，我們在校長和老師的帶領下，悄悄地抵達了拆屋的現場。在晨曦乍現中，只見幾個工人已經爬到屋頂上動手拆起來了。碎草和瓦片一陣陣地從簷口飄落下來。一位身穿青布短衫腰肢微曲滿臉皺紋掩面啜泣的老婦人，也許就是房屋的主人吧？她站在被拆的屋簷下，呆呆地望著正在被掀掉的屋頂，那種悽惶無助的神態，不禁讓我想起三年前我的母親站在我們家拆掉後東屋空曠的牆頭下發愣的模樣。

值得一提的，就是在整個拆屋的過程中，單夢熊老師表現得出奇的冷靜，一如他在教我們解析算術習題時的從容，他周旋在屋主與執行拆屋任務的人員之間，兩面都需要適當的分寸，既無傷於宗親的私情，也不悖離學校的要求，一件原是很難做到兩全的事情，他卻做得不偏不易，不失中庸之道，如果不是因爲他有深厚的涵養和豁達的胸襟，相信是很不容易做到的。

晚上，回到家裏，跟父親和母親談起拆屋的事，他們都不以爲然。

『拆人家的屋，就像扒人家的祖墳，是一件傷天害理的事。』母親皺起眉頭，問我：『你也動手了嗎？』

『沒有！』我說：『是街上幹部帶人拆的。』

『你去了，你就有分。』父親說：『動不動手都是一樣。』

『爲了蓋學校，這是不得已的事。』我說：『我就是不去，屋還是要拆的。』

『拆了人家的屋蓋學校，看來是一件好事，可是，這沒有道理。』父親固執己見。

這一晚上，我在床上翻來覆去，都在想著拆屋的事，夢中，還見到那個身穿青布短衫的老婦人痛哭流涕。……

經過日夜趕工，胡集小學兩棟草頂泥牆的教室在胡集東門外古廟的舊址上蓋起來了。民國三十五年四月，我們在新教室上起課來。

這段時間，共產黨和國民黨的關係非常緊張，全面內戰正在醞釀中。本來，半年前，國共兩黨領導人曾經相約在重慶共商國事，還訂下了《雙十協定》，共期和平建國，追求民主自由與軍隊國家化，可是，雙方都口是心非，沒有遵守《雙十協定》的誠意。在共產黨方面，自認經過八年的養精蓄銳，由初到延安時八千人發展到一百三十多萬人的武裝部隊，羽翼已豐，奪取全國政權的野心日益迫切，所以在毛澤東從重慶飛回延安途中，朱德就對各佔領區的武裝部隊發出攻城掠地的命令。

在國民黨方面，在《西安事變》一舉殲滅共產黨殘餘勢力的機會喪失後，就一直心有不甘，抗戰勝利後，擁有三百多萬精銳的軍隊，自然不願見到共產黨勢力坐大，也不把共產黨的游雜部隊看在眼裏，在雙方都要當老大的自私心態激使下，戰爭就不可避免了。

在蘇北，共產黨搶先攻下軍事重鎮淮陰，控制了全面的農村。國民黨在蘇聯紅軍全力阻撓下，仍將大軍向關外推進。這時候，糊裏糊塗的美國人，既不知國民黨的情急，也不瞭解共產黨的圖謀，猶妄自尊大派馬歇爾爲特使，來到中國爲國共雙方調解，但這種調解，對國共勢力的消長竟造成決定性的影響，因爲他嚴重地挫折了國民黨軍隊的銳氣，爲共產黨爭取了充裕的時空。

五、平生首次看殺人

因爲國共雙方都不以維持現狀爲滿足，都想主控中國的全局，來華調停的美國特使馬歇爾將軍，在一無所成後含憤離去，爲未來美國與中國政府的關係埋下惡化的變數。這時候，共產黨已經預感到一場歷史性的決戰正日益迫近，爲了肅清佔領區內的反對勢力，凡是被他們列爲不可團結的人物，一概加以鎮壓，而鎮壓的唯一方法，就是屠殺。

一天清晨，學校鈴聲響起，通知全體師生集合，由老師帶隊一路唱歌步行到胡集北門外一處亂葬崗邊參加《公審大會》。到達會場時，只見人山人海，鑼鼓喧天，隊伍在一塊小坡地上剛坐下來，就看到十幾個持槍的幹部和民兵押著六名五花大綁的犯人在公審台前站成一排，等候公審。

六人當中，有個叫做汪兆銘的高個子，濃眉大眼，昂首挺胸，他原是一名打家劫舍小土匪的頭子，日本鬼子來了以後，當了漢奸，又當上了《和平軍》的一名小幹部。另外五個人，來歷也都差不多，日本鬼子走了，他們失去庇護，就像被抽乾了水的塘裏的魚，一個個都被共產黨抓了起來。這一天，他們被押到群眾面前接受《戲劇化》的公審。

所謂《戲劇化》的公審，就是被動員來參加大會的群衆，只是幹部一手導演的這齣戲裏的龍套，並沒有表達意見的餘地和權力。公審開始時，一名腰間插著短槍的幹部，是大會的總指揮吧?他跳上公審台，舉起手來罩住眉稍上的陽光，向群衆掃視一周。

『大家看一看，有人認識這幾個人嗎?』他提高嗓音，指著台前站成一排的六個人，向台下問。

台下的回聲不大，有人說認識，也有人說不認識，但大多數的人都你看我，我看你，沒有答腔。

『這一個就是大土匪又是大漢奸汪兆銘。』他說：『殺人放火什麼壞事他都幹得出來。』

事先佈置在人群裏的民兵跟著揮起了手臂，帶頭呼著口號：

汪兆銘，大壞蛋，什麼壞事他都幹！

汪兆銘，大土匪，禍國殃民像魔鬼！

不殺汪兆銘，大家心不平！

群衆隨聲附和，跟著吼叫。我們學校也由華樹賡同學和我兩人照著上面交下的口號字句帶頭呼叫起來。群衆的情緒，頓時被提升到沸點。

『汪兆銘，你承不承認殺人放火的罪行?』站在臺上的幹部向台前喝問：『爲什麼還不低頭認罪？』

汪兆名倒是一條漢子，他仰天大笑。

『好漢做事好漢當！』他晃動了一下被綁的身體，大叫著：『老子命一條，要砍要殺隨你們辦！』

『大家說，汪兆銘該不該殺？』臺上的幹部對著台下的群衆問。

『該殺！』佈置在會場中間和四個角落的民兵，搶先回應。

『該殺！』

『該殺！殺！殺！殺！』

群衆的回聲，起先是此起彼落，接著，吼成了一片，臺上的幹部手一揮，命令身邊持搶的民兵。

『殺！』

汪兆銘第一個被拖離台前，兩個粗壯的民兵架著他走向長滿巴根草的路邊，後面一個民兵用槍托猛擊他的腿彎，喝令他跪下。但汪兆銘倔強得很，邊走邊罵，就是不跪。後來，在三個民兵扭打推撞下，才合力把他扳倒在地，跟著兩聲槍響，只見他兩條腿抖動幾下，就在草地上氣絕了。另外五個犯人，他們都在陣陣的《殺》聲中被嚇得全身發抖抬不起腳步，悲悲切切露出一副絕望無助的神情。直到相繼倒臥在血泊之中。

這是我生平第一次看到殺人，聞著隨風飄來刺鼻的血腥味，忍不住作嘔想吐，看看身旁一大群同學，也都個個捂著鼻子，臉上堆滿著驚悚的表情。

跟胡集一樣，鄰近各個鄉鎮也都在公審殺人，凡是曾經跟日本鬼子和國民黨有過蛛絲馬跡關係又沒有完全向共產黨輸誠的，一時，都淪爲被清洗的對象。人們可以清楚地意識到，一場震天撼地的大風暴就要來了。

就像抗戰的後期一樣，村莊與村莊、鄉鎮與鄉鎮之間的道路都站起了路崗，民衆離開自己的村莊探親訪友，都必須攜有當地機關幹部簽發的路條才可以通行。路崗都是由一般民衆擔任的，後來，兒童也成爲後繼的力量，孩子們幼稚，昧於人情世故，更容易《拿著雞毛當令箭》，盤查起路人來來往往比成年人更認眞。

『什麼地方來的？到哪裡去？』孩子們把手裏的棍子一橫，攔住了行人：『路條拿來！』

識相的，或是知道厲害的行人，會恭恭敬敬地拿出路條或是說明自己是哪一村哪一鄉人，姓什麼，叫什麼，村長叫什麼名字，跟路崗附近的村莊上哪一家、哪一個人認識，是什麼關係？必須完完全全交待清楚後才可以通行。要是看不起小孩子，態度上稍有怠慢，被孩子吹起哨子叫來了民兵，可就要罪加一等，吃不完兜著走。當天晚上準會回不了家。

有一次，我跟父親到胡集街上去，因爲要先到西村看一位朋友，所以繞了一段路，結果在西村的路口被兩個站路崗的孩子攔住了。

『你們到哪裡去？』一個手持木棍的孩子問。

『去胡集。』父親說。

『住哪裡？』

『就在那個趙莊。』父親轉身遙指我們的村莊：『不遠，才里把路哪！』

『我不相信。』另外一個孩子態度很不友善地說：『從趙莊到胡集，爲什麼不走近路和大路，而要拐到這裡來？』

『我們是要先來這個莊上看一位熟人，看過了以後才會到胡集去。』我說。

『有路條嗎？』

『因爲家就在附近，沒有去開路條。』父親說。

『沒有路條就不可以通行！』他說：『要走，就要有人來保你們。』

『你不讓我們走，我們到哪去找保人呢？』我說。

『你去找，他留下！』

『噢，你不是說要到這個莊上看一位熟人嗎？』先前攔下我們的那個孩子問：『你們要看的是誰呀？』

『是金大爺金振福。』父親說。

『他是我的爺爺啊！』他立即改變了口氣，笑著說：『來吧，我帶你們去。路條不要了。』

這時候，共產黨和國民黨正在進行攻城掠地激烈地競賽。在東北，國民黨攻下四平街，共產黨退出長春；在蘇北，國民黨又攻佔了淮陰和鹽城，向北推進。

六、棉花田裏躲飛機

一天中午，我獨自在門前的棉花田裏採擷成熟的棉花，一架飛機突然臨空掠過我的頭上，發出尖銳的嘯聲。當我正在抬頭張望時，飛機又盤旋飛轉回來，透過樹稍的間隙，我可以清楚地看見飛機翅膀上青天白日的徽記。

這是國民黨的飛機？不錯，是國民黨的飛機！我發過怔來，立即臥倒躲在濃密的棉花田裏，按理，飛機上的人絕對不會看到我。可是，他就像看到我一樣，一直在我的上空繞來繞去，嚇得我緊緊地抓住棉花根子，既怕他把炸彈丟在我的身上，又擔心飛機掠過的疾風把我捲向空中。後來，我才知道這種速度奇快的飛機，就是國民黨最新式的P51野馬式戰鬥機。這種飛機二次世界大戰期間，不但在中國戰場上讓日本鬼子望風披靡，就是在印緬和歐洲戰場上也所向無敵。

兩年前，胡集小學選擇在風火簷設校，是因爲害怕日本鬼子飛機的轟炸，不得不躲到鄉村去；現在，學校遷回到胡集街上蓋起了新的校舍，眼看又要面臨被國民黨飛機轟炸的危險，這實在是一種令人喪氣的遭遇。就在這個時候，劉子平校長突然離職他去，新校長還沒有到任，學校就宣佈分成兩個部分，一半遷回風火簷上課，一半在離開胡集大約三里地的駱邵莊設校，因爲我們村莊比較接近駱邵莊，所以我和同村的周立旺同學還有我的堂哥趙德華就選擇了駱邵莊。

德華大哥已經輟學在家很久了，他在這年的春天，已經結了婚，大嫂很賢慧，又很漂亮，他原是不想上學的，但在那樣的亂世，讀書進了學校，比較多一層安全的保障，至少不會被強迫去《參軍》，所以他雖然只能讀小學三年級，還是早早晚晚地跟我和周立旺同學一道上學和一道回家。

每天早晨，我總是先到德華大哥家等他，常常看到德華大嫂坐在織布機前拉動梭子，織著粗布，她那端莊的儀態和親切的笑容，讓我對她格外地敬重。

『大嫂，妳織得這麼好，又這麼快，是誰教妳的？』一天，我在織布機前問她。

『這哪裡用得上人來教，看一看就會了。』她說：『要是你來織呀，會比我織得更好呢！』

『我可學不會。』我說：『這麼難，讓我來織呀，恐怕紗都斷光了。』

『這會比寫字更難嗎？』她問。

『要比寫字難多了。』

『我看你大哥寫字呀，就像繡花一樣，寫起來像是很累人的。』她說：『我呀，情願織完一尺布，也不願去寫一個字。』

其實，德華大哥倒是頂聰明的，他輟學好幾年，平時又沒有自修的環境和習慣，一旦重新拾起了書本，還能夠讀得津津有味，不落人後，尤其是新婚不久，既要上學，又要操勞家事，能夠有這樣的表現，就更不容易了。

駱邵莊的教室，比起風火簷的教室還要矮小，加上光線不足，太陽還沒有西沈，室內就暗得看不清楚了。因而教學的效率非常低落，老師和學生，似乎沒有一點朝氣。

新來的校長張華陽先生，也是共產黨員，負責我們組織的領導，但是，他爲人很懶散，平常很少和我們接近，太多的官僚習氣，讓老師和同學都遠遠躲著他，當校長，實在不是他的專長。

從風火簷到胡集，再從胡集到駱邵莊，學校固然因爲一再播遷，顯得異常凋敝，原先的老同學也多半分手，散落四方。華樹賡、劉時雨、郝呈祥、華昌時、戈佳英、張守禮等這幾位老朋友都沒有到駱邵莊就讀，各個班級一時倒是來了不少新同學。

四年級的孫玉珠，幾年前，曾經先後在莊法中和華撫四老師塾館跟我同過學，他跟德華大哥一樣，也輟學了好幾年又重回學校，他跟三年級的一位姓劉的女生訂有婚約，但婚約是很小的時候訂的，到了快長大時，劉家開始改變了態度，雖然沒有明白要求解除婚約，但對孫家卻已表現出強烈的反感。特別是劉同學，她已經是亭亭玉立的少女了，每次碰見孫玉珠，都以冷峻的眼光看待他，這讓孫玉珠很自卑，也很怕她。她們兩人微妙的關係，看在我們同學的眼裏，忍不住都想找他們問個究竟。可是，在見到他們兩人的時候，卻又沒有人敢於開口。

跟劉同學同班的有位姓莊的女同學，是莊玗一個有錢人家的女兒，人長得很秀氣，也許是家境養成的吧？她的一舉一動都表現得很嬌柔，既像小家碧玉，又像大家閨秀，因而不少初解風情的小男生都很喜歡跟她接近，但她，有時大大方方，有時卻又閃閃躲躲，讓我們覺得她更神秘，更逗人。

一天傍晚就快放學了，我在教室門口碰見她，如果她根本不理我也就算了，偏偏她停下腳步來對我點點頭打了個招呼。我見了，也就鼓起勇氣向她跟前走過去。

『嗨！』我叫她：『我們兒童團要演話劇，裏面有個女學生的角色，想請妳來演，好不好？』

『叫我演戲？』她噗哧一笑：『不行！』

『爲什麼不行？』

『我媽知道會把我打死！』

『不會吧？』

『反正我不演就是了。』她說：『找別人吧！我就是答應你，也不會演得好。』

『找別人？』我說：『全校只有兩個女生，妳是要我找劉同學來演嗎？』

『你可以試試嘛！』她說。

『就請妳對她說一聲好不好？』我故意扯上一句：『噢，孫玉珠同學也會參加演出，我也演個小角色。』

『算了吧！』她說：『你總不能叫他們兩人在臺上打架吧？』

話劇後來沒有演成，一是因爲找不到女生演出，二是因爲人多嘴雜，意見太多，不過，卻從莊同學的談話中，得到一個確切的印證，那位作風明快頗有男子氣概的劉同學是不可能跟孫家和好了。

劉同學的父親是當地很有名望的紳士，也是一位手術精湛的獸醫，她的哥哥又是一個活動力很強的幹部，聽說孫、劉兩家當初決定聯姻，完全是出於金錢的因素，並非門當戶對的選擇，孫玉珠的父親還因爲這段姻緣引起的恩怨，在一場暴風雨般的《鬥爭大會》上遭到槍決。爲兒子的婚姻賠掉了一條老命。想來，這樁讓很多鄉親搖頭歎息的冤、假、錯案，就是翻開坊間的《包公案》和《施公案》這兩大奇書來對照，恐怕也找不出會像這樁命案來得冤枉和曲折離奇。

七、關公綠袍變灰色

我在胡集小學讀完了六年級，本來在暑假就應該畢業了。可是，因爲沒有升學的門路，才不得不跟著學校到駱邵莊去繼續磨下去。

說到升學，我原是有個機會的，只是，因爲當時的資訊不流通，被白白地錯過了。這年暑假前，《淮海師範》和《淮海中學》同時在沭陽縣城招生，事前聽說《淮海師範》的條件比較優厚，穿衣、吃飯、住宿全部免費，而且吃得好，師資也相當權威，所以我選擇報考《淮海師範》。考試結果，我自認考得不壞，不但作文洋洋灑灑寫滿了一大張紙，數學的每一道題也都做了完整的解答，特別是《時事與常識》一科，考來更覺得如數家珍，得心應手。心想，被錄取應該是沒有問題的。

考完後，我在考場外面牆上的布告欄內看到布告，要考生逕自回家等侯通知。但令人失望的是，錄取或是落榜的通知都一直沒有等到。直到一個多月以後，有位同學才告訴我，他看到了一張舊報紙，上面有《淮海師範》錄取新生的名單。其中，不但有我的名字，而且還是前三名。祇是，報到註冊的時間早已過去了，後來，才知道錄取通知是寄到了學校，學校暑假沒有人，通知單不知道被丟到哪裡去了。

一次機會悄悄錯過，另一次機會又來到了我的面前，秋初，泗陽縣王集鎮的《王集中學》傳來了招生的消息，報名與考試的時間前後只隔兩天，經過與父親商討後，決定前往報考。

王集鎮離我們約有三十幾里，當時，沒有任何交通工具可乘，而且都是彎彎曲曲的鄉野小路，完全要靠步行才能到達。

一個旭日初升的早晨，我帶著父親爲我準備好的鋼筆、墨水和模擬試題，獨自離家向西南方走去，一路上都是俗稱《青紗帳》的玉蜀黍和高粱田，密不透風，人走在裏面，就像被丟進蒸籠裏一樣，熱得全身發毛，因爲路不熟稔，走走問問，問問停停，一直到了午後，才走到離開家只有十五里的關廟。

關廟是一座祀奉《三國》時期西蜀《五虎上將》之首的關羽廟宇，據說還是明朝的建築，因爲年代已久，維修的工作做得不夠，廟裏都佈滿了塵灰和蛛網，坐在神殿上的關公，身上的綠袍，已經變成了灰色，手裏捧著的《春秋》，也變成一塊殘缺的瓦片。

在神殿前，我佇立了好一會，但我並沒有像舊小說裏所描寫的那種趕考的書生，向神像膜拜許願，而只是沈浸在《三國演義》的故事裏面悠遊神馳。這就是《過五關斬六將》、《華容道上義釋曹操》和《敗走麥城》的關將軍嗎？過去，我從來沒有見過他的神像，想到他在戎馬生涯中騎赤兔馬揮青龍偃月刀縱橫沙場的神勇，不禁萌生相見恨晚的仰慕。

夕陽西下，當我轉身正要走出廟門的時候，一位曲背彎腰的老人家迎面走了過來，也許他是廟祝吧？我對他點點頭，打了個招呼。

『小兄弟，以前沒有來過關廟嗎？』他指一指我身上背著的小包袱：『哪裡人呀？』

『胡集人。』我說：『以前沒來過。』

『噢？』他問：『是走親戚的嗎？』

『不是，我是去王集考試，路過這裏。』

『考試？考什麼試？』似乎他太閒了，一直問個不停。

『王集中學招生，我去報考。』我說：『天快晚了，老人家，我要趕路，沒有時間跟你多談了。』

『這太巧了！』他一把拉住我，急著說：『我的兒子王雲山，也在王集中學當幹部，你去找他，就說我說的，他會照顧你。』

我雖然沒有把老人家說的話當做一回事，但我卻非常感謝他的古道熱腸，樂於助人。在向他連聲道謝後，就投身在夕陽的餘暉中向王集快步走去。

到了王集，已經是萬家燈火的時分了。首先，我找到考生接待處，希望很快找到睡覺的地方，但辦事的人告訴我，因爲考生太多，原先準備的寢室和床位，已經被人佔用完了，我只能到教室裏找個空地方住一個晚上，至於晚飯，因爲早已過了開飯的時間，也需要自己想辦法。

『請問，這裏有位叫做王雲山的幹部嗎？』我一時不知所措，忽然想起了在關廟見到的那位老人家對我說的話。

『他是我們的主任，你認識他？』辦事的人問。

『我認識他的父親。』我說：『老人家關照我到這裏一定要看他。』

『你等一等！我去找他。』辦事的人轉身離去。

不到幾分鐘，王雲山主任就來了，我跟他談起下午在關廟會見他老太爺的經過，請他幫個忙。

『這眞是太巧了。』他跟老人家同樣的說了這句話。接著，如同接待親人一樣，熱情地說：『你就住我這個地方吧！』

說著，他拎起了我的背包，就帶我到他的住處，把我的背包向一張空著的竹床上一放，隨手把床前窗下桌子上一盞光線暗淡的豆油燈的燈芯草往外挑一挑，加大了室內的亮度，然後拉出一張長板凳讓我坐下。

『今晚，你就住在這裏，好好地溫習功課，準備考試。』他說：『我給你弄飯去。』

『謝謝你，讓你費這麼多的心。』

『既然是我父親叫你來找我，』他揮揮手：『你也就不必客氣了。』

不一會，他給我端來了一大碗麵條，我邊吃邊聽他講他童年的往事。

『小時候，我常常跑到廟裏去玩。』他說：『也常常聽我父親講關公的故事。』

『廟裏的關公有顯過靈嗎？』我想到《三國演義》裏面關公遇害後曾經顯過靈要了呂蒙的命，又幫助他的兒子關興殺了東吳大將潘璋的故事，好奇地問他。

『這倒是沒有聽說過。』他說：『不過，從你今天能夠認識我，我想，這就是關公顯靈了。』

『是嗎？』

『不是嗎？』他說：『如果你走路不拐進關廟去，你就不會遇見我的父親，自然也就不會知道我，這不是關公顯靈是什麼？』

作爲共產黨的黨員和幹部，是不許相信鬼神的。但是，因爲聯繫到親情和童年往事，也就顧不得迷信了。

與其說這是長途趕考，倒不如說是一次愉快的旅行。因爲在當時，王集對我來說，應該算是《異鄉》了。自己能夠在《異鄉》結識像王雲山這樣一位忘年交的朋友，實在是一件很意外也很高興的事。

考試依照預定的流程進行，除了有一道數學試題做不出來以外，其他科門都考得很順暢，沒有遇到任何阻難。比起《淮海師範》入學考試明顯不同的地方，就是考完第二天就公佈了錄取名單，我名列全榜第五名，取得了良好的成績。

經由王雲山的引導，放榜當天的下午，學校負責人還約見了我。

『我們下個月初就開學，到時候，你能報到入學嗎？』他問。

『能！』我說：『要不要錢和什麼的？』

『什麼都不要！』他說：『學校供吃供住，只要人來就可以了。』

回到家裏，父親非常高興我不虛此行，並肯定我在學業上的收穫。可是，卻爲母親帶來了憂慮，因爲我如果去王集讀書，就要遠遠地離開家，早早晚晚沒有人照顧，她不放心。

『王集離開我們這裏是不是太遠了？』母親問我：『你一個月能夠回家幾趟？』

『頂多一次吧！』我說：『走起來好像比沭陽還要遠哪！』

『這麼遠，誰照顧你呀？』

『學校裏有吃有住的，用不著別人照顧。』我說：『媽，你放心，我已經長大了。』

『媳婦都還沒有娶，長什麼大？』她反問著。

『讓他去嘛，老是留在家裏，也不是辦法。』父親說：『出去越早，越容易長大！』

『好了，好了。』母親煩了，她說：『算命先生早就說了，遲早你會跑得遠遠的，我能拽得住你嗎？』

母親口中這個算命先生《算》得可眞準，果然不出一年，我就撲撲羽毛猶未豐滿的翅膀遠走高飛了。而後，悠悠蕩蕩的，在外飄泊一呆就是五十多年。直到父母雙雙故去許多年以後，世道逐漸升平，才能以劫後餘生的殘軀攀越險阻的關山，一如賀知章所說的《少小離家老大回，鄉音未改鬢毛衰》那樣的情景，踉踉蹌蹌地重履故鄉的土地，祇是，回首前塵時，眼前已經不見祖先的廬墓，而是一片滄海桑田了。

八、校長獨自逃命去

時局疾速的惡化，國民黨裝備優勢的部隊正以犁庭掃穴的攻勢從淮陰和徐州向泗陽和沭陽分頭合擊。王集中學尚未開學就宣告潰散，農曆十一月初，國民黨部隊的前鋒騎兵隊，已經越過離開胡集只有十八華里的錢集，在黃莊一帶出沒，密集的槍聲和間歇的炮聲，劃破村野的沈寂，一陣陣地襲上人們慌亂的心頭。我們村裏大多數的人家，都向遠離《沭淮公路》交通線上偏僻的地帶疏散。駱邵莊小學迫於形勢宣佈解散後，張華陽校長就帶著我們少數幾個同學，星夜向東小店和湯澗方向逃去。

沿途，我們看到成群的難民倉皇流竄，但誰也不知道哪裡才是安全的地方。有些人家逃難到外村去了，家裏卻又來了外村的難民。在蒼茫的田野間，堆起了一座又一座的新墳，起先，我們見了非常驚訝，心想這裏還沒有打仗，又沒有瘟疫流行，怎麼突然會有這麼多人死去？後來，弄清楚了，才知道這是地方幹部一項欺敵的妙計，原來是他們恐怕國民黨軍隊來了以後，會搶走他們從民間徵集來的《公糧》，所以才會挖空心思在田野間堆起沒有埋葬死人的新墳，把《公糧》裝進蔴袋或空著的甕缸裏藏在墳內，外面撒著冥紙，做好僞裝，企圖瞞過國民黨軍隊的眼睛，爲日後捲土重來保住豐沛的的糧源。

祗是，這種藏糧於墳的妙計，並不十分有用，因爲在堆墳藏糧的幹部們聽到國民黨軍隊的槍炮聲慌慌張張地逃走以後，當地啼饑號寒的村民們就趁夜把墳墓挖開，扒走了糧食，這種別具一格的《盜墓》行爲，說起來倒也算是天公地道的，因爲藏在墳裏的糧食，本來就是他們的，現在又回到他們的手裏，吃進他們肚裏，誰又能說有什麼不對？

跟我同村的周立旺兄，是我多年的老同學了。七年前，跟我在華撫四老師的塾館同窗時，因爲他比我大，偶而會欺侮我，但最近兩年來，我們一道上學，同路回家，兩人卻親如兄弟。所以他和我一道也跟著張華陽校長逃難到了東小店，途中，張校長交給我一枝步槍和三發子彈，要我保管使用，但我揹起來走路覺得很累，就請周立旺同學幫我揹一揹，但張校長不信任周立旺同學，反對我把槍交給他。

『武器要隨時拿在自己的手裏。』張校長把我叫到一邊悄悄地對我說：『你把槍交給別人，有多危險！』

『不會的。』我說：『周立旺從小就跟我在一起，像兄弟一樣，怎會有危險？』

『我說不可以就不可以！』張校長生起氣來，他說：『知人知面不知心，你不可以不防。』

當晚，我們在一個不知名的村莊歇下腳來，經當地幹部安排，在一戶有著四合院的農民家裏吃了山芋稀飯，就在他家前屋的走道上鋪起一堆麥穰，睡起覺來。

第二天清晨醒來，我正準備起身收拾一下背包，突然，我發現睡在我身邊的張華陽校長不見了。當時，天寒地凍，我還以爲他到外面上廁所去了，就伸手把周立旺同學拉了起來。

『校長呢？』他發現校長不在，也吃了一驚。

『上茅廁去了！』我想當然的回答著。

可是，我們兩人一等再等，就是沒有見到張校長回來。情急之下，我們兩人又到外面去找，也沒有見到他的蹤影，這時，門外人聲嘈雜，跟著傳來消息說，國民黨的軍隊已經攻下沭陽，進駐胡集。情勢十分危急，一些從外地來的幹部和民兵，都紛紛奪門而出，爭先離去，我們兩人等了又等，再看看地鋪上已經不見張校長隨身攜帶的背包，就確定他趁夜丟下我們獨自逃走了。

《知人知面不知心》，我想到他頭一天晚上對我說過的話，現在由他自己表現得到了印證，不但感到失望，也覺得十分惶恐。

『我們走吧！』我拾起了槍，對周立旺說。

『去哪裡？』他一臉迷惘。

『先離開這裏再說吧！』我說。

『我想回家了。』他說：『這樣走下去，我很害怕。』

『千萬別緊張，我們朝前走，說不定會碰到熟人。』我安慰著他，並對情勢作了分析：『你想想，胡集已經丟掉了，這個時候兵荒馬亂的，回去更可怕，更危險！』

周立旺同學新婚不久，他心頭的牽掛比我多，想家心情比我急切，是可以理解的。但是，他還是接受了我的意見，暫時打消了回家的念頭。

這時候，天空烏雲密布，刺骨的寒風迎面撲來，已經在飄著雪花了。我們兩人頂著風雪毫無目的地向前走著。中午，晃晃蕩蕩地摸到一個叫做蔣蕩的地方，周立旺同學想起他的嬸嬸娘家就在蔣蕩，他就決定不走了。

『你要是不回家，就自己走吧！』他說。

經過村人的指點，我把槍和子彈交給一群過路的地方幹部，像失群的孤雁一樣，沿著一條水溝，獨自的向謝圩的大姐家走去。當天，就跟她一家人逃往沭陽縣城東方約三十多里地的仲彎。

第五章

生死路

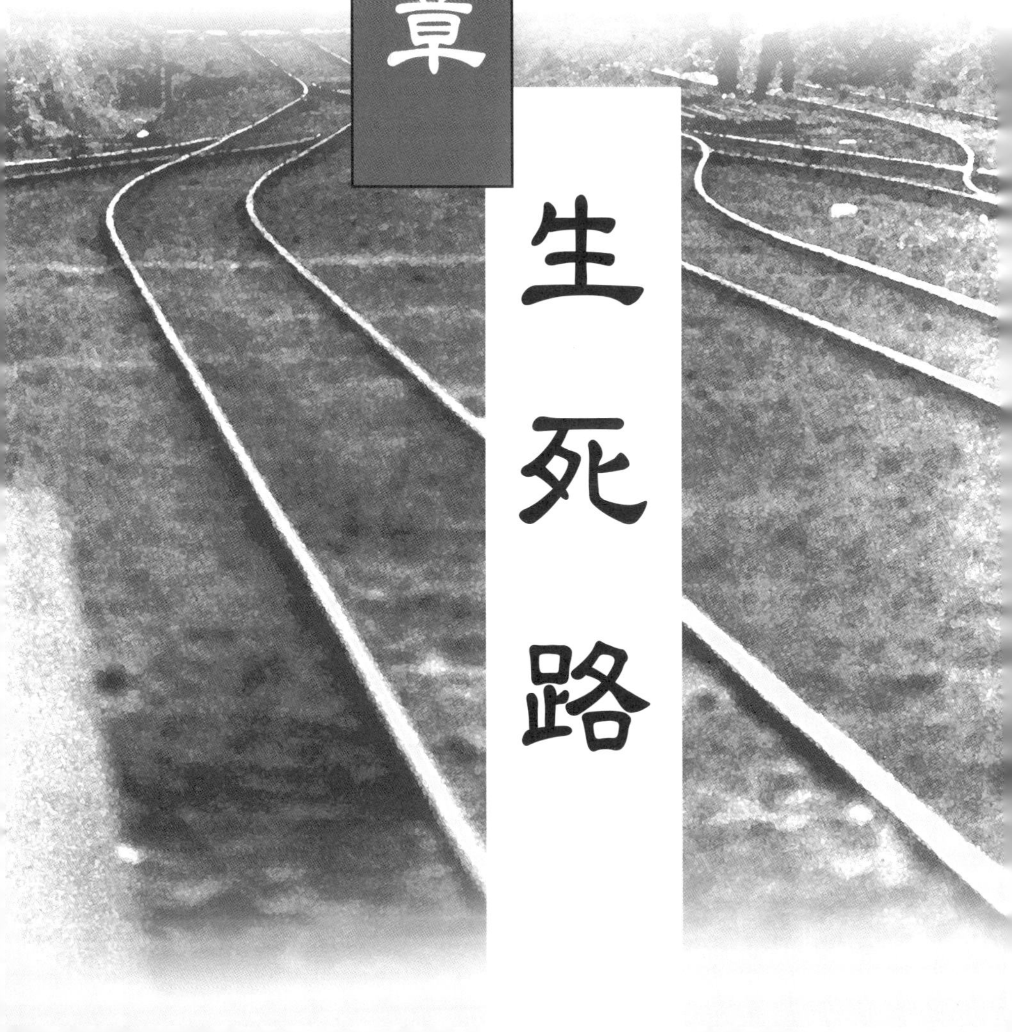

第五章　生死路

一、破鞋阻我去山東

在仲彎過了一個夜晚，第二天中午，巧遇從胡集四鄉跑過來的一批幹部和民兵，他們正計劃向山東撤退。因爲我認識他們當中不少人，所以決定加入他們的行列，沒有告訴大姐，就偷偷地跟著他們走了。

下了一天一夜的大雪，田野白茫茫的一片，天晴後，積雪開始融化，我穿的一雙舊布鞋，走在泥漿四濺的小路上，一滑一滑的，不但鞋後跟塌了下去，很不跟腳，鞋子有時還會脫落，陷在爛泥裏拔不出來。雪後的氣溫很低，兩隻腳都快凍僵了，我很憂愁漫漫的遠路怎樣走下去。

隊伍在仲彎西南方大約兩里多路的一座破廟裏停了下來張羅晚飯，我越想越耽心沒有一雙能夠保暖又跟腳的鞋子勢將無法隨著隊伍跋山涉水到山東去，要是在途中碰上什麼情況，也必然會因爲追不上隊伍而陷身危境。想到這些，就決定趁隊伍吃飯和休息的時間，先回到仲彎去向大姐要一雙新鞋，如果沒有新鞋，也要請她在我穿著的舊鞋後幫上釘起兩根帶子，可以把鞋子綁緊在腳踝上，免得走起路來會脫落。幾位熟人也覺得我最好做這樣的準備，才不會在途中掉隊。

就在我起身向仲彎走去的時刻，突然有位年紀較長的民兵，跟在我的後面急聲叫住了我。我回頭一看，跟他似曾相識，但記不起他的姓名。

『你要特別小心啊！』他說：『有人撂下了狠話，要在路上害你！』

我感到一陣驚愕，確認這位一臉憨直的長輩不像是在說謊，也不像是故意嚇我。

『謝謝你！』我說：『這會是眞的嗎？』

『如果你不還是個孩子，我就不會多嘴了。』他嚴肅地說：『你知不知道你家跟誰結仇了？』

他最後的一句話，重重地擊在我的心頭，讓我猛然想起同村的王明武家近年來跟我們家一再發生磨擦，仗著他是民兵隊長的威權，常常欺侮我們，而他，也正在隊伍裏面。

『你說的是姓王的那個人嗎？』

『這我就不方便明說了。』他停了一下，接著說：『不過，我覺得你是組織裏的同志，也許他不敢下手。這個嘛，你自己好好地掂量一下吧！』

我再一次向他道謝後，懷著異常複雜和矛盾的心情轉身向仲巒走去。見到大姐，才知道她急昏了頭，正在到處打聽我們隊伍的去向，打算把我攔截下來。

『你到哪裡去了？』她捧著心口說：『快要把我急死了。』

『有新的鞋子嗎？』我說：『我這雙舊鞋塌了跟，不能穿了。』

『現在正在跑反，哪來新鞋？』她說。

『就把我這雙鞋子釘上帶子吧！』我把鞋子脫下，放在大姐的面前。

『沒針沒線的，叫我怎麼釘法？』大姐為難地說：『我看，就找根繩子綁一下吧！』

後來，大姐還是找來了針線，把她自己的腰帶剪下了一截，幫我釘上了鞋帶，不過，她提出了一個條件，就是鞋帶釘好了以後，要老老實實地留下來，可不許再東跑西跑了。

對於大姐的叮嚀，我只是支吾了一聲，沒有跟她多說什麼。可是，在我穿上鞋子綁緊鞋帶以後，還是趁著她沒有注意，就溜出門外朝著破廟的方向跑了。

暮色蒼茫中，我獨自一人在荒郊野外的雪地裏趕路，心急路滑，幾次失足滑倒在路邊的泥濘裏，鞋襪都被泥漿濕透了。我頂著蝕骨的寒流，小心翼翼地翻過了一個土坡，快步奔向破廟的門前，四周冷清清的，一點的人聲都聽不到。頓時，我感覺到情況有了變化，便急忙地衝進廟門，只見廊下有堆燒剩下來的枯柴還在冒著縷縷的青煙，旁邊，一位上了年紀的老人家正在從灰燼中拾取餘薪，他見我走近，吃力地站起身來。

『老大爺，他們都走了嗎？』

『走了！』他說：『早就走了。』

『這怎麼辦呢？』我一時情急，不禁自言自語起來。

『你跟他們是一起的嗎？』老人家問。

『是啊！』我邊說邊在發愣。

『回家去吧！天寒地凍，不要在外面跑了。』他揮著手，像是滿懷關切，又像趕我走路。

就像舊小說裏所說的一樣，可眞是《前不巴村，後不巴店》，四顧茫茫，不知道要往哪裡去才好。最後，決定仍舊回到仲彎去找大姐，再作打算。

回程的夜路更加難走，我生怕在白茫茫的荒野裏迷失了方向，更擔心會掉進被積雪掩蓋住的深溝裏去，邊走邊停，邊停邊看，眞正是如履薄冰，如臨深淵，等到我絆絆倒倒回到仲彎的時候，差不多已經是兩更天了。

摸黑叫開了大姐親戚家的大門，在昏黃的油燈前，見到迎上前來的大姐，我的心頭不禁忐忑起來，覺得讓她擔驚受怕，爲我操心，實在對不起她。可是，她卻一點都沒有責怪我，反而轉彎抹角地自責起來，說什麼在逃難的時候，沒有把我照顧好，很對不起母親。

其實，這怎能怪她呢？從小，她就處處遷就我，讓著我，跟我說話一向是輕聲輕氣的，生怕我受了委屈。現在，我已經半大不小了，她又怎能看得住我？別說是她，相信就是母親也在這裏，她同樣沒有辦法看得住我，阻止我的行動。

聽大姐說，國民黨的騎兵傍晚就已經在仲彎村前的岔路口出現了，戰馬淒厲的嘶聲和零星的槍聲清晰地傳進村裏，他們有很好的紀律，經過的地方，既沒有向老百姓要吃要喝，也沒有對老百姓拉夫脅迫，肆行騷擾。因而民衆也就漸漸地放下心來，許多逃難在外的人，都紛紛重回家園，等著過農曆新年。因爲住在別人家有許多不方便的地方，我也就跟著大姐一家回到她謝圩的家裏。

在謝圩住了兩天，先後兩次遇上國民黨軍隊的散兵進入村莊從大姐家門前走過，他們雖然進屋搜索，卻沒有拿走什麼東西，但他們端著槍隨時準備射擊的動作，對我的精神卻構成強烈的震撼和威脅。

二、借刀殺人馬鄉長

第三天上午，父親和母親都到大姐家來了。他們帶著我繞過單圩，遠離國民黨軍隊紮營的胡集，向著潘小河崖走去。潘小河崖，曾經庇護我們度過兩次鬼子兵入侵胡集的危難，現在，他們正打算帶著我再一次投奔到那裏去，尋求一時的安全。

『這回呀，你可要聽我的話了。』途中，母親嚴肅地說：『我們先到潘小河崖去躲一躲，頂多也不過像日本鬼子來的時候一樣，過了年，就可以回家了。』

我的心頭充滿了恐懼和矛盾，心想，日本鬼子在胡集安了兩次據點，每次都沒有撐過半年，國民黨也會這樣嗎？如果長時間駐紮下去，自己會不會身陷虎穴遭到致命的傷害呢？

『你不要怕！』父親像是看出了我的心事，安慰著我：『昨天，我到黃家去，跟黃大爺談到你，他和黃大娘都叫你回到胡集去，你是個小孩子，回去不會有危險。』

黃大爺和黃大娘對我這個沒有正式上門的小女婿，一向是寵愛有加的，愛屋及烏，說的當然不會是假話，但我心頭的疑慮，絕對不是他們三言兩語就能夠化解得了的。

『胡集不能去。』我說：『一去，就沒有退路了。』

『那你的前路又在哪裡呢？』父親說：『人無遠慮，必有近憂，你要好好地想一下。』

走著，走著，金家莊已經在望了，穿過金家莊，就進入泗陽縣境，潘小河崖就快到了。就在我們走進金家莊的村頭時，冷不防被村裏鑽出來的一群持槍的民兵攔住了去路。這些民兵不是共產黨的武裝力量，而是國民黨到了胡集以後新成立的《胡集鄉公所》

的鄉丁。他們在新任的《鄉長》馬山元的率領下到鄉下徵集糧草，現在，被他們撞上了，麻煩可就大了。

『原來是你呀，小共產黨。』馬山元指著我說：『今天，看你往哪裡跑？』

馬山元這個人我是熟識的，他是胡集街上一個小地主的兒子，共產黨來了以後，他裝出一副可憐相，藏頭露尾，共產黨說什麼，他就聽什麼，所以街前街後，沒有人把他看在眼裏。現在，國民黨來了，他千方百計，巴結上沭陽縣第六區區長范澄虎，當上了胡集鄉的《鄉長》，狐假虎威，一夜之間，就變成了地方上呼風喚雨的新貴，握有對鄉親生殺予奪的權柄。

『馬鄉長，我們說起來也都是沾親帶故的，他只是一個不懂事的孩子，你是做大事的人，不要跟他計較好嗎？』母親迎上前去，向馬山元求情說。

『把他帶回胡集去！』馬山元沒有理會我的母親，他命令手下的鄉丁說：『看好了，不要讓他跑掉。』

『把我也帶去吧！』父親說。

『你要去也行！』馬山元趾高氣揚地說：『鄉公所會招待你的。』

父親經過冷靜的思考，跟母親兩人看著我被鄉丁們帶往胡集，他們沒有隨行。但是，他們當晚還是趕到胡集，尋求各方面的關係，設法營救我出險。

馬山元當了《鄉長》以後，短短的兩個月，已經殺害了不少鄉親，他們當中，有的是共產黨的幹部和民兵，也有一些人根本與共產黨毫無關連，多半是因爲與他有私人之間的怨隙，借機尋仇，置人於死地。我落在他的手裏，情況遠比幾年前落在日本鬼子和漢奸的手裏還要危急。

當天晚上，經過黃大爺連夜奔走，聯合胡集街好幾位很有名望的士紳對馬山元施加壓力，最後，他終於鬆口，作出了他絕對不會傷害我的承諾。不過，他卻想出了一條借刀殺人的毒計，以駐軍的首長要深入瞭解爲由，把我送交給駐軍的營長去決斷，他預料這位來自他鄉的戰地最高指揮官，必定不會放過我。

駐軍營長只有二十多歲，是一位頭腦冷靜熟讀詩書的青年軍官，他把我叫到他的面前，簡明扼要地問我一些相關問題。

『你是共產黨的黨員？』

『是的！』我照實以對。

『爲什麼要加入共產黨？』

『當時，我的校長告訴我，入黨是爲了抗日，爲了救國家救人民，我認爲抗日和救國救民是每一個人的責任，就加入了。』

『你抗過日嗎？』

『還沒有等到我去抗，日本鬼子就投降了！』

『你知不知道國民黨和總理孫中山先生？』

『不清楚，共產黨來了那一年，我才九歲，對於國民黨和孫中山的印象非常模糊。』

『你唸過哪些書？』

『唸過一些古書。』

『什麼古書？』

『大學、中庸、論語、孟子、幼學瓊林、詩經、千家詩、古文觀止都唸過。』我說：

『還看過三國演義、濟公傳、紅樓夢。』

『唸了這麼多，還記得嗎？』

『大部分都記得。』

『說說看。』他伸手從案頭抽過來一本書，我就近一望，居然是一本《四書》，他翻了幾頁，問我：『孔子的學生仲弓問孔子，什麼叫做《仁》的時候，孔子是怎麼回答他的？』

『已所不欲，勿施於人。在邦無怨，在家無怨。』我隨口背出了一段論語。

『好，我再問你，孟子認爲什麼樣的人才算是大丈夫？』他的態度逐漸和藹起來。

『富貴不能淫，貧賤不能移，威武不能屈！』

『三國時候的馬謖是因爲不聽誰的勸告才會失街亭的？』他繼續考我。

『王平！』

『馬鄉長，你一直要我殺這個孩子，我下不了手。』營長轉過臉去對坐在一旁的馬山元說：『如果我問你這樣的問題，你能答得上來嗎？』

『我……我……我沒有唸過多少書。』馬山元惶恐地說：『恐怕答不上來。』

『好吧，放他回去。』營長說：『就算我幫你做件好事，不要害他，我再說一遍，像他這樣小的孩子，就算他參加過共產黨，也不可以殺他。』

『就照營長的意思辦好了。』馬鄉長低著頭作答。

『放你回家，要好好的讀書，不可以亂跑！』營長告誡著我：『我隨時會叫你來這裏問話，要是找不到你，我會找馬鄉長要人！』

營長最後一句話，明顯是說給馬鄉長聽的，也就是因爲這一句話，制壓了馬山元鄉長的惡念，才保住了我的性命。

這是一次很大的轉變，過去，我從各個層面所獲得有關國民黨素質的訊息，幾乎都是一面倒的齷齪，貪婪殘暴，出賣國家，欺壓人民，沒做過什麼好事。現在，看到了這麼一位理性、正直、仁厚而又通達的青年軍官，很自然的大幅度改變了我對國民黨舊有的印象，並且開始覺悟到過去的張舉千和現在的馬山元，這兩位先後當了國民黨胡集鄉長的地方小吏，都不能算是眞正的國民黨，也不應該以他們的行爲作爲對國民黨是非論斷的依據。

後來，那位營長並沒有叫我去問過話，而且不多久，他就隨軍開赴山東戰場去了。烽火漫天，殺伐往還，從此再也沒有聽到他的音訊。接替他們調防胡集的，是一個營編制員額不足的廣西部隊，這群來自南疆的官兵，個個勇猛驃悍。據說，抗日戰爭時期，他們曾經馳騁南北戰場，參加過不少次重大戰役，逐奔逐北，屢挫敵鋒，讓日本鬼子聞風喪膽。

三、胡集陷入炮火中

三月中旬，共產黨捲土重來，集中了兩個縱隊的精銳，並裹脅民眾，以十多倍優勢的兵力攻打胡集。企圖以大吃小，一舉殲滅這支人數不足三百的廣西部隊。但卻沒有預料到這批廣西子弟兵竟發揮了以一當十的威力，浴血踏屍，奮戰一晝夜，雖至彈盡援絕，卻贏得了驚天動地的小鎭保衛戰。

這天清晨，春寒料峭，冷風拂面，太陽剛從平野升起，小鎭的居民，有的已經起身，有的仍在被窩裏貪睡，驀然幾聲槍響，子彈掠過屋脊，發出尖銳的嘯聲，接著，炮彈淩空落下，炸得茅屋土崩草飛，外面人聲嘈雜，有人大聲驚呼，有人快步奔跑，但大家的心裏都有了共同的意識，戰火已經燒起來了。

中午時分，共軍發動猛攻，迫擊炮彈接二連三地掉落在小鎮內的中心地帶，民衆的傷亡急速增加。我從西街住處向街道中心望去，只見守軍提著槍紛紛向東街後撤退。

東街後是小鎮縱深防禦配備的第二道防線。第一道防線涵蓋全鎮範圍，四周圍有鹿砦，構成掩體和碉堡。第二道防線只侷限在小鎮東街的一個角落，四周除了插上鹿砦以外，還挖了深壕，再圍起鐵絲網，各種防衛工事都築得比第一道防線要來得堅固。當時，我們都叫第一道防線是《大據點》，叫第二道防線爲《小據點》。大據點裏面居民可以自由通行，小據點裏面只有守軍官兵駐防，外人不得進入。

隨著守軍後撤，殺聲從四面八方傳來，這時候，居民個個心慌，都不顧一切跟著守軍向小據點內奔逃，守軍的的指揮官在危急存亡的剎那動起了悲憫的念頭，命令士兵在通往小據點的深壕上架起便橋，讓民衆通行，等到大多數的人都進入了小據點以後，共軍的前鋒部隊已逐步追近小據點的邊緣。

守軍快速地抽掉了便橋，拉上了拒馬，進入陣地。共軍來勢兇猛，以慣用的人海戰術鋪天蓋地向陣前推進，守軍老神在在地沈著應戰。經過一波又一波的攻擊，共軍都未能越過守軍的防線。先後敗下陣去。不但四周的深壕裏堆積起一層又一層的屍身，鹿砦和鐵絲網上，也濺滿了血肉，掛起了殘缺不全的肢體。

這時候，胡集鄉長馬山元或因害怕面臨據點陷落後爲共軍俘獲必死的命運，或因救危心切不惜冒險犯難，主動向守軍指揮官請命，願意帶一名鄉丁趁槍聲稀疏的空隙，衝出重圍，利用熟悉的地形地物，潛往沭陽縣城去求援兵，守軍指揮官當即答應他的請求，命令守軍超越射擊掩護他越過陣前的障礙物，爬出壕溝，讓他落荒而去。

馬鄉長果眞抄了小路脫離共軍的包圍圈，星夜趕到了沭陽縣城，懇求縣城的守軍迅速馳援，但縣城守軍兵力也非常薄弱，擔心會跌入共軍《圍點打援》的陷阱，不敢妄動。

拂曉前，守軍再一次粉碎共軍猛烈的攻勢，確保陣地。到了這個時刻，共軍固然傷亡過重，後繼無力，攻勢開始鬆緩下來，守軍也因爲快要打完了子彈，加上也有不少的傷亡，呈現出疲憊狀態。

天亮以後，共軍的《人海戰術》在失去了夜幕掩護之後，更無法越過守軍交織的火網；守軍方面，雖然沒有等到沭陽縣城方面派來援軍相助，但徐州方面卻迅速飛來了兩架P51野馬式戰鬥機，以強大的震撼力對胡集近郊集結的共軍臨空炸射，驅退了隱藏在附近村莊、田野、溝渠和麥田裏伺機再戰的共軍，及時的解了胡集的圍。

檢討這場戰役的勝負原因，雖然錯綜複雜，但仍可以理出一些準確的頭緒。從共軍方面來看，他們明顯的犯下了下面四項錯誤：

第一、對守軍官兵的歷史背景認識與分析不夠，完全低估了這支在抗日戰場上縱橫馳騁曾經使驕悍的日本鬼子望風披靡的廣西部隊堅韌無比的意志與戰力，他們認爲只有三百多名身在異鄉天時、地利、人和均處劣勢的廣西兵，有兩個縱隊五千多人和民兵配合，絕對可以達到以大吃小速戰速決一舉殲滅守軍的目的。而完全沒有考慮到可能出現的意外和變數。

第二、戰技與裝備不足，從戰鬥序幕揭開的時候起，就沒有重型炮兵投入戰鬥序列，單靠輕型的迫擊炮和擲彈筒投射，根本摧毀不了守軍強固的防衛工事。特別是瞄準不夠精確，命中率極低，對守軍根本起不了火力制壓和精神鎮懾作用。

第三、預備隊配置和使用不當，甚或根本處於短缺狀態，因而在攻勢頓挫戰況危急時沒有立即可以用於增補的兵員，終至後繼無力，一蹶不振。

第四、最先接戰點選擇不當，不應該從西街大據點的範圍攻起，讓守軍有從容向第二道防線後撤的機會，倘若戰鬥一開始就從東街小據點強攻，迫使守軍向西退走，再行收網捕魚，戰局可能徹底改觀。

總的來說，共軍過於迷信《人海戰術》的故伎，誤認爲以衆擊寡勢在必得，不經意的犯下了驕兵輕敵無從補救的錯誤。

在守軍方面，能夠敗中取勝，歸納起來，也有四項要素：

第一、戰鬥經驗異常豐富，臨敵不懼，臨危不亂，即使在戰鬥最激烈時刻，仍能保持不輕易開槍和有擊必中的高超戰技，因而有效的節省彈藥，保存實力，用於最後決戰。

第二、沙盤作業構思周密，縱深防禦配置得宜，在第一道防線被共軍突破後，能夠從容進入第二道防線作戰，不致在共軍追擊下無還擊餘地。

第三、指揮官指揮卓越，從戰鬥一開始，他就料定將有一場苦戰，所以一再告誡官兵要沈著應戰，不可濫行射擊，白白消耗彈藥，等到次日淩晨戰情告急時，他更穿梭在各個碉堡和戰壕裏面，與官兵同生死共患難，堅定了官兵必勝信念。

第四、保密完善，第二道防線完全與民衆隔絕，共軍無法透過地利人和探知他們的虛實，被迫盲目作戰，自投羅網。

兵凶戰危，交戰的雙方，誰犯的錯誤比較多，比較大，誰的失敗機率也就來得高，凡是會用兵的指揮官，相信都會理解這個原則。

經過一晝夜血戰的守軍指揮官，他是比較知己知彼的。知彼，是共軍的戰線拉得長，人力物力調動容易，雖然一時潰退，但必將會捲土重來；知己，是傷亡的兵員無法得到及時的補充，彈藥所剩無幾，根本無力再戰。所以，他在與低空盤旋的P51戰鬥機上的飛行員透過旗語和布板通訊取得聯繫後，決定放棄胡集向沭陽縣城方向撤退，並應允民衆同行避難。

祇是，當這一大群混雜的隊伍行進到胡集西北方約兩里多的華集時，哨兵又突然發現鄰近的村莊和樹林裏有密集的共軍活動蹤跡，守軍指揮官為防掉入共軍《口袋戰術》的陷阱，經商得P51戰鬥機員同意繼續掩護支援後，當機立斷，決定掉過頭來沿著《沭淮公路》向淮陰移動，時值仲春，油菜花開遍田野，麥苗迎風搖曳，如果不是發生了戰事，可眞是風和日麗景色怡人的好時光，可是，由於炮火肆虐，這樣如同錦繡的大地，旦夕之間，竟然變成了殺戮戰場。

四、青紗帳裏下淮陰

黃昏時分，人潮漾過了錢集、徐溜、五里莊、丁集和王營抵達了淮陰北門外舊機場附近的孫大莊。幾十口人在一間商借來的草屋裏暫時安下身來。

這是我有生以來第一次遠行，也是第一次來到離開老家百里外的淮陰。這裏是韓信的故鄉，是我自小心目中的大地方。過去，神思夢想的是到淮陰來唸書，卻從來沒有想到過會因為逃難以劫後餘生來到了淮陰。

跟我們同時逃到孫大莊來的胡集鄉親，也許跟我們有同樣的想法吧？在經過一夜休息逐漸恢復疲憊後，就動起來了。有人到淮陰城裏去走馬看花，開了眼界；有人去城裏尋訪故舊，離開了孫大莊；也有人去市場批發了一些洋貨，乘機做起了生意，雖是逃難，卻不虛此行。

三天後，我和父親離開了孫大莊，到淮陰北郊的重鎮王營借了半間茅屋住了下來。茅屋是一對老夫婦的，看來快有六、七十歲了，他們沒有收我們一分錢，只是出於一種對落難人的憐憫和善念，就讓出了茅屋的一半給我們安身，特別是這個時候，我忽然生起病來，整天發燒、頭痛、嘔吐，老人家不但沒有嫌棄我們，反而幫著父親細心地照料著我。這份雪中送炭的情義，是我畢生都忘記不了的，祇是，我沒有機會回報他們。

因爲當時實在太窮困了，雖然我病痛不輕，但父親只能不停地煮米湯給我喝，而沒有錢帶我去看醫生，也沒有吃什麼藥，所以連我自己都不知道得的是什麼病，也不知道後來是怎麼好起來的。

又過了幾天，家鄉來人告訴我們說，錢集和胡集已經相繼恢復了駐軍，當天，我們再三地向房東兩位老人家深深道謝後，就匆匆地踏上歸途。

劫後的胡集，滿目荒涼。到處彈痕累累，偶而還可以迎風聞到血腥味。

新來的駐軍正忙著架設鹿砦，修築工事，標定射擊線，做各種防禦作戰的準備。

胡集鄉長馬山元，背著一枝日造的三八式馬步短槍，指揮手下十多名鄉丁，押著兩名五花大綁的人犯，一路耀武揚威地吆喝著。馬山元抓人的唯一理由，就是指被抓的人是共產黨，凡是落在他手裏的人，十有八九不是被槍殺，就是被活埋，不過，他手下的鄉丁也常會跟被抓的人親屬進行暗盤交易，動輒勒索幾百塊大洋才能換回一條命。

回到胡集後，我和父親暫時住在北街後的周成方周大爺的家裏，周大爺是父親的老朋友，我們兩家常有往來。日本鬼子入侵胡集期間，周大爺也因爲避難住過我們家裏，後來，又一道逃難到潘小河崖去，親如一家。

緊接著在周大爺住家的後面，也就是我們住屋的後簷，是一大片高低不平的空地。太平的時候，這裏是買賣雞鴨和農具的市場，往下面去，就是冬天結著厚冰，夏日綠水如帶泛著漣漪的圩壕，壕邊堤上楊柳夾岸，濃蔭蔽日，是男女老幼漫步尋幽拾翠的好地方。

可是，現在時移勢轉，這裏已經變成陰風颯颯，死氣沈沈，成爲馬山元和他的鄉丁們埋人的地方。有許多個深夜，我和父親輾轉反側不能成眠時，常常聽到隔牆傳來有人被活埋前的哀叫聲，淒厲慘絕，令人禁不住毛骨悚然。

時當盛暑，天氣異常燥熱，我們擠在鋪著麥穰的地鋪上，受到跳蚤的侵擾和高溫的蒸發，常是澈夜難眠。加上一間屋子住了好幾戶人家，衛生條件極差，很快就流行起瘟疫，日日夜夜，病痛的呻吟聲此起彼落，不絕於耳。直如人間地獄。誰也不知道這種苦難還會持續多久？什麼時候才會有熬出頭的一天。

這是我有生以來一段最晦暗的日子，肉體和心靈所受的煎熬是不能用《蒙難》這樣的字眼就能夠形容和涵蓋得了的。好幾次，我掙扎著向父親透露，很想溜出胡集，脫離馬山元的掌握，想辦法和劉子平校長聯繫，都被父親嚴厲阻止。

『千萬不可以這樣做。』他說：『如果稍一不愼，走漏了風聲，我們就會遭到滅門之禍。』

『我怕我們遲早會遭馬山元的毒手。』我說：『如果軍隊再撤出胡集，馬山元就會趁亂對我們下手。』

『我們另想辦法。』他沈吟了一下：『送你去淮陰吧，到那邊去唸書，就不必擔驚受怕了。』

也就是在這個時候，錢集方面傳來了消息，說劉子平校長被區長范澄虎和他的區隊在塘溝擄去了，現在，他被拘留在錢集的區公所裏，吉凶未卜。

九月初，淮陰好幾所中學都在招生，我認爲這是絕處逢生的機會。就跟父親商量作出應試的決定。一天清晨，我帶著父親東借西湊來的一千多元關金和母親給我送來的五塊大洋，沒讓父親送行，就獨自離開了周大爺家的住處，起步遠行。

當我走近駐軍的崗哨時，一位查哨的軍官，也許看出我緊張的神情，就攔住了我，一再盤問我要去什麼地方？但可以看出他沒有惡意。

『去淮陰！』我說。

『你年紀這麼小，一個人去淮陰幹什麼？』

『考學校！』我再作表明：『考上了，就留在那邊讀書；考不上，就回來。』

他將信將疑地翻一翻我隨身攜帶的小包袱，見到裏面都是一些紙、筆、墨水和考試用的參考書等雜物，就已經確定了我說的是實話。

『去吧！』他手一揮，語多勉勵地說：『好好地考啊，祝你金榜題名！』

我好慶幸，這時候的馬山元鄉長和他手下的鄉丁們沒有出現在我的眼前，要是被他們撞上了，一定會節外生枝，對我私自離開胡集橫生疑心，有理說不清，要想平平安安地走出去，恐怕就不是一件容易的事。

像逃出了樊籠的小鳥，滿懷惶恐和興奮，直向南奔。到了錢集時，我第一步找到區公所去探望劉子平校長，見面後，兩人都有不知人間何世的感歎。我明知道他沒有抽煙的習慣，但事先還是爲他買了一條《藍高而富》名牌香煙，供他結識新朋友做好周遭公共關係時所用，因爲我想到半年來自己在胡集的愁苦遭遇，他初陷困厄必定會有跟我同樣的感受。

在短暫的會面中，我們沒有談到任何往事，置身於那種驚風駭浪的險地，四周都是虎狼，我們也不敢互訴私情。只是直覺地想到生逢絕世能夠見到一面就已經值得滿足和安慰了。

從陰森恐怖的區公所出來，他一直送我到六塘河邊，看著我走上危橋涉水遠行，才依依地回轉身去。我不是荊軻，六塘河也不是易水，可是，在惜別故人時，我卻有滿腔《風蕭蕭兮》的淒惻與離愁。

五、夜宿丁集怕黑店

從錢集到淮陰，大約有七十多華里的路程，沿途常有土匪出沒，殺人越貨的情事時有所聞。我摸著身上裝有關金和現大洋的口袋，心裏一直盤算如果遇上了土匪該怎麼辦？錢丟了，命能保得住嗎？

還好，母親不知道我身在險處，否則，她會多麼爲我耽心？

過了徐溜，我就不敢走容易出事的《沭淮公路》這條大道了。爲了躲開土匪的注意力，我不得不冒著迷路的危險選走荒野僻靜的小路。九月初的田野，正是高粱和玉蜀黍結穗的時節，遍地都是鑽進去不見人影的《青紗帳》，是土匪活動時最好的屏障。

密不透風的《青紗帳》，像是一個大蒸籠，走在裏面直熱得人喘不過氣來。走著，走著，我突然發現有個扛著鋤頭的壯漢，緊跟在我的後頭。心想，在這人跡稀少的荒野，又在青紗帳裏，如果他是個歹徒，可就完了。但我也不敢露出恐懼的神色，免得挑起他的疑心和歹念。在這危機四伏的時刻，我自忖是逃走不掉了，索性先發制人，回頭對著他走去。

『大爺，這裏是不是快到五里莊了？』我主動地找他說起話來。

『快了！』他停下腳步，把鋤頭從肩上放下：『你去五里莊幹什麼？』

『我的哥哥在五里莊一個木匠老師傅的家裏當學徒。』我急忙表明自己是個窮人家的孩子，來淡化他的貪念：『家裏沒得飯吃了，媽媽叫我去五里莊投靠他，免得留在老家活活被餓死。』

『怪可憐的！』壯漢見我土裏土氣的樣子，倒動起了惻隱之心，他說：『可惜我家也很窮，幫不了你什麼忙。』

路上，我一直愧疚不已，爲了防禍上身，自己竟然編造出一套謊言，騙了一位好心人，這種行爲是不是太狡詐了？我也同時想到，這位聽我說謊的壯漢，如果是個歹徒，他會不會就輕易地相信我？如果他看穿了我的謊言，我又會遭遇到什麼樣的下場？

到了五里莊，在一家路邊飯店裏停下吃了一碗綠豆稀飯和兩個包子，就急著動身趕路，因爲《沭淮公路》上常常發生剽劫商旅的情事，只有從徐溜到五里莊這段二十五華里的路程，過了五里莊往丁集就進入安全地帶了。

五里莊到丁集也有二十華里，走在寬坦而又通風的大路上，比起在《青紗帳》裏鑽來鑽去的要涼爽多了。本來，從胡集到淮陰的路程一天是可以趕完的，可是，因爲在錢集探望劉校長耽誤了一點時間，從徐溜往五里莊走了荒野小徑又繞了遠路，所以到了丁集已經是暮色蒼茫的時分了。

在街口的路邊，我找到了一個小小的客棧，決定在丁集住上一宿，第二天清晨再繼續趕路。小客棧設備非常簡陋，沒有單獨的個人房間，只有一個可以睡上十幾個人的通舖。通舖的床是用木板架起來的。因為時當盛暑，床上沒有被子，也沒有蓆子和枕頭。也許是很久沒有人睡了吧？床板上堆起了一層厚厚的灰塵，伸手還可以碰到蛛網。客棧的掌櫃拿來一把用去粒高粱穗紮成的掃帚在床板上掃了幾下，就轉過身去端著油燈走了。

入夜，屋子裏一團漆黑，完全變成了蚊子和臭蟲的天下，我躺在床板上，頓時成為牠們的飼料。直咬得我全身發癢，輾轉反側，徹夜難眠。突然想到舊小說裏常常說到的《黑店》，店家謀財害命，還把客商剁成肉醬包餃子賣，不禁心驚肉跳。

為防意外，我把裝著關金和現大洋的小布口袋從腰間解下來放在床板下面，還好，蚊子和臭蟲都不愛錢財，牠們咬我，只是各取所需而已。

在丁集，度過了難熬的一夜。第二天清早，曙光乍現，就繫好錢袋，付了房錢，直奔王營。丁集離開王營只有十八華里，過了王營，再走兩三里路就到淮陰了。

沭陽的商旅到了淮陰有兩個落腳的地方，一個是石碼頭的《馬大有客棧》，另外一個是東門外的《長發棧》。這兩家客棧的主人，都是沭陽人，對於家鄉來的客人，格外優遇。尤其是比較平民化的《馬大有客棧》，對沭陽鄉親收費折扣再折扣，幾乎像自家人一樣，付不付錢，都可以住上幾天。

當晚，我在《馬大有客棧》住了下來。

『小哥，你一個人來淮陰幹什麼？』客棧的馬老闆知道我是胡集人，親切地爲我安排床位。

『考學校！』我說：『找不到伴，就一個人來了。』

『哈，是學生啊？』他盯著我看了又看，點著頭說：『我最喜歡學生了，想考哪一個學校呢？』

『我想報考的是成志中學，只是不知道能不能夠考得上。』我回答他，也表示了一點憂心。

『對了，我們老家來淮陰唸成志中學的人不少，你就用心去考吧！』他說：『沒有三兩三，不敢上粱山，你敢老遠地跑來，我想你會考上的。』

『噢，這裏住一個晚上要多少錢呀？』我問：『該不會太貴吧？』

『你是個學生，又是從沭陽老家來的，房錢你就不必耽心了。』他拍著我肩膀說：『這樣吧，我跟你打個賭，要是你考上了成志中學，這幾天你住在這裏我一個錢都不收，要是考不上嘛，我們有帳再算。』

『眞的嗎？』我有點不信，對他追問起來。

『那有老頭子跟小孩子砍空的？』他說：『一言爲定，考上了，你是我的親戚朋友；考不上，你只能算是普通的客人，我的意思你懂了嗎？』

『懂了！』我說：『親戚朋友不要錢，普通客人就得把帳算清楚。』

『沒有錯！』他說：『你是我的親戚朋友呢？還是普通的客人？就看你自己了。』

我深深地領會到馬老闆的善心和美意，一個平凡的小商人，原是應該以利爲先錙銖必較的，但他爲了鼓勵一個來自故鄉的孩子求學上進，就把私利放到一邊去了。特別是作出了《考上了學校就不收房錢》的承諾，這種重情尙義又有獎掖後生意味的用心就更加感人了。

成志中學的考場，設在東門外淮陰師範附屬小學內，分上下午考了國文、數學和常識三門學科。各科試題除了作文題目事先無法想像外，多半都在我準備的範圍以內，因而這場考試大體上還算是相當順利的。

傍晚，考完回到客棧時，心頭卻一直在怦怦地跳動，忐忑不安，生怕撞見馬老闆問我考得好不好？一直等到第三天到學校看到自己的姓名在榜單的前排出現時，心才平靜了下來。

六、床下常見小水汪

當晚，我把自己已經考上成志中學的消息告訴了客棧的馬老闆，並且向他表明，考上了學校是我自己的事，雖然我很感激他對我的勉勵，但並不一定要他遵守《考上了就不收房錢》的諾言。

『馬大爺，我還要住幾天，等學校註冊，你的房錢還是照收吧！』我委婉地說：『你先前的話，就當說著玩的好了。』

『你這個孩子想叫我不要做人嗎？』他生起氣來：『告訴你吧，我先前有幾句話的確是說著玩的，就是如果你考不上就要像一般客人付給我房錢，其實，我心裏早就想好了，你就是考不上，我也不打算收你房錢的。』

『爲什麼呢？』我很感動，卻不明緣由。

『因爲你考上考不上都是個學生，我這輩子就是喜歡唸書的人，能夠幫老家來的唸書人一點忙，我覺得是件好事。』他說：『說實在話，就是多收了你這幾個錢，也是發不了我的。』

『馬大爺，等我長大了會賺錢，我一定會連本帶利的還給你。』我說：『現在，你不肯收我的房錢，就當做是我向你借的好不好？』

『你就別這麼說了。』他揮揮手，不讓我說下去：『有一天，要是你有了出息，又攢到了錢，就替老家多做一點好事吧！』

九月下旬，成志中學新生報到註冊，各種學雜費加在一起，共計法幣九百多元。繳完費，身上的關金現鈔就差不多快用完了。不過，這個時候我的心頭卻充滿了欣喜和希望，因爲早在十年前，從父親說過要送我到淮陰讀成志中學的時候起，我就一直盼望能有這一天。現在，雖然世道沒有當年預期的太平，我們家的日子也沒有當年想像中那麼好過，可是，這個埋藏在我們父子心底歷久未變的宏願，卻總算踏踏實實地達到了。

開學後，我認識了不少新同學，跟我同班的沭陽人，就有胡集東南鄉狄村的狄運蓮、十字橋的耿錚、耿立嫻和縣城裏的周鐵城。狄運蓮的父親在青浦縣稅捐稽征處任職，家境比起我來稍微好些，但也並不富有，爲了省錢，我們合租了一間茅草棚子棲身，後來又陸續來了兩位他校的學生跟我們同住，其中一位就是後來著名的小說作家司馬中原，他的本名叫做吳延玫。

『我們四個人共同使用一張四方形的桌子，每逢考試前就擠在一盞豆油燈下準備功課。司馬中原是個小小年紀的老煙槍，常常熏得我們鼻涕邋遢，一身怪味。夜晚，我們各睡自備的竹床，沒有墊被和蓆子，因爲我們當時都還小還沒有完全改掉夜裏尿床的習慣，早晨起來，有人床底偶而還會發現一個小小的水汪，但因大家彼此彼此，頂多相對一笑，心照不宣也就算了。

伙食經過了一番精打細算，也做了最省錢的安排。我和狄運蓮先在淮陰北門口一家小飯店包飯，一天兩餐，每月三塊現大洋，主食吃的是八折的白米飯，副食只有限量的大白菜和豆腐。如果要吃魚肉，必須另外付錢。也就是這個時候，我才知道淮陰的大白菜是那麼好吃，又甜又嫩，可以用水煮出油來，如果再拌著豆腐一起煮，不論是滋味還是營養，看來都不會低於魚肉。

祗是，我們也只能吃了一個月，一來因爲金錢的來源不繼，沒有辦法再付三塊現大洋；二來因爲飯店的老闆認爲我們食量太大，不願繼續承包。我們只好有一頓沒一頓的改吃粗糲的零食，以求暫時的裏腹。後來，我們的窮困被房東的老奶奶知道了，她主動地幫我們的忙，每個月我們每人付她一塊現大洋，她會供應我們三餐山芋稀飯，每隔三天還可以吃一頓饅頭或炕餅，我們別無選擇，當然是搶著答應，做她老人家的食客了。

中秋節已經過去一個多月了，家鄉一點消息也沒有。每天放學後，我都會跑到石碼頭去打聽胡集方面的動靜。希望能夠趕快跟家鄉取得聯繫。但聽到的，都是一些令人沮喪的傳說。

石碼頭是淮陰北向沭陽、漣水、泗陽、宿遷和徐州的出口，也是蘇北軍事攻守的要地，如果在這裏聽不到家鄉正確的音訊，可以想到必定發生了重大的事故。果然不出所料，接著就聽到幾位從沭陽縣城經宿遷和泗陽輾轉來到淮陰的鄉親說，胡集和錢集的駐軍早在一個星期以前就已經分別撤到了沭陽縣城和淮陰北郊的王營，南北交通完全斷絕。

當晚，我從石碼頭趕到了王營，找到了隨軍從錢集撤退過來的地方鄉政和武裝人員，向他們瞭解《沭淮公路》沿線的情況，並打聽有關劉子平校長的消息，得到的回應都非常令人失望。

生活開始進入緊急狀態，每天清早起來，第一步想到的事，就是當天要吃什麼東西？要用多少錢？房東張奶奶看出了我的窘迫，不停地安慰我不要心急。可是，我還是急出了病來。一天下午上過體育課以後，左邊肋骨內下側突然痛了起來，不但走起路來痛得直不起腰來，就連呼吸時也喘不過氣來。我原以爲拖一拖就會好起來的，卻不料越來越嚴重，最後，不得不到學校附近一家私人的西醫診所去求診。

替我看病的是一位上了年紀的老醫生，他只用手摸一摸，就斷定我患得是肋膜炎，並強調病情非常危急。

『你的肋膜積水很多，再拖一天就沒命了。』他說：『現在才來看，實在太危險了。』

『要很多錢嗎？』我說：『要是太貴，我怕付不出。』

『命要緊？還是錢重要？』

他沒容我解釋，就給我打了一針《阿姆納丁》。是他宅心仁厚？還是相信我眞的很窮？所以診療費和藥材錢加在一起，也只有十幾塊錢法幣，收費這般低廉，連我都吃了一驚。但是，這一針可眞比仙丹還靈，不但肋膜當晚就不痛了，而且沒有去看第二次，就恢復了健康。想來就是華陀再世，頂多也不過這樣。

七、大運河裏漂浮屍

大運河是淮陰的生命線，在津浦鐵路沒有通車以前，這條河是南北交通的幹道，蘇杭的絲綢煙茶和江淮的柴米油鹽都從大運河北運京圻，供統治階級揮霍享用。隋唐以後，不少好大喜功和貪戀逸樂的官商士子，也都是經由大運河南下悠遊。就是在津浦鐵路全線通車以後，大運河依舊爲淮陰的神經中樞，每天有小汽輪固定班次航行淮安、寶應、高郵、邵伯和揚州之間，商旅絡繹於途，帶動淮陰的生機和繁榮，讓落後的蘇北跟富庶的江南連成了一氣。

成志中學的對面，隔著一條街就是大運河，我們向張奶奶租的那間茅草棚也在大運河的堤邊，早早晚晚，近水樓臺，大運河的兩岸也就成爲我追逐嬉戲常去的地方。有時我們會拉高褲管，在河邊摸魚拾蚌；冬天，還會在河面上溜冰，用腳輕輕一蹬，就可以從十里長街滑向北城門口，意興昂揚，瀟灑而飄逸。

想到當年隋煬帝揮幾千艘船舶和八萬多名男女爲他拉船南遊揚州時，就是從這條河上通過；明朝正德皇帝朱厚照和清朝乾隆皇帝愛新覺羅弘曆也曾經從這條河上浩浩蕩蕩地南下縱情遊樂，還有數不清的文人雅士像唐代大詩人杜牧、宋代著名的詩詞大家蘇軾、辛棄疾、秦少遊和明末的忠烈史可法等這些人，他們也都在這條大運河上或吟風弄月、或借酒澆愁、或憂國憂民、或慷慨赴敵，都留下了淒惋悲壯震古鑠今的名聲。

從石碼頭經十里長街走向東門的時候，大閘口是必經的要道，這裏有一道橫跨大運河的石橋，橋下有截水的閘口，半開半垂時，流水格外湍急，是淮陰獨有的景色。清晨和黃昏，常有人在橋上用長竿繫上兜網彎下腰去撈捕桂魚。這種魚當地人叫牠《季花魚》，鰭上有尖銳的刺針，色彩斑斕，肉質鮮美，牠們從原產地長江經大運河逆流而上，在蘇北水域產卵繁殖，是宴席上一道名貴的佳餚，售價比起鰱、鯉、鯽、鯖等魚類通常要高到六、七倍以上，有時還不容易買得到。

大閘口上有道歷盡滄桑的石橋，究竟是哪一個朝代建造的？原先的橋名叫什麼？知道的人恐怕不多。不過，在民國三十四年冬初，共產黨攻下淮陰城以後，爲了紀念代表共產黨前往重慶參加國共和談訂立《雙十協定》後飛返延安途中，在山西省黑茶山撞山遇難的王若飛，就把這道橋改名爲《若飛橋》。

後來，國民黨揮軍北上，攻克兩淮，烽火漫天，國事如麻，也就沒有人注意到這件小事。因而《若飛橋》這三個鐫刻在橋頭的大字，依舊落落大方，矗立無恙。

戰事一天天緊張，大運河上游不斷有屍體漂流下來，這些在槍口下喪命的亡魂，有的斷腿缺臂，有的還被繩索綁得緊緊的，顯然都是在毫無抵抗力的狀態下被屠殺，亂世的人命不如螞蟻，中國人民的災難不知道要到什麼時候才能終止平息？

當時，駐防淮陰的《第七綏靖區》司令部司令張雪中是一名顢頇無能的軍人，優柔寡斷，他的部隊遭到共產黨滲透收買，跟共產黨裏外呼應，傳說中，共產黨部隊的槍枝用壞了，可以送到淮陰城裏來檢修，修好了，再附加子彈送回去，一葉知秋，國民黨在大陸全軍覆滅，應該不是偶然的事。

南宋抗金的名將岳飛曾經說過這樣語重意深的話，他說：『文官不愛錢，武官不怕死，則天下太平矣！』怎奈當時國民黨的武將怕死又愛錢，文官愛錢更怕死，勇於私鬥，怯於赴義，臨財巧取豪奪，臨難爭相逃避，正因爲有了這樣寡廉鮮恥死不長進的武將和文官，國民黨才會丟掉大好的河山，才會眼睜睜地看著歷史的巨輪轉轍，主從易位。這就是古今中外政權興滅的規律，嚴峻而冷酷，幾乎沒有例外。

像秋風掃著落葉，蘇北大片農村和市集都落入共產黨的手裏，國民黨只能控制一些縣城，侷促的景況就跟抗戰後期日本鬼子困守在《據點》裏一樣，力孤勢危，完全喪失了機動和主導能力。

我們學校裏國共兩黨學生的明爭暗鬥，隨著時局的惡化格外活躍起來。高一班的張繼權，曾經當過《新四軍》的連長，是色彩鮮明的《職業學生》，他的活動力很強，交遊也很靈活，跟我們低班的同學相處毫無隔閡，常跟我談起他帶兵經過我老家的往事，頗有《愛話當年勇》的好漢性格。

黨派不同理想各異的學生在成志中學鬥得如火如荼，但成志中學的老師卻個個陷於呆滯狀態，看不出他們有任何特殊的政治立場。校長高天摩先生，羈身江南，一學期都沒有來過學校一次，校務由副校長黃少玖先生代爲料理，因爲年老因循，無爲而治，不論教學或課外活動，都死氣沈沈，看不到青春活力。

我們的國文老師方相臯先生，有著傲岸的性格，他相當看不慣學校的頽風，常會借講解課文的機會指桑罵槐，批評學校校務的廢弛，直指某些老師早已魂飛江南，教起課來不是有口無心，就是引喻失義，渾渾噩噩，既做了和尚，卻不去撞鐘。

『我不撞鐘，就不做和尚！』有一次在課堂上，他咆哮著說：『今天的成志，就是今天國家的縮影，陰沈沈的，亂嘈嘈的，我們通通不幸，都做了身不由己和心不由己的棋子，在楚河漢界之間進退兩難，苦了，苦了！』

方老師的風骨，讓我們鑽之彌堅，仰之彌高！

家鄉不斷有人涉險來到了淮陰。他們告訴我，共產黨地方幹部正在瘋狂的尋仇報復，裹脅民衆以所謂《公審》的方式集體屠殺跟他們有著宿怨舊嫌的人，胡集四鄉正籠罩在一片腥風血雨之中。

我的堂兄趙德富，他的妻子兒女遭到了民兵隊長王明武的擄獲，在我們南村駱邵莊村頭的田野間，由王明武一手主導的群衆《公審大會》上，當時只有三十幾歲的堂嫂和她十幾歲的兒子跟八歲的女兒一家三口被活活槍殺。

王明武還把我的堂弟大順子抓了去，大順子當時也才只有十二歲，同樣被五花大綁插上死刑犯的《亡命牌》被拉到刑場去槍決，但因也是共產黨的幹部梁希點表兄從中說情，民兵只從他的耳邊開了一槍，並沒有眞正要了他的命。不過，這耳邊一槍卻嚇破了他的膽，就像被槍決了的人一樣昏倒在地上，後來，還是大伯父和大伯母一路叫著他的魂魄抱著他回家的，一連幾天都沒有完全清醒過來。

對於一個從來不和他人有所爭攘又從來沒有跟人結過嫌怨的農村婦女和她兩個懵懂無知的孩子，王明武爲什麼這般狠毒下得了手開得了槍呢?這中間還有另外一段隱情，原來王明武有個姐姐，跟我的堂兄趙德富發生戀情，傳遍全村里鄰，王明武和他的父母、長兄等一家人認爲趙德富和他們的女兒與姐妹私通，是挑釁他們家的顏面和家聲，因而對趙德富恨之入骨，屢次放言要挖掉他的眼睛，打斷他的兩條腿，嚇得他東躲西藏，有好幾年流浪在外，一直不敢回家。堂嫂遇人不淑，只好帶著一雙小兒女含辛茹苦，忍辱負重，消磨殘生。

現在，王明武當了民兵隊長，手裏握有槍桿和生殺大權，抓住了機會就對趙德富的妻子和兒女挾恨報復，殺了她們。王明武父子兇殘惡毒，不但引起幾十戶趙族人家氣憤難消，就連胡集四鄉的外姓親鄰也都認爲他們因一已私怨屠殺毫無反抗力的婦孺，過於傷天害理，喪心病狂。

也許眞是報應不爽，後來在短短的幾年之內，王明武的四兄弟和一個當了《婦女會》會長鬥爭起鄉親來毒過蛇蠍的妹妹王痲子，他們都在短短的幾年之間，以青壯的年紀患了不知名的絕症相繼死亡。這在我們迷信鬼神風氣很盛的家鄉，曾經引起了不少怪異的傳說。

學校放寒假前，父親、母親、大姐一家四口和堂兄趙德富雪地跋涉三百多里，從沭陽縣城經宿遷和泗陽來到了淮陰。

饑餓像夢魘一樣圍繞著我們，寒假結束後，因爲沒有繳費註冊的能力，我只好忍痛停學。這時候，心裏很想跟父親一起去販賣柴火，但因身體瘦弱，實在沒有力氣挑起那樣的重擔，加上母親的憐愛、父親的容忍和大姐的曲予迴護，就讓我留在一間草棚裏繼續自修，溫習以往讀過的課文和涉獵過去從未接觸過的知識，準備以後有機會再回到學校去讀書。這段時間我有深度的體認，覺得是自己思慮趨向沈靜和成熟最突出的起步。

八、五里莊的孫老師

最難熬的一個冬天終於在饑寒交迫中過去了，民國三十七年的春天從融著殘雪的原野悄悄地來到了苦難的大運河邊。一天早晨，我走過大閘口，忽然看見橋頭貼著一紅紙條，走到跟前一看，原來是一個私人補習班招攬學生的廣告。上面標示出最顯眼的一點，就是對窮苦的學生不計較學費，這句話讓我相當的動心。

經過父親同意，我在十里長街的一條巷子裏找到了這個補習班，並且跟主持人孫民三老師見了面。孫老師是淮陰北鄉五里莊人，中等身材，稍嫌清瘦，一臉書卷氣，從他的名字看來，可以猜想到他準是民國三年出生的。當時，應該是三十四歲。因爲這個補習班很像舊時的私塾，只有他一位老師。所以他教我們國文，也教我們英文和數學，雖然他各科都教，但教得都很認眞，也都很精彩，深受同學的敬愛。

補習班沒有什麼特定的名稱，全班只有五個學生，除我以外，其他四位都是淮陰人，每天早晨七點鐘，孫老師就會準時把大門打開，讓我們到班裏晨讀，他一個一個地檢查我們的功課，一字、一句、一音都要求很嚴，但卻從來沒有對我們有過疾言厲色。只不過短短的兩三個月，我們明顯地感覺到都有很大的進步。

進步表現在英文拼音教學方面尤其突出，他教的方法簡單扼要，又容易記牢，後來，我在英文學習過程中能夠打好基礎，提高興趣，跟孫老師的循循善誘實在有著密切的關係。

我不知道孫民三老師爲什麼不到正式學校去教書？也不知道他爲什麼會蟄居在那條陋巷裏？他一家三口，有孫夫人和一個大約四、五歲的小兒子，住的連走道只有兩個房間的小屋，因爲空間太狹窄，所以我們有時就會把孫夫人的梳粧檯當課桌用。她非常嫻靜，常常爲我們準備茶水，搬動桌椅，讓我們覺得親如家人。

孫老師的確遵守了補習班招生的諾言，一直沒有跟我們計較過學費的多少，我跟他讀了將近五個月的書，只付給他相當於兩斗米價值的學費，但他從未開口向我要過錢，也沒有說過一句閒話。

『老師，我恐怕沒有辦法繼續上學了。』有一次，我看到別的同學繳了學費後，偷偷地對他說。

『爲什麼呢？』他問。

『我沒有錢繳學費。』我說。

『有錢就繳，沒有錢就記帳吧！』他說：『我知道你說的是實話，唸書要緊，別去想學費的事了。』

其實，我完全能夠察覺到學費對他一家三口來說，是非常重要的，他們不但住得不寬敞，吃的也非常粗糲，飯桌上很少見到過魚和肉類，蕃薯倒是常見的主食，每當我見到孫夫人坐在門檻前的臺階上削著蕃薯皮的時候，我就覺得有縷縷歉意湧上心頭。要是我把學費都繳夠了，她也許就會好過些了。我確實是這樣想的。

隨著中原戰局的逆轉，六月中旬，淮陰就已經變成了一座四面楚歌的危城。從東門外運河裏開往揚州的小汽輪，每一班都擠滿了向江南逃難的人潮，而且還常常在淮安和寶應之間的水面上遭到共產黨游擊隊的攔截，破財喪命的事時有所聞。

補習班裏的同學等不到暑假開始，都紛紛各奔前程，相繼離去。形勢危急，我也作出了停學的決定。

『淮陰是不能久留了。』一天晚上，父親對我說：『自己想想辦法吧，過江去，能做什麼，就做什麼！』

『不行！』母親反對，她說：『他這麼小，就出去亂闖，我不放心！』

『很快就會長大了。』父親說：『現在不放他走，大難來了，我們護不了他。』

『我們只有這一個兒子，死活都要在一起！』母親堅持不讓，她說：『天塌下來，我們全家一起來頂著。』

『活著在一起當然很好，死在一起就不值得了。』父親沮喪地說：『天塌下來，你頂不了，我也頂不了。』

母親沒有再說什麼，低下頭去，淚珠撲簌簌地流著。大難還沒有來，她就已經在作生與死的掙扎。

晚間，我去方相皋老師家裏，我在成志中學休學以後，他曾經向狄運蓮同學問過我的下落，我去看他，除了表示對他的思念以外，也想聽聽他對去留的意見。

方老師對時局很悲觀，認爲淮陰易手將是早晚的事。所以他直截了當地告訴我，應該趁早離開淮陰，到江南去，儘管人地生疏，卻是別無選擇的路。

『膽子放大一點。』他說：『不要怕難，外面海闊天空，只有廢料才會找不到飯吃。』

方老師的話，堅定我離開淮陰的決心。

這時候，正巧有兩個機緣來到我的面前，催著我南行的腳步。一個是我接到了與我有手足之盟的周立興兄從六合來信，要我到六合去；第二個機緣是我在成志中學的同學狄運蓮和他的祖父要到南方去，問我要不要跟他們一道走？感謝他們祖孫好心的邀約，我立即決定第二天就跟他們同時離開淮陰，沿著從淮陰通往揚州的公路，一步一步地走向天涯。

從淮陰經淮安到寶應是一條長約一百五十多華里的碎石子路，崎嶇不平，走起來相當累人。要不是急於逃難，一般商旅往還都會搭汽輪順大運河南下，或是以車輛代步。可是，這個時候，舟車都擠滿了人，就是有錢也不一定能夠買到船位和車票。而且這段路程常有匪類結夥搶劫，走起來更是步步驚魂。幸虧狄老爹久歷江湖，他帶著我們避開幾處危險的地方，走了一整天和半夜，才到了寶應縣城，饑餓和困乏，纏得我們的腳步格外沈重。

到了寶應，因爲時値深夜，我們就在河邊一家飯店的廊簷下挨到天明。清晨，有位船家上岸來拉生意，經過狄老爹跟他討價還價，他答應我們三個人只要付一個人的費用，就可以搭他的船經高郵去揚州。我們跟他上船後，沒想到在船艙裏一眼就看到了方相臯老師和他的女兒方逸仙。方老師見到我，雖不意外，卻也很驚訝，因爲我眞的聽了他的勸告和鼓勵，離開了危城淮陰。

『你們兩個人在一起要互相幫助。』方老師看著我和狄運蓮同學說：『我這個老師沒有用，幫不上你們什麼忙。』

『謝謝老師。』我說：『我們不能爲老師做什麼事，才眞正的沒有用。』

『有句話，我要告訴你們。』他說：『出門在外，最要緊的就是做人要謙和誠懇，不虧大節；做事要勤勞用心，踏實有序。能夠做到這兩點，走遍天下，都會有人幫你們的忙，無往不利。』

『我一定會記住老師的話，切切實實地去做！』我說。

『我也會！』狄運蓮附和著。他說：『只是我們現在一無所有，不知道怎樣才能做得好！』

『君子憂道不憂貧。』方老師說：『當今天下大亂，生死成敗常在一念之間，是禍是福？這就要比頭腦看耐力了，你們懂得這個道理嗎？』

『爸爸，你還在上課呀？』坐在一旁的方逸仙，托著腮幫笑著說：『這回該不會收人家學費吧？』

『妳呀，更是要好好地聽一聽，學一學，不要老是耍貧嘴，長不大！』方老師教訓著他的女兒，但不失慈愛。

方逸仙是個很開朗的女孩，圓潤的臉蛋，高挺的鼻樑，結實微胖的體態，說起話來，像荔枝核般的大眼睛一眨一閃的，洋溢著青春的活力。在學校，她的班級比我高，年齡也比我大，所以她並不認識我。不過，她告訴我，因爲方老師常會把學生的作文簿帶回家裏去批改，她看過我的作文，對我也不算陌生。

『看你的作文就像看到小說一樣，篇篇有故事，不像我們老是風花雪月的湊字數。』方逸仙說：『難怪我爸爸常常誇獎你。』

『可是，老師常常把我的作文批改得面目全非，妳知道嗎？』我說：『不過，他改得眞好！』

方老師躺在艙裏的草舖上，微微地攏著眼，想說什麼，又沒有作聲。

『我爸爸就是那麼怪，寫得越好的作文，他批改得越多。』她說：『看到驢唇不對馬嘴的作文，就像碰到了石頭一樣，他就想讓開，批改起來反而百般遷就，不大喜歡挑剔。』

當時，我不能理解方老師這種教學方法究竟對不對，但到後來我也當了老師，從實地的工作中，我才體會到對成績較差和學習興趣不高的學生，更應該寬容和鼓勵，想到方老師批改作文的方式，也就格外的認同和尊敬。

第六章

六合行

第六章　六合行

一、揚州領受一飯情

古老的木船在大運河裏揚著帆，從寶應順流而下，直航高郵。寶應和高郵是蘇北的魚米之鄉，境內的寶應湖和高郵湖是野生禽類的樂園，每年霜降以後，成群的雁隻就會從北方越過黃淮平原飛到這裏來過冬。當時，人們沒有保護自然生態的概念，不少農漁人家往往以捕捉水鳥爲副業。沿著大運河的堤岸，我們就看到有人向商旅兜售烤熟了的野鴨子，而且價廉味美。

除了野鴨以外，高郵還有一種名貴的土產，就是雙黃鴨蛋，一個鴨蛋裏面偶而出現兩個蛋黃並非奇事，但很多鴨蛋裏面都有兩個蛋黃，就只有在高郵才能看到了，高郵的鴨蛋爲什麼會出現雙黃？據說是因爲鴨子都是在湖邊養大，牠們吃了鈣質豐富的魚蝦和蚌類，所以才會生下雙黃的鴨蛋。我們的船經過高郵時，船家特別靠岸休息了幾個小時，讓乘客上岸購買雙黃鴨蛋和當地另外一種特產五香豆乾，我們雖然也跟著大家上了岸，但因川資不多，只在岸邊瀏覽一會宋代著名的文學家秦少游故鄉的風光，並沒有選購什麼東西。

船到揚州，狄老爹帶著我們進城去探訪一位在保安大隊當中隊長的沭陽鄉親，他家住在一條很深的巷子裏。室內佈置得非常整潔，有明亮的地板，舒適的桌椅，也有我從來沒有見過的電風扇和播放著流行歌曲的收音機，在那驚恐匱乏離亂不安的年頭，一個人家能有這樣的物質生活，可眞是難得一見的了。

最讓我們感念難忘的，就是主人特別殷勤，在我們餓得頭昏腳軟的時候，招待我們吃了一頓相當豐盛的午餐，這種雪中送炭的情義，讓我深深地體會到當年《淮陰侯》韓信爲什麼忘不了漂母對他的一飯之恩！

揚州，是江蘇省中部和長江北岸的名城，早在春秋戰國時期，就已經開發，展現了高度的文明。隋代大運河開發完成以後，揚州商旅雲集，官宦與士子競會，更成爲南北水運的樞紐，江南漕運和淮南鹽運的中心，城區有天山漢墓、隋煬帝陵、史可法祠墓、唐城遺址和瘦西湖等風景古蹟，古人有《腰纏十萬貫，騎鶴上揚州》的名句，唐代著名的詩人杜牧在這裏因爲迷戀酒色，花光了盤纏，以《十年一覺揚州夢，贏得青樓薄倖名》夢碎收場。只可惜我們身在流徙途中，沒有遊覽勝地的條件，飯後就匆匆就道，出揚州城南下，走了三十華里的旱路，才抵達六圩的江邊。

這是我生平第一次來到長江邊。江上奔騰的流水、起伏的浪濤、往來的舟楫、磅礡的大氣，匯成一種不可遏阻的力量，搏得我心頭激盪不已。

記得過去讀《三國演義》時，我就對長江有過濃厚的感情和神奇的幻想。在這古老中國的第一條大河上，初出茅廬的諸葛亮以二十八歲的英年深入敵陣，在濃霧掩護下領二十條草船向曹操《借》箭；也是在這條大河上，黃蓋夾著傷痕累累的屁股奮勇當先追擊著死到臨頭猶在驕橫的曹兵。

而曹操也是在這條大河上發過《對酒當歌，人生幾何？譬如朝露，去日無多》混雜著落寞和悲涼的感歎，爲宋代大文豪蘇軾留下了《大江東去，浪濤盡，千古風流人物》

的話題；而與蘇軾同一年代的李之儀，在一闕《卜算子》裏，以《我住長江頭，君住長江尾，日日思君不見君，共飲長江水。……》的細訴，更道盡了長江的柔情和無私的包容性。

從六圩江邊搭上渡輪，過江就是江蘇省會鎮江了。到了對岸，最先看到的就是江南名刹金山寺。一個多月前，金山寺遭了一場大火災燒了藏經樓，連金屬材質的香爐和菩薩都燒化了。

在大江南北，民間有個普遍的傳說，就是金山寺每遭了一次大火，中國就要改朝換代。接著又有人說，金山寺的大火是有人買通了寺裏的小和尚放起來的，目的是在宣示著一個不尋常的訊息，就是國民政府已經日暮途窮，氣數將盡，改朝換代的日子就要來了。

過江後，我們從鎮江西站乘火車趕往南京。車抵下關車站時，已經是萬家燈火的時分了。狄老爹帶著我們搭公共汽車到新街口下車，在當地派出所找到了胡集同鄉楊惟舉先生。

楊先生是我家西南邊楊莊人，在家鄉時跟我家一向少有往來，但他在見到我們時卻親如家人。他看出了我們饑乏的臉色，立即給我們買來了一大包饅頭和鹵菜，我們就在派出所門外的欄杆邊吃了起來。這是離開淮陰以後第一次吃飽了肚子，生當貧苦的亂世，是沒有任何東西比食物更重要了。

當夜，楊惟舉先生給我們找來一塊門板和兩張草蓆，我們就在派出所門外露天的洋灰地上過了一宿。時當盛暑，洋灰地熱氣蒸騰，四周火風如焚，汗水濕透了全身，不見不相識，可真實實在在地讓我領教了南京這個《大火爐》的厲害。

這時候，正巧碰上了上海警察學校在南京招生，狄運蓮人高馬大，加上英姿挺拔，是當警察的上乘人選，他報名應試輕易過關，獲得錄取；而我因爲只有三十九公斤的體重和一百六十公分的身高，與及格的標準相差很大，自認不可，也就知難而退未敢一試。

離開南京後，楊惟舉先生送我過江到了浦口，又給我買了一張開往六合縣城的車票，給了我畢生難忘的照應，對楊先生的慷慨相助，我曾經暗自的許下宏願，有一天，如果我也有能力幫助別人，我一定會以楊先生爲榜樣對需要幫助的人伸出援手。我眞不敢自矜，而後數十年間，在生死瞬間的戰地，在完全陌生的異域，我自忖一直都在身體力行，未曾稍有怠忽。

從浦口到六合，有一個多小時的里程，都是顚盪不平的泥砂路，燒著木炭的汽車在路上行駛，不時會熄火停了下來，須有人用鐵撬插入車頭一個槽孔裏用力搖轉，引擎才會重新發動，這樣的行程不但開車的人會覺得很勞累，就是乘車的人也同樣會覺得很辛苦。

烈日當空，車輛在泥砂混雜的路上揚起了漫天的塵土，整輛車子就像騰雲駕霧一樣往前滾動，擠在車廂裏的人，連路邊的人家和農作物都看不清楚。偶而有人拉開車窗，想透一透氣，窗外火般的熱風捲著沙土立刻透窗而入，沾得車廂裏的人個個灰頭土臉，不成人形。

傍晚，車子開到了六合，我第一步趕到了周立興兄的家裏。

二、縣府大門站夜崗

在周家，我見到了立興大嫂和他們兩歲的女兒，他們住的地方很小，廚房、臥室、客廳都擠在一間不到十平方米的草屋裏，立興兄每個月的薪資只有七斗五升不到一百斤的糙米，日子過得非常的艱苦。特別是他頭上的傷口一直在發炎，潰瘍的情況很嚴重，並且不斷地滲出絲絲的血水。因而他經常要在頭上包紮著染滿紅藥水的紗布。有一次，我在路邊看到他揹著槍走在隊伍中間，腳步踉踉蹌蹌的，顯得十分憔悴和勞累。觸景情傷，我禁不住爲他落魄到這般地步感到心痛。

我從淮陰來到六合，完全是因爲他對我患難相扶的情義，在這般艱苦的環境裏，他主動地寫信給我，要我來他這裏共患難，是夠情深義重的了。可是，到了六合以後，我才眞正地體會到他的力量是多麼單薄，根本幫不了我什麼忙。而我，也不忍心再加重他的負擔，以免爲我所累，同遭沈溺。

經過我們和立興大嫂坦誠交換意見後，他們同意我去找章貞廷老師求助。章老師在胡集小學執教期間，與我相處很近，他有一位好友史斌先生，也是胡集人，時任六合縣警察局督察長，他因爲有了與史先生的關係，早就到了六合。經史先生推介，在六合縣東鄉一個鄉公所裏當秘書，職位雖然不高，但比起一般同鄉戚友淪落無依的遭遇，已算很幸運的了。

那天，近午時分，我出了六合縣城的東門，頂著當空的炎陽，冒著酷熱的暑氣，走過一片又一片稻穗翻飛的田野，在一個人煙稀疏的村落，找到了章老師。在知道我的來意以後，他沒有半點推託和遲疑，就拿起筆來給史斌先生寫了一封信，說我是他鍾愛的學生，懇請史先生爲我安置一份可以餬口的工作。

『你到警察局去見史督察長，也許他會幫助你。』章老師把他寫好的信交到我手裏，再三地叮囑我：『如果他給你安排了工作，你可要好好地幹。』

『我會記住老師的話。』我恭謹的說。

告別了章老師，當天下午回到縣城後，我就拿著他的信到警察局去見史斌先生，史先生爲人很和氣，看不出有什麼官架子。

『你能拿得動槍嗎？』他對我全身上下打量了一下，像是很不放心的樣子。

『拿得動！』我自覺沒有退路，毫不猶豫地回答他。

『好，就當個警察吧！』他說：『行嗎？』

『行！』

他笑了笑，沒有再說什麼。轉過身拿起毛筆就寫了一張便條，要我拿去找王金生巡官報到。這眞是從來沒有想到的事，自己生平第一個行業竟然會是個警察？

『我們是中華新警察，我們要喚起眞警魂。……』因爲身材矮小，穿上又鬆又大的警察制服，跟著大夥唱著新教的《警察歌》，一身寒傖，自覺實在不像個警察，尤其不像個《新警察》。

流浪在六合的沭陽人可眞不少，縣長是沭陽人，稅捐稽征處處長是沭陽人、田糧處長是沭陽人、連關犯人的看守所所長也都是沭陽人、縣警察局裏除了督察長史斌是沭陽人以外，三十多名警察有一半都是沭陽人。這群沭陽人當中，不少人在六合作威作福，貪贓枉法，常常敲詐勒索欺壓六合人，當地士紳和知識分子心有不甘，辦了一份不定期出刊的油印小報，口誅筆伐痛斥沭陽人在六合失節敗德，胡作非為。

記得小報有一篇評論文章就曾經以《六合雖小，不謂無人；外患不已，民憤不止》的激烈措辭，向騎在六合人頭上的沭陽人罵陣。

事實上，有些沭陽人的確過分地在六合搜刮了大量的民脂民膏，其中有一個《大官》，後來全家從六合輾轉逃到了臺灣，五十多年遊手好閒，不務正業，完全靠變賣黃金過著寓公的生活。

當了警察以後，我最先被派夜晚在縣政府大門口站崗，縣政府是一座年代久遠的四合院式的木樓，庭院深深，陰氣逼人。因為這座樓房過去一直就是官府衙門的重地，裏面曾經發生過不少無法無天的冤案，屈死了不少無辜，是個很不乾淨的地方。

據當地人傳說，每逢風雨交加的黑夜，樓上常有哭聲笑聲傳出，淒厲慘絕，奪人魂魄；還有人說，後樓住了不少狐仙，有時會有妖媚的女人現身，卻見不到雙腳。有時又會出現不同年齡的男男女女，相互毆鬥。偶而一陣疾風吹過，整座樓層如地動山搖，沙沙作響讓人覺得直如置身幽冥地帶。

想到古時候，有個叫做陶淵明的傢伙，脾氣可眞不小，說什麼不願為五斗米折腰，牛性子一來，辭了縣太爺的官不做，就回到老家的籬邊採菊和望著門前的南山發呆去了；一千五百多年後，我這個沒有出息的傢伙，為了七斗五升糙米，半夜裏要跑到縣衙門的大門口來站崗，是巧合嗎？

是受到傳說的影響吧？心頭朦朦朧朧的，總是揮不掉鬼狐的夢魘，每當在夜崗上見到有人出入縣政府的大門，我就會悄悄地觀察他們像不像鬼？像不像狐仙變成的人？有時候，還會下意識的用鼻子使勁地嗅一嗅，聞一聞，看看有沒有飄過來什麼狐騷味。

這個崗站得實在是夠詭異也夠辛苦的了，漸漸地，不知不覺的，幾乎連神經病都站出來了，後來，好不容易等到輪班，不再留在縣政府的大門口站崗了，而被改調縣衛生院去看守煙毒犯。

衛生院位於警察局後院隔著一道矮牆有窄門可以通行的近鄰，是一棟磚造的平房，外牆上佈滿日本鬼子當年攻打六合時留下的累累彈痕，因爲年久失修，設施破舊，屋裏霉味沖鼻，名不副實，一點都不衛生。

經常在衛生院留守的徐再春醫生，江蘇海門人，是警察局長黃燮丞的同鄉，爲人很熱心，他跟我兩人日夜負責六名煙毒犯的監督和勒戒工作。

煙毒犯都是當地很有來頭的人物，因爲他們有錢有勢，交遊的流品複雜，所以才會染上吸食鴉片的惡習。這些傢伙原是應該被關進看守所去強行勒戒的，但因有錢能使鬼推磨，就被法外施恩改送到衛生院來觀察勒戒了。

三、伙伕老張也貪污

衛生院裏的勤務非常單純，也很清閒，讓我樂得有重拾書本的機會，埋頭自習。我訂下了作息時間表，什麼時候讀什麼書，寫多少字，都做了有次序的安排。巧的是煙毒犯裏有位程先生，他的中、英文根基都非常紮實，見我讀起書來非常認眞的模樣，就主動地指導我的功課，成爲我的益師良友。

我很感謝程先生的熱心，也就隨時向他請教，在吸收新的知識時，常有豁然貫通的體會。這種勝過一般師生的關係，一直維持到他勒戒期滿離開了衛生院。後來，他還特地給我送來了一些新書。祇是，相當遺憾的，就是不久就因為天下動亂，他舉家南遷，跟我失去了聯繫。

對於每月七斗五升糙米的收入，雖然捉襟見肘，但我還是作了刻板式的分配，就是將其中四斗交給伙食團供自己全月一日兩餐食用，一斗五升送給周立興兄嫂稍補他們的不足。剩下來的兩斗賣給米店作為零用錢和買書費用，不虧不欠，倒也心安理得。

說起《一日兩餐》，那可眞是辛酸的事。警察局的長官們為了要給警察同仁留下一點零用錢，規定大家一天只許吃兩餐。午餐上午十一時開鍋，晚餐提早到下午四時三十分。我在衛生院值勤，依照規定每餐都是從廚房把飯裝到院裏去吃。

可是，那時候的風氣很壞，連伙伕老張都會貪污受賄，誰給他偶而送上一包香煙，他在分配飯菜時就會特別開恩，多給半碗或是一勺。而我，從來不會吸煙，又沒有向他行賄討好的本錢，每次他都要剋扣我的飯菜，不讓我把飯碗裝滿，還要嘀嘀咕咕說我吃得太多，而我，又不願為了多吃一口飯跟他爭吵，總是忍氣吞聲，任由他給多少，就吃多少。因而有一段好長的時間，天天都在挨餓。

後來，這件事被衛生院的醫師徐再春先生知道了，他很為我抱屈，因為他跟警察局黃局長關係深厚，在警察局裏上上下下很有人緣。

『我去跟王巡官講，把他趕走。』他說：『一個伙伕也要作威作福，欺侮弱小！』

『不！徐大夫。』我說：『這年頭，找工作不容易，不要把他的飯碗砸了。』

『他害你挨餓這麼久，把他的飯碗砸了，也讓他嚐嚐挨餓的滋味，有什麼不好？』他氣猶未消。

『我是想，要是別人知道是你把他弄掉的，這對你不是不好嗎？』

『這我不怕。』他說：『如今人心太壞，貪官污吏，我管不著，但一個伙伕也要利用芝麻大的職權貪圖小便宜，坑害老實人，我看不慣！』

想來，徐大夫一定對王巡官說到這件事了，兩天後，我再到廚房去拿飯菜時，伙伕老張的態度立即有一百八十度的轉變，他不但不再惡形惡狀不讓我把飯菜裝滿，反而主動地爲我把裝到碗裏的米飯壓緊後再加上一小勺，而且和顏悅色，跟過去判若兩人。

『謝謝老張！』我說。

『不用客氣，要是不夠，還可以再來拿。』他說：『我不知道你有多大飯量，可不要餓了肚子。』

世態炎涼可一葉而知秋。

徐再春醫師古道熱腸，他不但爲我解除了饑餓的煎熬，還以他的仁心仁術爲我醫好了病痛。從淮陰動身南下的時候，因爲天氣過度的燥熱，加上舟車上的衛生條件太差，我的身上就開始騷癢、紅腫、破皮、發炎和生起瘡來。特別是臀部和脊背上更長出了癤子，腫得像乒乓球一樣，紅紅亮亮的，劇痛難忍。

『來，我給你開刀！』他說：『把癤子切開，讓膿流出來就好了。』

『痛不痛？』我問。

『開刀那有不痛的道理？』他說得很輕鬆：『不過嘛，長痛不如短痛，你自己看著辦吧！』

『我相信你，開吧！』

沒有麻醉藥，也沒有服止痛劑，他拿起一把三寸來長的尖刀，放在酒精燈上燒了一燒，拉起我的後襟就動起手來了。

『看過《三國演義》嗎？』他問。

『看過。』

『好！』他說：『我是華陀，你就是關雲長，現在，我們來《刮骨療毒》！』

『關雲長《刮骨療毒》時有人陪他下棋。』我說：『我眼睜睜地看著你的刀子，我怕！』

『怕什麼？』他輕輕地拍一下我的肩頭說：『牙根咬一咬就過去了，這是治病，又不是殺頭！』

我不但咬緊了牙根，連嘴唇和眼睛也都閉上了。

徐大夫的刀尖刺在我脊背下方的癤子上，的確是切中了要害，但他這一刀，對我的神經系統卻激起了有如天崩地裂的震撼，我斜過眼去，從牆角的鏡子裏清楚地看到，殷紅帶膿的血水正汩汩地從傷口流了出來。讓我痛得站不穩腳跟。我想，就算是眞的有人陪我下棋，恐怕我也沒有關雲長《刮骨療毒》時那樣的定力和勇氣。

開過刀以後，在感覺上果然如釋重負，過不了幾天，我背上的瘡就逐漸消腫癒合，身上零散的皮膚病，在失去了癤子的《根據地》以後，就像《群龍無首》一樣，也隨著消失得乾乾淨淨，徐再春大夫可眞是《實至名歸》，他的妙手，一如再世的華陀，讓我《徐徐》地《再》現青《春》的活力。

四、貧賤夫妻百事哀

也許是《貧賤夫妻百事哀》吧？周立興兄嫂之間時有爭執，每次我去他家時，都可以明顯地感受到那種僵冷的氣氛。

『大嫂，我們現在是落難他鄉，當然不會像在老家時那樣方便，可要忍耐些啊！』我常常勸她。

『小弟，我眞的熬不下去了。』她啜泣著：『每個月這一點糙米，不夠熬稀飯吃哪！』

『大家都在受苦受難嘛，大嫂。』我就近她，低聲地說：『大哥頭上的傷還沒有好，我們要多多體諒他！』

『你說的可好聽！』她板著臉轉過身去：『可又有誰來體諒我呢？』

『大嫂，我就不說什麼了。』

我站起身來，立興兄把我送到門外。

『以後，你就不要說她了。』他黯然地說：『她已經不是在老家時候的人了。』

我低著頭，默默地未發一語，但心裏卻陰沈沈地憂思不已，想著，這樣痛苦的日子，他們將怎樣過下去呢？難道他們眞的會《大難來時各西東》嗎？

過了兩天，立興兄到衛生院來看我，他告訴我有個朋友從浙江來信約他去定海當鹽警，那邊的收入比較高，只是因爲要跟海盜對抗，危險性也相對的要比一般工作來得高，他想聽聽我的意見，可不可以去。

『去！』我說：『年頭這樣亂，什麼地方沒有危險？我跟你一起去。』

『我先去，你留下來。』他說：『不要兩個人一起去冒險，等我到那裏安置好了，你再去！』

我們就這樣說定了，但沒有料想到，不到一個星期，他就隨著保警中隊被調到南京對岸的長江邊大河口去了。是他臨時改變了主意？還是定海那邊的情況有了變化？我沒有等到他進一步的消息，並且確定他是在大河口留下來了。

大河口是六合和儀徵縣交界的一個小市集，商旅船舶來往如織，也是盜匪出沒頻率很高的口岸，人口不多，但分子複雜。

周立興兄一家三口去了大河口以後，一直沒有給我來過信，但不久以後，我從大河口回到縣城來的熟人閒談中，卻聽到了一些有關他們的風言風語，最讓我驚詫不安的，就是立興嫂有了婚外情，夫妻的情感已經瀕於絕裂。介入他們家庭的那個人也姓周，四川人，能言善道，又有錢財，跟立興兄是保警中隊的同事，對立興嫂母女常會施點小惠，逐漸買得了她的貪心。

想到大河口險惡的風浪，我立即托人帶了一封信給立興兄，勸他另尋出路，就算不能去定海，也要想辦法離開大河口。在家庭方面，我也表示如果實在無法挽救破碎的婚姻，就該當機立斷做分手的決定，但我不知道他有沒有看到我這封信，因為他沒有給我任何音訊。

突然，我有一種不祥的預感，是不是已經出事了？九月下旬，有一天黃昏，警察局裏的一位沭陽同鄉忽然急匆匆地跑到衛生院來找我，告訴了我一個驚心動魄的壞消息，說立興兄在大河口死了，並直言是死于他妻子和姦夫的謀殺。

聽到消息後，我立即去見督察長史斌先生，表示我要去大河口料理立興兄的後事，但督察長沒有同意。

『大河口是多麼危險的地方！』他說：『你一個人去，不想回來了嗎？』

『我會特別小心。』我說：『我穿便衣去，應該不會有事才對！』

『有些危險不是你小心就能夠躲過的，穿不穿便衣都是一樣！』他邊說邊拿起了電話，接通了大河口的保警中隊，問起那邊有關周立興的情況。那邊回答，周立興的遺體已經由當地鄉公所埋到附近的山上去了，他的妻女失蹤，不知到哪裡去了。

『你去不去都是一樣了。』督察長放下電話：『人，跑的跑了，埋的埋了，現在你去，還能做什麼？』

幾天後，周立興兄的母親從沭陽老家來到了六合，陪她來的，還有同鄉梁魁珍先生，經過一番商量，由我和梁魁珍先生兩人去大河口，我們打算找到立興兄安葬的地方，做個碑記，等到將來可以回鄉的時候，把他的遺骨運回老家去，讓他落葉歸根。我們也希望能夠找到立興嫂和她的小女兒，勸她跟她的婆婆回去，不要孤苦伶仃流落他鄉。

從六合到大河口，有一百多里的水路，沿河治安的情況很壞，我們冒著被劫船翦徑和殺害的危險，一路上提心吊膽，從清晨直到傍晚，船才在暮色籠罩下抵達了大河口。上岸後，我們找不到保警中隊，幾經探問，才找到了當地的鄉公所，經親手安葬立興兄遺體的當地人告訴我們，立興兄是在九月十五日下午身故的。死時鼻孔流血，唇色紫黑，確有中毒的現象。

最讓我們悲痛的，就是在他死前，他的妻女就已經不知去向，無疑的，這是一件現代《潘金蓮》和《西門慶》聯手謀殺的命案。

見到了鄉公所人員以後，我們當即要求他們帶我們上山去找立興兄的墓地，但他們表示山區常有不明武裝人員出沒，上山是件非常冒險的事，我們無可奈何，在大河口住了一宿，第二天清早就搭船回到了六合。立興兄的母親失望極了，可是，我們實在不知道還能夠幫她做些什麼。

五、六十萬兵齊解甲

入秋以來，全國形勢急速惡化，處處都呈現出山雨欲來風滿樓的跡象，國民黨在長城內外和中原戰場上分崩離析，失去了主動，不但東北陷於危殆，就連平、津等各大城市也物價飛騰，人心惶惶，士氣頹喪。甚至連首都南京和全國第一大商埠上海，也出現搶購物資的風潮，商場一片混亂。

就在這個時候，國民政府推動幣制改革，廢除法幣和關金，改發金圓券，財政部長王雲五透過媒體亟力鼓吹金圓券的穩定性，並透過公權力機制督促民衆將私有的黃金、白銀和珠寶拿出來兌換金圓券，來表達對政府的信任，報紙上每天都出現民衆排隊等候兌換金圓券的報導。

祇是，不到一個月，金圓券的堤防就完全潰決，通貨膨脹以一日數倍的比率狂飆，早晨一斤白米只要一塊錢金圓券，到了晚上可能十塊錢都買不到，特別是共產黨從東北和華北戰場上鹵獲了大量的金圓券，從水路運入上海投入商場搶購，更加速了國民黨經濟全面癱瘓。

十一月初，徐蚌會戰揭開了序幕，南京參謀本部作戰參謀次長劉斐被共產黨收買為內應，將徐蚌地區的兵力部署和攻防計劃等機密一一洩露給共軍指揮首腦，導致黃伯韜、邱清泉、黃維、杜聿明等兵團一舉一動都在共軍掌握之中，雖然有人從前方向中樞反映，直指南京參謀本部有人通敵，但劉斐的叛逆行爲卻一直未被察覺。因爲有了劉斐的內應，共軍的將領們曾經洋洋得意地表示，他們的朱總司令，不但指揮共軍，也指揮國民黨軍隊。

三十八年一月初，徐蚌會戰瀕於尾聲，兵團司令黃伯韜和邱清泉相繼殉國，杜聿明和黃維被俘，其餘各將領狼奔豕突非走即降。國民黨五個兵團合二十二個軍五十六個師將近六十萬人的精銳盡遭共產黨殲滅殆盡，吃了國共戰爭以來一次最大的敗仗。

鎮江，這時完全變成了難民和散兵遊勇的世界。火車站、江邊碼頭、公園、寺廟，甚至大街的走廊下，都擠滿了從江北過來的難民和散兵，大雪紛飛，寒風刺骨，他們都在生死線上掙扎。

京滬線上的火車，不論往東往西，每一列車不但車廂裏面擠得水泄不通，就連火車頂蓋上面也趴滿了人。當火車穿入鎮江《寶蓋山》隧道時，常會有人在火車頂蓋上被刮掉了腦袋，死了，就被鐵路警察拖走埋掉，既沒有人追究命案，也沒有人要求賠償，亂世人命不如雞，誰也沒有力量去過問這些閒事。

回到鎮江找到父親、母親和大姐一家都在忍受饑寒的煎熬，稍加沈思，就動起了再度外出另找生路的念頭，因爲我實在不忍心拖累他們，他們也沒有能力可以忍受我的拖累。

一連幾天，我都在鎮江街頭跑來撞去，希望能夠找到什麼可以容身的去處。但總是一無所獲。一天，我在街頭的閱報欄裏，看到一張報紙，上面有一則報導流亡學校的消息說，蘇北幾所學校的師生都在無錫蕩口安頓下來，恢復上課，伙食都由江蘇省政府免費供應。我決定去那邊一趟，看能不能有就讀的機會。

第二天清晨，我在鎭江西站搭上了一列敞篷的貨車，午前趕到了無錫，隨即轉乘汽輪從水路前往蕩口，因爲船的速度很慢，直到黃昏才抵達這個江南著名的水鄉。

流亡學校在蕩口分佈很散，在夜幕低垂下好不容易才找到成志中學的範圍，經同學指點，再找到黃少玖校長的住家。見到黃校長向他說明希望讀書的心願時，他的態度不但表現得異常冷酷，而且跡近暴厲。

『時局這樣亂，唸什麼書？』我的懇求，他沒有說有什麼困難，只拿一個《亂》字來推託，不僅讓我沮喪，也讓我驚奇。

『報告校長，我是您的學生，從鎭江老遠跑到這裏來，唯一的願望，就是能夠得到您的幫助！』我委婉陳情。試圖改變他的態度。

『你就是從南京來，我也沒有辦法幫助你！』他說。

『我也是聽別人說可以申請入學，所以才會來麻煩你老人家的。』

『誰說可以你就去找誰。』他揮著手，提高了嗓音：『你走吧，不要煩我！』

記得在學校時，黃校長不是這樣子的，他教我們勞作和美術，爲了刻好一幅板畫，他會低下身子來抓住我們的手一起推動著遊離的刀尖，那麼細心，那麼親切，那麼溫文儒雅，從未見到過他以疾言厲色對待過任何人。現在，他變得這麼急躁，這麼刻薄，這麼沒有耐性，完全不像是一位循循善誘的師長。

亂世，往往看不到一定的規範，也說不清一定的道理。想來，黃校長的冷漠，也許正是因爲受到動亂的煎熬，讓他心力交瘁，顧不了別人？也許是他的年紀已經老了，不再願意去想過多的明天？也許是我運氣不好，見到他的時候，正當他情緒低落的剎那？他畢竟不是基督或釋迦牟尼化身，不能怨他。

走出了黃校長的家門，夜已深沈，四野漆黑，朔風凜冽，饑寒交迫，家家門扉深掩，無親無故，到哪裡去度過寒宵呢？最後決定只有找一個可以避風的地方躲一躲，等到天亮以後再搭船回無錫了。

經過幾戶農家的門前，我看到了幾個連在一起的草堆，心想，在草堆邊扯過洞，鑽到裏面去過一夜吧！就在我動手扯草的剎那，想不到突然從旁邊竄出一條狗來，我固然被牠的冒失嚇了一跳，牠也同樣被我這個不速之客嚇得邊叫邊落荒而逃。

感謝這條狗的讓路和沒有窮追猛咬，我才能夠在這荒村絕地平安地過了一夜。想到離開鎮江時的滿懷希望，不禁有失落懸崖的悸痛。

宋代田園詩人范成大，曾經有過這樣的詩句：

想得秫田來歲好，瓦盆加釀灌愁城。

句短意長，這正是我在蕩口登岸時心境的寫照。

但這一時刻，黃粱夢碎，范成大這兩句詩，對我來說，似乎應該改寫成：

見得秫田枯若是，且留瓦盆砌愁城。

這樣，才能夠與我同步，才能夠激起我的共鳴。

帶著滿懷的挫折感從蕩口回到鎮江，已經是急景凋年的時刻了。母親見我失魂落魄的樣子，跟父親兩人一再地安慰我。

『你就不要急著往外面跑了。』她說：『就是要出去，也等過了年再說吧！』

母親說的是農曆新年，她一直沒有使用陽曆的習慣。事實上，蘇北農村一直到西元兩千年後，人們心裏記著的依舊是農曆的月日，而不是陽曆。

『家裏少一個人吃飯，就會少一份開銷。』我說：『在不在家過年已經不是什麼要緊的事了。』

六、當兵流落清涼寺

機會在苦尋急盼中來了。一天晚上，有位沭陽同鄉董先生，跟我閒聊起來，在他知道我想要找事做以後，說他是在《蘇西師管區第一大隊第二中隊》當文書，因爲有別的事情，準備辭職，問我要不要去遞補他的缺額。

『文書都做些什麼事？』我興奮地問。

『很簡單。』他說：『抄抄寫寫的，只要會寫字，就一定能夠做。』

當晚，我就隨著董先生到了他的隊部，經他介紹認識了中隊長，他是江蘇豐縣敬安集人，也姓趙，在問過我的年齡和家庭狀況後，立即答應我可以抵補董先生《文書上士》的職缺，並要我第二天上午就到隊部向特務長報到。

《蘇西師管區》只是擔負接送新兵的任務，不會直接走上戰場，一個中隊只有中隊長、副中隊長，特務長、文書、傳令兵和四個班長，全部不到一個班的員額，但空缺很多，大隊長吃空缺，中隊長也吃，因爲我負責造名冊領薪餉，知道得很清楚。每逢上級單位派員下來點驗員額，各中隊的特務長都會從別的單位借兵來應點，這是常態，沒有人會覺得驚奇。

我們的中隊部原是設在鎮江大西路的一條巷子裏，在我到職的第二天，忽然奉命調往常州，那天，正是大年三十除夕，我沒有來得及回家一趟，就隨著部隊上了火車，到了常州，宿營地是南門外的清涼寺，這個晚上的年夜飯，就是跟廟裏許多泥菩薩擠在一起吃的。

清涼寺是江南的名刹，跟鎮江的金山寺、蘇州的寒山寺、上海的靜安寺和杭州的靈隱寺齊名，進門兩側的廊柱上漆寫的《以恕己之心恕人；以責人之心責己》的楹聯相當醒目，並引人省思。

跟我同在一個單位的，還有兩位沭陽同鄉，一位是中士班長王安春，另外一位是下士副班長汪維，他們都是距離胡集十八華里的塘溝鎮人。年齡都比我大得多，對我非常照顧。

大年初一早上，下了一場大雪，廟門外一片銀色世界，汪維背著一枝日造三八式步槍和王安春兩人一起來看我，我們三人出了清涼寺的大門，就沿著大運河的堤岸漫步走去。

這時分，附近人家不斷傳來爆竹聲，火辣地撩起了我們縷縷的鄉愁。王安春按捺不住性子，慫恿著汪維。

『他們放鞭炮，我們就放槍！』他說：『汪維，你放！』

汪維是老實人，果眞拉動了槍機，朝天放了一槍。子彈劃破了寂寥的長空發出沙沙的回聲。當時，因爲我們都是剛剛穿上軍裝的老百姓，愣頭愣腦的，根本不知道當兵的規矩，後來，聽老兵們說，戰時軍人隨便亂放槍，是嚴重的違紀行爲，要是有人認眞追究起來，可能會被判死刑，眞是好險！

過了兩天，部隊從清涼寺搬進常州城裏，在南門內青果巷一戶富有的人家安置下來。房東一家我們經常看得見的只有五個人，一位上了年紀的老太太，一位中年的媳婦和一個讀小學六年級的小孫女，還有一對幫她們管家打雜像是夫妻模樣的傭人。人口不多，但空房子卻不少，院落深深的，只有在中午刹那的時分才能見到陽光從簷梢口穿過灑進院子裏來。

我們中隊一共借用了她們三間房子，中隊長和他湖南籍的妻子帶著一個兩歲大的小女兒住一間小房，我們士兵和特務長佔用另外兩間。我的床舖是用一塊門板擔在兩條長凳子搭起來的，床邊有張八仙桌子，是我辦理公務的地方。

因爲通貨膨脹，物價像脫韁野馬狂飆，我的薪餉從五十元金圓券一路躍升到六百元，但比起原先的五十元更不經用。往往是早上領到餉的時候，還可以買到兩斗米，到了下午可能連兩升也買不到了。因爲物價漲幅高得驚人，所以上級單位的主管都會跟軍需官串通一氣，不按時發餉，只要遲發一兩天，他們就可以賺到十倍八倍的差價。那時的高級主管靠遲發餉和吃空缺個個財源滾滾，而士兵卻個個叫苦連天，怨聲載道。

有個大隊長的家眷，晚上由勤務兵陪護到戲院去看電影，因爲手指和手腕上戴著顯眼的名貴手飾，竟被勤務兵剁掉了一隻手，成爲當時常州家喻戶曉的劫案。

日常，士兵們是普遍吃不飽肚子的，一天二十四兩糙米，經過層層剋扣，能夠餵到士兵的嘴裏，已經所剩無幾了。像這樣的軍隊，勇氣和忠誠早就被饑餓和怨憤消磨得一乾二淨了，趕他們上戰場，怎能打得了勝仗？

比起在六合當警察的時候，我的生活並未得到改善，因爲我依舊吃不飽飯，更別論給家裏有什麼幫助了。不過，我的運氣還是慢慢地好轉起來，因爲房東老太太常常看見我獨自一人坐在桌子邊看書寫字，不抽煙，不大說話，覺得我跟其他的士兵很不一樣。

『你也唸過書嗎？』有一天，她這樣問我。

『唸過！』我說。

『他呀，不但唸過書書，還唸過不少書書呢！』坐在一旁的中隊長太太主動地幫我吹噓著，還故意把《書》說成了《書書》去逗老太太。

『好哇！』老太太把坐著的椅子朝我跟前挪近了一步，以情商的口氣對我說：『那你可不可以幫我家的孫女兒看一看功課，教一教她？她今年夏天就要考中學了。』

『這恐怕不行吧？』沒想到她會有這樣的請託，一時，我不禁覺得有點惶恐起來：『我那有這樣大的本事。』

『有什麼不行？』中隊長太太搶著說：『我們的文書上士呀，教一個小學生可是大材小用呢！』

這樣一來，我就被趕鴨子上架眞的客串起老太太孫女的家庭老師來了。這個小女孩很嬌，也很伶俐，我教她寫毛筆字、幫她改作文、解答算術習題，老太太覺得我教得很認眞，她的小孫女不但課業方面有顯著的進步，也比以往更喜歡讀書，因而每次做完功課後，都會叫人給我端來可口的飯菜或精緻的點心讓我吃得飽飽的。後來，還悄悄地塞給我一枚袁大頭作爲對我的酬謝，這份不期而遇的優惠，一直維繫著我對江南深切的依戀。

三月初，父親從鎭江到常州來看我，在青果巷尾的小橋邊，我買一枝削了皮的甘蔗，父子倆倚著小橋的欄杆邊吃邊談。談逃難的生涯，談紛擾的時局，歎人情冷暖，悲世事滄桑。這年，父親四十七歲，正當盛年，但因身處動亂，久歷饑寒，枯瘦的容貌，困乏的倦態，卻似垂暮的老人。

父親臨走時，我把房東老太太給我的那枚袁大頭塞在他的手裏，但他拿在手裏掂了又掂，又還給了我。

『這是餉錢嗎？』他問：『當兵還能賺得到洋錢？』

『是餉錢！』我不想讓他知道我當兵的窮苦，而爲我擔心，沒有多作解說，又把那枚袁大頭塞回給他：『爸，拿著吧，帶給媽媽買米。』

他聽了，低下頭揉了下眼睛，就把袁大頭裝進了長袍的口袋。

送父親出常州北門回鎮江，我佇立在火車站的收票口外，一直看著父親進站。三月，江南的天氣還很冷冽，我望著父親稍顯佝僂的身影在寒風中瑟縮，突然想起了朱自清在火車站送他父親寫的那篇動人的文章《背影》，那不正是我眼前的情景嗎？而烽火、離散、饑寒、鄉愁和少不更事在我心頭所構成的壓力，比起朱自清望著他父親龍鍾背影時的心情顯然沈重得多了。

七、老家櫻桃比蜜甜

隨著長江北岸各條戰線的崩潰，國民黨江南地區的武裝部隊都聞風喪膽，不但士兵開小差的人數劇增，就連基層軍官也紛紛棄職逃亡，我們的副中隊長皮勁軍中尉就不告而別，人心渙散，士氣頹喪，兵敗如山倒的氣勢，嚴重地衝擊著社會每一層結構，人人都充滿了朝不保夕的危機感。京滬線上很多部隊因爲逃兵太多都向師管區要求補充缺額，但師管區又拔不出孫悟空身上的寒毛，無法變出那麼多的新兵，因而從司令部到各中隊，常要受到來自各方面的責難。

謠言紛起，爲了補充戰鬥序列的兵員，傳說師管區各基層單位，都將撥交作戰部隊，投入戰場。司令部已嚴令各單位防止士官兵逃亡。這天中午，王安春和汪維兩人神秘兮兮地把我拉到門外，悄悄地告訴一個急迫的消息。

『部隊馬上就要撥交顧錫九的一二三軍去守江防，這裏不能蹲下去了。』王安春緊張地說：『我們想了又想，覺得不能不告訴你，也好早作打算。』

『這怎麼辦？』我也跟著緊張起來。

『我們決定要走了。』汪維說：『把你一個人留下，我們不放心。』

『汪維是說，這裏只有我們三個沭陽人，應該互相照應。』王安春補充說：『要走，就一起走！』

『去哪裡？』我問。

『先回鎭江再說。』王安春說：『下一步去哪裡，到時候再做決定。』

『什麼時候走？』

『今天夜裏。』汪維催著我：『有什麼事趕快辦好，十一點在火車站門口碰面。』

『要裝得鎭靜些，可不能讓人看出了馬腳。』王安春說。

『要不要跟隊長說一聲？』我覺得隊長很照顧我們，不應該偷偷摸摸地溜走。

『你瘋啦！』汪維急得叫起來，他說：『這是開小差哪，告訴隊長豈不是自投羅網？』

『那我就不說好了。』我說。

『嗨，老弟！』王安春擔心起來，他試探著問我：『房東老太太該不會把你留下來不讓你走吧？』

『她留我幹什麼？』我說：『我跟她沒親沒故的。』

『可也不能把我們要走這件事告訴她啊，要是走漏了風聲，我們可就凶多吉少了。』王安春叮囑著我：『這一點，你千萬要小心！』

『我對誰都不會說。』我應承著。

回到隊部，想到馬上就要出走的事，心裏很不安，後來，我還是給隊長寫了一封短信，感謝他對我的收留和寬待。信寫好了以後，就放在桌子上的一個《卷宗》裏。心想隊長在發現我走了以後，一定會在《卷宗》裏看到這封信，這樣一來，他就是生我的氣，怪我不告而別，但至少也可以讓他知道我對他是滿懷著感激和謝意。

當晚，我還是像往常一樣，陪房東家的小女孩溫習了功課，算是有始有終。房東老太太除了照常給我準備了點心以外，還對我談起她們在常州東南方五十多華里雪堰的老家。她說，那裏山明水秀，風光明媚，盛產魚蝦，水蜜桃又大又甜，吃在嘴裏就眞的像是一團蜜。她還說等到夏天來的時候，她一定會帶我到那裏去遊玩。

『我的老家也是個好地方。』想起故鄉沭陽胡集的樸實和幽美，雖然比不上江南的豐饒和綺麗，卻仍讓我朝思暮想，我說：『那裏的櫻桃吃起來可比蜜還要甜呢！』

『老師，你也帶我去你的老家玩玩好不好？』小女孩天眞地望著我。

『那要等到不打仗才行！』我說：『現在，連我自己都不能回去，又怎能帶妳去呢？』

『什麼時候才會不打仗？』她咕嘟著嘴問。

『這我怎麼知道。』我說。

『你是在當兵呀，當兵不是管打仗的嗎？』她疑惑不解地說：『你怎麼會不知道呢？』

『不錯！』我說：『當兵是管打仗的，可是，當兵不能決定打不打仗，這就跟學生一樣，管讀書，卻不能決定有沒有書讀。』

『這好奇怪啊！』她說。

『多唸一點書，妳就不會覺得奇怪了。』小女孩的母親在一旁插嘴說：『要不是兵荒馬亂的，也許老師現在還是個揹著書包的學生呢！』

『是啊！』我說：『要是太平盛世，現在我也許眞的會在老家上學，而不會跑到常州這個地方來的。』

『老師，燕子就是從你的老家飛過來的呢！』小女孩說。

『妳怎麼知道？』

『學校裏的老師教我們唱過一首歌，裏面就有《燕子啊，你來自北方》，北方，不就是你的老家嗎？』

『這首歌，幾年前我也唱過。』我回想起過去：『那時候，我跟妳一樣，也以爲燕子的老家是在北方，長城哪，黃河哪，牠們都很熟。其實呀，燕子是一種候鳥，春天，牠們從南方往北飛。秋天，又會從北方飛回南方去。在我的老家，也不是一年四季都能夠看得見牠們。』

『老師也是候鳥。』小女孩把我比做燕子，她說：『什麼時候才會回到北方去呀？』

小女孩無心的調侃，像電擊一樣，不但撩起了我沈潛的鄉愁，也觸動了我起伏的心事，我禁不住黯然神傷，默默無語。

『丫頭，不要再說了。』小女孩的祖母察覺到我的感受，提醒她說：『再說下去，老師會想家，就不要教妳了。』

也許是因爲就要離開的緣故吧？這一晚，話說得特別多，幾次，我都忍不住想要告訴她們今夜我就要走了，以後可能沒有再見面的機會了。但話到嘴邊，卻因爲記住王安春和汪維的叮囑，又收了回去。臨別依依，我好想等到夏天來時，跟房東老太太一家人到她們的老家雪堰去玩玩，吃夠了那邊的水蜜桃再走，可是，現在已不是我能夠心想事成的時刻了。

八、母親給我一塊錢

夜已深沈，冷風削面，從上海開往南京的普通列車在急促的汽笛聲中緩緩地駛進了常州車站，車頂上和車門口都擠滿了人，一上車，我就跟汪維和王安春兩人擠散了。我因爲力氣小，使足了勁都擠不進車廂，實在沒有辦法可想，就只好拉緊車門口的把手站在踏板上，頂著車速捲起來的疾風苦撐著。

火車駛抵丹陽車站，停了下來，這時，我的兩手已經被凍得又僵又痲。當我轉過身來準備換個方位的時候，忽然看見幾個身材高大的士兵快步向我跟前圍了過來。其中一名像是班長模樣的壯漢伸手拉住我的臂彎，把我拖到了月臺上。

『你是那個單位的？』他吆喝著：『是開小差的嗎？』

『我是師管區的文書上士。』我強裝鎮靜：『到鎮江出公差去，不是開小差！』

『有差假證嗎？』

『有！』我把自己事先寫好的出差證明拿給他看。

『假的！』他看都不看，就把證明撕成了碎片，手一揮，命令他的同夥：『帶走！』

不由分說，我就被押到他們的連部，連長是個山東人，三十歲不到，他睡眼惺忪地站在我的面前。

『你是開小差的嗎？』他問。

『不是！』我說。

『不是就好。』他的語氣很溫和，卻也很霸道：『我說呀，你在哪裡都是當兵，就在我這裏幹好了。』

『我是文書上士。』說著，我故意湊上去，讓他看清我胸前的符號，強調著：『我只會拿筆，不會放槍！』

『好！』他爽快地說：『我這裏就是少一個文書上士，現在就讓你來幹，要是幹得好，說不定我還會提升你一級，給你當特務長。』

『好哇！』我裝得很高興。心想，反正是跑不掉了，跟他作對，一定會吃虧；答應他，還可以找機會再溜走，所以不如識相點，我說：『到什麼地方吃的都是二十四兩米，我就留在你這個部隊好了。』

先前在火車站抓我的那個壯漢，見到連長一口答應讓我當文書上士，雖然態度變得和善起來，卻又覺得不是味道。

『還是唸過書的好。』他陰陽怪氣地說：『剛剛被抓過來，就當了上士！』

『你當班長比我當文書更風光！』我故意挖苦他：『我這個上士呀，還不是你一手給我抓來的！』

『得罪，得罪！』他拱手作揖：『還請多多包涵！』

拂曉前，這個部隊就從丹陽搭上火車經常州、無錫開往蘇州，在蘇州火車站下車時，我就乘機鑽入混亂的人群，跨越天橋，搭上一列正在啓動的貨車再回鎮江。這列貨車沒有頂蓋，敞著的車廂裏裝的都是毛豬，我就擠在幾十條被捆綁的毛豬身邊，因爲沒有人注意，倒也一路平安地回到了鎮江。

鎮江，這個江蘇省的首府，比起去年底，治安更加惡化，饑民和散兵遊勇大白天公開在大街上打劫商家，搶米、搶布，搶一切生活必需品，傷人害命，江蘇省主席丁治磐以鐵腕懲治盜匪，當街槍決現行犯多人，但並未能夠收到殺一儆百的效果。

丁治磐是抗日戰爭時期的名將，勇敢清廉，精於韜略，南京中央政府借重他的長才，特別把他從青島警備司令兼第十一綏靖區司令官任上調掌江蘇省政，但獨木難支大廈，他也改變不了日益危殆的時局。

不過，受命于危難中的丁治磐，並不氣餒，他高度的發揚了軍人堅忍圖成的鬥志，他突破了失敗的心理障礙，別開生面地成立了《江蘇省訓練團警員總隊》，招考知識青年接受軍事和警察勤務訓練，預期在六個月後，以生力軍的姿態投入各縣、市、鄉、鎮、村建立《警勤區》，從事維護地方秩序和基層建設工作。

《警員總隊》分別在京滬線各大城市招生，我從蘇州回到鎮江的當天下午，就在火車站看到了招生廣告，認爲這是難得的機會，第二天一早，我就趕到設在金山寺的招生辦事處辦好報名手續。隔了兩天，在同一個地方參加筆試。

放榜後，我被錄取編入第五大隊，規定四月五日往常州報到。

離開鎮江趕往常州報到的那天早晨，母親很早就爬起身來，她給我煮了一碗菜飯，看著我一口一口地吃完。然後從腰間厚布包裹掏出了一枚袁大頭悄悄地塞在我的手裏。

『這塊洋錢是你在常州給你爸爸帶給我買米的。』她說：『我把它收得好好的，一直沒有用，現在還是給你帶在身邊，出門在外有點錢在手裏，不怕。』

『媽媽，我到常州去受訓，穿衣吃飯都不要錢，受訓完了，就可以賺錢了。』我把那枚袁大頭再送還給母親，對她說：『妳留著吧，家裏比我用得著。』

『媽媽給你的，你就拿著！』父親說：『上次你給我，我本來就不想拿的，後來，因爲你一定要給我，爲了讓你覺得自己長大了，能夠賺錢了，可以自立了，所以我就只好收下來了。』

『我是已經長大了！』我說。

『沒有，我知道沒有。』他說：『只是亂世把你拉拔大了，揠苗助長，算不得大。』

『別胡扯了！』母親把袁大頭塞進我的衣袋裏，叮囑著我，她說：『有一件事，我一定要告訴你。』

『什麼事？』

『前年秋天，我離開老家的時候，胡集街上的葛大爺和莊南頭的周三爺都給我湊過錢，雖然不多，但那份恩情卻是天高地厚，將來，你要是有了出息，可千萬不要忘了人家！』

『媽，我記住了。』我說：『受人一升，還人一斗，我一定會做到。』

我不知道母親那天爲什麼要對我說了那麼多的話，難道她的心靈有了感應，已經預想到那是她跟我最後一次相聚，特別以殷殷的叮囑代替她臨終的曉諭？而我，或許正如父親說的一樣，是《揠苗助長》大了的？知性太淺，悟性不夠，要不是這樣，爲什麼沒有對母親的話稍作忖度，對她再順從些？再依戀些？

火車在江南的原野上疾馳著，這一天，是清明節，鐵路兩旁有不少人家攜兒帶女在墓間祭掃，哀戚中也洋溢著祥和，想到北方大片的河山或劫後滿目蒼涼，或正在烽火中抖索，刀兵所至，廬舍爲墟，災黎生離死別，流散四方，慎終追遠，俎豆馨香，幾家能夠？

到了常州，向《警員總隊》第五大隊報到後，就被編入駐在常州南門外白家橋一家關門歇業的紗廠第四中隊接受訓練。紗廠是四合院式的木造樓房，因爲停工已久，無人照料，樓上樓下，到處滿布著蛛網和塵灰，加上沒有電燈照明，我們睡在樓板上聽蕭蕭風嘯，淅淅雨聲，倍感冷落和淒涼。

風雲際會，緣結八方，跟我同隊的學員，絕大多數都是蘇北人，有邳縣的吳恕人、徐州的鄭鐘麟、阜甯的王彥超、灌雲的呂久成、泗陽的倪俊業、沭陽的吳治民和呂繼增等，後來，他們都成爲我患難與共的好友。

每天早晨，規定六點鐘起床，哨音一響，大家就爭先恐後向運河的岸邊奔跑，就河水洗臉嗽口，早春清晨的氣溫很低，河水抄在臉上，含在口裏，冷氣透骨，心肺冰結，牙關禁不住咯咯打顫。六點三十分，全隊集合跑步，饑寒交迫，常有人因爲體力虛弱無法跑完全程就落隊在路邊喘得上氣不接下氣。營養不良和精神耗損是當時學員們共同的夢魘和通病。

第七章

奔台灣

第七章 奔台灣

一、萬里乘風獨向東

那是四月二十一日的清晨。起床的哨音吹得特別早，特別響，也特別急。從哨音裏，我們完全能夠意識到一種不尋常的情況發生了。而且危機緊迫，刻不容緩。

果然，中隊長陳警鐘向大家宣佈，共產黨已經突破了江陰要塞的防線，渡過了長江，他們的先頭部隊越過申港，逼近龍虎塘，正向常州包抄過來。命令大家立即整裝到大運河的堤邊集合，快速行動，不許慌亂。

可是，慌亂並不是《不許》就能夠禁止得了的，從中隊長自己到每一個學員都緊張得一反常態，丟三落四。在危急倉皇中，我們到了堤邊，隊上派出的衛兵已經從上游找到了兩艘裝有機器動力的大型木船，全隊人員上船後就順流而下，經無錫、蘇州轉往松江。

沿岸，亂兵和難民成群結隊地奔逃，兵敗如山倒的景象，完全抹滅了江南旖旎的春光。船到松江，我們在松江女子中學過了一夜，第二天，就徒步走向川沙，住在《民主同盟》首腦黃炎培的養雞場裏，雞糞的臭味沖鼻，令人頭昏。

二十三日晚間，傳來了南京棄守的消息，同時知道，京滬鐵路沿線的鎮江、丹陽、常州、無錫、蘇州、昆山等重要城鎮也相繼不保，上海已經淪爲一座孤城。國民黨中央調湯恩伯指揮《上海保衛戰》，實質上，也只能勉強拉長物資與人員撤運時間，根本挽救不了全局崩潰的頹勢。

四月底，我們從川沙流徙到上海浦東靜安寺，隨後移往虬江碼頭附近，因爲沒有房屋容身，就住在丢棄在碼頭的日本鬼子留下來的破戰車裏。這時，上海的物價已經完全失控，一個饅頭賣到金圓券一百五十萬元，一碗湯麵六百萬元，一枚袁大頭可以換得七千萬元紙幣，鈔票比冥紙都不如。

《有錢能使鬼推磨》這句話在上海完全用不上了，如果沒有特殊的管道，有多少錢都無法買到一張去香港或去臺灣的船票，飛機票更不用說了。當時，我們面臨最大的危機，就是生怕被軍隊強行擄去充當他們的墊腳石，要我們死守一個地方，掩護他們逃跑，因爲以我們的條件說什麼都無法安全地離開上海。

同樣的，就是能夠離開上海，也是步步驚險，到哪裡去呢？已經完全失去了自主的能力，走錯了一步，都有毀於刀槍之下的可能，如果人生眞有絕路的話，這絕路似乎就橫在我們的面前。

江南五月，已經進入梅雨季節了，連日來，綿綿細雨落個不停，雨水滴在破戰車的外殼上，嘀嘀嗒嗒的，像急促的敲門聲，敲得我格外的心煩，看一看同班的學友，個個表情呆滯，都陷溺於深度的迷茫。

入夜，槍聲從江灣和楊樹浦一帶密集地傳來，市區大量的人員和物資都向虬江碼頭壅集，人人都像被關在籠子裏老鼠一樣亂鑽亂碰，希望找到出口，但出口又被鎖得緊緊的，眞不知道有幾人能夠突破緊鎖的出口平安離去？

五月十七日清晨，從大隊部傳來消息，江蘇省政府主席丁治磐已經與臺灣孫立人新軍在滬招生辦事處達成協議，他們應允《警員總隊》五千多名學員全部到臺灣去，編入孫立人的《第四軍官訓練班》接受現代化軍事訓練。一年後分發到部隊以少尉軍官任用，大隊部通知，各中隊人員立即到江邊碼頭集合，準備上船。

聽到了這個消息，一時分不出是禍是福？是驚是喜？就慌張地趕到碼頭。岸邊，見到一艘萬噸級船身漆著《大江》兩個白字的輪船，正在升火待發。

抬頭望去，甲板上已經有不少捷足先登的軍民，他們生怕船上載多了人會影響到他們的安全，早就把通往岸邊的橋板拆掉，阻止後來的人們上船。人類自私的天性，在危難中暴露無遺。

幸好，江蘇省政府與孫立人新軍招生辦事處密切聯繫，已經掌握了船上的動靜，分別撒下好幾根繩梯讓我們攀扶而上，但仍有部分繩梯被船上的軍人割斷。因而有些上了繩梯的人卻成串地掉在黃浦江裏成了冤魂。

這時候，共產黨的追兵已經逼近了江邊，零星的炮彈在不遠的地方爆炸開來，槍聲也斷斷續續地在不知遠近的地方響起，我們好不容易的緊抓著繩索一個接著一個爬上了甲板。從船上再回過頭向岸上望去，只見還有很多沒有來得及上船的人們，個個呼天搶地，如臨世界末日，哀號不已。

就在船身垂直的下面，有個年輕身材婀娜的女郎，高舉著雙手緊抱的皮包，對著船上尖聲呼救，說她有金條美鈔，誰肯搶救她上船，她就跟誰相依爲命過一輩子，但就是沒有人給她援手。

古往今來，金錢、美女，是多少貪官污吏和市儈奸商追逐的目標，又是多少販夫走卒夢寐以求的寵愛，但在刀兵縱橫交煎下，貪官污吏不見了，市儈奸商跑開了，就連販夫走卒也躲得遠遠的，只有在這個時候，人們才會眞正的領悟到《色即是空》的道理，也只有在這種關頭，人們才能夠體會到《錢財是身外之物》的眞諦。

《大江輪》載著大時代羅織的恩怨和千家萬戶的離愁，告別了十里洋場，出黃浦江，過吳淞口，穩穩地投進了浩瀚的海洋。我生平第一次驚奇地發現，在大江與海洋之間，竟然存在著一道明澈的黃與藍兩種顏色的分界線，一點都不模糊，眞是《清者自清，濁者自濁》這兩句話最貼切的驗證。

過去，我從未見過海洋，對於大海只是從傳說和書本中接受類如《海水不可斗量》和《海底撈針》這種一知半解的概念，因爲它的廣袤和深沈，所以一直讓我對它懷有朦朧的情感和幻想。想過孔老夫子《道不行，乘桴浮於海》的瀟灑，想過秦始皇派徐福到海上爲他尋求不死仙草的貪婪，想過唐朝詩人張九齡詩《望月懷遠》中說的《海上生明月，天涯共此時》的柔情，想過鄭和下西洋的豪放，想過戚繼光海上殲倭逐寇的忠勇，也想過秋瑾《漫云女子不英雄，萬里乘風獨向東》的拔萃和超逸，他們有的爲後人樹立了不俗的風範；有的因爲暴露了人性過多的弱點，徒貽笑料於人間。

現在，我來到了海上，看海天相連的水、一望無際的藍、波濤洶湧的力、純淨無塵的美，在心靈深處，既有初遇新知的激動，又有似曾相識的歡愉，生逢絕世，未遭橫逆擊倒，陷於沈溺，已屬幸事，還能有這般奇妙的際遇，怎能不欣然自得！

祇是，從今而後，遠去鄉關，世事難料，天涯夢回，四無依託，眞不知道什麼時候才能夠踏上故鄉的土地，跟自己所親、所愛、所想、所敬的人相廝相守，重聚家園，共話桑麻？

二、丟下棉被換香蕉

初夏，海上的炎陽曬得人們頭昏，船上淡水供應嚴重不足，我們找不到水喝，眞正體會到《五內俱焚》的苦痛。後來，有人發現，甲板中間有個地方的機器運轉時會斷斷續續地流出水來，大家就拿著嗽口杯子擠到一起去等水，只是，這種水的顏色就像雄黃酒一樣，喝到嘴裏有一股沖鼻的柴油味，實在很難咽下去。

船上沒有水喝，當然更沒有飯吃，我們的隊上幸好陳警鐘隊長有先見之明，他在上海虬江碼頭上船前，就指示隊上的特務長把所有的米糧全部換成大餅運到船上，所以我們全隊幾十個人都在船上靠嚼食大餅維生，一直撐到了基隆港。

五月二十一日中午，《大江輪》在基隆港靠岸，當船身還在移動時，就見許多艘小船簇擁過來，小船上的人手裏提著成串的香蕉向我們兜售，過去，我們從未見過香蕉，好奇加上饑餓，都想立即能夠得到香蕉充饑，但賣香蕉的小販只要台幣、袁大頭，不要金圓券。

我們還沒有踏上臺灣的土地，當然沒有台幣，因爲經不起香蕉的誘惑，幾次把母親給我的那枚袁大頭從口袋裏掏出來準備扔給小販，但又幾次把它放了回去，心想，等到有一天，天下太平了，我要把這枚袁大頭帶回老家去交還給母親，讓她能夠得到些許的安慰；就算是時局持續地亂下去，我不能夠回去，也好借這枚袁大頭留在身上來維繫對母親的思念。

不過，我還是得到了一大串香蕉，那是我用一條棉被換來的。用棉被換香蕉，的確是個很好的主意，因爲大家都知道到了臺灣以後的唯一出路就是當兵，既然當兵，還怕沒有棉被蓋嗎？

因爲有人開了頭，後來的人都有樣學樣，頓時，一床一床的棉被和一條一條的繩索都從不同角度向四邊下方的小船上扔去，接著就是一簍一簍繫在繩索上的香蕉像掛在起重機上的東西一樣冉冉上升被吊到大船上來。這種商業行爲完全回到了以物易物的年代，究竟一床棉被或一簍香蕉値多少錢？就是有人能夠算得出來，也似乎被大船小船上的人忘記得一乾二淨了。

船在碼頭靠妥以後，我們一個個都爭先恐後地搶著往岸上衝去，這倒不是因爲對基隆港這個地方特別好奇，希望早點下船一睹岸上的風光，而是因爲都是餓得太久吃了太多的香蕉撐壞了腸胃，急著要到岸上找廁所匆匆忙忙地瀉肚子去。很多人都沒有想到，生平第一次碰到了香蕉，就栽在香蕉的手裏。

本來，在基隆港下船以後，相關單位是安排我們乘火車前往鳳山孫立人新軍訓練基地的，但因爲有那麼多人瀉肚子，被誤傳全都患了霍亂和傷寒等傳染病，鐵路局以防疫爲藉口，拒絕我們進入車站。後來，我們就像鴨子一樣，又被趕回到船上去，經海路前往高雄，再轉鳳山。那種狼狽的情景，比起戰後從中國遣往扶桑三島的日本鬼子兵都不如。

在海上繼續漂流了一天一夜，二十三日《大江輪》終於到了高雄。這時，烈日如焚，饑渴難忍，不少人都有脫水和昏睡的現象，下船後，沒有立即得到飲食的供應，反而被鳳山訓練基地派來的幾個軍官和一隊士兵徒步押往軍營，他們手裏端著上了刺刀的步槍，分成兩行把我們夾在中間，就像押解俘虜一樣，對我們吆三喝四，不許我們脫隊和慢行，態度兇狠，不可理喻。

隊伍經過苓雅寮時，很多人見到路邊稻田裏泛著淙淙的流水，不顧兩側士兵的監管和防制，就俯下身去在田梗邊用茶杯和手舀水猛喝起來，幸好那時候農田裏沒有使用農藥，水質清涼潔淨，喝起來立即感覺到有消暑解渴作用。

到了鳳山，我們立即被押進鎮郊的《五塊厝營區》嚴密地看管起來。軍方把我們集中在一座營房四周的水泥地上和附近佈滿碎石子雜著野草的操場上，任由蚊蟲叮咬和日曬風吹，企圖屈伏我們的意志，接受他們的擺佈。

後來，他們圖窮匕現，透過陪同我們南下的江蘇省政府人員告訴我們，決定要把我們編入鄭果的八十軍三四〇師當兵。我們認爲這跟他們在上海所作會讓我們進入《第四軍官訓練班》的承諾不相一致，就團結起來堅決反抗，拒絕納編。

可是，他們覺得我們已經落入牢籠，由不得自己作主，就採取兩種激烈的措施，強迫我們就範。第一，對我們斷水、斷電、斷糧，置我們於絕地。第二，在我們四周架起輕重機槍，並調一隊士兵在我們眼前練習劈刺，殺聲震耳，然後跟我們談判，以最後通牒方式要求我們聽命。

但我們依舊不動如山，堅持他們必須遵守諾言。直到最後，爲兩全著想，雙方達成了一項妥協，就是經過考試來做一次無關公不公平的決斷。凡是考試合格的，就分發到《第四軍官訓練班入伍生總隊》，日後再入《第四軍官訓練班》接受軍官教育。若是通過不了考試，就編入八十軍三四〇師當兵。

這項妥協，對於未能通過考試被編入三四〇師當兵的人而言，自然心有不甘，但對軍方來說，費了那麼多的心思卻未能達成全數納編以壯大八十軍的預謀，同樣有《抱殘守缺》未盡如意的遺憾。而通過考試被編進《入伍生總隊》的人，對軍方沒有遵守《上海協議》食言背信，也不免耿耿於懷。

事實上，驗證日後《入伍生總隊》一路坎坷的命運和結局，就完全可以洞察到當時軍方動機和作法的可議。孫立人將軍在鳳山編練新軍，向以《誠、愛、熱》爲號召，單就他們處理江蘇省訓練團所轄的《警員總隊》一事而言，在《誠》字的實踐上，似乎就留下了不少令人側目的瑕隙。

解體以後的《警員總隊》，一部分被收編補充了八十軍的三四〇師，繼續留駐在鳳山《五塊厝營區》，另外一部分編進了直屬孫立人將軍陸軍訓練司令部的《第四軍官訓練班入伍生總隊》，送往台南集訓。但也有不少人因爲聯繫到早先來到臺灣的親友，悄悄地離開了營區，各奔前程。

三、兩肘黑如山豬皮

三十八年六月一日，我們一千多人從鳳山乘火車到了台南。立即駐進日軍留下的《旭町營區》。這一天，恰逢農曆五月初五端午節，晚餐有象徵性的加菜活動，大盆的瓠瓜拌著少許的肉片，雖然不是什麼佳餚珍饈，但我們卻吃得狼吞虎嚥。

晚餐後，隊伍在營區大操場集合，分別被點名編入第一、三兩團，我原先被編在第一團第四營第十四連，隨後又被調編到第一營第三連。

《旭町營區》的房舍，是左右並列前後重疊的多棟式三層樓鋼筋混凝土建築，在那個年代，算是相當宏偉。室內磨石子地板光亮整潔，上下兩層檜木打造的床鋪排列得層次分明，堅固穩實，除了夜間臭蟲擾人以外，實在是個駐兵宿營的好地方。

營區內，遍植著老榕和芒果樹，仲夏季節，結實累累。過去，我們從未吃過芒果，也沒有見過芒果，突然見到芒果樹上結滿了像豬腰子又像鴨蛋的果實，心裏有一種莫名的喜悅和激動，總是想找機會到樹上去摘幾粒嚐嚐。可是，團部有個通令，規定任何人不得私自偷摘，若是被抓到，將會以違犯軍紀治罪。

有一次，我因爲一時的大意，在大榕樹的後面偷吃芒果的時候被排長看到了。

『你在吃什麼？』他邊向我跟前走來邊問。

『芒果！』我說。

『你不知道芒果是不許吃的嗎？』

『我只知道不許摘，但不知道不許吃！』

『那你的芒果是從哪裡來的？偷來的嗎？』

『不是偷的，是地上撿來的。』

『這就怪了，我怎麼沒有撿到過？』

『報告排長，當你走過芒果樹下又正好碰到芒果從樹上掉來的時候，你就可以撿到了。』

『就算是地上撿來的，也應該丟掉，不可以吃！』

『我是把它丟掉了的。』我兜了個圈子說：『只是，丟掉了以後，我看沒有人要，才又把它當做垃圾撿回來，我沒有想到撿垃圾也是不應該做的事。』

『強詞奪理！』他揮了揮手：『下次再被我看到，我就眞的叫你吃垃圾！』

所幸這位排長是我們連上一位最理性和最有愛心的長官，當時，他沒有過分的爲難我；事後，他也沒有找過我什麼麻煩。在日後漫長而又顚沛的歲月中，我們雖然地北天南，各有所事，但追求的卻是同一條正道和同一個眞理。爲人頂天立地，光明磊落，做事鞠躬盡瘁，有所爲有所不爲。而這位排長，正是我精神上的暮鼓晨鐘從未偏離的標竿。

《入伍生總隊》的這段日子無疑的是個劫數，雖然也能夠見到天上的日月星辰，樹上的紅花綠葉，地上的阡陌縱橫，但靈魂卻墜落在幽黯的煉獄之中。常常爲了多吃口飯，跑慢一步路，說一句理所當然的話，歎一聲隱忍不下的氣，就會招來一場橫禍，肉體的折磨，人格的屈辱，凡是曾經走過這段路程的人，相信都會有不堪回首的委屈和傷痛。

就以第三連來說，全連共有十四名班長，其中至少有十名帶兵的方式是値得譴責的，他們自己識字不多，卻極端仇視識字的人；他們自己說不出道理，卻偏偏痛恨別人講道理，對士兵動輒拳打腳踢，惡形惡狀。他們認爲自己的品質不足以領導知識水準較高的士兵，就以武力來鎭壓，誰不服他們，他們就打誰。

對於這些既不理性又無人性的班長，排長包庇他們，連長縱容他們，這些層層級級的連隊領導人，有一個共同的目標，就是不把士兵當人看。

這是對孫立人將軍以《誠、愛、熱》爲號召的練兵作風極大的諷刺，這種埋藏在士兵心底激烈的痛苦和怨憤，絕對不是他偶而來到部隊替士兵拉一拉蚊帳，跟士兵在一起吃一次大鍋飯就能夠化解得了的。事實上，以他的睿智和勤於巡視基層的經驗，要說不知道連隊幹部淩虐士兵的實情，那是不可思議的。而他沒有嚴令禁止，在士兵哀哀上告時，又未能認眞徹查秉公處理，這充分說明他不反對淩虐士兵，甚至有意鼓勵連隊幹部的野蠻行徑，這樣，他理應爲新軍中不人道的管教方式負起主要責任。

也許有人會問，新軍陣營裏究竟有沒有所謂的《誠、愛、熱》呢？實事求是來說，應該是沒有。就算是有，那也是表演性的行爲，也是經不起檢驗的官樣文章。

我實在無意也不忍批評孫立人將軍，他在《八一三》淞滬抗日戰役和印緬戰場上的英勇表現，一直是我對他崇拜的焦點。大陸戰局逆轉後，他受任於敗軍之際，奉命於危難之間，任勞、任怨、任謗，爲捍衛臺灣重整軍備更作出了不可磨滅的貢獻，理應俎豆千秋，垂範後世。特別是他後半生的坎坷遭遇，更值得人們矜憫和體恤。這裏，道出了這段往事，縱或對孫立人將軍稍有唐突，但相信將不至有損於他的聲譽。

到了《入伍生總隊》，《基本教練》是新兵訓練過程中的《重頭戲》。每天上下午各四個小時在火傘高張佈滿石碴和零星雜草的操場上，立正、稍息、左轉、右轉和變換隊形的操練，雖然刻板枯躁，但還是可以勉強接受，最痛苦的，就是臥倒、起立、匍匐前進這些動作了。每當幾個動作連續操練下來，兩個手肘和膝蓋都會被石碴刺得皮開肉綻。一次一次地、一天一天地做下去，粘滿了塵沙的傷口，就會像山豬屁股上的黑皮一樣，變得又厚又硬起來，髒髒的，癩癩的。山豬就山豬吧，好在大家都是一個樣子，誰也不自卑，誰也不笑誰。

星期天是不用出操的假日，但不出操卻並不代表清閒和自在。一大早起來，就在急迫的哨音下忙著擦槍、整理內務和打掃整個營區的清潔。樓梯間和寢室磨石子的地板被擦洗得閃閃發光，床上的蚊帳和毯子折疊得棱角分明，大小一致。從連長到小兵，個個戰戰兢兢地等著營長或團長結隊來檢查。

通常，檢查的人都會戴上白手套，從牆壁摸到地板，從槍管摸到槍膛，要是發現白手套上有了污漬，這一天，我們的日子就更不好過了，也許是中午不許休息到操場上去起立、臥倒、匍匐前進曬太陽，也許到廁所裏去掏糞坑，也許頭上頂著臉盆站到樓梯下示衆，何去何從，完全要看值星官和值星班長的情緒好壞來決定處罰的方式。

四、逃兵棍下皮肉爛

看電影，聽起來當然是一件愉快的事，但對我們來說，卻是一種磨人的災難。到了星期天中午，我們好想躺在床上多睡一會，紓緩一下一周來的緊張和疲勞，可是，值星官哨子一吹，卻要帶我們到台南市區看電影。

其實，與其說是《帶》我們去看電影，倒不如說是《押》來得恰當，因爲看電影跟出操一樣是不准請假的，也就是說想看要看，不想看也得去看。

說看電影是一種災難，可一點都不誇張，因爲勞軍的電影放映時，戲院覺得賺不到票錢，都不願意開電風扇，加上座位上和走道上都擠滿了人，熱氣產生了互乘的效應，直烘得整個戲院就像大蒸籠一樣，可以把人蒸得冒出油來。特別是值星官耽心會有人在黑暗中乘機開小差，強行規定每個人在座位上不許站起身來亂動，就連上廁所都必須有兩個人以上結隊同去同回，那種窘態，跟《放風》中的犯人實在沒有什麼兩樣。

在座位上不許亂動，不只是熱得難受，最痛苦的，還是被臭蟲咬得心驚肉跳。因爲座位的木板縫裏是臭蟲的《根據地》，穿著短褲的屁股和大腿坐在上面，像是侵犯了牠們的《領土主權》，而不得不用血肉跟牠們交換條件，任由牠們大快朵頤，因而一場電影看下來，屁股和大腿上都被牠們叮得像出了風疹塊一樣，又癢又麻。

台南的臭蟲，可眞是不簡單的角色，到處插隊落戶，不但戲院的座椅上有牠們的巢穴，營房的木板床上、穿在腳上的膠鞋底、戴在頭上的斗笠上都有牠們的父母兄弟和子子孫孫，有時候，連三0步槍背帶接頭的地方也不難發現牠們的蹤跡。開水燙不死牠們，殺蟲劑對牠們也無可奈何，難怪有人自嘲沒有臭蟲的本事，就經不起饑、勞、窮、愁的考驗。

偶而，我們也會被集體帶到營區以外的地方去參觀名勝古蹟，安平的熱蘭遮城遺址、市區的赤崁樓，我們去了一次又一次，那並不是我們很喜歡去，而是因爲參觀這些地方是屬於《精神教育》的一部分，高級長官在訓話時一再告誡我們，要學習鄭成功反清復明的志氣，完成《反攻大陸解救同胞》的使命。

可是，就是沒有人告訴我們鄭成功後來終於死在臺灣，他並沒有能夠完成《反清復明》的任務。實際上，共產黨早就抓住了這種心理上的弱點，發出淩厲的攻勢。早在我們還沒有來到台南以前，新軍的大本營鳳山灣子頭營區就有人演出了《明末遺恨》的話劇，別有機心地刻劃著鄭成功父子在臺灣敗亡的故事，強烈隱喻國民黨《反攻大陸》的無望。

記得那天上演《明末遺恨》話劇時，營區的擴音器裏還高唱著《義勇軍進行曲》，這首歌雖然是抗戰時期的名歌和名曲，但不久以後，就變成了《中華人民共和國》的國歌，可以理解，在同一個時空，一面演出《明末遺恨》，一面高唱《起來，不願做奴隸的人們，把我們的血肉築成我們新的長城……》的《義勇軍進行曲》，應該不會是新軍當局一種無心的疏失，而是共產黨精心的傑作。

搞心理作戰、使詐、弄巧，國民黨永遠不是共產黨的對手！不過，可笑的是，若干年後，當共產黨掉落在《文化大革命》的驚風駭浪中快要滅頂的時候，《義勇軍進行曲》

又似乎成為他們的悲歌，所以有一段時間，《中華人民共和國》的國歌才會出現有曲無詞的空白，而要用所謂《東方紅》來取代，一直要到《改革開放》以後，大陸人民覺得自己好像不是《奴隸》的時候，《義勇軍進行曲》才又回復本來的面貌。

除了《明末遺恨》和《義勇軍進行曲》以外，當時被新軍奉為精神標竿的《新軍歌》，也同樣出現與共產黨聲氣相投的呼應，最露骨的內容有這樣的字句：

祖國的原野在咆哮，四萬萬人的熱血在跳躍，青年的怒火已在燃燒……。
投向祖國和人民的懷抱……。新中國的長城，誰能夠打倒？
舉起鐵腕，揮動槍刀，新中國的兒女們，光明在前頭照耀，起來！起來！
投向祖國和人民的懷抱，看大火炬的光芒，海天普照！

論形勢，當時的國民黨和中華民國政府兵敗如山倒，根本沒有《祖國的原野在咆哮，四萬萬人的熱血在跳躍》和《光明在前頭照耀》的跡象，反倒是長驅直下逐奔逐北的共產黨才有這種氣勢；論字義，類如《人民》、《新中國》、《大火炬》，這些都是共產黨慣用的詞彙和術語，新軍卻視為經典，既不知彼，也不知己，是難得糊塗？還是懵懂無知？

後來，《新軍歌》被禁唱，那已經是兩年後的後知後覺了。從這裏，可以想到孫立人將軍或精於治軍，卻疏於防諜，他後半生的顚躓，自非完全偶然。

《入伍生總隊》的成員，都是從全國各大城市招考來的大、中學生，有的來自平、津、洛陽，有的來自武漢、上海和廣州，平均年齡不到二十歲。到了臺灣以後，新軍當局並未依照原先的許諾，送他們入軍訓班受軍官教育，反而把他們強制編進《入伍生總隊》去當兵。

物質的匱乏，加上精神的苦悶，凡是外面稍有門路的人都想盡方法溜了，爲了防堵這群毛頭小子逃亡，制止他們情緒反彈，連隊幹部竟又愚蠢地以酷烈的暴力相脅迫妄圖迫使他們就範。

一天早點名過後，我們的連長孫蔭謙在操場邊一株大榕樹下對全連官兵訓話，大談《國家興亡，匹夫有責》的道理，突然，他手一揮，就命令槍兵押來了三名逃兵，先以污穢不堪的字眼痛罵他們是全連的敗類，接著，就叫全連十幾個班長出列，每四個班長揪著一名逃兵，把他們按倒在地上，輪流用竹扁擔打他們的屁股，直打得他們皮開肉綻，全身癱瘓。

這種野蠻的《殺雞儆猴》的行爲，固然可以嚇阻想要逃亡的人們立即行動，卻嚴重地製造了官兵對立的恐怖氣氛。

病態的是，連長孫蔭謙上尉，在他責令全連班長痛打三名逃兵的屁股之後，不出一個月就遭到逮捕關進了禁閉室，上級下令逮捕孫連長的理由，不是因爲追究他毒打逃兵的不是，而是因爲他犯了吃空缺和貪污的罪行。

關在禁閉室裏的孫連長，還在作威作福，他指使著在禁閉室門口站崗的衛兵替他拿這樣送那樣，衛兵都是我們連上的士兵，平時受盡了壓迫，裝了一肚子的氣，現在，機會來了，也就對他報仇雪恨起來。

『衛兵，到廚房給我拿杯開水來！』他命令衛兵說：『快一點，我渴得很！』

『衛兵守則規定，站衛兵不許離開崗位！』衛兵說：『你就忍著點吧！』

『混帳！』他潑口大罵：『我是連長，准許你離開，你就可以離開，怕什麼？』

『連長不在連部辦公，跑到這裏來幹嘛？』衛兵火了起來，他說：『實在渴得受不了，就自己拉泡尿來喝吧！』

『好小子，看我出去以後怎麼整你！』孫連長咬牙切齒地說：『我看你是不想活了。』

『你出來的時候，我已經當營長了，怕你什麼？』衛兵豁出去了，故意氣他。

孫連長從禁閉室出來的時候，那個衛兵當然沒有當到營長，不過，孫連長也再沒有回到連上，他被撤職查辦以後，連小差都不用開，就流落到屏東街頭的路邊賣大餅饅頭去了。他是山東人，烤大餅和蒸饅頭本來就是他的看家本領，這麼一來，他雖然失去了用武之地，倒也物盡其用，人盡其才。

五、名字不可叫忠孝

過去，常聽人說馮玉祥、張作霖和孫傳芳是軍閥、老粗、霸道，帶起兵來常常鬧笑話。但究竟粗到什麼程度？霸到什麼地步？又鬧過了哪些笑話？知道的人卻不多。現在，自己當了兵，聽到和看到的笑話，倒眞的是可以裝滿幾籮筐。

跟我們同一個團裏，有一個連晚點名，當值星官點到一個來自武漢名叫田忠孝的士兵時，笑話就發生了。

『張立德！』

『有！』

『王大成！』

『有！』

『田忠孝！』

『有！』

值星官點到這裏，突然停了下來，他向前跨了兩步，亮起了手電筒照一照田忠孝的臉，不停地端詳著。

『你這個名字不好，要改！』

『報告值星官，爲什麼？』田忠孝一臉恍惚。

『這還要問嗎？』值星官瞪著眼說：『我們的連長也只是個上尉，你嘛，一個士兵，怎麼可以是中校？』

『我這個忠孝是對國家盡忠的忠，對父母盡孝的孝，不是比少校大一級比上校少一朵梅花的中校，不一樣嘛！』田忠孝委婉說明。

『你以爲我是老粗，不識字嗎？』值星官說：『別人叫你的時候，能夠聽你解釋這麼多嗎？是聽起來有問題。你懂不懂？』

田忠孝哭笑不得，囁囁嚅嚅地直是舌頭打結，先是他的左右鄰兵捂著嘴大笑，接著，全連官兵都被逗得笑成一堆。其實，大家笑的，不是田忠孝的窘狀，而是值星官的荒唐。

另外一個笑話，也是關於改名字的事。有個叫做黃仕華的士兵，他的姓名跟國防部一位中將的姓名完全一樣，依照規定，階級低的必須禮讓高階長官改變自己的名字，但黃仕華以他的名字是他祖父給他取的爲由，堅決不改。可是，經過連隊長官軟硬兼施，爲了避免麻煩，他最後還是答應改了。

改什麼呢？黃仕華想了一想，將《仕》字去掉，用了兩個《華》字，再在《華》字左邊加個《火》字，叫做《黃燁燁》。

『他媽的，老子行不改名，坐不改姓，硬是逼著老子改，中將，中將是皇帝嗎？』黃仕華大發牢騷說：『改就改吧，以後嘛，我要你們這些王八蛋通通叫我《黃爺爺》，看哪一個來當龜孫子！』

怎麼會變成了《黃爺爺》呢？因爲《燁燁》和《爺爺》字不同音同，叫起來只是聽聲音，又不是查字典，沒有人會去計較什麼字，這樣一來，從連長、值星官、排長到各班班長，早晚點名和平時呼喚指揮，都異口同聲要叫他《黃爺爺》了。

『看吧！』他很像魯迅筆下的阿Q自我膨脹地說：『老子沒錢沒勢，就是多子多孫！』

小人物有小人物的倔強，威權壓不倒他，暴力也奈何他不得。

九月底，《入伍生總隊》奉命調往鳳山《五塊厝營區》，繼續接受艱苦訓練。訓練的專案除了《基本教練》以外，又加多了不少新的操課，其中最累人的，就是五千米越野長跑，從〈五塊厝營區〉出發，一直跑到高雄苓雅寮轉彎再跑回來。因爲我們普遍營養不良，往往耐力不繼，跑到中途就會有人昏倒，但稍經休息後，仍須跟在隊伍的後面跑完全程。

接著是《戰鬥教練》，這是新兵入伍後又一階段訓練的開始，既要磨練戰鬥技能，又要提升機智和反應能力，其中包括爬竿、擲手榴彈、走獨木橋、躍過壕溝、超越高牆、跳下高臺、匍匐前進通過輕重機槍掃射下的鐵絲網和強渡河流等難度不同的動作，規定每個士兵都要通過檢驗，若是有一個人跟不上去，就視同全班落後，因而班長爲了團體的成績和榮譽，對於膽小和體力較弱的士兵，除了動員全班同舟共濟予以扶持外，督促起來也格外的嚴厲。

比起其他部隊，孫立人將軍統率的新軍，在戰鬥技能方面無疑的是要高人一等的，就以《入伍生總隊》來說，兩百公尺的步槍射擊，每一個士兵，雖然不敢說百發百中，但命中率經常在百分九十五上下。祇是，因爲幹部對士兵的要求太苛烈了，若是到了戰場，士兵們會不會赤膽忠心地聽憑他們的驅策？或是會不會因爲懷憤在心伺機打他們的黑槍？恐怕很有問題。

古往今來，曾經有過不少驚心動魄的例證都足以說明帶兵打仗的人，如果不能贏得士兵的忠心，要想打勝仗幾乎是不大可能的。甚至自身的安全也不一定能夠得到保障。三國時期西蜀的猛將張飛，不就是因爲脾氣暴烈苛待自己的部屬招來了殺身之禍嗎？

十月二十五日，是臺灣從日本人統治下回歸中國的第五屆光復節，這一天，福建沿海共軍乘大陸戰場得勝餘威，調集重兵強攻金門，遭到守軍奮力還擊，經過一晝夜的血戰，共軍兩萬多人登陸後，除部分棄械投降外，盡遭殲滅。

這是國民黨在大陸一路潰敗後旋轉乾坤的一戰，金門戰役的勝利，奠定了台海安全的基礎。檢討這次勝敗的原因，一方面是守軍以哀兵的沈痛下定了背水一戰的決心，驗證了戰場上《倖生不生，必死不死》的規律；其次，是共軍缺乏渡海作戰的經驗，忽視潮汐的起落，重武器未能及時投入戰場，後繼無力，但最重要的，還是共軍指揮官過度驕狂，沒把守軍的潛力看在眼裏，盲目出擊，終遭全軍覆沒。

對照歷史，金門戰役非常類似《赤壁戰役》。西元二〇八年相同的季節，曹操以百萬之衆乘得勝餘威進犯江東，志在一舉殲滅劉備殘餘和東吳孫權集團統一中國，同樣因爲不識水戰，碰上了哀兵，加上自己的驕狂，結果，被孫、劉聯軍殺得狼奔豕突，幾乎喪命沙場。毛澤東向以熟讀《三國演義》自誇，卻沒有想到會重蹈赤壁戰役的覆轍。

說起《哀兵》，當時，退隱在野但仍心繫國事的國民黨總裁蔣介石，就坦然以《退此一步，別無死所》告誡全黨和全軍，臺灣各地所有的機關學校、部隊和民間普遍教唱的一首叫做《保衛大臺灣》的歌曲，也明白地標示出身處絕地的危殆。這首歌《我們已經無處後退，只有勇敢向前》的字句，幽怨而蒼涼地提醒大家要做《死裏求生的拼搏》。

就當時的處境來看，拼搏似乎是強民所難和強兵所難的事。因爲拼搏必須要有精神和物質條件爲後盾，才能夠產生力量，創造機勢，成就輝煌的志業。

首先是精神條件，民國三十八年秋冬時節的臺灣，受到大陸南北戰場每戰必敗和經濟崩盤的影響，民心士氣都跌到了谷底，沒有人相信臺灣能夠在危局中苦撐下去。尤其是在美國於七月二十七日發表《對華白皮書》將大陸失敗的責任全部歸結爲國民黨貪污無能，並揚言不再過問中國事務以後，臺灣已經淪爲太平洋上的一葉孤舟，面對強烈的風暴，隨時有沈沒的可能。

在物質方面，似乎比精神還要匱乏難熬，當時的國民所得，平均約爲二百美元上下，民間仍有不少人以蕃薯乾爲主要食料，軍隊雖然由日食二十四兩糙米提升到二十七兩，但因副食品質太差，缺肉少油，士兵食量增加，仍普遍存在著饑餓狀態。古人說，皇帝不差餓兵，那時候的臺灣，部隊裏卻滿是餓兵。我們《入伍生總隊》有《孫立人子弟兵》的稱號，但常常有人因爲多裝了一勺飯或多吃了一口菜被罰頂著飯碗跑步。別的部隊可想而知。

六、走起路來像企鵝

島上士兵吃不飽，營養不良，很多人患了夜盲症和腳氣病，患類似疥瘡的皮膚病的更是通常現象。團部醫務所的孫醫官唯一能夠開出的藥品就是幾滴魚肝油和幾粒酵母片，至於能不能夠把病治得很有效，那就不是他能夠過問得了的事了。

在服裝方面，也是出奇的短缺，我們在台南入伍時，領到了第一套軍裝，竟然是日本兵留下來的制服，上衣瘦瘦的，小小的，穿在身上拉皮扯筋，像貼膏藥一樣不舒服。褲子兩旁更是莫名其妙地掛起了肥大的耳朵，走起路來一踱一踱的，像隻鴨子，又像企鵝。想不到八年抗戰贏得勝利後的中國軍人，居然會變成了日本鬼子兵。

除了衣、食不足外，士兵的薪餉也只是象徵性的名詞，三十八年六月中旬，臺灣地區實行幣制改革，發行新臺幣取代舊台幣，一個上等兵的月俸是十二元，但這並不是每個人每月都能夠領到十二元，而是完全要看連隊幹部的裁量。因為他們耽心上兵有了錢會開小差，會出花樣，就千方百計的扣發士兵的餉錢，企圖用《窮》來控制士兵的私人行動。

連隊幹部扣發士兵餉錢的理由是冠冕堂皇的，他們不須徵求士兵的同意，就會以加菜、買肥皂、斗笠、紅短褲、魚肝油等為名，強行扣發士兵的餉錢，七扣八扣下來，一個士兵每個月能夠領到三、五元新臺幣作為零用錢，就算是很不錯的了。

三到五元新臺幣能夠買到什麼東西呢？依照當時物價的指數，一元新臺幣差不多可能買到五、六根香蕉，或是十幾粒像孩子們玩的彈珠那樣大小的糖球，這種糖球硬得像石頭一樣，國家多難，半絲半縷，得來不易，這點小小的甜頭，你就聊勝於無躲到一邊慢慢地嚼吧！

民國三十九年，西元一九五〇年是國民黨和中華民國存亡絕續的一年，這一年，國民黨原打算經略大西南伺機光復中原的好夢碎了，繼去年十一月三十日棄守重慶，十二月二十七日丟掉了成都以後，基本上，已經離開了大陸戰場，隨後這年的五月二日退出海南島，十六日放棄舟山，更退縮到要以臺灣本島爲主戰場的窘境，一直到六月二十五日朝鮮戰爭爆發，二十七日美國總統杜魯門下令第七艦隊協防臺灣，中華民國政府才得偏安一隅，僥倖的存活下來。

臺灣能夠免於被共產黨攻陷，實際上是由毛澤東一連串的錯誤造成的。毛澤東的錯誤可以概括分爲武的錯誤和文的錯誤。

從《武》的錯誤來說，他不應該在攻佔華東和華南各大城鎮之後，緊急入川，而應該讓國民黨到西南去坐困絕地，抽出絕對多數的武力直攻臺灣，以當時國民黨群龍無首和民心士氣極度渙散的狀態來看，共軍渡海攻台時就算是會遭到重大的傷亡，最後仍可以在前仆後繼的行動下攻佔臺灣。然後，回過頭去慢慢地再來收拾西南各省，國民黨必將走投無路步上太平天國石達開的覆轍。

毛澤東在《武》略上犯的第二個錯誤，就是他對蘇共頭子史達林認識不清，誤將史達林看成爲可以信靠的戰友和知己，毫無保留地暴露了自己急於攻佔臺灣統一全國的心機。根本沒想到史達林是多麼不願意見到中國統一與富強。

不願見到中國統一與富強，原就是西方帝國主義共同的戰略方針，但其中以史達林的戒懼最深。三十年代初到四十年代中期，他支持中國共產黨和毛澤東對國民黨武裝鬥爭，主要目的也就是要被壞中國統一阻撓中國富強。而今，毛澤東坐大了，他同樣不希望見到中國統一和富強起來。現實的利害擺在他的眼前，如果毛澤東攻取臺灣完成中國統一以後，東、南、西三方因爲沒有敵國外患的憂慮，就可以調集兩百萬以上的兵力長期布陣塞外，跟蘇聯反目，清算百年來的舊帳。

史達林當然不願意見到這一天，但他又不想被毛澤東看透心機，稍作盤算，便想出了一條毒計，先慫恿北韓金日成突襲南韓，打起了朝鮮戰爭，在聯合國安理會討論是否出兵援助南韓時，史達林又故意讓蘇聯駐聯合國代表維辛斯基缺席，放棄否決權，方便安理會通過出兵的決議。等到聯合國軍隊投入戰場以後，就立即督責毛澤東跳下《抗美援朝》的火坑。

陰狠狡詐的史達林，不但引領毛澤東陷入《抗美援朝》的泥淖，借刀殺人，消耗掉毛澤東可能用來攻打臺灣追求統一的精壯，還乘機將第二次世界大戰時期用剩下來的軍火以高價賣給毛澤東用於朝鮮戰場。讓中國欠下蘇聯一筆沈重的戰債。

這筆外債像一座大山壓在中國人民的頭上，直到五十年代末至六十年代初，大陸發生嚴重大饑荒，毛澤東顧不得幾千萬人被餓死，還要把糧食裝上一列列的火車日夜不停地運到蘇聯去還那筆破銅爛鐵的債。一九六二年，毛澤東和赫魯雪夫翻了臉，兩國交惡成仇，跟蘇聯逼債有重大關連。

其實，把國民黨趕出大陸後的毛澤東，固然不必《過河拆橋》跟蘇聯反目，但也不應該過分屈從史達林的驅策，如果他不是那麼魯莽出兵朝鮮，自投史達林的陷阱，中國人民也就不至於會遭到一連串的災難。共產黨人常常自誇在朝鮮戰場上打敗了美國，實際上，那只是阿Q精神的顯現。對於這筆爛帳，這一代的中國人或許還不便撥算盤珠子去算個明白，但歷史卻必然會有明確的分解。

毛澤東在《文》略方面犯下的錯誤，並不小於《武》略上的失策。對他自己來說，輕易地錯失了可以眞正超越《秦皇、漢武》的機會；對國家和人民而言，更延誤了五十年勵精圖治的時程。這可以分做五方面來思考：

第一、他應該效法漢初劉邦和蕭何的懷柔，讓久經戰亂田園荒蕪的老百姓有充分休養生息的機會，全面恢復工農業生產，振興經濟，弘揚教化，藏富於民，共創安和樂利的社會。

第二、他應該善待國民政府留在大陸的軍公教人員和他們的親屬，以寬厚的胸襟和眞誠的眷顧贏得他們心悅誠服的順從，動員大陸一切有生力量，爲建設新的國家共襄盛舉。

第三、他應該團結知識份子，尊重和信賴他們的專長和智慮，投入希望工程，爲中華民族開創光明的前程。

第四、他應該繼承《中華民國》的國號和高舉《青天白日滿地紅》的國旗，以物競天擇的規律取代國民黨的正統，以爭取海內外炎黃子孫的認同。

第五、他應該效宋太祖《杯酒釋兵權》的遺風，對待跟他一道打天下的驕兵悍將，解決內部矛盾，化戾氣爲祥和，置國家於個人和黨的利益之上，讓舉世誠服，天下歸心，永絕猜忌。

如果毛澤東能夠做到以上這五點要訣，相信不但大陸早在三十年前就會出現漢唐盛世，而蟄處海上的國民黨因爲失去了正統也必然萎謝於無形，臺灣和海外的中國人自然會望風景從，實現中國統一的鴻圖。

可是，毛澤東昏了頭，不但上了史達林的惡當，打了一場莫名其妙朝鮮戰爭，也鬥殺了一大群跟他打天下的革命伙伴，摧毀了教育和生產結構，最重要的，還是留下了臺灣問題，讓後來兩岸的中國人互相扯皮。

韓戰是二十世紀中葉一場最好笑和最混帳的代理戰爭，北朝鮮的金日成被史達林愚弄上了惡當，毛澤東也同樣被史達林當做猴子來戲耍，吃了啞巴虧，還要洋洋得意的裝出了英雄的模樣。眞正因爲韓戰獲得厚利的，除了史達林如願以償地阻撓中國統一和富強以外，就是日本了。日本因得地利之便成爲美軍後勤補給基地，大量的商機讓他們很快從戰敗的蕭條中復甦，變成了亞洲經濟強國，逐漸在亞洲居於舉足輕重的地位。

當然，在臺灣的中華民國政府和國民黨，更是拜韓戰所賜，得到生聚教訓安定的時空，開創了中國史無前例的富庶和繁榮。到了西元二十一世紀開端，臺灣人均所得達到了一萬四千五百美元，是五十年前初抵臺灣的七十二倍，是共產黨統治下的大陸人均所得的十五到二十倍。

七、當兵不許思故鄉

部隊繼續留在鳳山《五塊厝營區》訓練，我們也繼續忍受著身心兩方面的折磨，每天吃的，除了不夠飽的粗米以外，空心菜、瓠瓜，更是經常不變的副食，偶而爲了多吃一片豆腐和幾粒花生米被罰和引起爭吵的情事仍時有發生。

那時候，《入伍生總隊》百分之九十以上的士兵，都還是發育成長中的少年，這種匱乏的生活，是我們一生中永遠揮不掉的陰影。

鳳山西北郊約兩公里遠的大埤湖，後來兩次改名爲大貝湖和澄清湖，是我們戰鬥教練《打野外》時的模擬戰場。那裏的《三九九高地》是一座不高但很綿延的山坡，我們千百次在這裏衝鋒陷陣，爬上滾下，我肩上扛著的六零迫擊炮的底盤越扛越沈，直壓得我氣都喘不過來。有時候，實在是太餓也太累了，眞想一頭栽進大埤湖的綠波裏去，求一時的清涼舒適，永久的一了不了，但因放不下故鄉的親人，卻又心有不忍。

我的身體原就瘦弱，三十九年底，終於在饑乏困頓中生了一場大病，整日夜發高燒不退，不停地嘔吐和瀉肚子，開始的時候，還被迫坐在操場邊見習，看別人出操，到了後來越病越重，連走起路來都有輕飄飄的感覺，連長楊少泉見狀，就把排長王永生叫過去。

『他病得這麼嚴重，爲什麼不給他休息？』楊連長指著我對王排長說。

『他自己沒有說病得很重，我們也就沒有注意到。』王排長答辯著。

『他敢說嗎？』楊連長下了命令：『送他住院去吧！』

楊少泉連長，四川崇慶縣人，雖然他無法改變《入伍生總隊》連隊幹部對士兵野蠻的管教方式，但他卻常會在情況許可下包容士兵，至少他不會主動地挑剔士兵的錯誤，這一點，他就比前任因貪污被撤職查辦的孫蔭謙連長較能得到士兵的愛戴。

十二月初，我獲得許可到台南去住院，醫院是臺灣防衛司令部附屬的小型醫院，比一般診所大不了多少，房子破破爛爛的，夜裏，木板釘成的簷牆被風吹得沙沙作響。我是由同一個排裏的士兵王霍生兄陪我前往住院的，霍生是我的小同鄉，他是沭陽李恒人，他不但小心地護送我去住院，還把自己從家裏帶出來的一件絨布衛生褲脫給我穿，讓我保暖，這份友情一直深藏在我的心底，以後半個多世紀，我們一直是情同手足的摯友。

台南住院的日子是冷清的，醫官和看護人員，好像他們都有沈重的心事，看病的時候，動作多，說話少，雖然沒有良藥和良術，但因爲能夠得到充分的休息和可以吃飽的伙食，我的病體逐漸地好了起來。

每天晚上，我躺在四面通風的病床上，靜聽附近營區傳來晚點名時士兵高唱的歌聲：『反攻，反攻，反攻大陸去！大陸是我們的國土，大陸是我們的疆域！我們要反攻回去，把大陸收復！』歌聲聽在耳裏，單調而蒼涼，格外讓人思念起故鄉。

思鄉在那個時候是不被允許的，過中秋節，過農曆新年的時候，年少的士兵們可以用毯子蒙在頭上悄悄地飲泣，但就是不准說想家。不但不准說，連思鄉的歌曲也不許唱，像《月兒高掛在天上，光明照耀四方，在這個靜靜的深夜裏，記起了我的故鄉》、《我的家，在東北松花江上》這一類舊時的歌曲，像《四郎探母》的戲劇，都不許唱不許演，誰也不敢觸犯這種禁忌，以免引來可大可小的禍端。

在台南，住了二十幾天醫院，快過農曆新年了，身體雖然還沒有完全康復，但我還是徵得醫官的同意，辦了出院手續，回到了部隊。民國四十年初，軍系鬥爭趨於激化，孫立人將軍漸落下風，《入伍生總隊》的精華連隊被蔣緯國將軍的裝甲兵呑併，我們第一團被編爲陸軍裝甲兵旅第二總隊第二十六、七兩個大隊，完全脫離孫立人將軍的掌握，調駐高雄縣杉林鄉莆姜林營區。

莆姜林位於楠梓仙溪的北岸，是深山地帶，部隊的主要任務是防制空降，從這個時候起，我們的生活獲得了大幅度的改善，裝甲兵部隊的管理比起《入伍生總隊》要人道多了，連隊再也沒有打罵士兵的惡習，而且每天都可以吃得飽飽的，特別是部隊開始有麵食可吃，這對來自北方的官兵來說，無疑是一大福音。

改編裝甲兵以後，我被調到第二十七大隊大隊部，幫管理車輛器材的鮑錦榮上尉管理材料進出的業務，工作相當清閒，鮑上尉是一位很有涵養而且非常仁厚的長官，他對我特別體恤和照顧。

『你要好好地利用時間讀書，日後才會有寬坦的路好走！』他常會這樣勉勵我。

在鮑上尉的寬容和督促下，我真的靜下心來閱讀所有能夠到手的書，並且開始塗鴉，學習寫詩、散文和小說，英文從背單字開始，同樣貫注了不少心力，後來，大隊部的謝白萍參謀，也給了我殷勤和熱心的指導，讓我在學業上得到了長足的進步。

高雄縣的杉林鄉，實在是個民風淳樸景色秀麗的好地方，楠梓仙溪也果真是實至名歸，美如仙境。黃昏，我們漫步在橫跨楠梓仙溪的月眉吊橋上，沐浴著夕陽餘暉，聽橋下流水潺潺，嗅溪畔野花噴香，望遠山嵐煙縹渺，看低空白鷺飄逸，竹木扶疏，稻浪翻飛，牧童在牛背上徜徉，漁翁在晚霞中垂釣，人們常說美景如畫，其實，圖畫那有杉林鄉景色的秀美。

莆姜林營區距離月眉橋大約有五百多公尺，是我們早晨跑步和晚間散步常去的地方，後來，我從大隊部調到《本部中隊》繼續擔任文書業務，比在大隊部時更加清閒，所以有充分的時間讓我跑遍月眉橋附近的山林，享受著大自然的溫馨。

《本部中隊》的隊長金頌明上尉，浙江東陽人，他是一位心地善良的長官，很能體念士兵的疾苦，他見我身體瘦小，不堪勞累，從不勉強我做超過體力的勞動，甚至還准許我不必參加全隊官兵的晨跑運動，加上同在隊部工作的王世芬、周農歌、羅少春和斯章友這幾位來自天南地北的朋友熱心地照顧，有十多個月的時間，讓我有充分讀書、自修和養息的機會，在這段憂患的歲月裏，我實在很感激他們對我的包容和扶持。

比起步兵，裝甲兵似乎是天之驕子，伙食吃得好，勤務加給拿得多，出門有汽車乘，尤其不像步兵永遠有做不完的操練，可是，人就是不容易滿足，養尊處優的裝甲兵裏，還是有人嚮往營外的花花世界，開小差的情事時有發生。

八、落難棲身土地廟

四十一年八月底，大隊長顧正祥少校突然發了悲憫心，他叫人在楠梓仙溪對岸林間找到了一間原爲土地廟的小屋，通知各中隊將不能正常操練的病患集中送到小屋去安頓下來，脫離部隊，安心休養，我們的隊長金頌明上尉，看到了大隊部的通知，就把我叫到他跟前去。

『現在有個機會。』他說：『大隊部決定讓身體病殘的弟兄到山林間的小屋裏住下來休養，你願不願去？』

『我願意去！』我說。

『你心理上要先有個認識。』他委婉地說：『不是部隊不要你了，要把你趕走，而是希望你休養一段時間，恢復健康再把你接回來。』

『我知道！』

『你還是可以隨時回到隊上來，回來拿米和油鹽，回來看一看大家。』金隊長說：『缺少什麼，就對我說，不管隊上有沒有，我會想辦法。』

『謝謝隊長。』

『山間氣溫低，夜裏會冷，我會叫特務長多給你一條毛毯，飯盒和竹床也幫你準備妥當，住到哪邊去，好好地利用時間多看幾本書，不要胡思亂想。』他周詳地叮囑著。

『我會！』

跟我一起住到林間小屋裏去的一共有五個人，他們是湖南的向才福、湖北的孔曉晴、浙江的趙書田和四川的王學文，每天，我們各自到林間去拾取枯枝當柴火，在小屋門口用磚頭架起來當爐台，自行淘米洗菜，生火炊爨，因為山區冷寂，暮靄來得很快，太陽一落，天色就黑起來了，小屋沒有電燈，連照明的蠟燭也沒有，所以我們睡得很早。遠離塵囂，過的倒有點像是出家人四大皆空的生活。

小屋像是很久沒有修葺了，屋頂上的瓦片斑斑剝落，室內灰塗四壁，土地公和土地婆不知道遊方到那裏去了，留下來的神台空空蕩蕩的，上面散落著零亂的冥紙和厚厚的塵灰，我把冥紙收拾成一堆，拿到門外一條通往深山的小路邊，點根火柴就借花獻佛燒給在六合遇難的周立興兄，那天正是他去世三周年的忌日。

經過整理後的神台，鋪上幾張舊報紙，就變成相當別致的書桌了。在這張殘留著濃濁香燭味的書桌上，我複習過舊時讀過的書卷，也讀了一些新書，頗能體會到顏回居陋巷的況味。

漸漸的，我們認識了一些農家的朋友，他們都是誠實、厚道、熱情的客家人，對我們一點都不見外，也不欺生。有個就讀旗山農校的孩子，常會到小屋裏來或是請我到他家去跟他一起溫習功課，很快我就成為他們一家人的朋友，他的母親很喜歡客人，特別從柴堆裏找出了一大堆用竹篾編成的細竹簍子，叫她的兒子帶我到楠梓仙溪去捉蝦子，竹簍裏有倒刺，放了炒熟的米糠，蝦子鑽了進去就被倒刺攔住出不來了，因而我們抓到了不少活蹦亂跳的蝦子，又煮又烤，吃得津津有味。

年底，裝甲兵第二總隊說是爲了整合戰力，決定將全總隊七個大隊的傷患集中到臺灣中部療養。我們住在林間小屋的幾個人，在一個深夜被大隊部派來的人從床上叫了起來，懵懵懂懂地乘上一輛中型吉普車連夜直駛雲林，天明時，抵達西螺國民小學分校，過了一些時日，又搬到郊區一處廢棄了的屠宰場住了下來。

屠宰場的房屋又矮又暗，還可以隱隱約約地嗅到血腥味，放置竹床的木板架上，夾縫裏塞著的豬毛滋生了不少臭蟲和跳蚤，我們身上被叮得就像出了疹子一樣，多次向部隊反映，都沒有得到理會。說是讓我們集中療養，實際上，既無《療》的設施，也沒有《養》的供應，反而不如說是《自生自滅》來得恰當。

西螺是臺灣中部偏南的一個小鎮，座落在濁水溪的南岸，氣候溫和，是臺灣稻米和蔬菜主要的產地；西螺的白柚，跟麻豆的文旦一樣，汁多味甘，遠近馳名，據說，曾經被選爲貢品。

小鎮的風氣不像高雄縣杉林鄉那樣閉塞和保守，但一般人的性情卻非常敦厚。鎮上的讀書人很多，有一所相當完善的圖書館，對於外地人並不排斥，我們很快就認識了不少新朋友。

史達林一手主導的朝鮮戰爭，如他所願地遲滯了毛澤東攻取臺灣和統一中國的行動，而且在他有生之年，讓毛澤東始終對他卑躬屈從，未敢輕於犯顏。但史達林用來對付毛澤東的這條毒計，卻讓臺灣漁翁得利，從此揭開了生聚教訓和發憤圖強的序幕。

在以後的幾年間，國民黨聚集了知識界的菁英，如尹仲容、俞鴻鈞、李國鼎、嚴家淦、孫運璿這些經濟長才，以過人的智慮、高度的忠勤、曠世的廉潔、磊落的襟懷，華路藍縷為臺灣出謀畫策，締造了豐足；如谷正綱、張道藩、吳延環、俞大維、陶百川等這些臨大節而不虧，逢巨變而不驚的國士，秉春秋大義，敲暮鼓晨鐘，有所為，有所不為，直如寒空皓月，為人間指引明路，為社會樹起標竿。

再如胡適、沈剛伯、林語堂、毛子水、徐復觀、葉公超、梁實秋、吳大猷、于斌、曾約農、蔡培火、蘇薌雨、牟宗三、江學珠、曾繁康、劉大中等這些大學問家、大教育家、大思想家，以身教和言教，像春風化雨一樣滋潤著世道人心，有益於臺灣心靈建設。

當然，臺灣能夠從日本殖民主義羅掘俱窮的統治和二次大戰的廢墟中復興起來，蔣介石總統父子披肝瀝膽的奉獻和千千萬萬臺灣人民胼手胝足默默地耕耘，更是功不可沒。

有人認為臺灣能夠富庶繁榮，是因為國民黨從大陸帶來了不少黃金充當資本的緣故。其實，這種論調是非常粗淺似是而非的，因為如果沒有知識分子的菁英夙興夜寐的精心擘劃，創造財富，累積成效，相信就是有再多的黃金也會吃完敗光，又那裏還能夠發達壯大？

已經打了兩年八個多月的朝鮮戰爭，仍陷於膠著狀態。

就在這緊急時刻，蘇聯政府突然在三月五日宣告史達林猝死的消息，這個統治蘇聯人民長達三十年的獨裁暴君，一手主導的朝鮮戰爭這場大戲，因為他的死亡，顯然是演不下去了。

第八章

卸征衫

第八章 卸征衫

一、大年初一看桃花

老友吳延玫到西螺來看我，告訴我他有位姐姐也在西螺暫住，並帶我去見她，這是我認識惟靜大姐的開始，後來，他們兩人情感發展成一段姻緣，結爲伉儷，都成爲我的好友。

同一時期，我也認識了淮陰人吳驊，他服務於保警第二總隊，負責虎尾糖廠甘蔗收割的監督，我常常跟他在蔗田看男男女女的工人將割倒下來的甘蔗一捆一捆地抱上牛車，再拖到鐵路邊裝上小火車運往糖廠，烈日如焚，工作實在很辛苦。

依照糖廠的規定，工人在收割甘蔗時，一根都不許散失，也不許嚼食，但吳驊很重人情，只要不把甘蔗偷走，工人們偶而削一根解渴消暑，他總是裝著沒看見，所以工人們並不排斥他，都把他當做朋友看待，工作起來很少發生過麻煩和意外。

吳驊字懷遠，重情義，沒有心機，當時，他住在雲林縣二崙鄉的農會宿舍，一個人住幾十個《榻榻米》，房舍的空間很大。有時候，我會從西螺搭乘小火車到他那裏住一晚，我們常常會聊到半夜，聊淮陰大鬧口的風光、大運河的故事、逃亡途中的遭遇和對故鄉親人的思念。我們都憧憬著有一天能夠重返淮上，那怕是七老八十，也要葉落歸根。

在西螺，住了一年三個多月，四十三年二月十二日裝甲兵將我們撥交聯勤單位送往臺北縣山區三峽鎮的圳頭里一處廢棄的煤礦工寮，說是療養，但實際上等於遺棄，從此與裝甲兵斷絕關係。

三峽鎮是一個古老的小市集，在鄭成功時代就已經形成街市，房屋普遍矮小，大半都是兩三百年前的建築，圳頭里還在深山裏面，出入要搭乘裝運煤礦的板車，在鐵軌上推著滾動，低頭細看軌道邊的深谷，不禁令人驚心動魄。

我們住的房子都是用茅草編成，中間和四個角落用竹竿撐著，屋裏非常潮濕，用稻草堆在竹架上的床鋪，在寒風中沙沙作響，因爲我們到達圳頭里的這一天，二月十三日，正是大年除夕，倒不是每逢佳節倍思親，而是在住進這座風吹草動的茅屋時倍感淒涼，也就禁不住想起家和親人來了。

過去在家鄉時，見到外地來的軍人，穿一樣的衣服，吃一樣的飯，睡在一起，動在一起，總覺得他們像一窩螞蟻一樣，從沒有想到過他們會想家，會思念家鄉的親人，現在自己當起兵來了，才能夠眞正地體會到軍人也有軟弱的一面。軍人的心境多半是寂寥的。

不過，如果丟開情緒上的反應，心平氣和地來欣賞山間大自然的美景，倒也能夠拾得不少欣怡，在茅屋周遭的山坡上，滿樹的桃花開得正紅，桃花叢裏，間或發現已經結有像鴿子蛋一樣大的青桃，在農曆新年能夠看到這樣的景色，這在江淮地區簡直是不可思議的。

我流連在桃花樹下，很想摘下兩粒桃子和幾朵桃花收藏起來將來帶回老家去，放在鄉親的面前告訴他們：

『看!這是臺灣過年時開的桃花,結的桃子。』

他們會說些什麼呢?相信他們一定會看得目瞪口呆,驚爲神話。

可是,什麼時候才能夠回家呢?我不知道。因爲不確定,列不出歸期,所以桃花和桃子也就不去採擷了。

同隊的涂靜華兄,湖北人,長我幾歲,想是跟我有著同樣的感傷吧?他拾起了粉筆頭在圳頭里小學的黑板上信手寫下了《到處青山好埋人》的幾個大字,算是自憐或自輓吧!在那個失落的年代,人,確實須有幾分灑脫,活起來才不會顛顛倒倒,枉自悲愁。

農曆新年過後的第二天,我們又到了新竹縣的關西鎮,住進關西國民小學的部分校區,開始一段新的里程。這裏跟高雄縣杉林鄉一樣,都是客家人,他們對軍人非常友善,我們隊上不少人在熟悉了當地的環境以後,都認識了一些新朋友。

我在臥室靠近窗口的地方占了一個位置,放上一張竹床,床前擺了一張長方形的課桌,開始了我的讀書和寫作生活。不久,我的一篇六千多字的短篇小說《此恨綿綿無絕期》在國防部新中國出版社發行的《軍中文藝》月刊上發表,得到了新臺幣一百八十元的稿費,這筆收入是我當時八個月的薪餉,買了一隻手錶和一雙皮鞋還有餘錢。

隨後,又在《文壇》、《軍中文藝》、《野風》、《戰鬥青年》等刊物發表許多篇散文和小說,因爲連續有稿費收入,生活過得很《富足》。但大多數的士兵除了可以吃飽飯以外,是普遍缺錢用的,一名上等兵的月薪只有新臺幣二十八元,理一次髮要三元,看一場電影要兩元五角,買一斤香蕉要一元五角,寄一封平信要二角,發餉以後,買這買那,頂多三幾天就要鬧窮了。因而有人爲了賺些零用錢,常會到鎮郊一家火柴工廠去拿回一些製造火柴盒子的材料來加工,用漿糊黏成一個火柴盒子就可以賺到三分錢工資。

一天能夠黏出一百個，就可賺到夠買兩斤香蕉或理一次髮的錢了。

當兵的人要靠黏火柴盒賺零用錢，這恐怕是古今中外的一大奇聞了？不過，奇聞雖是奇聞，但比起軍閥時期當兵的公然持槍搶奪老百姓的財物，可就要文明得多了。

從西螺經三峽到關西，先後已經有好幾位隊友病故，這群都是因爲身體多病聚會到一起來《療養》的官兵，病重死亡原是一件極其平常的事。但是，原爲《入伍生總隊》班長的藍祥雲，卻死得莫名其妙，令人歎息。

藍班長河南人，是虔誠的天主教徒，因爲常去教堂望彌撒和聚會，認識了同是天主教徒的關西國民小學的女老師李靜枝，兩人的感情究竟發展到何種程度？還是藍班長完全是在單戀？沒人知道，但他居然爲了這份沒有著落的愛情服藥自殺，卻讓不少人感到驚詫。

民國四十三年十二月上旬，隊裏接到上級通知，說聯勤總部規定在療養狀態中的士兵，如果能夠在社會上找到保人，保證離開軍隊以後生活沒有問題，可以申請退伍，自謀生活。

消息傳出後，不少人都因爲厭倦了軍旅生涯，希望換個環境，同隊一位朋友，跟我研究後，決定把握機會提出申請。可是，我們在社會上舉目無親，根本找不到保人，眼看申請期限就要截止，最後，我們就在關西街頭找到一家刻圖章的小店，隨便刻了個名字，作爲我們的保人，想來聯勤總部可能也正急於丟棄我們這批包袱，在我們申請書送出去以後，根本沒有人查問過我們《保人》，很快就批准我們的申請，並規定四十四年一月一日生效離營，從此結束軍人生活。

二、幸得師友多扶持

從三十八年六月一日入伍時起，到四十三年十二月三十一日止，一共當了五年六個月的兵，離營前，聯勤總部核發新臺幣四百零二元退伍金，在隊上幾位好友歡送聲中於一月五日離營去了西螺謝家祥兄處暫住。

家祥兄宿遷人，在西螺警察分局任職，年前我在西螺時經吳驊兄介紹相識，成為朋友。他知道我退伍後無處可去，來信邀我，抵西螺後，跟他同住在文昌國民小學單身教職員宿舍，他曾經費了不少心力想為我在西螺找一份工作，讓我定居下來，但因社會關係不夠，我又沒有什麼專長，心餘力絀，終未能如願。

三月，農曆新年剛過去，定居在高雄縣大樹鄉的延玫和惟靜伉儷，來信邀我去他們家共商籌辦一份文藝性刊物，要我做個幫手，我欣然南下，在他們家閒居兩個多月後因主、觀條件皆有不足，也就成為空談。

一天，在鳳山街頭閒逛，想不到遇到了胡集鄉親徐麟書先生，他是我就讀趙子康老師門下時的同窗，那年我八歲，他已經是二十多歲的青年了，長得英姿煥發，是我們同學仰慕的偶像。這回，我在鳳山遇見他，雖然他還不到四十歲，卻已滿臉風霜，顯得格外蒼老，沒幾年後，就聽到他故世的消息，他也許是我們胡集鄉親在台英年早逝的第一人，隨後有趙冬、趙璞兄弟相繼去世，烽火未熄，身故異鄉，眞不知道他們的靈骨有沒有葉落歸根的一天。

這年初秋，我流浪到了臺北，經過成志中學高班學長趙雪濤兄的引介，讓我有機會考上了《臺灣省物資局》的倉丁，也就是倉庫工人。在生活安定下來以後，我一面努力工作，取得長官和同事的信任，一面利用公餘的時間準備功課和寫文章。還算非常幸運，過不了多久，處長徐熙農先生就把我調到第一課協助沈萃瀛先生辦理倉儲業務，後來我到大學去唸書，徐處長和課裏的先進同事沈萃瀛、趙正直、趙志璧、陳培基、趙子剛等先生都非常寬容和幫助我，讓我能夠在公私兼顧下繼續我的學業。

那時候，物資局疏散到外雙溪辦公，我經常從中山北路二段三十九巷十六號宿舍騎腳踏車到外雙溪做完我的工作以後，再騎車回到臺北市紹興南街的臺灣大學法學院上課。晚飯後再到長安東路的《美爾頓英文補習班》去唸英文，雖然求知心非常堅定，能夠忍得住勞累，但一整天下來，還是覺得很疲乏，所幸我的長官和同事都是那樣的仁厚，很少有人會因爲我在上班時間內溜到學校去上課而嘖有煩言。

『你把學校上課時間表給我一份，讓我知道你什麼時候在學校，什麼時候該回到辦公室裏來。』徐處長說。

『謝謝處長這樣寬待我！』

『你是去讀書，我才會答應你。』他說：『要是做別的事情，我會公事公辦，就不會有通融的餘地。』

『我會珍惜這段時光，認眞工作和讀書，不會讓處長失望。』

『這樣就好。』他叮囑著：『這裏人多嘴雜，難免會有人說閒話，你要跟大家和好相處，如果有人說到我這裏來，我替你把關，不理會他們就沒事了。』

我實在萬分感激徐處長的提攜，他不但寬容我在上班時間可以到學校去上課，還教我做人處世的道理。的確，如果沒有那麼多同事的鼓勵和扶持，徐處長就是樂意幫助我，也會感到爲難的。

在台大，我親炙名師的教誨，教我國際法的雷崧生老師，西洋外交史的李祥麟老師、中國政治思想史的曾繁康老師、西洋政治思想史的陳國新老師、蘇聯政府的魏守嶽老師、西洋通史的曾祥和老師、中國外交史的傅啓學老師、公共行政學的沈乃正老師和孔孟荀哲學的俞仁寰老師，他們學養的專精，教學的殷勤，都是一時之選，還有黃季陸、王師復、林彬、張炎鼎、劉慶瑞等這些名師，他們在學問上都給我潛移默化的啓發。而胡適、沈剛伯、葉公超、毛子水、李濟、梁實秋、薩孟武等這些學術界的泰斗，我也不只一次聽過他們的專題講演，沐浴在他們的春風化雨之中，受惠良多。

台大的生活實在是多彩多姿的，大三那年，我和法律系的張少傑同學創辦《大學新聞》，他當社長，我負責總編，每半個月出刊一次，跟《大學雜誌》是當時台大的兩份主要刊物，四十多年後仍持續發行。

這一年的八月二十三日，台海發生嚴重衝突，廈門方面的共軍從下午六時三十分到八點三十分的兩個小時以內，對金門發炮四萬七千五百三十三發，金門防衛司令部副司令官吉星文、章傑、趙家驤三位將軍同時殉職，國防部長俞大維受傷。另有四百四十位官兵負傷和陣亡，。

吉星文中將是民國二十六年七月七日蘆溝橋抗日的名將，在八年抗戰中馳騁沙場，衝鋒陷陣，日本人沒有能夠打倒他，卻想不到在這場戰爭中喪生，不論從他個人軍旅生涯來看，還是從民族情感來思考，都是一件很不幸的事。

九年前，金門《古寧頭戰役》的勝利，決定了在共產主義洪流沖激下的臺灣和中華民國的法統能夠存活下來，而《八二三炮戰》，更考驗了臺灣堅強的韌性，再一次決定臺灣生存下來，發展上去。

《八二三炮戰》的經過和對中國近代史的影響，相關的記述和評論，早已汗牛充棟，我不想在這裏重複，但我卻想借一個小小的故事來說明這場戰役的火爆，在連續四十四天的炮戰中，金門這個彈丸之地的小島，共落下了四十七萬五千多發炮彈，平均每一平方公尺落彈量竟多到十發以上。

戰後，戰地的官兵們把炸裂的彈殼拾起來賣給廠商，所得的錢爲全島十多萬官兵每人買了一隻名貴手錶，還有剩餘。而民間的鐵工廠用自行搜購的廢彈殼打造的菜刀，因爲鋼質精良，鋒利耐用，賣到世界各地，不但賺進來大筆外匯，也讓金門揚名全球。

三、男兒立志不當官

棲身在中山北路物資局宿舍有四年多的時光，在這裏認識了不少朋友，但以山東蓬萊人趙金堂兄和我相處最親近，金堂兄畢業於國立中興大學農學院，熱誠好學，因爲當時我們都很窮困，買不起收音機，每天清晨五點不到，我們兩人就騎著單車從中山北路趕往兩公里外的《新公園》去聽中廣公司播出的趙麗蓮的英語廣播，聽完以後，再回到中山北路宿舍洗臉準備上班。

晚間，我們一道騎車到長安東路的《美爾頓補習班》去學英語，這種緊湊的生活，連續了好幾年，雖然因爲自己的資質不敏，學起來不是那麼快，那麼進步，但在學習中獲得的知識卻是相當充實的。後來，金堂兄去加拿大留學，並定居他鄉，取得高度良好的成就，仍與我時相往還，他和他的夫人陳燕娥大嫂，伉儷情深，一直是我們很投契的好友。

大學畢業後，我原可以繼續留在物資局任職，但是，因爲我對官場非常缺乏適應的能力，便委婉地向培育我的徐熙農處長說明我不想當公務員的意願，徐處長不但沒有阻攔我離去，反而鼓勵我到外面去闖一闖，增加自己應變的能力。

在這同時，退除役官兵輔導委員會主任委員蔣經國先生，因爲我是退伍的榮民，也在召見我的時候，懇切地問我要不要他幫忙安排工作？我也同樣以不想躋身官場爲由，放棄了當公務員的機會。

放棄進入官場的主要原因，除了自己缺乏適應能力以外，就是因爲一怕聽官腔，二怕開會，三因已經有了一份工作在等我。在我大三的那年，臺北自立晚報登報招考記者，我應試獲取，該報總編輯李子弋先生原要我立即報到就職，後因我學業還沒有完成，他特別通融答應我在大學畢業後報到。

當時，我明知道自立晚報待遇很低，記者最高月薪只有新臺幣七百五十元，單是伙食就要吃掉一半，但我後來還是進了自立晚報，當了記者。另外，到自立晚報工作也有兩大誘因，就是：第一，我覺得當了記者，可以貶惡揚善，可以發揮自己的潛力，不受世故的拘束。第二，可以有機會跟社會廣泛接觸，開闊眼界和胸襟，充實自己的見識能力，但最直接的，還是因爲受到總編輯李子弋先生重情義性格的感召。

正如我所希望的，到了自立晚報，李子弋先生就要我負責文教路線的採訪，但也差點兒在這條線上送掉了性命。八月初，因《救國團》的邀請，採訪《暑期青年戰鬥訓練》活動。先在臺北地區採訪部分活動後，就轉往中南部採訪。八月七日，臺灣發生了一次破天荒的水災，我們遂即進入彰化重災區採訪災情。

在南北鐵路縱貫線上，鐵軌被洪水沖得像下在鍋裏的麵條一樣扭曲變形，巨大的石塊密布遍野，覆蓋了大片的農田，很多房屋都傾斜在濁流中，造成這麼重大水災的原因，都是因爲山地開發的不當，破壞了自然生態，遇到持續的暴雨，山水隨土石崩坍而下，濁流便吞噬了大地上的建築和農作物，這是最殘酷的教訓，人類必須引爲殷鑒。

走過災區以後，我們下一步行程，是前往南臺灣的岡山，換乘飛機飛往澎湖馬公採訪在那裏暑期青年戰鬥訓練的海上活動。

八月十三日，我們在岡山參觀過空軍飛行訓練之後，就搭乘老舊的C46型的運輸機飛往馬公。當飛機接近澎湖約五千公尺上空時，突然碰上了一股強大的亂流，打得飛機像斷線的風箏一樣直向海面翻落，我們坐在機艙裏失去了平衡，瞬間滾成一堆。立即意識到遇到了嚴重的空中災變，個個如同面對了末日。

眞是萬幸，我們遇到開這架飛機的人，是一位在抗日戰爭中經常從昆明飛越喜瑪拉雅山駝峰到印度搬運美援物資的老飛行員，他不但技術好，應變的能力也強人一等，就在飛機滾落距海面只有一百多尺的時候，還能夠把機頭拉起來，躲過亂流，恢復了常態飛行。但乘員仍有很多人受傷和一名越南僑生重傷不治。一般相信，如果再遲上三兩秒鐘飛機拉不起來，就必定會墜入萬丈深的海底，可能連屍體都很難找到。

我算是非常幸運的一個，在整個空中事故的過程中，我都是被安全帶牢牢地綁在座位上，隨著飛機翻身打滾，身體都沒有離開座位，除了肚子被勒得陣陣絞痛以外，連皮膚都沒有受到損傷。

心想，我是七月中旬向自立晚報編輯部報到的，若眞是在這次空中事故中死了，算起來還沒有做一個月，就隨風而去了，這不只是個人的憾事，也可能是臺灣新聞界繼去年在料羅灣採訪《八二三炮戰》沈船失蹤的六位記者之後又一次驚人的悲劇。

這次出去採訪，除了向報社寄發新聞稿十多篇以外，也寫了許多篇專題報導，但相當令人沮喪的，就是報紙只刊出了我一篇報導澎湖海空C46型運輸機發生事故的專欄以外，其他一個字都沒有刊出。

回到臺北以後，我分別問過一版編輯呂令魁和四版編輯蕭楓兩位先生，究竟是什麼原因沒有刊出我寫的新聞稿和專欄，他們告訴我除了那篇報導飛機空中事故的特寫以外，根本就沒有見到過我寫的一個字，後來，我從側面得知，原來我寫的新聞和專欄都被採訪主任丟到字紙簍裏去了，探究起原因，並不是我寫得好不好的緣故，而是因爲他跟《救國團》的領導人有很深的宿怨，是他不喜歡報導《救國團》活動的消息見報，所以私而忘公，就把我的稿子丟了。

晚報的工作，多半集中在上午十到十二點這段時間，但寫專訪和專欄就沒有時間限制了。不過，我的工作時間仍舊是非常緊湊的，報社負責人常常指定對象要我去訪問，爲了增加收入，清晨和下午又要到兩所學校去教課。晚間，繼續要到《美爾頓補習班》去學英文，從早到晚，都是在分秒必爭的忙碌中。

十二月底，是我到自立晚報工作的第四個月，編輯部策劃了一系列定名爲《迎新春訪學人》的專欄，由我負責採訪撰稿，我先後訪問了臺灣大學文學院長沈剛伯和毛子水、殷海光、蘇薌雨等教授，東海大學徐復觀和牟宗三教授，聽他們談民族正氣、思想作戰、歷史文化、少年犯罪、教育大計和自由人權。這些學術界大師的精闢論見，不但指出了臺灣應走的道路，也標誌出人類努力的方向，精準、剴切、百世不殆。

四、不為勢劫讀書人

沈剛伯教授談到民族正氣時表示，所謂正氣，應該是孟子所說的《浩然之氣》。什麼是《浩然之氣》？孟子是用《集義所生》四個字來概括的。沈教授說，義者，宜也，做人做事，如果處處都能得宜，問心無愧，這就是義。一個人要怎樣才能夠發揚正氣集義所生呢？沈教授認爲必須能夠具備勤於求知、虛懷若谷和堅苦卓絕三種修爲。

他指出，社會上，有很多誤入歧途爲非作歹的人，他們並不是存心爲惡，而完全是因爲知識淺薄，誤非爲是，就以少年犯罪爲例，許多做壞事的孩子，在本意上並不是要做壞孩子，而是因年幼無知對打鬥感到新奇，最後爲變態的《英雄意識》所誤。

爲了明辨是非，趕上時代，人的一生隨時都應該追求新知，特別是在青少年時期，思想意識還沒有定型，看法不會泥於固執，對新事物容易接近，也容易接受。因而就要從多方面學習新知，充實自己的涵養，爲立志做大事準備條件，奠定基礎。老年人也是一樣，因爲世事變化萬千，日新又新，一個人在年輕時所學的東西，到了老年也許早就變成古董了，爲了不使自己與時代脫節，被知識淘汰，必須一生都能保持求知的熱忱。這也就是人們常說的《活到老，學到老》的道理。

天下絕對沒有一厢情願的事理，就連孔子這位大思想家做起事來，也都要以《毋意、毋必、毋固、毋我》來自我規範，不敢有所逾越。從孔子的信守，可以想到謙虛和自制的修養，在立身處世中是多麼重要！

對於社會的風俗厚薄，沈剛伯教授的看法跟清代中興名臣曾國藩相當接近，他們兩人都認爲良風美俗可以由少數學問、道德、社會地位較高的人率先倡導興起，因爲社會上大多數的人都是庸弱的，也多半是盲從的，這種人最喜歡摹仿自己心目中的偶像人物言行表現，沈教授以史學家的觀點指出，魏晉南北朝士風的頹廢，朝秦暮楚，寡廉鮮恥，不講氣節，東漢末年的馬融應該負起主要責任。

馬融，扶風人，安帝時爲校書郎，桓帝時任南郡太守，學問淵博，鄭玄、盧植都是他的學生，是大家公認的有學問、有人望、有地位的上流人士，大司馬鄧騭想把他召入幕府，他起初立志不爲權臣所用，但到後來因爲受不了窮苦，終於改變初衷，投入鄧騭帳下，晚年窮奢極欲，不但他自己的人格和氣節蕩毀無遺，也直接帶壞了後來的士風，因爲一般知識分子皆以他爲榜樣，相競效尤，一切無恥不義的言行在人們的心目中便成了理所當然的事了。

面對一些有了高貴的情操卻淪爲悲劇的人物，沈教授認爲不必過多渲染失敗的經過，因爲《不以成敗論英雄》的道理，雖然聽起來很感動人，如文天祥、岳飛、屈原、韓信、鄭成功等人的事蹟，都非常悲壯，但對於青少年卻容易助長他們失敗的驚恐，因爲這些失敗的人物，不論多麼偉大，都不值得青少年跟著他們走去，只有培養年輕一代積極樂觀的處世美德，國家、社會、人類才有希望。

臺灣大學哲學系殷海光教授，民國四、五十年代，是一位爭議性很大的人物，他強烈主張自由與人權，因而不容於當時的政治環境，日子過得異常孤寂。他感慨地表示，人類爲了爭相掠奪滿足私欲，無形中放棄了很多好的東西，像優美的情操、是非的標準、同情、團結、互助、友誼和愛心，都在追逐私欲的努力中丟棄殆盡。

殷教授在接受我的專訪中指出，今世，我們所處的社會，人都被凡俗的形式拘束得快要癱瘓了，每一個人，大人物和小人物，整天都在說假話，做假事，你哄過來，我騙過去，沒有一個人有憂國、憂時、憂天下的意識，也沒有一個人願意從根本著想，給社會指出一條正確的道路。

不過，假話和假事，有時候也都是被逼著說和逼著做的，因爲每個人都有自衛的本能，都知道坦率、熱心、剛直，往往是招災惹禍的引信，誰願意給自己製造麻煩呢？所以要談自由和人權，先決的條件必須是把別人當做人來對待。確認每個人都是自己的主人，而非他人的奴隸，這樣，自由和人權才能夠落實，才可以得到保障。

新的事物是不可能在舊形態的尾巴後面出現的，國家要想有救，上上下下就必須拿出決心和膽識來果斷地割掉這條潰爛的舊尾巴，來謀求徹底的變革。他指出，是非混淆了，人心疲倦了，認知模糊了，價值顛倒了，大家都在附會權威，都忌諱說眞話，都怕做應當做的事，每個人腦子裏的《雷達》，隨時隨地都在朝向自衛與安全方面探測，深怕一不小心就觸及滿是符號和圖騰作用的《高壓線》，落得身敗名裂。

人類最大的不幸，莫過於神經系統被人宰制了，殷海光教授提醒大家，歐洲從第五世紀到第十世紀的《黑暗時期》，一拖就是四、五百年，久遭憂患的中國人，不能沒有這種認識和警覺，近代中國最糟糕的事，就是缺少大思想家，因爲有了大思想家，他們可以在幾秒鐘之內決定幾百年的歷史，而沒有他們深思遠慮爲我們校正準確的方位，所以整個人群才會變得這麼短視，芸芸衆生，擠在岔路口上，不知何去何從。

從古到今，人類在洪水、猛獸、酋長、君主和越來越多的統治階級代理人的威脅管制下，世世代代就已經養成了慣於忍受政治壓力的耐性，人權猶如在冰層下的種子，要想萌芽開花，不經艱苦奮鬥的歷程幾乎是不大可能的。

孫中山先生在分析人類賢愚等差的時候，曾經列出先知先覺、後知後覺和不知不覺的三種類型，而殷海光教授認爲人雖然覺悟的層次不同，程度上有所差別，但最後仍然會覺悟，他說，人類並不都是《好高騖遠》的，很少會有人對遠在天邊的事物想要據爲己有，比如一個小學生不會想去進大學，一個市井小販也不會去想做百貨公司大老闆的事。火星上面就是堆滿了珠寶，想得到的人恐怕也不多。對於近在眼前的事物，人類同樣不會去用力追求，比如說陽光、空氣、水這三種維繫生命不可缺一的三大要素，因爲得來不難，大家也就會等閒相視，不以爲重。

那麼，到底什麼才是人類熱衷追求的呢？那就是只有尚未得到而在估量下又有可能得到的東西才是人類追求的焦點。《舜何人也？予何人也？有爲者，亦若是》，這幾句話正好說明人類在追求估量可以得到東西時心理的衝動。洋房、汽車是可以得到的，富商大賈達官貴人在爭；大學是可以進去的，高中生在爭；飽暖是人人應該享有的，大家在爭；自由和人權也是可以獲得的，當然也是人類競相爭取的，這是人性的需求，也是自然進化的法則，誰都不應假借任何理由來干擾和破壞。征伐和整肅，除了會把人逼得繞道而行外，還會爲自己製造被天下人群起而攻的麻煩。秦始皇是這樣，毛澤東將來也逃不過這種規律的懲罰。

政治事業不可能在少數人隨心所欲的情況下創造出豐功偉績，也不可能在幾個人甚至一個人的袖口裏完成，當大權的人必須有仁厚的修養、豁達的襟懷、廣博的見聞、高尚的道德勇氣，才能擔當起這份爲衆人所託付的大任，也就是說，只有在沒有偏見、沒有私欲、沒有任性和沒有阿諛奉承的政治架構下，自由和人權才有伸張的餘地，人，才能夠活得像人。

沈剛伯和殷海光兩位教授這些話都是在四十多年前說的，印證四十多年來海峽兩岸社會的發展趨勢，無不句句精準，不爲勢劫的大思想家所以不同於一般趨炎附勢的學棍和政客，於此可見一斑。文天祥《正氣歌》的最後一句《古道照顏色》，確是千古不變的見證。

五、國運不可託他人

時任台中東海大學哲學系教授的牟宗三先生，也接受了我的專訪，他堅持中華民族文化的主流是戰勝共產主義的利器，共產主義是主張鬥爭濫用仇恨的，我們就用愛和寬容來對抗他；共產主義是害怕自由的，我們就用自由人道來融解他；共產主義用開會、檢討、計劃來束縛人性，我們就發揚倫理、民主、科學來解放束縛。牟宗三教授指出劉邦以一個地痞流氓而得天下，主要原因就是他懂得人性，順應人性，約法三章，就是他的傑作。

民國四十九年初，臺灣內在和外在的形勢都很緊迫，牟宗三教授以他敏銳的觀察提醒大家，國家跟個人一樣，絕對不可以把自己的命運託付給別人，世界上沒有一個完全依賴別人的卵翼能夠存活和興起的國家，他指出，毛澤東處處屈從史達林，處處受蘇聯的支配，不但中國的老百姓深受其害，他自己也吃了不少苦頭，出兵打《抗美援朝》的戰爭，就是一個顯著的例證。

牟宗三教授的預言果真一一實現，二十世紀九十年代剛開始，蘇聯政府領導人戈巴契夫覺今不是而昨非就一手摧毀了共產黨七十多年腐朽架構，選擇了西方民主政治和自由開放的經濟模式，爲俄羅斯開出了一條生路；跟著，東歐共產集團也都紛紛改弦易轍，埋葬了馬、列主義，而中國大陸在毛澤東死後，智慮過人的鄧小平也立即宣佈《改革、開放》，將毛澤東一手挑起的《文化大革命》打成爲《十年浩劫》，牟宗三教授的先見之明，確無虧於作爲一位傑出思想家的職守。

徐復觀教授任教於東海大學文學院，專研思想史。早歲從政，因不媚俗，不容於官場，在接受我的專訪時，強調政治是不宜於歌功頌德的，因爲政治本身經常存在著一種腐蝕作用。如果沒有冷靜的批評，不論執政的人是多麼賢能，依舊會在一種蒙蔽和不自覺的狀態下走上驕橫和痲痹，而趨於腐化。

徐教授指出，任何一個民族的興起，都需要以他自己傳統的優點爲支柱，推陳出新，發揚光大。若是盲目附會別人和依賴別人，結果必定是非常悲慘的。他感慨地說，在臺灣，幾乎每一個村鎮，每一條街道都有教堂，可是，卻看不到幾座像個樣子的孔廟，這才是眞正值得憂慮的危機。

深入研究中國文化的徐教授斷言，處在臺灣這狹隘的小島上，不論是那一個族群，都必須依靠我們共同祖先留下來的文化力量來處理舊的事故和對抗新的矛盾，中國沒有什麼不如人的地方，整個東南亞，都在承受我們文化的遺產，有人認爲中國古老的文化是包袱，是進步發展的障礙，實在是莫大的錯覺。他說，希臘被羅馬滅亡了，這對希臘文化並無直接的關連。歷史上很多黑暗的年代，都是因爲政治權力使用不當造成的，政治的效應不是單靠權威和力量就能夠表達的，它必須含有一種崇高的理想，也就是一種能夠順應人類生活需求的文化意識，因爲政治原是一種被公認爲不可避免的罪惡，必須有賴於文化力量的誘導和調和，才能夠發揮善的功能。所以政治應該對文化儘量的寬容，絕對不可任意阻折，否則，政治就會在迷茫和困惑中沈淪。

什麼叫做文化呢？文化的內涵，有兩個基本要素，一是知識，二是價值。知識如科學的發明，眞假容易鑒別；價值是沒有絕對標準的，像道德、善惡，就會因爲立場的不同出現認知的差異。徐教授舉例說，一件科學產品，我們可以通過檢驗來證明他品質的優劣，但我們對《惻隱之心》就沒有辦法加以實驗。一個慈善家和一個惡霸，他們肉身的結構都是一樣的，我們沒有任何方法能夠用儀器來檢測出他們善和惡的不同點，只能用體驗來代替實驗，從他們曾經有過的表現中判斷他們的好壞。

西方人士對科學帶來的威脅很感恐慌，爲了尋求解脫都把命運寄託在宗教信仰上，希望由於神的照顧，能夠免除劫難，其實，在宗教領域裏，也是找不到保證的，《神愛世人》這句話只是人出於一廂情願的意識說出來的，誰都沒有看見過神在哪裡？何況，由於宗教分歧，神的種類很多。因爲一心一意相信自己所信奉的神，就會排斥別人信奉的神，結果，在人類的歷史上就常常會發生宗教戰爭。尤其是宗教教義上所講的愛，根本就不能構成《天下一家》的要素，因爲大凡信教的人都懷有一種求解脫和上天堂的私心，跟廣義的人類的大愛絲毫不發生關連。

比起宗教所說的《信則得救》狹義的愛來，我們中國古老的文化裏所倡導的《老吾老以及人之老；幼吾幼以及人之幼》和《己所不欲，勿施於人》的愛就壯闊得多了。也就是說，這種利他的觀點，正是中國文化的精華所在，只要世界上人人都有這樣的美德，科學就是再發達也不會威脅到人類的生存。這樣，宗教家也就無用武之地了。

在《迎新春訪學人》的專訪中，我先後訪問了十多位大師級的學者專家，寫了連續刊登將近一個月的專欄，由於這些大師們的率性直言，對現實社會的殘缺提出糾正和批評，得到社會廣泛的回應，而我，也因爲得到這些大師當面的教誨，受益遠比在大學的課堂上所得到的知識要更加充實。這種得天獨厚的際遇，只有新聞記者才能碰到，其他行業的從業人員可能是一生難得一遇的。

民國四十九年，是我寫作很勤奮的一年，除了給報紙寫專欄和正常的新聞採訪以外，我也寫了不少篇小說和散文，分別在很多的報紙和雜誌上發表，工作勤奮最主要的原因，就是自立晚報的各級領導人都很相信和肯定我的能力，在工作上堅定地支持我，有一個故事值得一提，就是報社負責人要我去台中訪問東海大學校長吳德耀，兩天前，我從臺北打電話給吳校長，說明我想去台中訪問他，請他談些關於知識分子對社會應負那些責任的問題，他在電話中雖然表示他也沒有什麼新的見解，但他還是答應可以跟我談一談。

在我從臺北出發前一個小時，我又打電話到東海大學校長室說明我就要動身去台中，校長室秘書仍表示他已經知道有這件事，表明了沒有拒絕的意向。可是，當我轉了幾趟車趕到校長室大門口時，見到吳德耀校長剛剛走了進去，而校長室的辦事人員卻在門口回絕了我的採訪，並撒謊說吳校長到外地去了，還沒有回來，當時，我不禁有被愚弄和朦騙的激憤，就率直地表示，訪問吳校長是事前在電話中約好了的，而且剛剛我還親眼見到他從大門外走了進去，一個高等學府的教職員固然不應該說謊，一位大學校長尤其不應該不遵守信約。

吳校長不守信約這件事，讓我感慨很多，我深深地覺得從事教育事業的人，如果不能以信取人和以德化人，又怎能教學生重信諾？教育事業的堤防潰決，才是社會不安的亂源，也才是國家民族眞正的危機。這件事，報社負責人就曾經一再表明支持我的立場。

六、一套西裝四季穿

我的記者生涯是跟臺灣同步成長的，除了有緣聆聽許多大師級的學者專家談經論道增進知識和處世經驗以外，也有很多機會見識到臺灣成長壯大過程，這一年的五月九日，臺灣發生了一件扭轉歷史面貌的大事，就是東西橫貫公路完成通車了。

這天早晨，我從臺北松山機場搭機飛往花蓮，經太魯閣到台中實地採訪全程通車實況，心裏充滿了感動和激盪。這條跨越中央山脈蜿蜒曲折長達三百四十八點一公里的交通幹道，都是從軍中退伍下來的榮民們披荊斬棘一鍬一鏟雕鑿出來的。不但展現了他們克服大自然重重障礙的巨大力量，更彰顯了他們不向任何困難和危險低頭的堅強意志，這項成就實遠超過任何一場摧堅破敵的戰役。

東西橫貫公路的完成，將臺灣東部的山區與西部平原連接成一氣，達成了物資充分交流和經濟快速振興的目的，特別是山區僻野荒地有效的開發和利用，栽培了大量高冷地帶的蔬菜和新異品種的水果，像水蜜桃、蘋果、脆梨、哈蜜瓜、甜李子這些高品味的水果，過去在臺灣是難得一見的，自從東西橫貫公路通車以後，出入山區方便了，時間和距離縮短了，新的蔬菜品種都引進來了，臺灣也就變成了舉世聞名的水果王國。

作爲一個新聞記者，我雖然沒有爲橫貫公路的開鑿搬過一塊石頭，砍過一株荊榛，或是爲勞苦功高的築路工人送過一杯茶水，但是，我能夠親眼看見這條公路的興建和完成，並且一字一句地記錄下這段艱辛而又感人的里程，同樣覺得這是一生中最珍貴的際遇。

民國四十九年這一年，臺灣仍舊在風雨飄搖中掙扎，海峽兩岸的海空衝突和陸上的明爭暗鬥，一直沒有停止過。臺灣能夠在阽危中完成這項劃時代的建設，單從精神層面來看，就已經是一項了不起的成就。

說這一年的臺灣是在風雨飄搖中掙扎，絕對不是危言，這一年的六月十八日，美國總統艾森豪威爾來臺北訪問，當天下午五時要在總統府前廣場對群眾發表演講。頭一天中午下班前，採訪主任找我交代任務。

『明天下午你去聽艾森豪威爾演講，同時採訪會場的實況。』他說：『記住，要穿西裝打領帶，半小時前到達現場。』

『我最怕穿西裝了。』我說。

『怕也要穿。』他說：『外交部規定的。』

『我沒有夏天穿的西裝，怎麼辦？』

『沒有夏天的，就穿冬天的！』

『在太陽下穿冬天的西裝，誰受得了？』

『當新聞記者就受得了。』他板著臉說：『怕熱，還能當記者？』

十八日下午四時三十分，我穿上了一套冬季西裝匆匆地趕到總統府前，這時候，廣場上已經擠得人山人海，六月中旬的臺北，氣溫本來就已經很高，在密不通風的人堆裏穿著厚厚的毛料西裝擠來擠去，更熱得我汗水順著脊背直流。

艾森豪威爾的來訪，對當時的臺灣人民確實是莫大的鼓舞。但在海峽對岸看來，卻是嚴重的挑釁，因而在艾森豪威爾來到臺北的前一天，六月十七日晚間九點到九點五十分，廈門和圍頭一帶共軍的炮兵就向金門島上射擊炮彈三萬一千三百四十七發。十八日淩晨零點到零點四十五分，再發炮五萬四千六百一十八發，在前後不到一個星期之內，共射擊了十七萬四千七百五十四發，這是在一年十個月以前《八二三炮戰》以來金門島落彈密度最高的一次。

那時候的金門，實質上就是臺灣的心臟，金門的風吹草動，都會牽動臺灣的中樞神經，跟著抖索。

有一天，中國能夠眞正的在自由民主的體制下完成統一，並且全面富足安康起來，金門應該是一個具有關鍵性的角色。在我記者生涯中，我曾經多次去過金門，親眼看見過金門光禿禿的原始風貌，硝煙籠罩下的大武山，炮火下面傷亡的悲情，四通八達的戰壕和隧道，還有近四十年來和平歲月下締造的安定和繁榮。中華民族的堅忍，在八年對日抗戰中曾經表現得淋漓盡致，但另一回合卻表現在金門這個彈丸之地的小島上。

想來，帝國主義最怕和最不希望中國統一富強的原因，就是中國這種堅忍圖成的精神了。只可惜中國近世紀來出了不少異類，走邪門歪道，折損了這種精神，爲帝國主義所逞，延誤了民族復興的里程。

在原子彈使用於戰爭十五年八個月之後，臺灣開始邁入了原子能和平用途的世紀，民國五十年四月十三日，設在新竹市的國立清華大學實驗用的原子能反應爐開始運轉，負責這項實驗和安裝工程的鄭振華教授接受我專程採訪，對我暢談原子能和平用途的前景，我寫了一篇一萬五千字的專欄報導分十天連續在自立晚報第一版刊出，說明原子能同位素分別用在農業、工業、醫學方面的創造性功能，是當時臺灣所有媒體最先和較有系統的報導，受到清華大學高度 的重視和肯定。

七月二日，副總統兼行政院長陳誠主持陽明山第一次會談，我負責採訪會談全程，來自全球重要國家和地區的學術專家齊聚一堂，共同奉獻智慧和力量，從政治、經濟、教育、醫學各個層面提出觀點和主張，供政府改革參考，幫助臺灣脫離匱乏和落後全面起飛。

陳誠出身於保定軍校，主見很深，有軍人的倔強與專橫，抗戰勝利後，他排拒汪精衛《和平軍》的武裝部隊加入國民革命軍行列共同合擊共產黨，因而迫使《和平軍》全面倒向共軍陣營加速了大陸戰場的攻守易勢，終致國民政府丟掉大陸逃奔臺灣。

來到臺灣後，陳誠深受失敗的刺激並接受了教訓，一改過去的專橫，變得格外的理智謙和起來，但擇善固執的性格卻依然如故。正因爲他的堅定和執著，所以《耕者有其田》的土地改革才能夠獲得圓滿的成功，奠定了臺灣工、農業蓬勃發展的根基。

在陽明山會談期間，他自己親自記筆記，像小學生聽老師講課一樣記下學者專家的意見，他跟我們採訪會談的記者同在一張長桌邊吃盒餐，交換採訪的心得，他確有禮賢下士的誠懇和表現。當時，我們曾經這樣想，如果他在抗戰勝利後也有這樣的耐心和容忍，不但國共鬥爭史可能改寫，中國近代史也可能出現意外的篇章。

就在臺灣全面發展經濟改善人民生活的同時，大陸卻因爲實行毛澤東《三面紅旗》的錯誤政策，引發了嚴重的饑荒，單是安徽一省就餓死了五、六百多萬人，後來，江青等《四人幫》被捕後，大陸官方曾經明白表示從一九五九年到一九六一年的《三年困難時期》，大陸各地曾經有一千八百萬人餓死，但這個數字恰是國際問題專家估計的半數。

七、胡適殉道講臺上

二十世紀四十年代末，臺灣的人均所得跟大陸不相上下，到了二十世紀九十年代，兩岸差距在十五倍左右，有人估計臺灣要比大陸發展超前三十年，這主要的原因，就是從五十年代初到七十年代底，臺灣一鼓作氣往前跑，大陸反其道而行，拼命往後拉，一退一進，就出現了三十年的差距。

這三十年的差距，也並不表示臺灣進步是多麼神速，換句話說，如果臺灣完全處於和平狀態，不把財富大量消耗在防衛需要上，不要花太多的錢去收買小國關係，大搞金錢外交，而全部用於國計民生建設，也許這三十年的差距會提高到六十年以上，從這個數字上可以思量一下，兩岸持續對抗對中華民族造成的損失有多大多深！

一九五九年二月二日，毛澤東在中共省市委書記會議上說：『史達林的悲劇，是想做好事，結果做了壞事。』這幾句話實際上正是等於他做了自我批判，他發動《工、農業生產大躍進》，揚言十五年超英趕美，卻嚴重地破壞了自然生態和生產結構，鬧出了前所罕見的三年大饑荒；他強迫農民併入《人民公社》，踐踏了中國幾千年的倫理制度，碎裂了中華民族賴以生根發芽茁壯的家庭架構。這難道不是他想做好事反而做了壞事嗎？

臺灣不但在經濟建設上突飛猛進，在人文科學方面也在推陳出新，除了政府每年以僅次於國防預算用於發展教育弘揚民族固有文化以外，民間也不遺餘力興辦各級學校。民國五十一年二月初，農曆新年假期，我在南港中央研究院訪問院長胡適博士，這位深受國際學術界推重的學者，說到大陸上有一群人正在批鬥他學術思想的時候，相當坦蕩地表示，他們在文化領域裏走錯了路，有一天，不管是自動或是被迫，一定會《覺今是而昨非》回過頭來，並且傷痕累累地走他們祖先走過的路。

胡院長也談到中國的大學教育和大學歷史，他很惋惜我國大學教育傳承的工作做得不夠。他舉例說，一九三六年，他代表北京大學參加美國哈佛大學一百周年校慶，學校爲來自世界各地著名的大學校長安排座位的時候，第一名是埃及大學建校一千二百多年，第二名是義大利博瑪尼亞大學也有一千年以上的校史，第三名是法國巴黎大學建校九百多年，而他代表的北京大學，當時只有六十二年的校史，所以他的座位才會被排列在後面。

事實上，中國有五千年歷史文化，大學歷史也有兩千一百多年了。胡博士說，早在西元前一百二十四年的漢武帝時期，中國就有了《太學》，太學就是大學，學生經常在三萬人以上，歷代以來，都沿襲了這種體制，但因改朝換代，各有標榜，當政的人缺少擇善固執的氣量，沒有能夠系統化的把前朝校史傳承下來，所以才會形成大學史的斷代，這是很可惜的事。

他指出，大學史需要傳承，其他好的東西，如良風美俗也需要傳承，他認爲共產黨在大陸廢棄繁體字，隨心所欲地濫改簡體字，這是對傳承工作一項嚴重的破壞，將造成中華民族文化延續與發揚莫大的挫敗。他希望有一天這些糊塗蟲能夠從馬克思、列寧荒謬的迷陣裏走了出來，回歸中華文化，做眞正的中國人。

能夠面對面聽胡適博士談古論今，實在是生平很感快慰的事。尤其是在這次談話之後，不到十天，胡適博士就在二月二十日上午主持中央研究院院士會議時突然發作心肌梗塞去世了。

記得那天上午十一時許，會議已經接近尾聲，當時，我正在會場採訪會議實況，親眼看到他從主席臺上緩緩地倒了下來，等到大家圍上去把他扶上救護車送往醫院的途中，就已經回天乏術猝然長逝了。

胡適博士先後就讀於美國康乃爾和哥倫比亞大學，回國後任教於北京大學，後來繼蔡元培之後任北大校長，提倡白話文，崇奉杜威實驗哲學，《大膽假設，小心求證》是他研究學問時的兩句名言。抗日戰爭後期，他出任駐美大使，因爲與羅斯福總統有良好的私人情誼，對爭取美援發展中美兩國合作關係相當得心應手，爲國家建立殊勳。

爲學術、國家、人道，胡博士奮鬥一生，他眞正做到了鞠躬盡瘁，死而後已。

胡適博士去世以後，大家爲感念他無私的貢獻，崇仰他的高風亮節，特別在南港中央研究院的近邊闢建了《胡適公園》，並且把他安葬在公園裏，古道照顏色，讓後人憑弔和追思。

民國五十一年這一年，新年一開始，我就集中心力忙著出國深造的事，主要的原因有兩個，一個是遠在加拿大溫哥華的好友趙金堂兄極力鼓勵我到他那邊去，先讀好書，然後攜手共創一番事業，我很動心；另外一個原因，就是剛剛結束一段椎心泣血的情感生活不久，亟須再振作起來，而離開臺北和臺灣可能是最好的選擇，加上自立晚報負責人吳三連先生也對我表示支持，願意讓我以自立晚報駐加拿大特派員或記者名義幫我辦理出國手續。

但是，在辦理出國手續的時候，碰上了兩個難題，一個是單身在台的有兵役義務的役男，出國受到嚴格的限制，而代理加拿大政府在臺北辦理簽證業務的英國領事館，因爲顧慮單身男子去了加拿大以後，很有賴在那邊不會再回臺灣的可能，也不願意簽證放行，裏外煎迫，最後使我無法成行。

另外一個難題，就是資金不足，依照當時不成文的規定，自己至少要有一千五百元以上的美金，加拿大政府才有可能予以通融，但我東湊西湊，只能湊到三百元，因爲有了這麼多的波折，最後不得不放棄出國計劃，老老實實地繼續留在臺灣《臥薪嚐膽》，等著《反攻大陸》。

從辦理出國讀書連遭挫折的經驗中，讓我深深地體會到一個現實，就是一個國家如果不能脫離貧窮落後，團結起來創造富強，不但這個國家在國際上會受人欺淩，被人擺佈，就是這個國家的人民在外國人面前也會抬不起頭來。也就是說，如果中國不是處於分裂狀態，或是臺灣根本不必仰仗外力庇護，人民出國怎會遭到這些毫無來由的困擾？

八、西貢街頭的奇遇

有關國家處境的艱難，蔣介石總統的認識是最爲深刻的，從美國第七艦隊協防臺灣的時候開始，美國人處心積慮就想以經援和軍援爲餌，以換取臺灣軍隊的指揮權，但他始終不爲所動，堅守國家主權獨立的底線一步不讓，當然，對於蔣介石先生的堅持，美國人是很不情願的，但他們在費盡了心機依舊無法得逞後，也就只好屈就現實了。

美國人這種財大氣粗的心態表現在越南時就不一樣了，在他們發覺越南總統吳廷琰和他的弟弟吳廷瑈不肯聽話時，就在一九六三年十一月一日製造一場流血政變，把吳廷琰兄弟兩人殺了。而後來完全仰仗美國卵翼唯命是從的一群政客，從阮慶、阮文紹、阮高祺到楊文明，一個個都任由美國人擺佈，結果呢？首都西貢市變成了《胡志明市》，千千萬萬的越南人民一度淪爲海上難民。

說來好像有鬼，就在吳廷琰兄弟被害以後的第二十三天，美國總統約翰·甘迺迪也被人槍殺了。若是眞的有鬼，不知道甘迺迪在九泉之下碰見了吳廷琰兄弟的時候會說些什麼？

越南在吳廷琰兄弟被殺以後，局勢更加混亂不安，儘管美國一次又一次向越南增兵，但都沒能遏阻越共向南方擴張和滲透。十二月中旬，我從臺北到了西貢，轉往峴港採訪美軍在越南作戰活動，我發現美軍官兵的士氣非常低落，他們都不知道爲什麼要到越南來打仗？而南越部隊更覺得自己是在替美國人打仗，本末倒置，更沒有勇氣和決心。

原是中南半島米倉的越南，經過戰火的蹂躪，到處田園荒蕪，民不聊生，當時，我就預感到這場戰爭打到最後，南越政府恐將步上一九四九年國民黨在大陸全面潰敗的後塵，但南越政府因爲沒有類似臺灣的外島，無後路可退，他們的下場可能更爲悲慘。

在峴港北方一次村落的追逐戰中，美軍中了越共的伏擊，有十多名官兵傷亡，但也捕獲了六名北越共產黨的官兵，因爲美軍哀悼袍澤的犧牲，懷恨在心，很有可能會把他們屠殺洩憤。

六人當中，有個皮膚白淨身材壯實的漢子，老是把頭轉到一邊去，閉口不語，我一眼就看出他是中國人，而他，也不時對我飄過來乞援的眼神，當時，我以戰地記者的身份，跟美軍史密斯少校懇切表達，說明我的看法。

『對於美軍朋友戰死他鄉，我很難過。』我說：『但是，我也非常憐憫已經放下武器的俘虜，因爲他們跟你一樣，家中可能有親愛的人正在盼望著他們回去！』

『你在對我傳教嗎？』他說：『你永遠不會知道，我的心頭好痛，好恨！』

『我很能理解。』我說：『不過，你也許沒有想到，他們跟你們一樣，不一定個個都是自願到這裏來打仗的，不是嗎？』

他顯然把我的話聽進去了，頭慢慢地低下去。

『你要怎樣？說吧！』

『我是一個基督徒，我要以感恩的心報導美軍史密斯少校善待俘虜寬厚的胸襟。』我說：『我們中國有句名言，叫做《己所不欲，勿施於人》，你也許沒有聽說過，但我相信你一定能夠做得到。』

『好吧，看在上帝的分上，我決定饒了他們了！』

從峴港回到西貢，已是入夜時分。西貢街頭，燈紅酒綠，嗅不到一點戰時氣氛。可是，那不是升平，而是麻醉。在一家華僑開的餐館前，我放慢了腳步，原想進去吃點東西的，稍一遲疑，就被一名飄著長髯的測字先生叫住了。

『嗨，老鄉！』他用華語叫我：『年頭這樣亂，測個字求個平安吧！』

『我不信這個玩意。』我說。

『信不信沒有關係。』他拉過來一張凳子讓我坐下：『就當在這裏歇歇腳吧！』

『問個吉凶可以嗎？』我坐了下來，跟他搭訕著。

『可以！』他問：『你貴姓？』

『姓趙！』我說：『百家姓第一家，趙、錢、孫、李的趙！』

『問什麼？』

『我在老家有個與我訂有婚約的女孩，十六、七年不通音訊了，她現在可好？』我隨便給他出了個題目。

他微微地閉上眼睛，思索了一會，突然，斬釘截鐵地告訴我。

『人，很平安！』他說：『但是，嫁給別人了。』

聽了他的話，我一點也不覺得意外，因爲，這原是很平常的道理，一個女人已經三十幾歲了，又不知道我的生死，不嫁，那才是怪事。

『這個，我可以想得到。』我說：『不過，我很感謝你告訴我，她很平安！』

『我知道你不會佩服我。』他摸一摸鬍子，神秘兮兮地一笑：『現在，我要告訴你一件值得你驚奇的事，就是她嫁的是一位蕭先生。』

『亂扯！』我心裏想，要說是嫁給姓張姓王的，我聽了也就算了，可是，蕭姓並非大姓，豈不是故弄玄虛？

『我是有根有據。』他說：『你別以爲江湖術士只會信口雌黃。』

『再聽你一次，你說！』

『你不是說你是姓趙的嗎？』

『沒錯！』

『你這位姓《趙》的先生《走》了，剩下來的不就是《肖》嗎？蕭、肖同音，我只在一念之間，就知道她嫁的人是姓蕭了。』

當然，我還是沒有對他心服口服，只是一笑置之。想不到若干年後，她的表姐從老家探親回到臺北時，竟然把這個謎底揭開了，她的丈夫果然姓蕭，而且經過文字簡體化以後，肖與蕭正巧是同一個字。到了這個時候，我不得不佩服西貢街頭那位測字先生的靈驗。

第九章

救世心

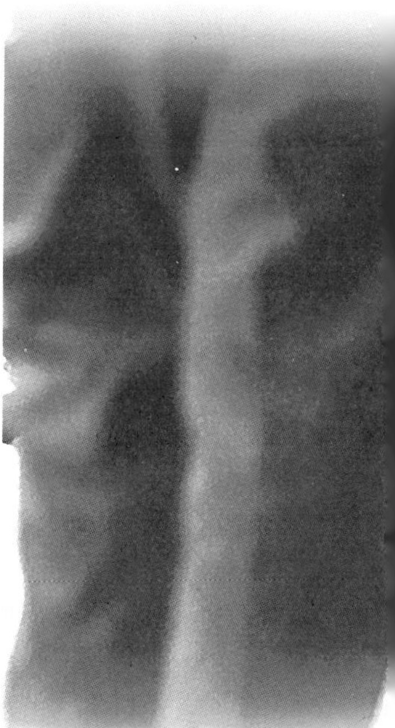

第九章 救世心

一、市井小民的悲苦

在離開了老家十七年之後，我終於有了自己的家，民國五十三年三月八日國際婦女節這一天，跟相知相惜的傅伯蓉小姐在臺北結婚，請了時任教育部長也是我在台大讀書時的老師黃季陸先生證婚。有了家以後，爲了讓生活更安定，除了做好報社的工作和努力寫作以外，也在學校教課，內子在醫院做護理工作，有時還要加班，兩人勤儉刻苦，不久，我們便以分期付款的方式在臺北市信義路買了一棟兩層樓獨門獨院的房子，雖然不大，卻也相當雅致。

我總是這樣想，儘管海峽兩岸刀兵相向，勢同冰炭，但中華民族絕對會有整合的一天，大家忘了仇怨，相互容忍，在一個大家庭裏面共享太平盛世。

臺灣眞正能夠自力更生，是從民國五十四年開始。這一年，美援停止，所有從美國進口的軍事和民生物資，都是用外滙買來的。十六年來，仰賴各個工作崗位上的人們敬業樂群，和衷共濟，充分發揮智慧和勞力，並且有效的運用美援，把臺灣從匱乏變爲富有。

在採訪活動中，我看到苗栗錦水油礦的的開發、曾文溪水庫的興工、花蓮中央山脈大理石和翠玉的工業起飛、農業和水產業品種的改良、國民小學營養午餐的免費供應，處處展現出蓬勃的朝氣，這時期，雖然曾經出現過所謂《白色恐怖》，箝制過人民的思想自由，危害過人權，但基本上，絕大多數不關心政治不闖思想禁區的人，日子過得還算是非常安適的。

當然，《白色恐怖》還是必須譴責的，因爲那終究不是良好的政治。《政治》，本來就不是一個好東西，西方人叫《政治》是《少不得的魔鬼》，中國大思想家孔子也說過《苛政猛於虎》這種話，但沒有《政治》可不可以呢？因爲人類有賢愚、有強弱、有私憤、有愛惡，沒有一個體制來調協和管理，當然是行不通的。

在台大政治系讀書時，教我《中國政治思想史》的曾繁康教授就說過這樣中肯的話。

『投身於政治工作的人，一定要有良知，也就是高度的道德心。』他說：『如果沒有良知和道德，就會成爲推行苛政的老虎！』

蔣經國先生也說過，讓沒有道德的人搞政治，將會比毒蛇猛獸更可怕。所以古今中外，政客多如過江之鯽，政治家卻不易多見。

我很感謝自立晚報給我充分表現自我的機會，不論揭發邪惡，或是褒揚善良，我都堅守職業分際，戰戰兢兢地在克盡一個新聞記者的責任。

透過報紙的版面，我先後採訪過兩百多位中外學者專家、社會賢達、專業權威和更多的市井小民。談經天緯地的學問，國計民生的辛酸，百年樹人的大計，世界形勢的探討，撰發一百多萬字的專欄報導，爲時代留下鴻爪；我也透過社會新聞的版面，報導了許多弱勢族群的悲情，把他們所遭逢的橫逆和哀慟傳達到社會各個層面去，邀得善心人士的憐憫，及時伸出援手，幫助他們減輕痛苦，渡過難關。

有個突出的例子，值得一提。

早年，有一位跟我同時服役於裝甲兵的羅姓朋友，退役後以拉三輪車爲業，窮困潦倒，拖家帶眷，不知道是不是老天跟他開玩笑，他的妻子竟然生下一個沒有肛門的孩子，如果不及時矯治，不但影響發育，也會危及生命。可是，他太窮了，根本付不起鉅額的手術和醫療費用，處境相當窘迫。

一天，他懷裏抱著孩子踏著三輪車來到報社找我，問我可不可以給他們一些幫助。『我沒有做過什麼缺德的事。』他苦著臉說：『爲什麼會生下沒有屁股眼的孩子？』『你不必自責。』我說：『我來想想辦法。』

當天，我在報紙上發了一段新聞，說明有個羅姓人家，孩子多沒有收入，日子過得原就十分窮苦，現在雪上加霜，又生了一個沒有肛門的畸型兒，更加活不下去，希望社會善心人士救救他們一家，新聞後面附上他們住家的地址。報紙出來以後，捐款紛紛從各地寄到了他們的家裏，解除了他們一時的困難和慌張。

爲了幫羅家根本解決難題，我又以個人名義給當時基督教安息日會在臺北開設的一所相當現代化的醫院《臺灣療養醫院》美籍院長DR·FRANK寫了封信，求他本著基督的大愛，免費幫羅家的嬰兒矯治。加上內子從中幫忙，FRANK院長很快給我回信，不但答應以《研究實驗》的名義完全免費提供手術和醫療服務，連病嬰家屬陪著住院的伙食，醫院也免費優待。

這件事讓我深刻地體驗到，一個新聞記者，只要有悲憫心，也可以救苦救難，而不只是單單地傳播消息。事後若干年，當我知道那個經過矯治完全恢復常人生活的嬰孩，已經受完高等教育服務人群時，我心頭的喜悅和欣慰是不言可喻的。

就臺灣各個層面而言，民國五十五年，是豪氣干雲的一年，中華文化復興工作推展得有聲有色，私人出資興辦的大、中、小學林立，教師、藝術家受到普遍尊重，最重要的，就是知識分子匯聚的智慧和力量，促成了臺灣經濟全面起飛，科技研究與開發日新月異，社會逐漸由農業型態邁向工業化，各行各業自力更生的潛力在美援停止後反而得到充分的發揮。預料在民國七十到八十年代，臺灣將成為亞洲經濟體系當中非常重要的一環。

但是，如果從中華民族和全體中國人來看，這一年也是厄運臨頭的一年。大陸上，因為《三面紅旗》的錯誤決定引發的天災人禍，若不是劉少奇的《三自一包》救了共產黨的命，毛澤東很可能會步上了商紂和王莽的下場。但就在大陸凋敝的農村因為劉少奇的《三自一包》有了起色時，毛澤東唯恐贏得民心的劉少奇會奪取他的領導權，就在這一年的初夏，發出了《五、一六通知》，瘋狂地掀起了國困民艱的《文化大革命》。

六月十八日，中共中央下令關閉大陸所有的高等院校，停課造反，鬧革命。受到唆使和鼓動的《紅衛兵》，到處打家劫舍，用暴力揪鬥《階級敵人》，其中包括打天下時期的所謂《老一輩無產階級革命家》，一個個都在劫難逃，當鬥爭深化鬥橫了心鬥紅了眼以後，就連朱德、彭德懷、陳毅、賀龍、高崗、陸定一、彭真、陶鑄、楊尙昆、黃克誠、羅瑞卿這些老幹部，也都被鬥得灰頭土臉，死去活來。遊街的遊街，跳樓的跳樓，下獄的下獄，屠殺的屠殺，不但當事人被鬥被殺，連他們的妻子兒女也連帶遭殃，而被指為《走資派》和《修正主義》頭頭的劉少奇和鄧小平的《劉鄧司令部》，更被衝擊得家破人亡。

《紅衛兵》更大的禍害，就是全面摧毀中華民族的文化遺產，破壞良風善俗和倫理秩序。據說，如果不是周恩來挺身出來保護重大文物設施，很可能在《紅衛兵》暴力踐踏下造成中國五千年文化的斷代！

二、地獄來的美國兵

越南戰火繼續蔓延，先後已有五十萬美國軍人投入這場混戰，由於美軍秉持對戰敗的北越共軍不追不打的決策，根本阻遏不住越共一次再一次捲土重來的反擊，士氣異常低落，加上美國國內反戰聲浪高漲，這一場戰爭可能不會有好的收場。

每天，都有美國軍人從越南戰場來到臺灣度假，他們懷著《醉臥沙場君莫笑》的心態，遊蕩在臺灣各大城市的聲色場所，造成了臺灣舞廳、酒家和色情行業的泛濫，每當黃昏時分，臺北市中山北路的街頭，就會出現成群結隊的美軍和本地女郎結伴同遊，錢與色情的交易，把中山北路點綴得異常妖嬈，但也製造出不少異國婚姻的悲劇。

二次世界大戰以後，日本和美國的影藝界曾經合作拍過一部叫做《櫻花戀》的電影，描寫駐日美軍和日本女友相聚時的歡愉和離別時的淒惋，相當感人。越戰期間，類似《櫻花戀》的情節，也同樣在臺灣重複演出。

一次，我在臺北街頭跟一個喝得醉醺醺的美軍大兵搭訕。

『哈囉，越南來的嗎？』

『不，地獄來的。』

『看你吃了不少苦頭？』

『還不是那個流氓逼的！』

『哪個流氓？』

『詹森。』

『仗打完了，就可以回去了，不是嗎？』

『打完？』他扭了下鼻子：『我可沒有這個幻想。』

『嗨，我眞不懂。』我變了個話題：『美國在越南到底打的是什麼仗？』

『殺人，也被人殺！』他說：『除此以外，都是莫名其妙！』

從這個美國大兵說的話裏，可以想見美軍在越南打的這一仗，既不想攻，又不想退，畏前畏後，顧此失彼，實在是莫名其妙。

自從有了家有了孩子以後，生活的擔子壓在肩上一天一天的沈重起來，加上買的房子和摩托車要分期付款，負擔更重，單靠自立晚報一千二百元的月薪和教書微薄的收入，很有捉襟見肘的窘迫。民國五十七年二月，農曆新年剛剛過去，我就在報紙上看到一則《某大新聞機構》招考編輯人員的廣告。

當時，《中國電視》公司成立不久，正在招兵買馬，我直覺地以爲是他們的廣告，所以就悄悄地依照通信地址報了名，等到考完試以後，我才知道這個《某大新聞機構》並非中視，而是專職對大陸廣播的《中央廣播電臺》。

從文字媒體到語言傳播，這是我持續四十二年新聞工作中第二次變換跑道。當我接到錄取通知並且決定離開自立晚報的時候，報紙發行人吳三連先生找我去談話，希望我不要離去。

『做得好好的，爲什麼要辭職？』他問。

『生活負擔太重。』我實話實說：『自立晚報的薪水，實在無法養活家小。』

『給你加發一點津貼怎樣？』

『先生的德意我很感動，祇是，記者又不是只有我一個人，這個例子一開，報社在管理上會有麻煩。我怎麼可以給你老人家製造麻煩？』

『說的也是。』他沈吟了一會：『我看這樣吧，你可以兩面都做，一面報紙，一面廣播，好不好？』

『多謝您老人家照顧。』我說：『分多力散，兩面都做，我怕兩面都做不好。』

『這麼說來，自立晚報是留不住你了。』他說：『有空閒的時候，給自立晚報寫寫文章吧！』

『我記住了。』

從民國四十七年我讀大三時為自立晚報寫專欄開始，到我離開的那一天止，我整整做了十年的外勤採訪工作，我一生中十年的黃金歲月，都是在自立晚報渡過，對於自立晚報，我有深厚的情感，除了寫文章以外，我也結識了不少各個階層的朋友，不論在學問上，或是處世經驗上，都讓我得到磨練與啓發，增進了我安生立命的素養和能力。讓我飲水思源，感念在心。

說到《安生立命》，我一向景從孫中山先生的《服務》理念。他說：『人生以服務為目的。』又說：『能力大的人，可以服千萬人之務；能力比較小的人，也可以為十百人服務；能力特別庸碌的人，還是可以為自己服務。』這種觀念，跟孟子所說的《窮則獨善其身，達則兼善天下》的道理完全一致，而我所謂的《安生立命》，並不聯繫什麼大業千秋，只是層次較低的樂天知命，獨善其身。

祇是，這個世界太複雜了，常會把人們的赤子之心扭曲成風岩火石，有時候，連獨善其身也不可得。

到了《中央廣播電臺》，面對的第一件煞費思量的事故，就是當年三月十五日中、蘇共在我國北疆珍寶島發生的武裝衝突，當時，因爲觀點不同，有了爭議。

『蘇共侵犯珍寶島，完全是中共長期對蘇共惟命是從的錯誤行爲所引起的。』一位同事分析著說：『現在，蘇共越界來犯，中共是自食其果，應該負起招災惹禍的責任，應該受到譴責。』

『我有不盡相同的看法。』我說：『近百年來，不論是敵是友，帝國主義從未放棄侵略中國的野心，蘇共侵犯珍寶島，只是帝國主義狼子野心的延續，海內外所有的中國人，都應該爲捍衛珍寶島痛斥蘇共的強盜罪行，把恩怨暫時放到一邊，肯定和支援中共的還擊。』

『這樣，我們似乎沒有鮮明的立場。』他說：『我們是反共？還是媚共？』

『怎麼會呢？』我說：『舉個例子來說吧，假如有一天，我們在南沙群島的駐軍跟菲律賓或是越南幹起來了，共產黨在一邊幸災樂禍，說我們這樣不對，那樣錯了，海內外所有的中國人會對他們怎麼想？怎麼說呢？』

『我們從來沒有對菲律賓和越南唯命是從過。』他說：『如果他們跟我們動起手來，我們會打得理直氣壯！』

『我同意你的看法。』我的語氣儘量放得和緩些：『不過，你的觀點可不可以再擴大一些呢？我的意思是說，只要是爲捍衛中國領土與主權的戰爭，我們都應該打得理直氣壯，至於我們有沒有對菲律賓和越南惟命是從過，我看這不是主要的問題。』

我們的討論是開放而又理性的，最後，大家決定認同了我的意見。

我常覺得一個家門可以窮，可以衰落，但勤儉的家風卻不可以改，不可以丟。因爲只要勤儉，就有興盛致富的希望；同樣的道理，一個國家可以弱，可以亡，但民族的精神文化卻不可以廢，不可以滅，因爲只要保有民族精神文化，就有興復的機會。朱元璋擊潰舉世無雙的蒙古帝國、孫中山推翻滿清王朝、蔣介石領導八年抗戰，都是民族的精神文化融合了個人和千千萬萬人的意志，產生了堅忍圖成的力量，成就了不朽的功業。

中國人民只要不把民族的精神文化丟掉，毛澤東的《人民公社》和《文化大革命》就會夭折，中國人必定會回過頭來高舉著四維八德的大纛，重新踏上國泰民安的大道，重現安和樂利的盛世。

三、嫦娥不在廣寒宮

二十世紀六十年代初到七十年代末，美、蘇兩國競奪世界霸權，走火入魔，雙方爲了取得制壓對方的優勢，都以發展太空武力爲目標。在這方面，蘇聯本來是搶先起步走在美國前面的。但在美國發現危機後，立即奮起直追。由於資源充沛、財力雄厚、科技高明和憂患意識的激揚，美國很快就趕上和超越了蘇聯。迫使蘇聯羅掘俱窮，不得不急於要跟美國訂立停止競賽的限武條約。

但是，美國已經投下龐大的人力物力，並且發覺到太空科學除了在軍事上可以對抗敵國以外，更可以開拓和平用途，爲全人類創造福祉。所以美國一直沒有停手，繼續攀向高峰，領先世界。

一九六九年七月二十一日，是全人類很興奮的一天，美國太空人阿姆斯壯駕著《老鷹號》登月小艇踏上了月球。當他在月球上走動時，曾經說了這樣一句感人的豪語，他說：『雖然我走的是一小步，卻是人類的一大步！』

在月球上，阿姆斯壯發現，上面並沒有生命存在，也沒有水，空氣非常稀薄，月心吸引力很弱，所以人們在上面只要輕抬腳步，就可以跳得很高很遠。當他在七月二十五日降落在太平洋上回到地球時，還帶回來不少月球上的岩石供科學家研究。

這是一個天大的消息，我立即透過《中央廣播電臺》向大陸播報，我希望最先能夠聽到的人，就是我的母親。小時候，她常常對我講老掉牙的故事。她說，月亮上面，有個叫做什麼《宮》的，很冷很冷，裏面住著一個非常美麗名叫嫦娥的女人。她是因爲躲避她那個不長進的丈夫才會逃到月亮上去的。可是，月亮離開我們的路實在太遠了，所以她上去以後，就再也回不來了。

『眞的？還是假的？』我半信半疑地問：『她的丈夫怎麼不長進呢？』

『愛喝酒、愛賭錢嘛！』她說：『好吃懶做，又常常打人，所以她就跑啦！』

『爸爸不是也會喝酒，也會賭錢嗎？』我用手指悄悄地指一指站在幾步外的父親，問她：『妳怎麼沒有跑到月亮上去呢？』

母親沒有想到我會問出這樣的問題，禁不住發起愣來，還沒有想到要怎樣回答我我這個問題的時候，父親已經走過來了。

『她哪裏沒有跑。』他裝得一本正經地說：『只不過是剛跑到半路上就被我追回來了。』

『好險哪！』我說：『差一點，我就沒有媽媽了。』

『你長大了，可不要喝酒，也不要賭錢。』母親趁機會教導我，她說：『你要是不學好呀，也會把你的媳婦氣得跑到月亮上去的，到時候，看你怎麼辦？』

『怕什麼？』我說：『她能去，我也能去！』

『看吧！』父親對母親笑著說：『我就猜到嚇唬不了他！』

母親講過的這個老故事，一直在我的心頭映現，現在，美國太空人阿姆斯壯把這個謎底揭開了，我巴不得遠在天邊的母親能夠聽得到我們的廣播，讓她快一點知道月亮上面根本沒有什麼宮，也沒有人，連一隻螞蟻也沒有。有的，只是坑坑洞洞的岩石，人類根本沒有辦法在上面活著。

可是，烽火連年，殺戮與饑寒交迫，母親在哪裡呢？她有收音機嗎？能夠聽得到我們廣播嗎？最重要的，她現在是不是還活著呢？

臺灣激進人士在海外的《獨立》運動，日趨活躍，他們所採取的手段也一天比一天野蠻，繼臺灣省主席謝東閔遭到他們郵寄包裹炸斷一條手臂成殘後，行政院副院長蔣經國先生於民國五十九年四月二十五日在美國訪問時，也遭到他們槍擊，但未被擊中。

蔣經國先生確實不失為一位氣魄恢宏膽識過人的政治家，他不但沒有遷怒於任何人，還豁達大度地表示，很想跟那個刺客見個面，好好地談一談，瞭解自己什麼地方做錯了？或是什麼事情該做還沒有做？

我深深地覺得，不要說在臺灣，就是在世界上任何一個國家，像他這樣勤勞刻苦、熱心奉獻和勇於擔當的人，不是沒有，而是太不容易見到了。如果當時，他眞的被刺殞命，不但《台獨》的目的達不到，肯定會給臺灣人民帶來一場浩劫。至於後來的促進臺灣大幅度現代化為臺灣人民創造了高度福祉的《十大建設》，那就更不容易見到了。

當然，蔣經國先生也不是《完人》，他也有人性的弱點。在權力鬥爭中，他也犯過錯，有過隕越；在處理子女問題時，也不免有私心。但瑕不掩瑜，並無傷於他的大節。

五月一日，他化險爲夷從美國回到臺北以後，就席不暇暖地立即投注於臺灣基層建設。五月十四日，行政院通過臺灣南北高速公路從基隆到楊梅約八十公里路段立即動工興建。當時，有少數眼光短淺心地偏狹蓄意跟他爲難的《民意代表》，誣指他主張興建高速公路，完全是爲大官和有錢的人謀取利益，他們認爲只有大官和有錢人才會有自己的汽車，才需要高速公路。

對於這種別有用心人士的詆毀，他忍氣呑聲，並沒有任何反駁，他只說了一句讓臺灣人民刻骨銘心的肺腑之言，他說：『今天不做，到了明天就會後悔！』

作爲一個新聞從業人員，基於職業道德和利害判斷，我強烈認同他的主張。除了在廣播中表達我對他的敬重和支援以外，還在平版媒體上連續寫了好幾篇文章，駁斥只有大官和有錢人才需要高速公路的危言。我強調，臺灣的工農業一旦全面起飛，從事工農業生產的中產階級和基層群衆，將會比大官和有錢人更需要高速公路來適應貨暢其流的要求。

後來，形勢發展證明，如果沒有南北高速公路的完成，不但會困死臺灣的農業，也會造成臺灣工業的痙攣，臺灣要想進入開發中國家，擠入《亞洲四小龍》的行列，恐怕連做夢都不容易見到。從這個例子裏，可以見到政治家是多麼難得，而成事不足敗事有餘的政客又是多麼可鄙！

四、人間難見是與非

大陸《文化大革命》的風暴，捲進了第五個年頭，一小撮人發瘋，連累了七億人民受難。一九七一年，民國六十年九月十三日，毛澤東欽定的接班人，也是中共黨、政、軍第二號領導人林彪，爲了逃避毛澤東的謀殺，帶著妻子葉群和兒子林立果舉家外逃，飛機在外蒙古上空失事墜毀。

林彪，湖北人，黃埔軍校四期畢業，人很機詐，但深諳韜略。他在抗日戰爭勝利後帶少數精銳出關，在東北得蘇聯護航和扶持，接收日本關東軍留在東北的全新裝備，並收編了《滿洲國》的游雜部隊，迅速發展到四十多萬人。是國民黨軍隊在東北的主要對手。

民國三十七年秋到三十八年初，林彪指揮的《第四野戰軍》，先後投入《遼瀋戰役》和《平津戰役》，擊潰了國民黨百萬大軍，打下東北和華北大片江山，爲共產黨奪取政權奠下了基石。

但悲哀的是，他在毛澤東和衆多的老幹部面前，恃功而驕，挾衆而橫，犯下了功高震主和樹大招風的大忌，偏又遇上了一個比歷代誅殺功臣更兇狠殘暴的《皇帝》毛澤東，註定了他要遭滅門之禍。

林彪的死亡，不但讓大陸上的軍、幹、群頭腦一時轉不過彎來，就連一再帶頭高呼《服從林副統帥領導》的周恩來也不知道怎樣面對廣大的軍、幹、群的責疑。最重要的，就是給《文化大革命》火上加油，在大陸各地刮起了昏天暗地批鬥林彪的狂風沙，而在批鬥林彪的同時，也批鬥了孔子、周公和一切代表著中華忠恕仁愛思想的文化。

在河南，一群黨員幹部在《批林批孔》的鬥爭大會上，有人公開提出責問，《孔老二是誰介紹他入黨的？把他的黑後臺揪出來，交給人民清算和公審》。這個《介紹人》和《黑後臺》指的就是林彪，孔老二就是孔子。不但一個人責問，還有一大群人附和，個個理直氣壯，義正辭嚴，代表著大會共同的認識。

這幕鬧劇是《人民日報》上一字一句刊載出來的，是《人民日報》的編輯無知？還是《打著紅旗反紅旗》有意要出共產黨的洋相？我不清楚。不過，在我看到這種千載難得一見字句的時候，竟憋不住把一口喝到嘴裏的茶水都噴出來了。所以在我寫完一篇廣播文章以後，忍不住信筆寫下了下面這首不登大雅之堂的歪詩：

文革大風滿天吹，人間難見是與非；
仲尼若是入過黨，林彪曾否戰岳飛？

對於詩，我是個門外漢，但是，每當心頭異常激動時，就會情不自禁地亂寫幾句，一來抒發自己的感觸，二來記下事故的動態，娛人談不上，自哂卻是有餘的。

記得十二、三年前，我在自立晚報當記者時，看到有關《生產大躍進》正在大陸如火如荼掀起的消息，其中《土法煉鋼》、《填湖造田》、《毀林爭地》、《超英趕美》，逼得千家萬戶陷於癡狂，千千萬萬的人淚灑《土高爐》，死於饑餒，困於黃粱幻夢，當時，我激於悲憫，也寫過一首五言歪詩，並刊在報紙上，詩是這樣寫的：

生產大躍進，黃粱夢相隨。
填湖魚蝦苦，毀林鳥獸悲；
一人頭腦熱，萬戶眼淚垂。
英美未趕上，神州劫灰飛！

這首歪詩刊出後，還被海外愛湊熱鬧的刊物轉載過，二十多年以後，我在海外跟一些老華僑聊起往事時，還有人對我朗誦過這首詩，祇是，當時有不少人在場，我怕惹人笑談，並未敢表明那是出自我的拙筆。

民國六十一年三月二十二日國民大會選出中華民國第五任總統，蔣介石連選連任。對於蔣總統的連任，有人認爲他當權太久，不合世界潮流和民主政治的常態，但也有更多的人強調國家處於非常時期，如果沒有他來掌舵，將無法統合軍民意志以應變局。

實際上，他已屆八十六歲的高齡，對於國家也只能以聲望和形象來領導，至於運籌帷幄決勝千里，他早已置身事外了。這時候，執政的國民黨，也深知中樞領導階層亟須有能力有擔當又有群衆基礎的人出任艱巨，所以強力推舉蔣經國組閣，任行政院長。

蔣經國不負衆望，他出任閣揆，確實是受命於危難之際，他組成的領導班子，立即投身於國計民生的各項重大建設，雖然在他組閣後不久，就碰上了全球性的石油危機，許多開發國家如日本和美國的經濟都急速衰退，但他卻頂住逆流，全面開展當時讓舉世震驚的包括南北高速公路、桃園國際機場、台中港、鐵路電氣化、大造船廠、核能發電廠、桃園石油化工業等十多項重大工程在內的經濟和交通建設，一步一腳印，把臺灣逐步帶上欣欣向榮的道路，不捨晝夜地向現代化國家目標邁進，無懼石油危機的衝擊，也無視海峽風雲的緊張，自強不息，讓全世界低估中國人智慧、能力、膽氣和決心的人刮目相看。

臺灣能夠有這種超越常情的表現，除了因爲有蔣經國高度的熱忱、遠大的見識、恢宏的氣魄、卓越的規劃、傾力的實踐和他個人獨特的魅力以外，最重要的，就是植根於中華文化堅忍圖成愈挫愈奮的韌性。而這種韌性正是其他民族和國家所少見的。

在隔海的大陸，與中華文化背道而馳的《文化大革命》運動已進入了第六個年頭，一本《毛語錄》小紅書，崇得七億人民癲狂，山頭與山頭，派系與派系之間，雖然奉的是同一個《神》，打的是同一個《擁護偉大領袖》的旗號，但是，他們卻各以自己爲純正的血統，互相排斥，鬥得死傷累累，遍地血腥，連軍隊也拖著機槍大炮蹚起了渾水，廣州、桂林、南寧、武漢是《紅衛兵》武鬥的重災區，有成千上萬人被殺，廣西武宣縣的桐嶺中學黃校長竟被學生用木棒打死後架起火來烤熟吃掉。

田園荒蕪、交通癱瘓、學校關門、骨肉離散，中華民族正陷入了曠古未見的大災變之中。

五、松山寺一老禪師

美國的亞洲政策有明顯的退卻跡象，這一年的二月十五日，尼克森總統的顧問季辛吉繞道巴基斯坦偷偷地去了北京，跟中共國務院總理周恩來會談；三月二十九日，結束在越南十一年的介入和干預，完成全面撤軍。

季辛吉與周恩來會談，是美國拋棄臺灣與大陸建立外交關係的前奏，當國際上的注意力全部集中在季辛吉的身上，並圍繞著尼克森亞洲政策去向的時候，美國白宮和國務院還在自欺欺人發表聲明否認和中國大陸的接觸，但實際上，雙方暗中正在積極推動關係正常化。

季辛吉是猶太後裔的美國人，是功利主義的典型。有個關於他小時候的故事，可以充分代表他的性格。有一次，季辛吉帶著他的弟弟在外面玩耍，被幾個小流氓圍住了，他的弟弟遭到兩個人合力攻擊，被打得鼻青臉腫倒在地上。季辛吉見狀，竟丟下他的弟弟自己一個人跑回家去了，他的母親見他一個人回來，就叫住了他。

『你的弟弟呢？』他的母親急著問他。

『被人打了！』

『你的弟弟被人打，你怎麼一個人跑回來？』

『我跑回來，只他一個人挨打。』季辛吉說：『要是不跑回來，你的兩個兒子都要倒楣。』

後來，季辛吉當了尼克森的國務卿，在國際上縱橫捭闔，他講的就是一個利字。尼克森後來搞出了爲人所不齒的《水門事件》，並且因而下臺，跟他重用季辛吉有相當的因果關係。

其次，是尼克森從越南撤軍，主要的，也是受到季辛吉功利主義思想的影響。美國這種表現，爲兩年後越南全部爲北越吞併埋下伏筆。十一年來，美國在越南戰場投入了六百億美元，傷亡十多萬人，落得這樣結果，全在於美國沒有持久的政策，也沒有堅定的目標。

若干年後，美國打伊拉克、打阿富汗，都是犯了同樣的錯誤，色厲內荏，虎頭蛇尾，往往自食其果。

從美國撤手不顧越南的死活，撤軍而去，可以驗證出美國這個國家和他們的領導人，絕對不值得信賴，更不可以託付生死存亡。當美國利益跟它友邦利益不相契合的時候，他們習慣上不是掉頭而去，就是運用他們強勢的經濟、軍事和特務系統的力量製造政變，推翻當地政府，把情況折騰得更加複雜。

在古巴、南朝鮮、伊朗、巴拿馬、越南、早期的中國大陸和後來的臺灣，都是這樣。美國這種慣行，蔣介石和蔣經國父子瞭解最深，防制最嚴，否則，臺灣恐怕早就步上了越南的後塵。

這年的十月二十五日，是臺灣掙脫日本殖民統治回到中國版圖後第二十九個《光復節》。我們賣掉了臺北市信義路的房子，全家搬到吳興街臺北醫學院近鄰一座新建的公寓暫住。公寓對面的小山坡上，是舊時的公墓，每到傍晚，我們就可以透過夕陽餘暉的映照，清晰地望見參差零亂的墓碑在荒茵蔓草間閃現，點點滴滴都在刻劃生命流逝的苦短，予人以蒼涼的感歎。

離開住家約百多步的南側，是臺北著名的佛教聖地《松山寺》，寺裏的老和尚道安法師，已經七十多歲了，一臉浮泛著矜念蒼生的憂情，讓人肅然心動。不少個黃昏，我都因爲散步路過《松山寺》下，沿著曲徑信步攀上斜坡，悄悄地走進寺院向道安法師領受啓發，聽他談入世的淒苦，出世的悲憫，悟世事無常，覺昨非今惑，我雖然魯鈍，仍可參得一知半解的禪機，有益於立身處世待人接物的省思。

這時候，我家已經有了三個孩子，分別是九歲、七歲和三歲，兩個大的讀小學，小的讀幼稚園，都很伶巧，生活雖然偶有匱乏，但因爲孩子們的母親勤儉持家，匀支得當，倒也能夠從困絀和顛沛中安定下來。

閒時或假日，我們常會帶孩子們外出，到公園、兒童樂園、天文臺或博物館參觀遊玩，欣賞新奇事物，聽她們問東問西，在爲她們尋找正確答案的時候，偶而免不了要查資料，問專家，因而無形中也增多了自己的見識，驗證了《學無止境》的眞理。

臺北醫學院的校園遼闊而幽靜，從早到晚都是開放的，近水樓臺先得月，我們也就把它看成自家的庭院了。春天，滿園的杜鵑花，開得姹紫嫣紅，落英繽紛，我們一家人常會一圈又一圈地在園區漫步，聽內子爲孩子們說故事。她的耐心和認眞的表情，常使我想到聽母親說故事時的童年。

『從前呀，有個聰明勇敢的孩子叫做司馬光。』她娓娓地說：『有一天，他的同伴因爲太頑皮不小心掉到水缸裏去了，這下子，可把一大群的孩子嚇壞了。……』

『淹死了嗎？』老三搶著問。

『沒有。』她的媽媽搖搖頭。

『那是因爲水缸裏面沒有水。』老二做出了自以爲是的答案。

『水缸裏面怎會沒有水！』媽媽說。

『我知道！』老大搶著說：『那個頑皮的孩子會游泳，所以才淹不死他！』

『也不是！』媽媽在孩子們的議論中說出了答案，她說：『告訴妳們這些笨蛋吧，那是因爲司馬光用石頭把水缸砸了一個洞，缸裏的水都流光了，所以那個頑皮的孩子也就被救出來了。』

『那司馬光的媽媽呢？』老三節外生枝，提出了新問題。

『司馬光的媽媽呀，她給別人家的孩子講故事去了。』

『司馬光的媽媽是做什麼的？』老二問。

她的媽媽被問得目瞪口呆，不知道怎樣回答，兩眼直瞅著我。

『好像是幼稚園裏的老師吧？』我只好代爲作答。

『是哪一家幼稚園？』老二接著問。

『這個故事呀，今天就講到這裏了。』她被問得窮於應付，趕緊收網，她說：『妳們問得沒完沒了，我不想跟妳們扯了。』

孩子們你看看我，我看看你，也就識趣地不再提出新問題了。

臺北醫學院校區的西南角，也就是我們住家的院牆外面，有個很大的籃球場，夏天，太陽西沈暑氣漸消時，我們會帶著孩子們在球場上賽跑。老三雖然年紀小，但跑起來格外賣力，從小，她就好勝心強，深怕自己比不過別人，沒有面子。

『媽媽，要是我唸大學的時候還不會寫字，那怎麼辦呢？』她急切地問著她的媽媽。

『是啊，那可眞是丟人呢！』她的媽媽有時會逗弄她。

『不行，不行！』她搖著她媽媽的手臂：『你可要教我啊！』

『別怕！』我在一旁安慰著她：『剛生下來的時候，妳連在地上爬都不會，現在不是會賽跑了嗎？等到妳上大學的時候，就自然會寫字了。』

『長大就會了，是嗎？』她不放心，又問。

『是啊，長大就會了！』我說。

『寫字，有什麼難嘛，現在，我就會了。』剛剛進入小學二年級的老二輕鬆地說：

『如果到時候還不會，就跟我學好了。』

『只要肯學，就不怕不會！』小學三年級的老大，也在一邊幫起腔來，她說：『爸爸每天都要寫很多字，不都是學的嗎？』

對於教育孩子，我是比較認眞的，但我並不逼她們做功課，只是告誡她們，做人和求學，一定要實實在在，既不可以貪心，又不許偷懶，盡心盡力去學、去做，只要出了力、用了心，就夠了。

我很仰慕谷正綱的高風亮節，他堂堂正正的爲人，清清白白的做事，爲子女樹立了身教的標竿。

谷正綱先生畢生擔任黨政要職，但廉潔自持，他的嫂嫂皮以書見他家中使用過久的一套舊沙發，覺得過分寒磣，特別送了一套新的給他，想不到卻被他以坐不慣舊沙發的人不會到他家裏來爲由原物退還。在他《大陸災胞救濟總會》理事長任期內，各方捐款和政府撥款數字龐大，但分文不流於私用，他的僚屬因爲不堪忍受《節儉》之苦，每不願隨他到外地出差，他那公私分明一絲不苟的堅持，在官場一直被視爲《異類》。不但受到朝野的敬畏，更得到市井小民普遍的景仰。

當他鞠躬盡瘁走近人生終點時，特地把子女叫到了榻前，奄奄一息但也心安理得地說：『我沒有留下任何金銀財寶給你們，但我卻留給你們一種比任何金銀財寶更珍貴的東西，那就是在你們走到任何地方，都不會有人在你們的背後指指點點嗤之以鼻地說：看！那就是谷正綱的兒子！』

六、中國農民懂恕道

中國自古以來，就是以農立國，農業文化是中華民族文化重要的內涵，也是民族生存發展重要的依托。歷史上任何時期的政權，如果不能善待農民，社會必然會發生動亂，秦末陳勝、吳廣和繼起的劉邦，東漢末年的黃巾，明末的李自成，晚清的太平天國，基本上都是農民鋌而走險的結合，中國共產黨能夠奪取政權，也同樣是源自農民的支持。

善待農民的首要措施，就是不可以耽誤農民耕作的時間，兩千五百多年前，孔子就向當政的人提出《使民以時》的忠告。後來，孟子也以《不違農時》來告誡統治階級，強調在農忙的時節，政府不可以隨便差遣和強迫農民去服與農務無關的徭役，以免誤了耕耘與收割，危害到農民的生計。

一九五八年，毛澤東發動的《大躍進》，驅使農民大幹《土法煉鋼》，誤了農時，造成田園荒蕪，五穀廢收。當時，深知農民疾苦的彭德懷，就在《廬山會議》上給毛澤東上了萬言書，以《穀撒地，稻葉枯，青壯煉鋼去，收禾童與姑，來年日子怎過？我與人民鼓與呼》提出了痛心疾首的呼籲，怎奈毛澤東執迷不悟，不但不去深入瞭解農民的痛苦，作回頭是岸的打算，反而惱羞成怒把彭德懷打成了《彭黃反黨集團》，並置彭德懷於死地。

《文革》結束後，鄧小平深切地理解到農時不可違和農民不可欺的道理，他立即以《包乾到戶》和《生產責任制》及時的挽救了大陸的農業危機，隨後以《改革、開放》相輔相成，只不過二十年的時光，就徹底改變了大陸農村一窮二白饑饉連年的面貌，逐漸走上了自給自足的大道，恢復了溫飽和安定的生活。

世世代代沐浴著溫柔敦厚文化的中國農民，是最容易滿足和最懂得恕道的族群，他們珍惜能夠享有的一粥一飯和半絲半縷，不貪婪，不奢求。在他們有了溫飽以後，很快就把《大躍進》和《人民公社》時期面向黃土背朝天挑燈夜戰拼《工分》的辛酸淡忘，將《文化大革命》時期因為《破舊立新》和《三支兩軍》妻離子散的悲痛像事不關己一樣丟到腦後去了。

中國有這樣的善良的人民，實在是統治階級莫大的幸運；中國有這樣馴服的人民，也常常是作育暴君和苛政的溫床。但是，中國人民也有憤怒和忍無可忍的時刻，商紂和秦王朝就是被人民的怒火燒成灰燼的；五胡亂華、元、清王朝入侵後，就是因為懍於中國人民怒火的熾烈，自動融合於炎黃子孫的族群，接受《入中國者，則中國之》的規律。可是，當他們忘記這種規律時，就無可遁跡地毀滅於中國人民忍無可忍的怒火之中。

可以肯定地說，如果沒有劉少奇的《三自一包》，毛澤東可能會早死十年；如果沒有鄧小平的《改革、開放》，共產黨對中國人民的統治，也可能會早於蘇聯和東歐共產集團的崩潰。

在臺灣，從民國六十一年五月蔣經國當了行政院長，到六十七年五月他當了總統，六年間，雖然先後克服了權力轉移和石油危機等艱難險阻，讓經濟蓬勃發展，民生日益富足，但也因為新聞、言論、集會、結社高度的自由開放，鼓舞了民間不同政治立場勢力的迅速擴張，議會衝突和街頭抗爭，波浪相接，民主的旗幟高舉，動亂的隱憂四伏，少數人因而名利雙收，民衆卻因而失去了不少基本權益，驚恐不安。

民國六十七年四月，我們從住了將近五年的吳興街遷居到臺北市東區的福德街的新居，住家的環境很幽靜，門前是《福德國民小學》，有遼闊的操場和校園讓我們早晚進入散步、打鞦韆、拉單槓和參加土風舞、太極拳等各種健身活動，不但有益身心健康，也可以敦親睦鄰。

屋後面緊接著遠近馳名的《四獸山》。山名的由來，是因爲山上有四個主峰，形態看起來分別像是老虎、蛇、大象和獅子。四川老軍人楊森，在九十五歲生日那一天，曾經從山下走路爬上《四獸山》的最高峰，有人欽佩他的豪健，就把這個最高峰命名爲《九五峰》。

《四獸山》有青翠的林木，蜿蜒的棧道，涓涓的流水，俏麗的亭台，每天清晨就會有成群結隊的人從四面八方來這裏登山，就因爲人們來來往往不絕於途，山坡下面很自然的形成了一個《違章》的菜市，蔬果、雜貨，雞、魚、肉、蛋，樣樣齊全，售價遠低於常態的市場，是大家樂於停留閒逛的地方。

我的書房窗口正對著山坡上一片蔥翠的相思林，林間松鼠騰躍，鳥雀競唱，蟬聲和蛙鳴交織，是大都市難得一見的風光。有不少個黃昏和清晨，我靜靜地坐在窗前讀書寫作，以補少小時困於烽火流離讀書的不易和求知的不足，每當陷入沈思時，就會有忘我的迷離。

這段歲月，是我從顛沛中走入安定的時刻，因爲有穩定的收入，又有一位持家有道的妻子相助，無後顧之憂，所以文思洶湧，不但每天固定要爲電臺撰寫廣播評論和文藝性節目的播稿，還要在《民族晚報》上撰寫常態性《大千閒話》的雜文專欄。另外，也固定的要爲淡江大學出版的《明日世界》月刊撰寫專論性文章。

民國六十九年底，《中央廣播電臺》從林森北路遷到圓山，電臺的負責人蔣孝武是蔣經國總統的兒子，也許正是因爲他的背景特殊，所以才能夠取得這個要職。事實上，他在職多年，一直都沒有進入工作狀況。圍繞在他身邊的一群人，只知道投他所好，很少爲他獻過良策，分過憂勞，成事不足，敗事有餘。權貴子弟的不濟，每讓人歎息不已！

一般認爲，《中央廣播電臺》是一座對大陸地區執行《心理作戰》任務的專業電臺，但我覺得這個界定似乎並不十分妥當，因爲單用《心理作戰》來概括中央電臺的存在價值，實未免過於片面，失於偏限，爲中央電臺蒙上了一層虛虛實實的面紗，予人以一種《兵不厭詐》或《爲達目的，不擇手段》的聯想，無形中淡化了它多元化的功能，貶低了它常態媒體的地位。

實事求是地說，這座創建於民國十七年八月一日發射能量在亞洲首屈一指的電臺，最明確的任務就是傳播知識，說明眞相，把最新和正確的資訊告訴大家，至於聽衆在接受知識、獲悉資訊、瞭解眞相以後會有什麼樣的反應，那完全是個人的感受，而不是電臺所應該過問的事。這種情況就像學校教師上課一樣，只是把知識、資訊和眞相告訴學生，至於學生能夠領悟多少，接受多少，或是能不能夠舉一反三，學以致用，都不是學校能夠計量和能夠決定的事。

七、張牙舞爪小特務

我在中央電臺負責編審組的業務，跟全組二十幾位編撰和主編同事有共同的信守，就是在撰寫播稿時，不論是報導還是評論性文字，都要堅守講情、說理、誠實和婉轉的原則，不謾罵、不諷嘲、不強詞奪理，自己寫時心平氣和，讓人聽了心服口服，甚至只是提出問題不作答案，讓聽衆自己去想，去思量，去找答案。

記得在大陸《大躍進》和《土法煉鋼》時期，我們就懇切地提出建議，林木不可濫伐，山地不可濫墾，湖泊不可濫墳，若是破壞了水土保持和自然生態，有一天，將會引起大地的反撲，讓世世代代的子孫遭殃，當時，我們只是依據常識的判斷，作理性的剖析，並不預期眞會出現這種結果，想不到只在短短的二、三十年後，因爲《大躍進》的濫伐、濫墾和濫墳，大陸竟眞的出現了長江變黃河，農地大幅度沙化和旱澇災害頻率加快的現象。

當大陸發動全民捕殺鳥雀運動時，我們也在廣播中提出忠告，強調一旦鳥類完全絕跡了，固然田裏可以減少穀粒遭到鳥兒偷吃的損失，但會不會衍生新的災害？値得用心去思考，後來事實證明我們的憂慮，在沒有鳥雀的大地上，失去天敵的蟲害迅速出現，更千百倍於鳥害。

當毛澤東提出《人多好辦事》，周恩來拍手附和的時候，我們曾經大聲疾呼人多了以後，如果不能提升他們品質，又沒有強大的經濟力量爲後盾，將會吃掉民族的生機，引發翻天覆地的動亂，印度和非洲部分地區已經在吞食這種苦果，必須冷靜思考，引以爲戒，切不可意氣用事，逞一時口舌之快，爲後世製造浩劫。我們深信，如果當時有人能夠聽進我們的聲音，可能不會有後來《一胎化》亡羊補牢的必要。

當然，我們也肯定過大陸開發邊疆的積極表現，由於內地人口大量湧向邊疆，無形中加速了中華民族語言習俗的同化與統一，增進了各民族相互瞭解，有利於國家長治久安。祇不過，我們建議，如果能夠有計劃、有步驟以和平方式代替《支邊》和《勞改》向邊疆地帶移民，可能會產生更有效益的結果。我們這種建議，想不到若干年後，大陸在興建長江三峽水壩拆遷沿江兩岸村鎮百多萬戶人家時，卻一一受到重視，妥善實現，不但得到拆遷戶人民熱心的配合和支援，更以高度的行政效率創造了世界性成功的範例，爲中國人揚眉吐氣。

遷到圓山的《中央廣播電臺》，由原爲中國國民黨中央委員會轄下的機制改隸爲國防部管轄，這項變動，完全由當時國防部總政戰部主任王昇上將一手策劃主導，經蔣經國總統同意後施行。

改制完成後，王昇在臺北市延平南路《三軍軍官俱樂部》召集中央電臺全體員工開會，他當面作出承諾，保證電臺員工的作息規律、待遇、福利、升遷管道不變，國防部尊重中央電臺的歷史和專業，絕對不加干預。因爲這項改制是由蔣經國總統親自批准，電臺員工體認到他的苦心孤詣，眼見大勢已定，雖有所不滿，但也只好隱忍下來。

王昇也許無意食言，但不久以後，總政戰部的一群小參謀們卻看不慣中央電臺的員工成爲《化外之民》，朝朝暮暮在王昇的耳邊嘀咕，要把中央電臺的員工視同三軍官兵予以列管。

首先，總政戰部也在電臺建立了軍管和類似特務系統，對電臺員工的思想行動進行考核和監督，每周四的下午，由這個系統的幹部像看管人犯一樣監視著全體員工接受《莒光課》教育，平時，有人發了牢騷被他們知道以後，就會遭到調查和申斥，有個經由政戰系統安插到電臺來負責保防工作的小特務，一次，對一個愛發牢騷的職員咆哮著說：

『我可以不必報告主任，就把你直接送到警備總部去偵辦！』主任，是電臺最高的長官，都不在這個小特務的眼裏，可以想見他驕橫傲慢的一斑。

民國七十二年初，我寫了一封寄到美國請那邊親戚轉寄大陸給母親的一封信，遭到郵政保防系統查獲送交電臺落到這個小特務的手裏，一天中午休息時間，他急匆匆地跑到辦公室來找我。

『你給大陸寫信？』他問。

『什麼？』我反問他：『你說什麼？』

『你寄往大陸的信被查到了。』他說：『這種事你最好要交代清楚。』

『事情很簡單。』我知道無法隱瞞，就直話直說：『在老家，我的母親今年八十多歲了，身體不好，我無法回去看她，四十幾年沒見面，給她寫封信報個平安，就是這樣了。』

『你寫個自白書給我，我好處理。』

『什麼自白？』習慣上，《自白》就是犯罪的《招供》，我聽了十分惱火，從座位上跳了起來：『你搞清楚，自白是可以隨便說隨便寫的嗎？』

『你不要激動。』他的語氣和緩下來：『這種事可大可小，我沒有別的意思。』

『隨你的便吧！』我說：『是大是小，我都不在乎。你就看著辦好了。』

這件事，後來不了了之。主要有兩個原因，一個是電臺的最高主管也很厭惡這種偷雞摸狗鬼鬼祟祟的行爲，並不支持這種破壞團結並影響大家工作情緒的小動作；另外一個是我每逢星期二上午，我都要代表電臺到總政戰部去開會，並經常爲總政戰部出版的報紙和期刊寫文章，總政戰部的將校對我有一定程度的瞭解，而且多少建立了一些私人的情誼，並不樂於爲一封家書給我製造麻煩。

信，我繼續給母親寫，錢，也照常往老家寄。

祇是，我不會再從臺灣寄出，而是托人帶到海外再投郵。同樣的，母親給我的信，也從海外親友那裏托人帶到臺灣來給我。這種通信方式，不只是我一個人採用，千千萬萬流落到臺灣的外省人，也都在暗中進行。

政治雖然殘酷，卻永遠割不斷兩岸的骨肉親情。

不知道有多少個晨昏，我坐在書房的窗前獨自冥思，自己十幾歲就離開了家鄉，時光如流，慢慢地已經接近暮年了。不知道這一生還有沒有再回到老家的機會，記得家門前的籬邊，有棵自己親手育苗和栽植的杏子樹，該長得很高很大了吧？祇是，它是不是還在呢？

我也想到，要是有一天，自己能夠拿起筆來在信封上正正經經地寫上《江蘇省沭陽縣胡集鄉》這個老家的通信地址，並且直接投入郵筒寄回老家去，心裏不知道會是怎樣的興奮和激動。

八、子欲養而親不在

民國七十二年仲夏，內子傅伯蓉女士經台安醫院選派到美國波特蘭教會醫院接受醫護訓練。秋末，結訓回來。到家時，她畏畏縮縮地交給我一封信，那是大姐寄到美國轉來的家書，信裏說，勞碌一生受盡苦難的母親，從去年寒冬起，一直臥病在床，油盡燈枯，醫治無效，已經在農曆八月十三日去世了。老人家臨終的時候，猶在惦念著我，等著我回去，跟她見最後一面。

我讀著信，沒有哭泣，也沒有流淚，只是難以自禁地手在顫抖，心在抽搐，眼在昏花，像在經歷著一場只用眼淚和哭泣很難抵禦的災難。戰亂，迫使多少人家骨肉離散，讓多少天涯遊子無法飛越關山，不得不忍受《子欲養而親不在》的刺傷和愴痛。

記得小時候，常會來到我們村子裏走動那個肩上掛著籤袋的算命先生，不止一次地告訴我的母親，說她老了的時候，我不能守在她的身邊，對她晨昏定省；在她身後，我也不能爲她親手扶棺送終盡孝，想不到這個算命先生算得會這樣精準，鐵口又會這樣的靈驗。

母親去世後，有一段時間，我常會在夢中見到她，就像兒時一樣，她替我修補衣裳，整理被子，清點書包，在我面前走來走去的，她仍是四十歲左右的模樣，而我，也還是童年的樣子，依賴著她。有時候，我也會夢見我們全家在逃難，兵荒馬亂，刀光劍影，常逼得我們東躲西藏，喘不過氣來。但母親只是在呵護著我，讓我在驚恐中有安全感。

醒來，常是一片落寞。

民國七十六年，蔣經國總統也許已經體認到《反攻大陸》的機會越來越渺茫了，甚至可能察覺到自己在世的日子也不會多了，斷然決定開放大陸探親，讓當年追隨政府來到臺灣生聚教訓力圖匡復的老兵、舊屬和流民，可以透過合法的申請，回到大陸家鄉去探望自己久別的親人，法令一經公佈施行，立刻就有成千成萬的人爭先恐後地奔上歸途。我因爲工作上的關係，受到特定的限制，無法隨著探親的人潮成行。

我眞的感到很遺憾，就是這個時候，我的父母親都已經先後的離開了人間，若是他們能夠熬過苦難的歲月，都還活著，我想，我一定會辭掉工作或提前退休，星夜兼程地趕回老家去探望他們。

後來，我的同鄉好友王霍生兄從加拿大回到臺灣，他告訴我即將經香港回到老家去看望他的慈母，因爲我們共過患難，情同手足，就特別託他回沭陽時拐個彎到胡集走一趟，代我到老家去看一看大姐，霍生兄不負所託，一個多月後，他從沭陽回到臺灣，對我細說胡集老家的變化和大姐在田裏勞碌的模樣，雖然稍解我的鄉愁，卻也格外激起我對家鄉的思念。

開放大陸探親後不到三個月，蔣經國總統終因過度的勞瘁於民國七十七年一月十三日病逝臺北，副總統李登輝依憲法規定繼任總統，這是臺灣政治運作轉輸的起點，也是中華民國政治生態傳承急轉直下的開始。

從民國六十一年五月出任行政院長到七十七年一月十三日去世，蔣經國實質上統治了臺灣十五年八個月，這段時間是臺灣歷史上最輝煌和最昂揚的歲月，在硬體開發上，先後克服國際金融、穀物和石油危機衝擊，完成了十多項關係國計民生榮枯的重大建設，助長臺灣經濟快速起飛，民衆生活的日趨富裕。

在政治作爲上，先後開放黨禁、報禁、解除戒嚴、開放大陸探親、包容不同政治意見、大量重用臺灣省籍才智菁英，爲民主政治開創出一個生機蓬勃的新局。特別是在民國六十九年高雄《美麗島事件》發生時，他嚴禁參予處理的軍警動用武器，事後動用司法機制審理案情時，又強調不許有一個人被判死刑，更表現出他恢宏的氣度和仁德的風範，因而在他去世的消息發佈後，不分朝野，不論省籍，士農工商、販夫走卒，莫不對他表達深切的悼念，就連有些因不同理念挺身抗爭數度入獄的人，也當眾爲他落淚。

臺灣省籍耆宿吳三連先生在談起他的時候說：『他不是一個徒托空言的人，他堅持原則實現理想，鍥而不捨，說到做到。他在臺灣各地登山涉水，探求民隱，走路之多，經過地方之廣，瞭解之深，臺灣任何一位當地人都比不上他。』吳三連先生這幾句話，說得非常平實，很能刻劃出蔣經國苦幹實幹不事矯揉的性格。

蔣經國去世以後，臺灣政治生態立即出現激烈的變化，在野黨派乘勢而起，從四面八方展開攻勢，採地方包圍中央步驟作取代國民黨執政的準備，國民黨本身也因爲派系利益衝突掀起一場白熱化的權力鬥爭。這中間，有兩個關鍵性人物不能不提，一個是國防部參謀總長郝柏村，另外一個是前國民黨《文化工作會》主任後爲蔣經國總統延攬爲隨從秘書的宋楚瑜。

郝柏村總綰兵權，對政局有舉足輕重的影響力，繼任總統的李登輝，對他頗有顧忌，但又不得不謙恭結納，而郝柏村也頗識時務，立即以參謀總長身分率領三軍對李登輝宣誓效忠，與李登輝迅速結成聯合陣線，穩住了臺灣危疑震撼的政局。

不過，心機深藏的李登輝對郝柏村的防制並未稍懈。他爲了除掉榻前的這隻臥虎，千方百計誘導郝柏村交出兵權，甚至讓郝柏村出任行政院長，郝柏村既不察李登輝的用心，又對《出將入相》的勳業抱持過多的憧憬，竟以放棄陸軍一級上將軍銜爲條件，交換反對人士的讓步，當上了行政院長。

郝柏村出任新職以後，立即遭到立法院在野黨勢力的詆毀、圍剿和杯葛。腳跟尚未站穩的李登輝，爲了借用郝柏村對軍隊潛在的影響力，並向外省籍朝野人士示好，借《郝》與《好》的諧音大呼《郝院長就是好院長》爲郝柏村壯膽護航，來抵制在野黨的杯葛。郝柏村眞以爲李登輝對他推心置腹，也就格外賣力，樂於接受李登輝的驅策。

但在統治基礎逐漸穩固之後，李登輝立即過河拆橋，把郝柏村趕下臺去。李登輝敢於這樣做，除了認爲自己的勢力已經可以左右全局外，另外一個導因，就是他已經能夠看得出三軍中的外省籍將領和國民黨內重要支柱都因爲不能見諒郝柏村過度熱中權勢，而對他產生了不信任感和日益擴大的離心力。這時候，他除掉郝柏村，已經少有可能會引起國民黨和軍隊的反彈。

就這樣，郝柏村雖心有不甘，但也只好黯然地走出了權力核心，接受《天下》雜誌總編輯王力行的專訪和代筆，寫他的新書《無愧》出氣去了。

客觀地說，郝柏村一生戎馬，爲國家生存出生入死，雖小有驕失，卻未虧大節，他應該是無愧的。不過，在受到李登輝的欺弄之後，他心裏的無奈可能會遠多於無愧。

第十章

眼淚河

第十章　眼淚河

一、老薑過河就拆橋

再說宋楚瑜，他的父親宋達原是蔣經國的老戰友，做過陸軍中將，因爲有了這層關係，宋楚瑜從美國學成回到臺灣後，就受到蔣經國不次的提攜，讓他後來做了行政院新聞局局長。

新聞局長任後，宋楚瑜又轉任國民黨中央委員會《文化工作會》的主任，挑起國民黨的《文宣》重任，因爲表現不錯，又被蔣經國延攬爲私人秘書，先後累積了不少黨政工作的經驗，耳濡目染，舉一反三，自然也學到了不少審時度勢爲官的技巧。

蔣經國去世後的李登輝，雖然依法可以繼任中華民國的總統，但他卻不一定能夠順利接任國民黨的主席。尤其是在感情上依附蔣氏家族的國民黨黨內的大老，不但不信任李登輝對國民黨有承先啓後的威望和德行，根本就排斥李登輝。

可是，在國民黨一次決定性的中常委會議上，宋楚瑜以一個不是中常委僅爲列席會議的身分，幾近莽撞地挑戰群倫爲李登輝摧堅陷陣，如同一盤散沙的大老們個個六神無主，便恍恍惚惚地作出了讓李登輝繼任國民黨主席的決議，因而註定了日後國民黨被李登輝出賣羞辱和敗壞的命運。直到國民黨分崩離析丟了政權以後，李登輝對國民黨的污蔑和踐踏猶未停下手來。

李登輝取得黨政大權後，當即拔擢宋楚瑜出任國民黨中央委員會秘書長，民國七十九年，李登輝繼任蔣經國總統的任期屆滿，黨內有股龐大的勢力支援前臺灣省主席林洋港和蔣緯國搭檔競選，宋楚瑜再度爲李登輝效命從各個層面阻撓林、蔣組合，迫使林、蔣知難而退。

這一時期的宋楚瑜縱橫捭闔，炙手可熱，政治行情節節升高，各方爲之側目。但也有不少人並不認同他風大隨風雨大隨雨的爲人而對他時有非議。

隨著宋楚瑜糾合力的擴張，李登輝立即提高了警覺，他怕宋楚瑜坐擁黨的資源乘機坐大，以迅雷不及掩耳之勢，將宋楚瑜趕出臺北中央權力核心下放到《中興新村》去當臺灣省政府主席。隨後再以落實民主爲名，修法變官派的省主席爲民選的省長，繼續支持宋楚瑜競選獲勝，來捆住宋楚瑜。但他沒有想到宋楚瑜會像閒花野草的種籽一樣落地生根。

在臺灣省主席和省長任上，宋楚瑜深入各村鎮爲民衆興利除弊，赢得臺灣省民熱烈的支持和愛戴，聲勢蒸蒸日上，李登輝看在眼裏，怕在心裏，他非常憂心宋楚瑜會威脅到他的威權，因而繼罷黜郝柏村之後，除掉宋楚瑜又成爲他的當務之急。

如何除掉宋楚瑜？李登輝採用了《釜底抽薪》之計，就是再一次玩法修法廢掉《省》的行政區劃，讓宋楚瑜無法競選連任，在失去地盤之後就隨風而逝。但他這種修法廢省的圖謀，立即引起各方嚴厲批判，有人指他是在開民主的倒車，也有人罵他蓄意要走台獨的末路。

在四面的討伐聲中，他只好退而求其次，依舊恢復省主席官派，廢止省長民選，這種出爾反爾的行徑，很像袁世凱廢民國，改帝制，再復民國，只是，稍有不同的，就是袁世凱羞憤而亡，李登輝卻悍愎如故。

民國八十九年，宋楚瑜捨命一搏投入總統競選，與李登輝公開決裂。李登輝為了阻止宋楚瑜當選，不惜惹火燒身，自暴其黑，製造出一個光怪離奇的《興票案》，陷宋楚瑜於不清不白。並動用檢調、財政金融各路人馬和一切可用的資源，以過去從未有過的高行政與高司法效率對宋楚瑜展開圍攻，讓宋楚瑜顧此失彼，亂了步伐。民衆一時不察，移轉支持目標，終造成宋楚瑜以些微的票差敗給了民進黨的陳水扁。

李登輝先後仰仗郝柏村和宋楚瑜的輸誠效命，從驚恐中穩固了權位，壯大了聲威，又過河拆橋先後剪除了郝柏村和宋楚瑜，也把他自己拉向了不仁不義的極端。這充分說明一個政治人物一旦失去道德的規範，做出來的事不但會禍人，也會傷己。

在總統職位上，李登輝一共做了十二年零四個月，繼蔣經國之後，對臺灣民主政治的開發，他確實有所貢獻。首先，他對輿論的容忍比蔣經國當權時期更為寬鬆，知識分子、民意代表、媒體、市井小民都可以對他指名叫姓，嬉笑怒罵，直言他的不是，他都一概隱忍，因而形成了臺灣高度的自由開放但相對的，台灣社會風氣的敗壞，政治道德的沈淪，名心士氣的頹喪，卻確也變本加厲。

這時候的李登輝不但與國民黨的理念越走越遠，而且根本就背叛了國民黨，他透過日本作家寫自己的書，公開指稱國民黨是《外來的政權》，卻忘記了自己仍是國民黨的主席，也是這個《外來政權》的總統。

他也公開頌揚日本人對臺灣五十年的殖民統治，直指如果沒有日本人對臺灣五十年的統治，今天的臺灣將會跟海南島一樣的荒涼和落後，悍然否定國民黨在臺灣五十年的艱辛締建，更抹煞了臺灣人民五十年沐雨櫛風克勤克儉的勞績。

民國八十八年七月，李登輝以《兩國論》來界定海峽兩岸的關係，不但引起北京當局的強烈反彈，造成海峽情勢劍拔弩張，衝擊了臺灣的經濟成長，危害到臺灣的社會安定，更激起美國高度緊張和不滿，美國總統柯林頓直言李登輝是製造麻煩的人，一向對臺灣友好的國會議員更厲聲指斥李登輝有意在兩岸關係刀兵相見時把美國拖下水，強調李登輝的言行如果不知節制，將自食其果。

民國八十九年二月底到三月初，總統大選競選活動進入白熱化階段，李登輝眼看宋楚瑜和長庚大學校長張昭雄的組合極有獲得勝選可能時，除了製造《興票案》給予宋楚瑜致命打擊外，並運用一切資源暗中支持民進黨候選人陳水扁，重演五年前臺北市長選舉時《棄黃保陳》放棄國民黨提名的黃大洲，支持民進黨陳水扁的鬧劇，結果，讓國民黨提名的候選人連戰一敗塗地，助陳水扁險勝。

李登輝出賣國民黨的行爲，立即遭到國民黨忠貞黨員群起責難，三月十八日成千上萬的黨員徹夜包圍國民黨中央黨部要求李登輝對國民黨敗選負責，交出國民黨領導權引咎下臺。但李登輝卻以《薑是老的辣》自喻，堅持不去。入夜，包圍中央黨部的黨員群衆聲勢越來越大，警察築成的人牆逐漸擋不住群衆的衝擊，李登輝見勢不可爲，在隨從多人護衛下從後門溜走，並不得不宣佈辭去國民黨主席以息衆怒。

從此，李登輝與國民黨完全決裂，公開倒入民進黨和陳水扁陣營，成爲新政權的《教父》。

繼任國民黨主席的連戰，因秉性敦厚，面對基層強烈要求開除李登輝黨籍，遲遲不敢表態，因而一再延誤國民黨再造浴火重生的時機，直到後來李登輝公開以《輸了選舉，心不甘情不願》的刻薄話諷嘲連戰，讓連戰無可迴避時，才在衆多同志的激勵和輿論的敦促下挺身反擊，並經由黨紀機制依章註銷李登輝的黨籍。到了這種無路可走的地步，國民黨仍以《註銷》取代《開除》，足見連戰做人不爲已甚與溫和憨厚的一面。

由於李登輝對國民黨造成的傷害至大至深，因而社會上不少受過國民黨照顧和認同國民黨理念的人，自覺對李登輝無可奈何時，就怪起蔣經國來了，這些人抱怨蔣經國昧於識人，不該引用像李登輝這種不誠不信的人。

其實，像諸葛亮那樣精明睿智的人，也還會有派馬謖守街亭造成嚴重失誤的一天，蔣經國拔擢李登輝時，他難免也會因爲李登輝善於偽裝和巧飾而有所疏失。我們試看李登輝追悼蔣經國的輓聯《厚澤豈能忘，四十年汗盡血枯，洼斯土斯民，始有今日；遺言猶在耳，億萬人水深火熱，誓一心一德，早復中原》，這般至情至性的言辭，讓誰看起來都不會懷疑他的眞摯與懇切，可是，這跟他後來指臺灣如果沒有日本人五十年的殖民統治，將會跟海南島一樣的荒涼和落後對照起來，可就不像是一個人講的話，再若對照他日後揚言國民黨是《外來政權》和《兩國論》的主張，更可以想見他這個人的忘本和不義。

蔣經國終究是個人，而不是神，他怎能透視出站在他面前唯唯諾諾謙恭溫馴的李登輝竟會是這樣的人！

李登輝自己親口說過，他沒有讀過多少外國書，但日本書卻讀過不少。從他的思維來推敲，日本在他心目中自然不能算是外國了。如果日本果眞不是外國，他又怎麼會認爲自己是個中國人呢？一個沒有受過中國文化薰陶的人，要他來當一大群中國人的領航人，又怎能不出現傾覆的危殆？

二、風雲再起天安門

在大陸，二十世紀八十年代開始後，以鄧小平《改革、開放》爲指標，大幅度的引用西方科技和經營理念開發經濟，雖然他們表面上仍是崇祀毛澤東思想，反對資本主義，但實際上，已經把毛澤東思想丟到了一邊，爭先恐後地在走資本主義的道路。

世事總是這般重疊，也總是這般不可思議。一九七六年四月五日清明節，北京知識青年以紀念周恩來爲名，在天安門廣場掀起了一場波瀾壯闊的抗爭，他們高呼著《中國已不是過去的中國，人民也不再是愚不可及，秦始皇封建時代已經一去不復返了》的口號，把矛頭直接指向毛澤東，要求民主自由，最後演變成流血事件。

時隔十三年後，一九八九年四月十五日，北京大學生結合人民群衆又以紀念胡耀邦爲名，聚集在天安門廣場，高呼著《東風吹，戰鼓擂，如今誰也不怕誰》的口號，要求的也是自由民主。

先後兩次《天安門事件》，雖然本質上完全一樣，但在北京中南海的認知上卻出現了兩種截然不同的定位。第一次一九七六年的《天安門事件》，因爲毛澤東和江青等《文革》骨幹認定是鄧小平在背後鼓動，先革去他黨內外一切職務，再把他下放到江西去勞改，讓鄧小平蒙不白之冤，受盡了委屈。

六個月後，江青《四人幫》被捕定罪，毛澤東也離開了人間，鄧小平立即將那次《天安門事件》定位爲《四人幫》對青年學生的迫害行爲，予以平反，間接爲他自己恢復了清白。

但一九八九年四月至六月第二次《天安門事件》發生後，到現在也有十多年了，這期間，雖有不少人敦促北京方面能夠以坦蕩胸襟和恢宏的氣度及早予以平反，但一直得不到具體的回答。顯然，北京中南海沒有面對這個現實的心理準備，因爲他們現在還找不到一個可以爲《天安門事件》頂罪的《新四人幫》，這個死結解不開，要想爲《天安門事件》平反，就很難了。

不過，我們卻敢於斷言，一九八九年的《天安門事件》將來一定會有平反的一天，即使北京權力核心不願意，未來的史家也必定會以春秋之筆爲《天安門事件》翻案，因而我們認爲如果北京領導階層能夠有足夠的智慧和道德勇氣，實在應該搶先做好這件事，早做總比遲做好，主動去做也一定會比被動或讓別人來做要好。

從人類文明發展的軌跡來看，一九八九年的《天安門事件》，也對世界局勢產生了推動的效應。

面對這種趨勢的北京中南海的權要，儘管不願意遷就這種趨勢，但無疑的，已經被這種趨勢所懾伏，在《改革、開放》的里程上，無形中作出了許多超過當初設計的忍讓，逐步地放鬆了意識形態的箝制，這從後來的大陸人民可以三五成群公開批判毛澤東的錯誤，公開議論共產黨的長短，就可以看出大陸民意伸張的梗概。

《天安門事件》對世界局勢的推動，效應是可以理解的，最明顯的就是蘇聯共產黨領導人戈巴契夫接受西方民主思潮的概念，主導了蘇共解體。

一九八九年五月中旬，當天安門學生運動如火如荼進行的時刻，戈巴契夫無意卻似有心地到了北京，在同情學生運動的中共中央總書記趙紫陽陪同下，親眼看到學生和群衆對民主運動的投入與狂熱，心中不只是讚賞，也泛起了驚恐和激動，所以在他離開北京回到莫斯科以後，他就爲蘇共今後的路應該怎麼走，開始有了深入的思考。六個月後，他斷然放棄列寧和史達林恐怖主義，主導蘇共和蘇聯的解體。無疑的，《天安門事件》對他起了積極的啓發作用。一九九五年，戈巴契夫訪問臺灣，他就承認自己受到《天安門事件》的震撼，影響到他日後的思維和行動。

蘇聯解體直接波及東歐共產集團的穩定，不到三個月，波蘭、匈牙利、捷克等共黨政權，都接連傾覆，羅馬尼亞的齊奧塞斯庫政權，雖竭力掙扎，最後仍被人民合力推翻，並殺死了齊奧塞斯庫，使整個東歐爲之變色。後來，東德共產黨放棄馬、列教條與西德合併，實現了德國統一，也正是因爲受到蘇聯解體和東歐共產集團相繼崩潰的催化。

《天安門事件》巨大無比的骨牌效應，牽動了整個世局的演變，結束了美、蘇的冷戰對抗和軍備競賽，讓鄧小平認識到形勢比人強，不得不叫出了《發展是硬道理》的口號，策定救亡圖存的大計。這在整個人類生存發展的鬥爭史上，《天安門事件》正是一面閃熠的里程碑。

二十世紀六、七十年代，大陸陷入了《三面紅旗》和《文化大革命》風暴，波濤相接的政治運動，鬥得天昏地暗，經濟破產，文化淪喪，社會動亂，民不聊生。而臺灣，卻在夙興夜寐，投注於經濟建設，文化復興，科技開發，民生樂利。因而拉長了兩岸貧富的距離，一前一後，至少造成了三十年以上的差距。

二十世紀末到二十一世紀初，海峽兩岸形勢急轉直下，大陸奮起直追，經濟開發一日千里，交通、水利、科技發展日新月異，國力全面提升，人民生活條件迅速得到改善，商旅雲集，成爲全球注視的目標；而臺灣，卻淪入政治鬥爭和權力拚搏的漩渦。台獨意識形態主導了政府努力的方向，經濟蕭條、產業外移、財源枯竭、司法不公、治安敗壞、文化迷失、族群分歧、民生凋敝、人心萎靡、前景暗淡，兩岸差距迅速拉近，而且大陸正呈現出後來居上的優勢。

三、就地合法開惡例

兩岸興衰如此明顯，完全決定於人爲，大陸在《改革、開放》中獲得了厚利，找到了方向，步步紮實，取得了具體的成就。但在臺灣，從李登輝當權後期到政權移轉由民進黨執政，都在明目張膽大搞國家分裂，族群對立，以《本土化》和《愛臺灣》爲名，從事《去中國化》的《台獨》活動，國計民生在驚恐不安中一直滑向下坡。

政治上，政府背離了民本立場，專注於權力鬥爭，不講誠實，不守信用，只計一黨私利，甚至只謀一人私利，因而決策層次逐步墮落淪爲欺民、騙民、愚民、虐民和坑民的團夥。

經濟上，走政黨兼併吞食國家和人民財富的路線，巧取資源、霸佔資源、揮霍資源，當財政左支右絀出現危機時，就發行公債，加重稅賦，甚至利用人類生性貪婪好賭的弱點，發行千奇百怪充斥街市的彩劵，挖升斗小民的錢袋，羅掘俱窮。以繁瑣偏執的法令和行政機制的障礙讓外資卻步，逼私人企業失去自由營運的空間，不但無法開展，也難以存活。結果，有的關門歇業，有的帶根出走。在經濟嚴重衰退後，銀行利息逐次降低，但貸款須靠權勢。股市一蹶不振，失業人口劇增，民生日益困頓，計窮力竭，破綻百出。

司法上，政治權力嚴重破壞司法獨立與公正，司法人員貪瀆失職情事屢見不鮮，尤以不肖訟棍與司法人員狼狽爲奸，對司法案件枉斷枉判，致弱勢族群時遭冤抑。在李登輝當政時期，曾經發生過司法對既成事實的嚴重違法侵權案件，作出司法史上最荒唐的所謂《就地合法》的判決，因而創下放縱特權不可思議的惡例。

司法人員出於《自由心證》的理念，也往往會憑自己別具一格的認知，作出有悖常理和常情的判決，比如有位女士在開車回家的路上，跟進香禮佛的人群相遇，這些人一路敲鑼打鼓，亂放鞭炮，突然間，有串正在燃放中的鞭炮從她的車窗飛進車內，炸得她手忙腳亂，導致車輛失控，撞上了附近的建築物之後，接著又撞上了別人。

這件交通事故，眞正的禍首應該是亂扔鞭炮的進香團，絕無疑問，但在法院審理時，卻以《該注意而沒有注意》的理由判決開車的女士須負法律責任。這種不近情理的判決，曾經引起群衆廣泛的責疑，認爲法院判得毫無道理。

治安上，自從民國七十六年解除戒嚴令以後，社會亂象叢生，搶劫、綁票勒贖、殺人、詐騙、色情、車禍、自殺等案件層出不窮，每天報紙和電視上幾乎都是這一類的新聞，人們在這些新聞中逐漸痲痹而習以爲常。除非碰到自己身上，很少會有人想到別人的痛苦。

多年前，影藝人員白冰冰未成年的女兒白曉燕遭到綁票劫殺，轟動全球。當時，白冰冰感於李登輝總統整天忙於金錢外交，時刻不忘《走出去》現形，曾經痛心疾首地呼號著說：『李總統，你要看看今天臺灣社會是多麼亂，趕緊把治安整好吧，不要再往外面跑了！』

白冰冰的話，聽在天下父母心裏，莫不爲之落淚，但李登輝卻無動於衷。

外交上，大量揮霍人民的血汗錢去買小國的邦交，一個小小的馬奇頓，花了上億元美金只買到它曇花一現的邦交；一個不到臺北市一個里大的諾魯，許多年來，從臺灣榨去的金錢足夠興建好幾條高鐵，勒索得稍不如意就揚長而去，還要怨恨臺灣。

對於用金錢買取邦交，我們當然能夠理解到當局的苦心，國運如斯，怎能不低聲下氣爭取國際友人的同情和支持？但無限制的支付，不計後果的巴結，除了對不起納稅人的信託以外，還養成了許多小國有求必應和不應即去的訛詐心態，將外交的腳步越走越狹，越走越難。

教育上，廢除行之有年被大家公認爲公開、公平、公正的大專院校聯考制度，爲特權階級和有錢人家子弟搭橋開路，剝奪了窮苦人家子弟接受高等教育的機會。首次招生，就弊端百出，令人扼腕；在課本內容方面，以仇視《中國》爲前提，強行灌輸分裂國家、歪曲歷史的台獨意識，讓新生代忘掉自己的祖先，不知民族的根源，爲徹底實現《去中國化》的狂想奠基鋪路。

兩岸關係上，反對一個中國。不承認臺灣是中國的疆域，也不承認大陸高等院校的學籍、限制台商去大陸投資、歧視兩岸婚姻關係、阻撓兩岸直接通航，對往來大陸頻繁的商旅和探親民衆擅作《忠誠度》的調查，甚至立案監測，大開《白色恐怖》的倒車。

前行政院長張俊雄在立法院接受立法委員《院長，你是不是中國人》的責詢時，曾經爲難地以《我是類似的中國人》一語作答，雖然鬧了笑話，但他總算還爲自己留下一條《中國人》的尾巴，而身爲前南京國民政府重要策士浙江人陳布雷的嫡孫的總統府秘書長陳師孟，比起張俊雄還要不知羞澀，三番兩次強調自己不是中國人。

西方哲學家曾經有過《權力使人腐化，絕對的權力使人絕對腐化》的議論，但在今天的臺灣，卻出現了《權力使人說謊》和《權力使人忘祖》的情事，不只令人浩歎，也令人驚詫。

客觀地說，臺灣不論資源、土地、人口都不足以與大陸對抗，今天，有人敢於向大陸挑釁，主要關鍵就在於有美國人在後面撐腰，並且確信美國人一定會撐腰。爲了取得美國的支持，就樂於對美國人俯首聽命，把兩千三百萬臺灣人民的命運交在美國人的手裏，做一次最危險和最沒有把握的賭博。

美國人會不會永遠做臺灣的後盾？悲哀的是，這個答案並不決定於臺灣的願望，而完全決定於美國的選擇。歷史已經不斷爲世人證明，凡是依賴別人卵翼的國家，很少有不亡的先例。

何況，美國朝野也不只一次表明，並且提出警告，如果臺灣有人不知自制，因爲熱衷於分裂引來了痲煩，可別希望美國馳援，臺灣的政治人物不論在朝在野，應該有這種識見，否則，終將噬臍莫及。

有個眞理必須瞭解，就是冷靜的頭腦遠比聒噪的嘴皮更爲有用。而且聒噪的嘴皮常是羞辱與災禍的引信，李登輝逞一次口舌之快，指中共飛越臺灣海峽的飛彈是啞彈，因而毀掉了一座情報長城；陳水扁的《一邊一國論》，累壞了多少人爲他張口結舌，惹來的煩惱，遠多於一時的暢快；吳淑珍在美國一陣歇斯底里的荒腔，受辱的不是宋美齡，也不是江澤民的太太，而是她自己。政治人物一語常繫社會隆污，涉國家安危，關個人毀譽，不可不愼。

禍從口出，永遠是一句發人深省的名言。

四、自然規律不饒人

臺灣居民可以前往大陸探親的第四年，民國八十年，很多流陽在台的鄉親都先後回過了家鄉，見到了親人，我也朝思暮想急著回去，但因爲受到工作羈絆仍不能踏上歸途。

經過周密的思考和安排，決定接大姐來台相聚。一月十七日，波灣戰爭爆發的那一天，大姐間關萬里從胡集老家經廣州、深圳、香港搭中華航空公司班機於下午八點三十五分抵達桃園國際機場。

四十多年闊別，相見時幾乎已經無法辨認，只能憑想象和感覺來連接這份手足之情，我離家時，她才二十歲，再相逢時，她已經是六十六歲的老人了。跟她同來臺灣的外甥，離家時他才幾個月，這時也四十多歲了，我們面對面的刹那，都有隔世的感歎。

在從機場到臺北住家的途中，大姐有點暈車，我把車子開得很慢，想跟她講幾句別後思念的話，卻千言萬語，不知從何處講起。

大姐在我家住了兩個多月，她們母子跟我們一家相處很融洽，內子和孩子們都很敬重她們。她們沒有見過大海，我們就開車帶她們去野柳看海；她們沒有見過臺灣名勝風景，我們就陪她們到陽明山看花。我們盡了心，也盡了力，希望她們這趟臺灣之行，能夠留下好的印象。

從大姐的談話中，我知道父親和母親在《三年大饑荒》和《文化大革命》時期，曾經挨過餓，吃過不少苦，父親還在遭受殘酷的清算鬥爭之後，再被押到洪澤湖集體農場勞改八年，直到風燭殘年才回到胡集老家。

其實，大姐說的這種情況，我是完全可以想到的，在跟家鄉取得聯繫以前，我一直不敢奢望父母親能夠熬過《三年大饑荒》和《文化大革命》那段苦難的歲月。所以在二、三十年前，不論人在哪裡，家住哪裡，每逢清明、中元、農曆新年這些民俗節日，我都會帶著全家擺起香案，焚香燒紙，以虔敬的心祭祀他們，我們這樣做，只在於對父母親存感恩和追思的心，讓孩子們知道自己的根。所謂《祭如在，祭神如神在》，他們活著，就祝願他們平安；若是已經不在人世了，就祈禱他們安息。

大姐也談到老家鄉親故舊的動態，哪些人已經故世了；哪些人已經在工作崗位上離退，在家含飴弄孫，安享晚年；哪些人當年因爲捲入《支邊》的大浪已經在邊疆落地生根。說到家鄉很多新生的青壯，我不但不知道他們的名字，就連他們的模樣我也毫無印象。每讀白居易《田園寥落干戈後，骨肉流離道路中》的詩，輒有同感。

大姐母子千里迢迢來到臺灣，不但對我們一家是件喜事和大事，對我很多親友、同事、同鄉和同窗，也都看成爲一件值得慶賀的大事。很多老朋友更分別在不同的菜館宴請大姐母子，他們這份濃厚的友情，令人感動不已。

想當年，烽火漫天，我們這群老夥伴，都還是十多歲的少年，一無所有地來到臺灣，從軍隊到社會，經過四十多的胼手胝足，刻苦奮鬥，都先後成了家，完成了學業。在事業上雖然沒有什麼輝煌的成就，但基本上，都能夠在不同的領域站穩了腳跟，敬業樂群，得到肯定。

我們雖然不是來自同一個地方，但天南地北聚到了一起，患難與共，疾病相扶持，相處起來卻無怨無爭，情逾手足。

衹是，歲月如流，自然的規律不饒人，已有不少老友先後凋零，爲後去的人留下不少悵惘和追思。

好多次，我帶著大姐登上我們家屋後的山坡，在崎嶇不平的林蔭道上，她走起來腳步輕快，我比她小四歲，卻喘得上不了坡，趕不上她。看到她這般健朗，我禁不住感到滿懷欣慰。幾十年來，她在亂世離散中奔波，因爲別無兄弟姐妹，她獨力照顧父親和母親，養老送終，挨冷受餓，忍辱負重，不知道吃了多少苦，被人多少欺，她都一一擔了下來，沒有逃避，也沒有怨言。而我，少小離家，遠走他鄉，沒有能夠爲她分憂分勞，自覺虧欠了她很多，手足情深，我實在希望她能夠從此苦盡甘來，享幾年溫飽，度過安適的晚年。

接她到臺灣來，她從不開口向我要什麼，她的矜持和自重，一如往昔，艱苦辛酸的歲月，並沒有改變了她。跟我很多朋友從家鄉接來的親人相比，她能保持這分骨氣，實在太不容易了。

記得許多年前，有位英國的新聞記者在訪問大陸後來到臺北，跟我們談起大陸上的中國人，說他們是多麼的懶，多麼愛偷竊和說謊。他認爲那就是中國人的本性，我非常不同意他的論斷，當即提出我的看法，反駁他的偏見。

『中國人不懶、不偷、也不喜歡說謊。』我說：『你只要看一看在英國、美國、日本和世界各地的華僑，他們是多麼刻苦耐勞，多麼的敬業樂群，多麼的誠實厚道，你就可以放棄這種偏見。』

『可是，我眞的看到這個樣子。』他承認了我的看法，但又不認爲自己說的不對。

『我相信你看得沒有錯。』我說：『如果把你長期留在《人民公社》，忍受饑寒，互相揪鬥，你也會跟他們一樣，說謊、偷竊、懶惰，或者自殺！』

『噢？』他懷疑著：『爲什麼？』

『因爲他們勤勞和懶惰的結果都是一樣，誰不願意偷懶？因爲他們一無所有，物質艱難，怎能不偷？因爲他們說了眞話，就會被鬥爭勞改，惹來殺身之禍，又怎能不說謊？』我說：『這就是人性，不分中國和你們英國人都是一樣。』

他明白了我的反應，連聲表示他在認知上有了錯誤，並強調他無意貶損中國人。

大姐回去第二年，民國八十一年底，想到再過六個月，我就要從工作崗位上退休，大姐再想來臺灣就不容易了，爲了多一次團聚，我又向出入境管理局申請讓她第二次來臺灣。十二月九日，她從深圳經香港搭機抵達桃園機場。

這一次，除了她的兒子同來以外，爲了公平，我也把她的女兒一道請來，她們母子女三人在我家一直住到第二年三月才回去。大姐先後兩次來台都在臺北過了農曆新年，跟我們全家共度歡樂的時光。

隨著大姐兩次來台，讓我知道家鄉不少訊息，大姨哥梁希德一家生活過得很美滿，兒女都很有出息；二表哥梁希點一九四九年以後就很少跟我們父母有來往；小時候的老同學周立仁遷居連雲港去了，《改革、開放》以後，他回到老家時曾經向大姐打聽過我的消息，當我們取得聯繫時，已經是別後六十四年的事了；老友武兆進和耿俊臣在最困難時期，也在暗地裏關心過我；還有我的小學校長劉子平老師，也在血腥的鬥爭年代，給了我家九死一生的援手。他離休後定居沭城，特別請大姐帶一封信給我，對我說了不少往事，讓我感念不已。

五、烽煙緊迫夢常驚

想到小時候，我和劉老師兩人漫步在春天的郊外，迎著和風，穿過開滿金黃色油菜花的田野，他吹口琴，我吹笛子，吹著《燕雙飛》的曲調，奔放、飛揚！那種怡然自得的情景，五十年間，一直在我的心頭縈繞；想到一九四五年在胡集東鄉《風火簷》村，他帶領我們讀書和打籃球時的歡樂甜蜜的往事已不堪回首；我還想到一九四七年秋，我們在錢集六塘河邊分手時的惆悵，一別就是半個世紀，後來戰亂阻隔，天涯海角，音訊杳然。

乘大姐回鄉之便，我也給劉老師帶去一封信，除了問候和祝福以外，還附上了一首班門弄斧的七言感懷：

少小攜笛隨君吟，琴笛相和兩知音。
風火簷口展書讀，六塘堤邊帶淚行；
關山險阻雁難過，烽煙緊迫夢常驚。
他日若話當年事，也有風雨也有晴！

這首詩，記述著不盡的辛酸，不盡的無奈，永遠無法稀釋，永遠得不到平復，因爲沒有回首的時空。遠了，老了，心力不繼了。最重要的，還是沒有能夠完全掙脫這個迷離的亂世！

民國八十二年七月一日，我從中央電臺正式退休。我開著車子駛過圓山飯店上了新生北路高架橋時，想到每周來回十多次的這條要道，心裏不禁有依依的留戀。

應該休息了！心想。七月二日，獨自去了花蓮，經台東轉屏東再到高雄，度過生平一次別無牽掛的假期。臺灣東海岸綺麗的風光，遼闊的視野，成熟的田園，新鮮的空氣，讓我久疲的身心爲之一暢。七月六日，回到臺北的第二天，好友史學民兄開著他的《天王星》轎車來到我家的門口停下，按鈴叫開了我家的大門。

『你剛退休在家沒有事做，我們去北海一周玩去。』他說。

『好哇！』我欣然同意：『我們現在就走。』

出了巷口，我在路邊買了兩個小西瓜，沿著《麥帥公路》直向基隆方向駛去。七月，北臺灣的天氣十分燠熱，我們沿著海岸的景點走走停停，因爲忘記帶刀子，只好用拳頭把西瓜砸開，慢慢吃掉，小西瓜汁多味甜，解了不少暑氣。後來，我們開車到宜蘭，玩得很盡興。

學民江蘇阜寧人，民國三十八、九年間，跟我一起在鳳山《入伍生總隊》受訓，他比我小一歲，我們相處很投契，在我最困難的時候，他熱心地幫助過我。誠懇、忠厚、熱情、重義氣，是不可多得的朋友。他從軍中退役後，就讀臺灣師範大學英語系，畢業後先後在再興、大誠兩所高中教英文，因爲認眞負責，深受學生愛戴。

但令人悲痛的事，卻想不到會發生在學民的身上，民國八十七年九月三十日，他的腦部患了惡性腫瘤，經名醫多人會診，手術後仍醫治無效，病逝於臺北榮民總醫院。住院期間，我多次到醫院去看他，雖然他已經意識不清，卻緊緊地握住我的手，久久不放。五十年患難與共，相知相惜，在生離死別的剎那，心靈相應，益見眞情。

生前，學民在蘇州市用直鎭買了一棟別墅，我知道以後，也買了一棟，跟他緊鄰而居，想不到別墅剛剛建成，他就溘然長逝，是上天不仁？還是他身心過度勞乏，需要安息？世事滄桑，眞不可逆料。

退休後第二個月，我和內子相偕去美國和加拿大旅遊，順道去探望親友。過去，多次出國都因爲受到工作和生涯的約束，往往是走馬看花，或是侷限在幾個地方，沒有充分的時間深入瞭解國際事務，現在，無事一身輕，到處都可以跑，都可以看，都可以逗留和探索，無形中擴大了眼界，充實了見聞。

在舊金山、洛山磯、華盛頓、紐約、溫哥華，兜了好幾個圈子，參觀過不少文物，雖然接觸到不少新的文物，但一般來說，卻遠不如臺北外雙溪的故宮博物院的藏珍來得豐富。

比較起來，美國和加拿大人民吃苦耐勞的精神遠不如中國人，尤其是美國人，在經過朝鮮和越南戰爭犧牲和挫折之後，似乎顯得沒有信心，而且懶散。近些年來，美國人不斷對其他國家的事務進行了干涉，雖然沒有領土野心，但因爲霸氣太重，不能見諒於許多國家。我直覺地感受到，美國在國際事務中處處以《警察》自居，但又扮演不好這個角色，犧牲了不少生命財產，還要被人譏責，嚴重挫折了美國民心士氣。

今後，除了科技開發和物質文明可能還會昌盛一段時間以外，精神文明已經盛極而衰，國力正一步步走向下坡。精神一旦萎靡下去，要想再在世界上呼風喚雨維持霸權就不容易了。

靜觀世界走勢，未來能夠取代美國成爲國際霸主的，可能不是聲名狼藉的日本和德國，也可能不是分崩離析的俄國，而可能是在東方銳起的中國了。

不過，這也不是必然的，而完全要看全體中國人的表現，特別是要看中國領導人有沒有面對世界大形勢的智慧和氣魄，最重要的，就是要能發揚中華文化，以仁愛的精神扶持弱小，而不是憑藉武力對其他國家進行干涉和征伐。只有本著這個宗旨，認眞實踐，中國才能有機會走在其他國家的前面，爲世界和平與人類幸福作出不朽的貢獻。

六、少小離家老大回

從美國和加拿大回到臺北以後，本來打算回到故鄉探親訪友的，後來因爲考慮到故鄉氣候寒冷，怕適應不了，所以決定延期到明年春天，再定行程。

第二年，民國八十三年四月，我和內子從臺北搭機經香港到南京，驗關後走出機場，劉老師和他的大女兒劉文江女士全家，還有我的外甥王立舉夫婦都已經在外面迎接我們。他們的熱情和盛意帶給我無限的溫馨和感動。別後四十七年，劉老師溫煦如故，但歲月卻已在他的臉上留下不少風霜。

隨著他們的車子，過了長江大橋直往淮陰駛去，途經六合，我刻意多看幾眼，四十六年前，我曾經在這裏熬過一段苦難的歲月，並且還失去了好友周立興兄，他的遺骸如今仍埋在六合東鄉大河口山頭的荒茵蔓草間，我好希望有一天能夠找到他埋骨的地方，把他帶回故鄉去安葬，讓他葉落歸根，不要永遠淪爲異鄉的孤魂。只是，這個願望因爲風雨剝蝕，骸骨難尋，加上我自己年已及暮，恐怕沒有機會完成了。

當天晚上，我們抵達淮陰市，下榻《楚天賓館》，承劉老師的公子劉文宇君以豐盛的家鄉味晚餐接待我們，第二天，他還陪我前往我曾經就讀過的《成志中學》去訪舊，但滄海桑田，已完全不見當年的面貌。

清明節前一天，我們從沭陽縣城回到了胡集老家，放眼四看，一切都物換星移了，很多小時候的玩伴都上門來看我，但他們一個個都老態龍鍾，都已不再是生龍活虎般的年華了。

跟我閒談時，他們對我一去幾十年，樣樣都好奇，不停地問東問西，問臺灣有沒有米吃？有沒有腳踏車？孩子要不要上學？過年放不放鞭炮？肥豬最大的能夠養到多少斤？千奇百怪，雖然說明他們見識不多，但卻反映出他們的樸實和老成。

『你會說臺灣話嗎？』小時候的同學王安世問我。

『會！』我說。

『說給我們聽聽！』

『說什麼呢？』我不知從何說起。

『就說吃飯睡覺吧！』

『那太簡單了。』我深怕他要我說難度高的台語，想不到他要我說的會是吃飯睡覺，我說：『吃飯叫《呷笨》，睡覺叫《愛困》，還有嗎？』

『你的愛人說的是什麼話？』又有人問：『她能夠聽懂我們的話嗎？』

『哈哈！』我笑著說：『她的本事大得很呢，連外國人說話她都聽得懂。』

後來，內子就加入了閒談，讓他們驚奇的是，她講的話他們句句都聽懂。不過，他們還是把她看成南方的蠻子，覺得在很多地方跟他們不一樣。

到家後的第二天清早，我們一大家人一起到了深藏在麥田裏的父母親墓前，跪下燒香叩頭，父母親生前沒有得到我的孝養，現在回到他們埋骨的地方，心情倍加沈痛，昊天罔極，我忍不住愴然淚下。

住在同村的大翠姐跑到我家來看我，送來了一小袋炒熟了的花生，想到小時候她常常來幫我家收割鋤薅，跟我又是青梅竹馬，沒想到還能見到她，在外面幾十年，就像自己親人一樣想念她。

『再回來時，先告訴我。』她說：『我多炒一點花生給你帶到臺灣去吃。』

『你今天給我的，我也要帶到臺灣才會吃。』爲了讓她心裏舒暢，我還說了一句謊話：『在臺灣，就是吃不到花生！』

『這是什麼鬼地方呀？連花生都沒得吃！』她顯然相信了我的話，接著，問了一句：『山芋有沒有呀？』

『也沒有！』我謊話說到底，我說：『你知道嗎？這次回到老家來，除了看看親友以外，就是回來吃山芋的！』

這樣一來，她似乎覺得很富有很幸福了，臺灣這個鬼地方，連花生、山芋都沒得吃，果眞是《水深火熱》！她沒有說出口，但我看出她想這麼說。

當天黃昏，德華大哥約我到南村河邊散步，這裏本來是沒有什麼河的，直到《大躍進》時期才動手挖掘完成。當時，青壯的男人都去《煉鋼》和參加政治運動去了，這條迤邐幾百里長的大河，完全是老弱婦孺們挖出來的。她們餓著肚子，身上背著孩子，一邊挖河一邊流淚，常常是大人小孩子一起哭，哭的時候，眼淚都掉在河裏，所以這條河就被命名爲《眼淚河》了。

《眼淚河》的來由，既展現了衆志成城的壯舉，也刻劃著那個時代蒼生的悲情！我很矜憫家鄉父老的辛酸，但也非常肯定她們挑戰橫逆的勇氣。她們只用了一兩年的時間就把一條大河挖出來了，要是換個地方，不論是在臺灣，還是在美國，可能十年都無法完成。

在胡集老家住了兩個晚上，定居沭城的劉老師就跟他的小女兒文沭開車來我家接我們到他的家裏去。劉老師爲了接待我們，除了爲我們佈置一個寬敞舒適的房間和新安裝一台熱水器方便我們洗澡外，還特地從馬廠把他的親戚江華女士請來爲我們烹調家鄉口味的菜餚，江華女士手藝的確不錯。她做出來的飯菜都是我喜歡吃的，他們這份盛情讓我們深爲感動。

在劉老師家裏，我也會見了胡集小學老同學華昌時、章仁雋、華樹庚和祁錫鈞等幾位學長，他們都分別當過醫院院長、校長、書記和部長，都有一定的成就。不過，當他們跟我會面時，卻表現得非常謙和與平實，沒有一點《老幹部》的架子和習氣。閒談中，我們都以小時候在一起經歷過的景況爲題材，根本不談國家大事，也絕口不提他們的經歷，因而避開了敏感和尖銳的話題，這方面，我很欽佩他們很有涵養，很有深度。

第二天清早，劉老師找來一輛麵包車，帶我們到城內和郊區去遊覽。小時候，雖然幾次到過沭陽縣城，差不多都是在西關大街兜個圈子吃一碗當時認爲非常美味的雞蛋麵就回去了，對沭城根本沒有什麼印象。現在，來到了沭城，才眞正體認到沭城的質樸和幽美。

街道上，植起了一排排的紫荊花，開得奼紫嫣紅，散放早春的氣息；城北公園裏的柳絲飄拂，桃李爭芳，在鬧市裏別有洞天，是舒放身心的好地方；市區矗立街頭的虞姬像，風姿綽約，有英武氣息，她是沭陽西鄉顏集人，秦末許身楚霸王項羽，南征北戰，雖壯志未酬，卻爲歷史留下了蓋世的壯烈！

除了虞姬像以外，沭城街頭也矗立著一尊《石榴仙子》的塑像，姿態飄逸，充分流露出沭陽人豐富的想像力；街頭還有宋代沈括的塑像，在他爲官沭陽時，先後完成多項重大的水利設施，解除了沭陽人子子孫孫的水患，他的塑像能夠在沭城街頭頂天昂立，說明沭陽人知道飲水思源，有崇功報德的遺風。

我們也參觀了沂河大橋和新長鐵路的建設，對家鄉正向現代化的道路邁進，人們生活越來越有希望，覺得十分欣慰。事在人爲，只要努力去做，就能夠看到成效。我想，再過幾年，沭城又會展現更多的新姿。

七、吹玻璃的老師傅

四月十一日，我們告別了家鄉父老和親戚朋友，從沭城搭上一輛九人座的麵包車前往上海，因爲鄉村道路不平，車行途中一直顚盪不停，從早晨五點出發，直到深夜十一點多才抵達上海虹橋機場附近一家旅館安頓下來。第二天上午搭機經香港返回臺北。結束了闊別四十八年之後首次返鄉的旅程。

綜合這次回鄉所得的印象，大約有下面幾種：一、故鄉的親友一如舊時的溫柔敦厚，基本上，都沒有把我們看成外人；二、故鄉的農業潛力很大，但需要積極開發，發展精緻農業，興建農產品加工廠，解決糧食過剩和穀賤傷農的隱憂；三、民衆教育水平亟須提高，以應《改革、開放》興利除弊人才的需求；四、積極發展交通，多建道路，爲貨暢其流搞活經濟創造條件。這幾項要務，都是可以在現行體制下辦得到的事，問題在於肯不肯做，去不去做。不必急於求成，但必須有好的開始。

回到臺北以後，我們稍作休息，隨即決定去歐洲旅行。五月初，從臺北出發，經香港到瑞士盧森，參觀阿爾卑斯山山脈偏峰鐵力士山的雪景，山上積雪終年不化，但寒氣卻並不逼人。上山下山的纜車門上，漆有各國國旗的圖案，中華民國青天白日滿地紅的國旗特別耀眼，聽管理人員說，因爲臺灣的旅客特別多，所以青天白日滿地紅的國旗也就格外地受到尊重。

瑞士是一個非常富足的國家，自然生態環境保護得非常好，小溪裏潺潺的流水，清澈見底，因爲沒有污染，像自來水一樣，成群的乳牛隨時隨地會到溪邊來喝水，人也可以伸手捧水來解渴；農家屋頂尖峭小巧別致的洋房，多半用彩色的磚瓦和木材砌成，就像童話故事裏的美景一樣，令人神馳。

可是，瑞士人民的臉上卻大半籠罩著愁雲，看起來似乎一點都不快樂。爲什麼呢？這都是因爲一段不愉快的歷史造成的。

瑞士人的祖先有的來自義大利，有的來自法國和歐洲其他國家，在十字軍東征時，因爲宗教的仇恨，遭到刀兵的追殺，翻過阿爾卑斯山避難到現在瑞士這個地方來。他們身陷荒涼，生活艱難，就靠隨身攜帶的一些簡單的工具就地取材，敲敲打打地製造一些雛型的機械用品，有的用來謀生，有的賣給別人。後來，越造越精巧，慢慢地就發展出多樣化機器工業來了，聞名全球的瑞士手錶，就是從這個基礎上開發出來的。

普、法戰爭時期，瑞士人民還非常窮苦，找不到工作做，生計艱難。當時，普魯士人不願自己的子弟戰死沙場，就出錢到瑞士來雇用傭兵幫他們打仗，法國人比普魯士人更怕死，有樣學樣，也到瑞士來買兵，結果在戰場上殺來殺去，殺的都是瑞士人。甚至父子兄弟因爲雇主的不同，也在戰場上殺在一堆，這種情景也就成爲瑞士人世世代代的悲痛，因而累結成瑞士人缺乏親和力的性格。

我們在盧森一家旅館的餐廳吃飯，有位三十來歲的女服務員，一進門她的態度就非常冷漠，對她說話，三句她也不理一句，向她要麵包，她就把麵包扔在桌上，再要，她理都不理就走開了。後來，我們問導遊，爲什麼這位服務員這麼愛生氣？導遊告訴我們，瑞士旅館和餐廳的服務員多半都是這樣。

『她們祖先一肚子的怨氣遺傳給她們，她再傳給她的子孫！』導遊說。

『爲什麼還有這麼多觀光客到瑞士來呢？』有人問。

『地方好呀！』導遊說：『就是有人爲了欣賞瑞士風光，願意忍氣吞聲！』

聽導遊這麼說，我們心理上有了準備，後來再遇到這種情況，也就處之泰然了。

從瑞士進入義大利，我們立即接觸到另一種別具風味的文化，馬車奔馳在羅馬古老街頭的石板路上，蹄聲得得，讓人禁不住發思古幽情。中世紀留下的鬥技場，雖然被風雨剝蝕得只剩下斷垣殘垛，但似乎仍可嗅得出羅馬帝國陰森恐怖的氣息。

在臺北，公共汽車上的扒手是出名的，但在羅馬，扒手卻比臺北更加猖狂。因爲臺北公共汽車上的扒手，完全憑《技巧》取勝，從來沒有強取和強奪，但羅馬街頭的吉普賽人，他們結夥扒竊，先由一個人或兩個人抱住路人，讓他們的同夥搜奪被抱住的人的財物，初次到了羅馬的旅客，可眞要提高警覺。

我們從羅馬轉往義大利中部的文化城佛羅倫斯，這個蘊藏著義大利豐富文化遺產的城市，從城郊半山上望過去，分外透發出神秘感和朦朧美。特別是自從徐志摩在上一個世紀的三十年代把它翻譯成《翡冷翠》並寫了一篇廣泛流傳的《翡冷翠之夜》那般幽美的散文之後，它在許多中國人的心目中，就更加魅力十足了。

米蘭，是義大利的一座藝術城，因爲它給全世界造就了不少出色的音樂、美術、雕刻家，它雖然代表著義大利的精神，但實際上它已經爲全人類所有了。再就是威尼斯了，這個舉世聞名的水都，四處碧波盪漾，有種叫做《鞏固啦》的水上交通工具，就像一般城市的公共汽車和地下鐵一樣扮演著威尼斯動脈的角色。

大多數從外地來到威尼斯旅遊的人，常會被一位吹玻璃的老師傅的巧藝吸引住，他透過一根管子，可以把玻璃的溶液吹出各種造型的成品，有了他這個活招牌，不知道給玻璃廠多賺了多少錢。

英國著名的劇作家莎士比亞，曾經寫過一本叫做《威尼斯商人》的劇本，雖然沒有《羅密歐與朱麗葉》叫座，但卻刻劃出威尼斯生意人的詭計多端，讓威尼斯人爲之赧然。

我們也訪問了天主教的總司令部梵第岡，這個四周圍起高高牆頭的建築，看起來一點都不起眼，但他卻是全球天主教徒的精神堡壘，在世界各國派有大使，教宗的一句話，往往能夠讓舉世動容。

最後，我們到了巴黎，參觀羅浮宮，見識了不少珍貴的藝術品。聽當地的導遊說，羅浮宮曾經失竊了不少名畫，只有價值連城的《維納斯畫像》被小偷偷走了以後又悄悄地送了回來，因爲這幅畫太出名了，沒有人敢買，賣不掉，在小偷手裏就成了廢物，他想來想去，覺得損人不利己，就送回來了。

我們也遊覽了塞納河，看過了凱旋門和巴黎艾菲爾鐵塔，還憑弔過名歌手鄧麗君的居所，在香榭大道上漫步，巴黎的確是個浪漫的城市，面貌雖少有變化，丰采卻依舊照人！

八、大江東去芳蹤杳

在歐洲許多大城市裏，有個相同的特色，就是看不到忙人，男女老少走在街上都是懶洋洋的，好像都沒有事做似的，街道兩旁的咖啡座裏，經常坐滿了人，他們眯著眼睛，曬著太陽，在外來的人們看來，眞不知道他們那來這麼多的閒情？

義大利和法國人的生性慵懶，也表現在他們的農業生產上。在他們廣袤的田畝間，很少見到有人在用心和賣力地耕作，農作物的成長似乎也跟著他們一道懶散起來了。成熟後的玉蜀黍莖和葉了早就枯槁了，零零落落地散佈了遍野都沒有人去料理。玉蜀黍的棒穗結得小小的，充分說明他們深耕易耨和品種改良的工作做得不夠，他們的農業水平遠不如臺灣。

除了農業落後以外，法國的城市建設似乎也乏善可陳，巴黎市區儘管有巍峨的教堂，那都是古代的遺物，現代化的大型建築卻並不多見。就以巴黎對外的窗口《戴高樂國際機場》來說，建築的簡陋和破舊，也是在世界各國首都難得一見的。

在我的印象中，好像法國人總是比較嬌柔和虛浮些，務實不力，幻想太多，這種性格，對文學和藝術的探索和創造也許會有幫助，但對現實生活的挑戰往往無用武之地。兩次世界大戰和較早的普法戰爭中，法國人都望風披靡，爲強敵所制，這跟法國人的性格，不能說沒有一點關連。

從巴黎回到臺灣後，因爲一時閒不下來，就應一家半月刊大型雜誌的邀約，爲他們撰述政治評論性的文章和遊記。對污濁政治風氣，不肖政治人物劣行，知識分子依附權勢出賣良知的無格與無狀，每加評議，屢獲讀者回應。

時任考選部長的王作榮，或爲權勢所惑，或爲五斗米折腰，輕率地頌揚時任總統屢有乖異的李登輝爲通古達今百世不得一見的《風流人物》。因而引起識者不齒，有人趁他晨間在公園散步時把他推倒在地，並當面責他無恥。王作榮被莽撞後，有一段不短的時間不敢涉足公園，只好躲在自家陽臺上做健身活動。

對於王作榮的爲人，我在一篇評論知識分子風格的文章中，直言他不配做一個讀書人，因爲他沒有《士》格。

不過，王作榮倒也不失爲智敏之士，後來，他終於猛然醒悟，發覺到李登輝根本不是什麼通古達今的風流人物，在李登輝自喻摩西、詆毀國民黨、稱自己曾經是個日本人、發表《兩國論》造成臺灣危機，公開走台獨路線時，他終於挺身而出痛斥李登輝沒有出息，腦子短路和神智不清，跟李登輝完全決裂。

王作榮能有這樣的道德勇氣爲自己過去不當的言行負責，重新拾回讀書人的氣節，受到知識界相當的肯定。反而是李登輝恢復了平民之身以後，卻不敢單獨在公園和街頭漫步，甚至在前擁後呼的的安全人員保護下，還被人當衆澆了一頭紅墨水。

雜誌社的工作對我是沒有拘束的，八十五年六月，我們又安排了一次遠途的旅遊，這一次的目的地是加拿大的洛磯山脈和美國最北疆的阿拉斯加。我們在月中乘飛機從華盛頓經西雅圖到溫哥華，先在老朋友趙金堂兄嫂家跟他們相聚，然後乘車去班芙、露意絲湖和哥倫比亞冰河遊覽，班芙和露意絲湖的景色絕佳，雖然冰天雪地，卻也有青松翠谷。只是，加拿大的人煙太稀了，除了外來的遊客以外，這裏幾乎見不到什麼當地人。

冰河是洪荒時代就形成的，遍山遍谷都是冰，河水在堅厚的冰塊下流動，幾十噸重裝有坦克車履帶的滑冰車，載著遊客在冰河上奔馳，這種情景在亞洲是難得一見的，我在冰河口的地方撿拾了一大把色彩絢麗的卵石，帶回臺北送給喜歡石頭的朋友。

在洛磯山脈的谷口，有一條急流洶湧的大河，叫《弓河》，好萊塢著名影星瑪麗蓮夢露演出的名片《大江東去》，就是在這裏拍的外景，只是，我們來到這條大河邊的時候，瑪麗蓮夢露已經冰消玉殞芳蹤杳了。紅顏薄命，古今中外，都是一樣。

最後行程，是回到溫哥華乘豪華郵輪經三天兩夜海上行程抵達阿拉斯加。這裏已經接近北極地帶了，遍地冰雪，一天二十四小時只有兩個多小時是在夜晚，其餘時間都是白天。船上，有日夜不停供應的水果、咖啡和佳餚，無限制讓旅客享用。房間寬敞舒適。

小時候，非常神往愛斯基摩人狗拉雪車的奇景，突然間就在我們的眼前出現了。這塊土地本來是俄國人的，只是他們不知這塊土地的重要性，像敗家子一樣只要幾塊錢美金就賣給美國了。現在美國的海陸空武力直叩俄國的後門，俄國後悔已經來不及了。

朱諾是阿拉斯加的首府，還沒有臺灣任何一個小鎮大，街頭冷冷清清的，半個小時就可以走遍全城，城裏有幾家土產店、咖啡麵包店可以清清楚楚地數出來。在朱諾市停留了一個上午，我們就離開郵輪換搭二十多人座的小飛機從朱諾約一個小時的航程飛到了西雅圖，結束了這次旅程。回到臺北，已經是七月初了，想到阿拉斯加冰天雪地，臺北卻烈日如焚，我們才眞正認識到這個地球和大自然的奧妙。

九、南蘇杭與北沭陽

《事在人爲》這句常被人們掛在嘴邊的話，用來驗證早期的臺灣經濟成長，固然十分恰當，若是用來刻劃我的故鄉沭陽新興事物的設施，更顯得格外的明確。民國八十三年四月，我第一次回到了沭陽，只見家園還是一片凋殘，沭陽縣城也還相當落後。街道坑坑洞洞，兩旁的房舍也多半破舊零散，確實如當地一位幹部所說的一樣，沭陽是個窮縣。

但只不過幾年之後，當我於年前再回到家鄉時，沭陽明顯的有了脫胎換骨的變化，城鄉的柏油路一條又一條地鋪了起來，城內舊有的房舍都換成了整齊的樓房，青少年廣場、少年宮、體育館先後建設完成，在人們享有豐衣足食的物質生活以後，精神生活也跟著一天天地充實和豐富起來。沭陽城郊流線型的大道和聳向雲天造型美觀的路燈，就連巴黎的香榭大道也望塵莫及。

二十一世紀剛起步，沭陽不但不再是江蘇省的窮縣，反而脫穎而出變成了一個小康縣，並且正大步的向著富饒和現代化的大道邁進，展現出其他縣市罕見的魅力。

過去，人們常說，《上有天堂，下有蘇杭》，隨著大好形勢的展開，這兩句話已經逐漸被《南有蘇杭，北有沭陽》的說辭所取代。從鄰近省、市、縣湧往沭陽汲取經驗的人絡繹於途，二○○二年九月，全國花卉展覽選在沭陽舉行，這不只是爲沭陽錦上添花，實質上也正是對所有的沭陽鄉親努力的肯定。作爲一個長年流浪他鄉的沭陽人，我不只是引以爲榮，也深爲感動。

沭陽能有這般驚人的進步，並沒有什麼特別的訣竅，有的，就是因爲有了一個有責任心和使命感的新的領導班子，以高瞻遠矚的眼光、獨有的氣魄，爲沭陽進步和繁榮在埋頭苦幹，認眞實踐。大家看得很清楚，在一個腐朽的、自大的領導班子被淘汰和被有效的整合以後，沭陽才能夠枯木逢春重見生機。

七十多年前，鄧翔海主持縣政，篳路藍縷，興利除弊，建設了沭陽，爲沭陽縣政史上寫下了光輝的一頁，他對沭陽人的貢獻，永遠記在沭陽人的心裏；七十多年後，有個叫做仇和與薛敘倫的人，他們光復主持了縣政，領導了一群菁英，精心擘劃，任勞任怨，再爲沭陽縣政揭開新頁。世世代代的沭陽人，親炙他們爲沭陽這塊土地散放的光與熱，相信也同樣會知道飲水思源，不忘他們的德政。

每一次回到沭陽，每一次都有不同的感受。特別是近幾年來相關單位的女士和先生們對我這個遠方歸來的遊子給予週到的照顧，熱情的接待，處處都讓我感念在心，讓我覺得眞正的回到了土生土長的故鄉。

當然，故鄉仍不免還有一些亟須改進的地方，像環境衛生、農村道路、飲水供應、產業開發、社會安全等，都還要大家同心合力，追求更大的進步。有一次，與我同行的小女兒蓁祥，在她到了我出生和童年居住地方時，她似乎感到十分的驚訝。

『爸爸，你怎麼能夠從這裏逃出去的？』她說：『這可需要多大的勇氣呀！』

『妳爸爸呀，是孫悟空。』她的媽媽在旁邊替我作答，她說：『上天入地無所不能，一個跟斗就翻出去了。』

說我無所不能，那未免太誇張了。不過，要說我是被這個亂世逼出來的本事，也許還說得過去。從下廚房做蔥油餅到拿起針線來給孩子們縫書包釘扣子，從玩迫擊炮到機關槍，從毛筆寫到鋼珠筆，從騎腳踏車到開汽車，從打麻將到玩橋牌，雖然談不上十八般武藝樣樣精通，但玩起來卻也有模有樣。

五十多年的風風雨雨，儘管把故鄉剝蝕得物換星移，讓我找不到童年的腳印，但故鄉的人情味，卻如醇醪美酒越陳越香。在胡集，當老友徐俊剛、武兆進、歐陽俊、耿俊臣、郝呈祥、周俊卿、邵廷階、單景龍等兄和郝麗大姐知道我從遠方回到故鄉時，都從不同的地方聚到一起來跟我會面，暢談別後的思念和亂世中的遭遇。特別是景龍，他風塵僕僕地從幾百里外的南方趕回胡集來，滿腔熱忱，更讓我感動不已。

景龍是我胡集小學的同學，我們在動亂中分手，他留在家鄉，我遠走天涯，經過大時代風浪的衝擊，他愈挫愈奮，畢業於南京大學中文系後，就在南方任職，定居儀徵，業餘所撰的《虧損經濟學》專業性叢書和針砭時事的雜文集《是是非非》，以權威與敢言著稱，深獲識者好評。

多年前，景龍跟我取得聯繫後，在學問上不斷與我切磋，以積極的態度和鍥而不捨的精神窮本索源，析事論理，予我以不少有益的啓發。我能夠在垂暮之年，筆耕不輟，部分原因就是得力於他的推動，讓我閑不下來，也懶不下來。

在交往中，我們都很欣慰於貧窮落後的故鄉能夠開始脫胎換骨自給自足並且富裕起來，我們也都有心爲故鄉的開發與進步竭盡棉薄，首先，他希望能爲沭陽和胡集在文化建設方面留點痕跡，我非常感念他的遠見，並願做他的幫手。

的確是，故鄉的父老鄉親穿衣吃飯的問題是初步解決了，但精神生活的層次，卻也必須相對的提升。最明顯的，就是家鄉上大學的青少年還非常稀少，甚至讀高中的也寥寥無幾，這其中的癥結，除了學費太貴，一般人家無力供應子女接受高等教育以外，在觀念上似乎亟待調整。我們深信，文化水平不長進，就沒有知識和力量用於現代化建設。抱殘守缺永遠是進步的障礙。這方面，我與景龍有非常接近的共識。

一九九八年，我在臺北編《民族報》，景龍給我寫了一百多篇評論大陸社會動態的雜文，有的內容指出了意識形態的誤區，有的評論歪風陋習的不當，有的對國家光明遠景的期待，語皆犀利而中肯，頗有助於臺灣讀者對大陸情勢的瞭解，爲海峽兩岸僵冷關係的暖化和民族精神的整合，提出正面的索引，供兩岸不同層次的人們冷靜思考與判斷。

《民族報》爲前《自立晚報》與我同事的李子繼兄一手所創辦，並邀得台灣商學兩界的名人林俊宏先生的支持，以發展海峽兩岸關係促進和平相處爲宗旨，懇切地邀我負責總編，再由前《自立晚報》要聞版編輯呂令魁兄任社長，老朋友們久別後再一次聚首共事，確實感到無比的欣慰。

祇是，美中不足的，就是子繼兄身挑重擔，不勝勞煩，竟於報紙發行後第二年二月二十六日鞠躬盡瘁，中道遽逝，留給我們滿懷惆悵與不盡的追思。

從子繼兄的遭遇中，讓我深切地體會到文人辦事，每因泥於理想而失於輕忽，雖付出加倍心力，卻往往難見實效。這種無奈，絕對不是一擲千金的富商大賈所能夠理解的。也不是呼風喚雨的政客所能夠體會得到的。

十、揮毫留言布拉格

孩提的時候，曾經有個夢想，就是在條件許可下，將來一定要見識見識這個世界，以行萬里路來彌補自己未能讀萬卷書的不足。這個夢想，後來因爲自己工作的關係和退休後的無事一身輕，基本上算是實現了。

早年的新聞記者生涯，提供了我不少旅遊的機會，臺灣本島的東西南北，固然都留下過我的腳印，離島的澎湖、蘭嶼、綠島、小琉球、龜山島、金門、馬祖，甚至遠在南海的南沙和東沙島，我都見過。

在兩岸可以往來後，大陸的西嶽華山，我走過北峰和南峰，在山峰與山峰間，尋找過《華山論劍》的俠跡，雖然沒有見過，卻也沾過些許豪情；在黃山，我眞正領略了黃山的靈秀，那飛來石的險峭，那伸出懸崖外孤松的挺拔，讓我想到風雨不足畏，霜雪似等閒的神奇；在長江三峽，實地觀察了《千里江陵一日還》的天險形勢，體認到《巴山夜雨漲秋池》的情景。尤其是大三峽前的小三峽，這裏似乎見不到人間的煙火，只有神仙才會在這裏駐足修煉，戰爭、權力、科技、金錢等一切煩擾，都在這裏了無痕跡。

在西安古城，想到唐太宗的《貞觀之治》，武則天的豪放和楊貴妃的風情。華清池畔那株古老的石榴樹，傳說是那個胖女人親手栽植的，難怪枝葉是那樣的肥綠，歷千餘年而不枯。

在山水甲天下的桂林，我見識到灕江的《百里畫廊》，歐洲多瑙河與萊茵河總和的旖旎，也不能望其項背。祗是，桂林的一餐小吃，兩個人只品嚐了一條不知名的小魚，就索價三百二十元人民幣，欺生之甚，未免離奇。

在萬里長城，望塞外草原，依舊廣袤而蔥茂，卻不聞匈奴馬嘶，也不見秦皇、漢武的旌鉞，但孟姜女的悲泣，卻似乎隱約有聲。權勢如煙，空爲歷史留下洗不淨的污腥。

在白山黑水，若是幸運，也許仍可尋獲百年老蔘，但誰也找不到皇太極和多爾袞的蹄痕。日本關東軍是何等兇殘，林彪又何等威猛，在歷史的長河裏也只不過留下瞬間即逝的涓滴！

在人間天堂的姑蘇，吳王夫差的驕橫已杳，越王勾踐的臥薪嚐膽也化爲塵泥，西施的絕代芳蹤沒有爲太湖留下一絲脂香，《拙政園》的主人也沒有帶走一片荷葉，只有城外寒山寺的鐘聲，依舊暮暮朝朝在點化著世俗的迷茫！

在雲貴山區，我看到了貧困的櫥窗，一家大小圍成一堆共食一盆粗糲的飯菜，竹片和茅草編成的牆上，斜掛著一千七百多年前造型的耕犁，那還是諸葛亮南征時教民稼穡留下的科技產品，如今還是當地農民耕作謀生的工具，鼓吹《改革、開放》志得意滿的人，理應深思。

祖國的河山多麼壯麗，炎黃子孫又是多麼的善良，政治應該怎樣清明？官員應該怎樣廉潔勤奮？才能建設一個太平盛世和一個完全現代化的國家。

一九四五年，我在胡集小學讀書時，曾經唱過一首頌揚蘇聯紅軍保衛莫斯科擊敗德軍的歌曲，開頭兩句就是《莫斯科的大炮響，蘇聯紅軍打勝仗》，從那時候起，我在心底一直藏著一個願望，就是有一天，我一定要到莫斯科去看看，眞沒有想到這個願望也在四十九年後實現了。

那是我退休後的第四年，九月下旬，從臺北搭上長榮航空的班機經香港、曼谷飛往瑞士的北部大城蘇黎士，當晚轉機飛往捷克首都布拉格。

捷克地居歐洲中心，是一個比臺灣約莫大一倍的國家，以機械、船舶、汽車、玻璃製品著名，捷克製造的《七九》式步槍，在抗日戰場上是我國軍隊抵禦日寇的主要武器。一九三九年，希特勒發動閃電戰，一舉攻陷捷克。二次大戰後，又被蘇聯強佔。一九五六年，愛好自由和平的捷克人民，曾經發起追求自由民主運動，創造出舉世聞名的《布拉格之春》。但遺憾的是，不久就遭到蘇聯強力鎮壓，因而《布拉格之春》也就毀於曇花一現。

在布拉格一家旅館裏，熱情好客的旅館主人捧出一本紀念冊，一定要我寫兩句話留下作紀念，我想了一下，就分別用中文和英文寫下《我希望春天永遠留在布拉格，自由民主，百花齊放》這幾句話。主人怡然自得，認爲我寫的正是他的心願。臨走時，他還送我一隻精緻的水晶花瓶，可惜旅途中被搬運工人打碎，讓我引爲莫大憾事。

從布拉格到匈牙利首都布達佩斯，這裏是中歐的交通樞紐，多瑙河迤邐全境有四百多公里，人民刻苦耐勞，有遊牧民族勇武的天性，民衆表演騎馬奔馳翻滾的技術是吸引外來旅客的重要活動。布達佩斯的《英雄廣場》上，分成左右兩側排列著匈牙利人民抵抗外侮英雄烈士的塑像，匈牙利人民都以他們爲榮。

匈牙利的祖先多半是兩千多年前侵擾中國北疆的匈奴人，漢武帝時代，衛青、霍去病領軍出擊，打得匈奴人無立足之地，最後流落到今天喀爾巴阡小盆地中部發展出匈牙利這個國家。

越過匈牙利邊界，進入波蘭，這是中歐地區比較大的國家，土地面積有八個半的臺灣大，人口三千八百六十萬，跟捷克和匈牙利一樣隨著蘇聯解體拋棄共產主義體制，成爲獨立自主走西方市場經濟和傾向民主自由的國家。

波蘭的首都華沙，比起西歐許多國家的重要城市，顯得非常荒涼和落後，街道多半是石碴和泥沙路面，坑坑洞洞，崎嶇不平，疾風吹過，不時捲起撲面的塵沙，讓人睜不開眼來。入夜，街燈昏暗，看起來還相當的匱乏。

位於華沙南方鄰近斯洛伐克和捷克的大城克拉科，二次世界大戰期間，德國人在這裏建立了一個龐大的集中營，用煤氣和毒針屠殺了五十多萬猶太人和波蘭人，他們在屠殺之前，先剪下被害人的頭髮，用來編織地毯，這些罪證，現在還陳列在廢棄的集中營內，讓人參觀。集中營四周的碉堡和鐵絲網，也保持原來的模樣任人憑弔，警惕世人不要再犯同樣的錯誤。

看了克拉科的集中營，我們不免會想到日本關東軍的《七三一部隊》，他們在我國東北用活體的中國人進行喪心病狂的生化細菌戰病毒試驗，罪跡昭彰，同爲天理所不容。

在華沙西方的波茲南，這裏是波蘭工人運動的發祥地，上個世紀的八十年代，波蘭工人在這裏掀起了聲勢浩大的反奴役鬥爭，在工運領袖華勒沙的領導下前仆後繼，終於擊敗了共產黨一黨專政統治，當他們跟我談起他們當年在反抗運動中是多麼勇敢壯烈時，個個眉飛色舞，爲自己在鬥爭中獲得最後勝利而激動歡呼。

後來，工人領袖華勒沙還當選了波蘭總統，九十年代初，他來到了臺北，跟我們話起《當年勇》時，猶豪情萬丈，振奮不已。

十一、波羅的海風雲惡

穿過波蘭的邊境，我懷著一種驚異的心情進入了波羅的海三小國的前站立陶宛。立陶宛雖說是個小國，但它的面積仍比臺灣大得多，在六萬五千二百多平方公里的土地上，住有三百七十多萬人，他們非常篤實，也很勤勞，但他們卻非常恐懼鄰國的侵略。一九九一年脫離蘇聯統治獨立後，就積極從事安內防外建設，以不結盟的策略追求國家中立與安全。

立陶宛的首都維爾紐斯，是一個非常幽靜和清潔的城市，市區林蔭夾道，路樹都分別由小學生承包認養，負責清洗樹幹上的灰塵和澆水工作，需要剪枝或噴灑殺蟲劑時，也由小學生通知市政府相關部門來處理，這種從小教育孩子參與公益事務的做法，很值得其他國家參考與效法。

在立陶宛稍作停留，又僕僕風塵地進入拉脫維亞，這個土地面積六萬四千六百多平方公里居民只有二百五十多萬人的小國，畜牧業非常發達，機械、製糖、造紙、紡織、化工和食品加工等工業也相當進步。首都里加，位於波羅的海的里加灣，是拉脫維亞的主要出海口，大宗進出口物資都在這裏集散。

愛沙尼亞是波羅的海三小國中最小的一個，面積只有四萬五千二百多公里，人口也只有四十四萬人，首都塔林位於波羅的海的芬蘭灣，與芬蘭首都赫爾辛基隔海相望，形勢非常險要。

黃昏時分，我站在旅館的平臺上，可以清晰地聽到波羅的海澎湃的濤聲，看浴著晚霞的海鷗展翅飛翔，大小船舶穿梭往來，帆影搖曳，景色十分壯觀。祇是，這裏並非是恆久的樂園，不測的風雲時有出現，強淩弱、衆暴寡的的情事經常在這裏暗中醞釀或公開進行。和平安定的年代不是讓人望眼欲穿，就是稍縱即逝。

事實上，波蘭的海三小國因爲地理環境特殊，常在強權環伺之中，歷史上，曾經先後受到波蘭、法蘭西、德意志和蘇聯的呑併與踐踏，一直就在飾演著悲劇的角色。

一九九一年，他們在掙脫蘇聯的箝制之後，名義上是獨立自主的國家，但實質上，卻仍須處處遷就強鄰，時時刻刻擔心下一次外患的入侵。人民在心理上始終無法揮去國破家亡的恐懼感。這種日子過久了，逐漸養成他們對外國人的猜疑和不信任心態，無形中，構成了他們對外貿易和發展觀光事業的障礙，直接影響到經濟成長和人民生活水準的提升。

從愛沙尼亞的邊境進入俄羅斯海關，夜色深沈，路燈稀疏而又昏暗，加上寒風呼嘯，塵沙撲面，在感覺上，如同走近了幽冥地帶。

俄羅斯的海關，可能是世界上效率最低的國家，負責檢查入境旅客的公安人員，隔兩分鐘就要離開工作崗位，或去喝水，或去廁所，或去散步，或去找人聊天。一張護照常要磨上一兩個小時才能讓旅客過關，如果是旅行團，全團十多個人入關至少要等六七個小時以上，這種怪現象，大家習以爲常，卻也不以爲奇。

在俄羅斯第二大城故都聖彼得堡，讓我大開眼界的是這裏的建築巍峨壯麗，是其他國家難得一見的，特別是藏有各種藝術品的《冬宮》，不但內涵極爲珍貴，外觀也非常富麗堂皇。一位在聖彼得堡大學教東方哲學的教授，客串業餘導遊，在《冬宮》爲旅客介紹名畫時，毫不掩飾地說明珍品的由來，有的是二次大戰時期從柏林搶來的，有的是從巴黎和維也納弄來的，洋洋得意，一點都不覺得有什麼不對，眞不知道他的東方哲學是怎麼教的！

聖彼得堡的軍港，停有一艘老舊但卻油漆得煥然一新的軍艦，那是一九〇五年日俄戰爭時被日本俘虜過去的俄國海軍主力艦，戰後從日本贖了回來停在港口降著半旗讓民衆參觀，意在不忘戰敗的恥辱。從這件事可以想到俄國對日本懷有多深的仇恨，他們時刻不忘報復的心態，更是可以理解的。

其實，俄國人不但對日本人有仇恨，時思報復，對中國也從未放棄過侵略的野心，一八五八年五月的《璦琿條約》奪去了中國黑龍江以北外興安嶺以南六十多萬平方公里的河山以外，後來的《尼布楚條約》、《雅爾達密約》，也同樣侵犯了中國的領土與主權，造成中國無可補償的損失。

清代名臣林則徐在巡視西北後曾經說過這樣語重心長的話，他說：『他日爲患中國者，其俄羅斯乎？』這兩句話很值得世世代代的炎黃子孫引爲莫大的警惕。

從聖彼德堡乘了九個小時的火車到了莫斯科，首先參觀了莫斯科中山大學的舊址，這裏，爲中國二十世紀八十年代海峽兩岸政策做了重大決定的鄧小平和蔣經國都留下過他們同窗共讀的足跡。

在莫斯科街頭，有個由五、六個人組成的樂隊，他們迎著一群臺灣遊客高奏著中華民國的國歌和國旗歌，目的就是爲了要幾個小錢。這還算是文明的，要是在地下鐵，可就是扒手的天下了，他們不但偷，有時也會搶。只一轉臉工夫，我的皮夾就從褲子口袋裏被扒走了，幸好護照沒有被扒去，只丟幾張鈔票倒是値得欣慰的事。

在莫斯科的公園裏，我看到一對中年的夫婦在散步，女的手裏牽著一個大約五、六歲的女孩，男的推著搖籃的車子，車上坐著一個一、兩歲的男孩，不小心，男孩手裏一塊和雞蛋差不多大小的麵包丟掉地上去了，他的媽媽趕快從地上搶起來把上面的泥沙吹了又吹，拍了又拍，然後又放到小男孩的手裏，從這一件小事來看，可以想到俄國人民物質生活的艱難。

莫斯科克里姆林宮前的紅場是遊人不可不去的地方，過去，這裏警衛森嚴，一般人是不容許接近的，自從蘇聯解體以後，紅場已經變成一個景點了。其實，紅場只是一堆斷牆殘垣組成的一個毫不起眼的地堡，一九五三年史達林死後安葬在這裏，一九九一年十二月蘇聯宣告解體後，史達林的屍體被人從紅場拖出來鞭撻後丟棄，紅場已經不像以前那麼神聖不可侵犯了。

克里姆林宮大門的左前側，是東正教的教堂，是用彩色的琉璃磚瓦造成的，看起來非常瑰麗耀眼，克里姆林宮裏也開放讓遊人參觀，除高大建築外，裏面空蕩蕩、冷清清的，只有院子裏的那幾門古炮，在夕陽的映照下散放著殘餘的威風。

十二、安心做個漢家郎

從一九一七年十一月七日《蘇維埃聯邦社會主義共和國》成立到一九九一年十二月六日蘇聯解體，七十四年間，因爲政治走入馬、列主義的誤區，害得差不多有四個世代的俄羅斯人陷於貧窮匱乏和《格別烏》的恐怖之中，如果沒有戈巴契夫和葉爾辛這兩位大革命家以壯士斷腕的道德勇氣與過人的智慧一舉拋棄共產主義的幻想，向資本主義市場經濟和自由民主政治制度靠近，俄羅斯人民還不知道要忍受多久的煎熬才能夠重見天日！

離開莫斯科跟契瓦洛夫教授等多人直飛伊爾庫次克，這裏是俄羅斯南方的大城，與外蒙古接壤，我的目的是要去貝加爾湖一探當年蘇武牧羊的遺蹟，實地憑弔這位冰雪清操《留胡節不辱》的先賢。貝加爾湖也就是舊時的《北海》，是亞洲最大的淡水湖。湖長六百四十五公里，平均寬度六十三公里，總面積三萬四千一百八十萬公里，幾乎跟臺灣一樣大。

放眼遠眺，貝加爾湖碧藍如鏡，水天一色，類似海鷗的野鳥浴著夕陽和燦爛的晚霞在湖面上低飛起落，構成了一幅怡心悅目的圖畫。夏季，遊牧民族與牛羊結伴在這裏以漁牧營生，不問人間何世；秋、冬、春三季，湖水會結起一公尺多厚的冰層，人、畜和車輛都可以在冰上通行，雖瑟縮踟躕，卻也逍遙自在。

想到兩千多年前，沒有飛機，也沒有平坦的公路和機動的車輛，貝加爾湖完全封閉在冰雪和荒茵蔓草間，蘇武獨自在這裏呑氈飲雪，忍饑受寒，不只是物質條件的匱乏，精神上的寂寞和空虛，更是可以想像的悲悽。而他，能夠在這種艱苦的環境中熬過十九年，確實是一件不容易做到的事。當我把蘇武牧羊的故事說給同行的契瓦洛夫和他的朋友聽時，他們也認爲是不可思議的事。

從蘇武被困異域的故事中，我們可以深切地領悟到一個人如果沒有堅忍不拔的意志和視死如歸的決心，絕對是經不起生與死挑戰的，也不能夠成就頂天立地的志業！

貝加爾湖的柔荑，塞外河山的壯麗，曾經在這裏策馬揮戈逐奔逐北的漢家兒郎，雖然不見了他們的影蹤，但炎黃子孫卻應該世世代代莫忘那一段歲月的輝煌。從東北海拉爾市乘火車往貝加爾湖，頂多十個多小時就到了，若是跨越外蒙古的邊境北上，那去貝加爾湖更是指顧間的里程，待從頭收拾舊山河，這一代的中國人或許做不到，但十代百代以後的子孫應該有這個認同，有這等志氣！

二十一世紀剛揭開了新頁，海峽兩岸的中國人最需要反省的事，就是自己爲國家做了些什麼？能夠爲國家做了些什麼？特別是當權的政治人物，必須瞭解，自己想的，做的，不只是一己的成敗，也是全體中國人的榮辱。

從大陸立場來說，把國家從分裂中統一起來邁向富強與繁榮，讓人民享有舒暢安適的生活，共享太平盛世，不僅是時代的責任，也是歷史的使命。但是，要想盡到這種責任，完成這種使命，絕對不是把黨置於國家、人民法制之上就能夠做到的。中國人民是多麼希望自己是一群有主見、有尊嚴、有願景、有文化內涵、有不被矇蔽和愚弄的人。《改革、開放》是劃時代的創舉，在這個基礎上只能快步前進，不能稍有遲疑；只能逐步擴大，不容怠忽緊縮，和平統一是早晚的事，大陸必須以政治、經濟、文化的優越性來贏得臺灣人民的歸心，極少數主張分裂和《去中國化》的激進力量，終將在歷史文化的規律推動下消失於無形。

對臺灣絕不放棄使用武力的說辭，可以用來表現決心，展示主張，權充謀略，但絕不應該視爲解決問題的手段。這些年來，臺灣的商旅接踵來到大陸，許許多多當年在戰場上與共產黨刀兵相搏和立場上與共產黨誓不兩立的人，都悄悄地回到了家鄉，或是在大陸其他地方停留下來，作出了葉落歸根的決定。這是他們認同中華民族歷史文化的具體表現，是反對國家分裂的堅定力量，大陸各個階層應該善自珍視這項有利於和平統一的資源，並且看作是得來不易助力。

對於臺灣排拒《中國》趨向分裂的人士，大陸應該有足夠的氣度和雅量去理解他們

《語不驚人死不休》的心態，以誠懇和熱情歡迎他們到大陸參觀旅行，從事多方面的交流，讓他們親炙祖先遺澤的溫馨，故國河山的壯麗，張、王、李、趙原爲一家的血緣，激發他們深化的思考，化猜忌與敵對於無形。

幾年前，我跟一位《獨性很強》的臺灣老友相偕從宜昌溯江上行，船過西陵峽時，他突然湊近我的耳邊說出他的心事。

『我要改變主張了。』他說。

『不要急著改！』我故意逗他。

『說眞話，如果臺灣獨立，我倒眞的是捨不得這裏也有我一份的大好的江山！』

『有機會，再去看一看萬里長城，看一看黃河和泰山，那也可能是你捨不得丟的。』我說：『安心的做個漢家郎吧，做一個炎黃子孫，又不是叫你投降！』

後來，我們常常見面，就再也沒有聽到過他不屬於中國的談話了。我這位朋友，可能是千百個主張分裂又有可能反對分裂人們當中的一位。在我的觀察和認知上，似乎我還沒有發現一個意志堅定能和黃花崗七十二烈士那樣置死生於度外的台獨人士，也許施明德先生確有這種氣魄，祇是，他已經有很久不再主張分裂了。

嚴格說來，與其說有人主張分裂反對統一，倒不如說他們對大陸推行的制度還沒有放下心來。《一國兩制》儘管說得鏗鏘有力，但要想取得臺灣多數人的信任，可能還需要更長的時間和更好的說服力。

就臺灣的現況而言，部分政治人物的心胸確實是狹隘了些，眼光短淺了些，私心太強了些，這些人猶如舞臺上的藝人，相當執著於個人性格的表現，而不大注意觀衆的反應，過河拆橋，言行出爾反爾，幾乎是臺灣政治人物的通病，這種重複出現的現象，看在老百姓的眼裏，早就深惡痛絕，只是無可奈何。

以前總統李登輝而言，他的心路歷程一直就在迂迴曲折的狀態中進行，我們實在看不出他眞正的定見。他出身於國民黨的宗廟，在依附國民黨時，講起話來比蔣經國還要來得忠貞和誠懇，所以他享有國民黨的澤惠最多，取自國民黨的利益最大，可是，在他仰賴國民黨的提攜飛黃騰達以後，卻不遺餘力地出賣國民黨的黨格，踐踏國民黨的黨魂，在古今中外的政治人物當中，我們實在找不到一個像他這樣言行詭異的人。

八十多年前，袁世凱竊取國民黨的重權，復辟帝制，但當他發現勢不可爲時，還知道懸崖勒馬，廢帝制再就民國；六十多年前，汪精衛走出國民黨醜顏事仇，雖然當了日本人的傀儡，也還知道繼續高舉青天白日的旗幟，他反對的，只是少數的國民黨人，而不是國民黨與中國。比起袁世凱和汪精衛來，李登輝的表現是不是太極端些呢？

在追求臺灣獨立建國的里程上也許李登輝急於要做開路先鋒或開國元勳，這也無可厚非，不過，如果他只是在說明形勢、伸張理念、表達信仰、陳述利害，給臺灣人民多留一些思考的時空，倒也未嘗不是一件値得尊重的好事。進一步來說，他如果眞有革命家的氣魄，索性就公開揭示台獨行動綱領，約定日期，這也不失壯烈。成了，可以理直氣壯地爲王；敗了，依舊是個英雄。

可是，他沒有這樣做，只是在煽惑群衆、挑戰強權、激發戰亂、製造不安，以萬民爲芻狗，這就未免太値得議論了。兩千多年前，秦始皇自知不能長生不死，猶存好生之德，只是製造了成千成萬的兵馬俑陪他共葬於地下，而風燭殘年的李老先生，卻要硬拉成千成萬的台灣人在他不測時跟他長相左右，這怎能不令人驚悚與憂傷？

十三、穩步跨過獨木橋

多少年前，臺灣能夠隔海與大陸抗衡，所憑恃的，不是什麼犀利的武器，也不是大海的屏障，而是政治的民主開放，經濟的自由繁榮，文化的賡續發揚和人心的精誠團結。讓陷於鬥爭、混亂、貧窮、衰退的大陸相形之下，而有捉襟見肘的窘迫。

但當前的景況是，臺灣政治上的權力鬥爭、經濟上的蕭條敗落、文化上的分歧迷失、人心上的沮喪無望，與大陸對比起來已經喪失了絕大部分的優越性，工廠和公司行號一家接一家地關門，失業人口逐日上升，教師和農民相擁走上街頭，資金與人才大量流失，自殺、搶劫、詐騙、吸毒事故層出不窮，而當政的人所急於圖成的，不是國計民生的改善，而只是著眼於個人和一黨利益的延伸，以這樣的政治品質不僅不足以與大陸抗爭，就連求得一已的苟安，恐怕也將少有可能。

可以肯定的是，政黨與政黨之間，如果放棄理性的協調，只沈迷於惡性的鬥爭，最大的輸家就是國運，就是人民，這從核四興廢的反覆，就可以得到明確的驗證。惡性鬥爭在兩岸關係上也是一樣，單是直航問題，就不知道困死了多少商旅，截殺了多少商機，製造了多少民怨，浪費了多少資源，焦點在哪裡？是眞正爲了臺灣人民的安全嗎？也許是，也許不是！

在歷代的大動亂中，佞臣的罪孽往往遠深遠重於國家的領導人，秦末的趙高，漢末的十常侍，唐玄宗時的李林甫都是些成事不足敗事有餘的負面角色。陳水扁總統有沒有注意到自己身邊趙高和十常侍類型的人物過多了呢？也許就是因爲這種人物過多了些，才會幫他亂出餿主意。而他，卻又偏偏相信這些餿主意。這叫老百姓怎麼放心活下去呢！

我們相信，如果陳水扁身邊能多有幾個像唐太宗身邊魏徵那樣的人物，隨時提醒他言行上應該注意的事項，他就不會說出那些不盡得體也不盡理性的話，甚至連他的夫人吳淑珍女士萬里跋涉到了美國之後，也不會因爲一時忘我逞口舌之快而遭人議論。

最聰明的政治人物，絕對不會輕易給自己製造敵人，架設障礙。相反的，還會千方百計爭取一切可能爲自己所用的人才，共成大事。以臺灣當前內憂外患的處境來看，當大政的人，就應該結納各個階層和各個族群的菁英，共謀臺灣的生存發展與安定繁榮，而不應該執迷於挑撥分化，把一切可以團結的人和一切可以取用的資源都往敵對的方面推去。

就以所謂《中國豬》一語來說，最先說出這種話和後來附和這種話的人，想來不是胸襟不寬，就是頭腦不清，因爲他們從來就沒有用心去想過，這些《中國豬》已經在臺灣生活五十多年了，不但爲臺灣的生存流過血，賣過命，也爲臺灣的發展流過汗、出過力。從早期的經濟開發到後來的十大建設，從東西橫貫公路到南北的高速大道，從《耕者有其田》到全面工業化，那一處沒有《中國豬》留下的腳印？又那一處沒有絞過《中國豬》的腦汁？《中國豬》實在沒有虧欠這塊土地，也沒有枉吃這塊土地上的一根香蕉和一粒大米！

何況，五十多年來，《中國豬》已經繁衍了一窩又一窩的《豬仔》，有純種的，也有雜種的，不管怎樣，黃皮膚和塌鼻子都是同一種類型。也就是說，由於通婚，交友、工作和結鄰等種種關係，在生活、習慣、語言、認知利害等各方面早就跟一般的《福爾摩沙豬》合成一群融成一體了。任何人都沒有理由認爲他們不愛臺灣，也沒有理由斷言他們不關心臺灣的禍福。如果有人一定要把他們在臺灣的根挖斷，把他們逼出臺灣，那才是不可思議的蠢事和悲情！

試看，在巴黎、約翰尼斯堡、倫敦、雪黎、溫哥華、洛杉磯、紐約、東京、馬尼拉等世界上許許多多的地方和國家，有人說過要把《中國豬》趕出去的話嗎？沒有啊！爲什麼呢？因爲《中國豬》太勤勞、太仁義、太知道飲水思源了。這種連外國人都不願做和做不到的事，跟《中國豬》同文、同種、同一個祖先的《福爾摩沙豬》能夠做得到嗎？

再說，若是把所有的《中國豬》和他們能夠掌握的一切精神與物質資源都趕到對岸去，對臺灣整體的升沈和榮枯，都未嘗不是一大隱憂？因而不論是現在的陳水扁總統，或是未來的什麼人，從《好自爲之》的認知來思考，都不可不有所警惕！

讓一切族群的情結和意識形態的矛盾都隨著陳水扁總統曾經鄭重提到過的那個《老番顚》的腳步漸行漸遠地去吧，二十多年前，大陸的《總設計師》鄧小平能夠設計出一個《四人幫》來爲共產主義的困局解套，面對族群問題和兩岸關係的僵局，難道陳水扁和後來當政的人就不能設計出一個《老番幫》來一新臺灣政治生態的面目嗎？

國民黨和共產黨之間的一切夙怨與舊恨，陳水扁總統原是一個局外人，他根本不須背這個包袱，只要本著義理去做就好了。即使不願在這個歷史的轉捩點上有所突破爲兩岸人民的和好相處架起新橋，至少也不要在這把兇險的刀口上繼續深化地《番》下去和《顚》到底，平實而論，若是能夠搞活經濟，融和族群，整好治安，理清秩序，讓人民腳踏實地過安定、安全、安心的日子，不要去碰可能引發戰亂的雷管，仍不失爲賢明的決斷與睿智的選擇。

有個最單純的共識，應該是大家都能夠面對和接受的，那就是經過五十多年自然規律的淘汰，老國民黨固然都快死光了，老共產黨也所剩無幾了，往下去具有新的世界觀的新生代，誰會去過問《遵義會議》上決定些什麼？誰又還會去計較《西安事變》的是是非非？讓一切妨礙到炎黃子孫團結美好和危害到中華民族生存發展的恩怨情仇都隨風而逝吧，即使今天海峽兩岸當權的人無法一笑泯掉前人的恩仇，相信兩岸的新生代遲早也會因爲理念一致和所見皆同而有爲前人收拾爛攤子的擔當。

百多年來的中國，就像一個歷經風霜的老人，躑躅在一道彎曲而又望不見頭尾的獨木橋上，挨過八國聯軍的炮轟、俄羅斯的淩遲、日本鬼子的屠戮、國共內戰的催殘、《文革》風暴的撕裂，益顯落莫而無助。如今，海峽的一方，經過廿年的改革開放，雖然取得了重大的成就，但因底子太薄，走過的錯路太多，若要穩健地走過獨木橋，邁上坦蕩的陽關道，除了必須補充體力以外，更須調整思維，不再執迷於經不起實踐檢驗的馬·列思想，然後，才能昂首闊步憑藉中國固有的內涵，發揚光大，走在世界的前端。

在海峽這一邊的臺灣，不只要找回祖先，更要找回自我，放棄狹隘的區域意識，可以不認同彼岸治國的理念，卻不可以遠離祖先盧墓所寄的中國，甚至須要以更開放的胸襟與更進步的觀念豐富中國，完善中國，這樣，才不會從獨木橋上跌落萬丈深淵，歷史將會見證陳水扁有一天回到福建詔安的時候，不是出《國》旅遊，而是認祖歸根。

英國現代的大思想家湯恩比曾經說過，十九世紀是英國人的天下，二十世紀是美國人的天下，到了二十一世紀就要輪到中國人了。從鴉片戰爭開始，中國人已經灰頭土臉忍辱含垢一百六十多年了，回首漢、唐盛世，中國人揚眉吐氣的世代應該到了。

而事實上，由於兩岸科技發達，臺灣自由開放做了先驅，大陸《改革、開放》也成效卓著，民心士氣昂揚，只要兩岸同心合力，湯恩比的判斷，相信是不會失誤的。胡適博士有句名言：『要怎麼收穫，就那麼栽！』二十一世紀揭開了新頁後，海內外全體中國人欣見撒下去的種子已經萌芽，田野一片和風，只是，炎黃子孫啊，耘草的鋤頭和收割的鐮刀已經在手了嗎？

後記

《獨木橋》能夠突破多方面的困難付梓成冊，我必須感謝多位古道熱腸的朋友們的幫助，如果沒有他們的鼓勵與牽成，肯定不會有這本書。

首先要感謝的，應該是我小學同窗單景龍兄，他請來沭陽同鄉尤榮小姐以最大的熱忱替我打字，從簡體到繁體，勞神費力，相當辛苦和不易。

除了幫我校稿並撰寫感言多所溢美外，景龍兄也爲我請到大陸著名的詩畫大師龍吟先生爲《獨木橋》畫了精彩的插圖。雖然因爲技術上的困難未能採用，但並不稍減我對龍大師深切的謝意。還有林怡嬅小姐的封面設計，徐松齡大師的題字，也都讓我領情在心。

最要緊的還是《晴易文坊》負責人石育鐘先生不計一切因素印出了這本書。石先生這份執著固然令人動容，而他的這份情義就更加山高水遠了。當然，在寫作與籌劃付梓的過程中，我的老伴和孩子們從各個層面給予我的支持，也同樣讓我感念在心。

《獨木橋》記述著我一生持續的跋涉與追尋，也承載著家邦殷深的苦難與希望，在休戚相乘與愛惡交織中，有些話說來對某些大人與權貴也許會有逆耳的刺痛，但是如果有更多的人從中汲取經驗，接受教訓，避開覆轍，那末，那些大人和權貴所受的委曲，倒也未嘗不是有益於世道人心整合的動力，同樣值得一說。

過了獨木橋，就是陽關道，這段旅程走起來也許還要忍受些艱辛，但遠景在望，苦盡就會甘來，不是嗎？

二〇〇三年・八・八於台北

一個女人01

好書推薦

社會光明面新聞報導獎

簡文香◎著

一個人，帶著孩子去旅行！

一堂長達3年的戶外鄉土課

台灣每天有86對夫妻離婚，超高的離婚率加上百萬台商幹部西進，造成數百萬計的單親父母與變相單親父母。旅行，人人愛。但父母一個人如何帶著孩子去旅行，如何藉旅行促進親子互動，很多人沒有勇氣，也不知竅門……

本書由榮獲社會光明面新聞獎的資深記者簡文香，藉3年來獨自帶著兩個女兒環島旅行、定點旅行、隨性旅行的經驗，提供讀者另一種旅行的實用知識，讓每個「老媽子教師」都能享受鄉土教學的魅力樂趣。

行車平安小錦囊
免費送！詳閱
(P.185)

定價250元（回函附贈旅行福袋）

戶名：晴易文坊媒體行銷有限公司

郵政劃撥帳號：19587854

晴易文坊
www.sunbook.com.tw

趙光裕文集01
獨木橋

作　　者　趙光裕
封面題字　徐松齡
封面設計　林怡嬅
攝　　影　傅伯蓉
總 編 輯　石二月
行銷總監　楊承業
副總編輯　楊建湘
美術編輯　葉鴻鈞

發 行 所　晴易文坊媒體行銷有限公司
發 行 人　石育鐘
地　　址　台北市中山區復興南路1段44號10樓之3
電　　話　02-2772-1525
傳　　真　02-2772-1526
網　　址　www.sunbook.com.tw
連　　絡　editer@sunbook.com.tw
郵政劃撥　帳號：19587854
戶　　名　晴易文坊媒體行銷有限公司
總 經 銷　紅螞蟻圖書有限公司
電　　話　02-2795-3656
傳　　真　02-2795-4100
連　　絡　red0511@ms51.hinet.net
製版印刷　永光彩色印刷股份有限公司
出版日期　2003年9月
定　　價　NT$300　（US$10）
Printed in Taiwan

國立中央圖書館出版品預行編目資料

獨木橋／趙光裕著
台北市：晴易文坊媒體行銷，2003〔民92〕
面；15×21公分
ISBN 957-30278-7-9（平裝）
855　　　　　　　　92014310